Na uwięzi

KATARZYNA
BONDA

Na uwięzi

MUZA

Warszawskie Wydawnictwo Literackie

Projekt okładki: *Tomasz Majewski*
Redaktor prowadzący: *Mariola Hajnus*
Redakcja: *Irma Iwaszko*
Redakcja techniczna: *Robert Fritzkowski*
Korekta: *Kornelia Dąbrowska, Katarzyna Szajowska*

Fotografie na okładce:
© Melpomenem/GettyImages
© Kichigin/iStock
© Artem Kowaliow/Unsplash

ISBN 978-83-287-2835-6

Warszawskie Wydawnictwo Literackie
MUZA SA
Wydanie I
Warszawa 2023

*To właśnie tego rodzaju okrucieństwem wybrukowane
są ulice; to ono gapi się na nas ze ścian i napawa nas
przerażeniem, gdy nagle reagujemy na nienazwany lęk,
kiedy nasze dusze ogarnia znienacka przeraźliwa
panika, wywołując w nas uczucie mdłości. To właśnie
owo okrucieństwo upiornie wygina uliczne latarnie
i sprawia, że przyzywają nas i wabią w swe śmiertelne
objęcia.*

H. MILLER, *Zwrotnik Raka*,
przeł. L. Ludwig, Warszawa 2017.

DZIEŃ PIERWSZY

LOLITA
19 kwietnia (środa)

– Tyle starań, zabiegów, a wszystko jak krew w piach.

– Jakub rzucił wiązanką przekleństw, walnął pięścią w ścianę i jeszcze chwilę wpatrywał się w ciemny ekran telefonu, jakby jego gniew miał sprawić, że coś się odmieni.

Dopiero wtedy uderzyła go cisza. Spanikowany wyszedł sprawdzić, gdzie są jego ludzie. W biurze nie było żywego ducha. Nawet światła w warsztacie mechaników pogaszono. Ruszył w kierunku smugi spod drzwi wyjściowych, ale w głowie wciąż dudniły słowa byłej żony: „Nie zobaczysz Janka więcej. Zadbam, żeby o tobie zapomniał. Kiedy podrośnie i zapyta, kim jest jego biologiczny ojciec, powiem, że nie żyjesz. Chcesz nas szukać? Próbuj…".

To była właściwie jedyna rozmowa, jaką Sobieskiemu udało się odbyć z Iwoną, odkąd podstępnie uciekła z synkiem za granicę. Przez blisko osiem miesięcy konsekwentnie nie odbierała jego telefonów. Dziś udało mu się połączyć jedynie dzięki przekierowaniu ze sklonowanego telefonu jej kochanka Cykora, które na prośbę Sobieskiego wykonał Merkawa, haker zatrudniony w jego agencji. Wcześniej Nocna Furia tylko raz była w Polsce i Jakub łudził się, że się spotkają, porozmawiają jak ludzie, a przede wszystkim zobaczy syna, ale to były czcze nadzieje. Zaczęło się od tego, że była żona podała mu błędny termin przylotu, więc darmo biegał po lotnisku, kipiąc z gniewu i bezsilności. Potem lawirowała, kłamała, a wreszcie przestała odbierać. Kuba był zdesperowany do tego stopnia, że ukorzył się i poprosił o pomoc swojego ojca. Wszystko na nic. Tydzień temu dostał jedynie cynk, że Iwona została wezwana na przesłuchanie w sprawie uprowadzenia rodzicielskiego, którą jej założył. I tym razem liczył na spotkanie z synkiem. Niestety, Nocna Furia nic sobie nie robiła z prawa: kiedy się odezwał, obrzuciła go stekiem wyzwisk, wyśmiała jego bezradność i bezceremonialnie się rozłączyła.

Uruchomił wszystkie kontakty i zdobył miarodajne dane. Na przesłuchanie nie dotarła. Wiedział tylko, że jej i dziecka nie ma już w kraju. Gdzie są? Co ona zamierza? Nie miał pojęcia.

Jedyne, czego był pewien, to tego, że teraz doskonale wie, jak czują się ludzie, którym uprowadzono dziecko. Którzy boją się, że to dziecko bezpowrotnie stracili.

Nie dało się normalnie myśleć, wszystko zasłaniała mgła. Synek Kuby był niemowlęciem, zanim Iwona wyjechała z kraju, nie zdążyli nawiązać relacji, ale detektyw czuł się tak, jakby ktoś wyrwał mu z piersi kawałek serca. To była jego krew. Być może jego jedyny potomek.

Żony szczerze nienawidził. Sam nie wiedział, jak zareagowałby, gdyby ją spotkał. Niewykluczone, że doszłoby do rękoczynów. Przerażało go to, co się z nim działo. Nocna Furia była jedyną osobą, która doprowadzała go do skrajnych emocji. Nawet ojcu Kuby się to już nie udawało… Ta kobieta upokarzała go wielokrotnie, ale teraz ostatecznie wytrąciła mu oręż z dłoni. Czuł się jak po nierównej walce. Skopany, poniżony. Przegrany. Leżał bezradnie na deskach. I wiedział, że to jeszcze nie koniec.

Telefon zawibrował, a na wyświetlaczu pojawiło się zdjęcie Ady Kowalczyk. Jakub nie byłby w stanie normalnie rozmawiać z przyjaciółką, więc odrzucił połączenie. Dobijała się jeszcze kilka razy, a wreszcie przyszedł sygnał, że zostawiła wiadomość w poczcie głosowej. Nie odsłuchał. Najchętniej poszedłby do domu i skuł się wódką bez popitki, aż alkohol odbierze mu przytomność. Tego jednak nie mógł zrobić. To była metoda jego ojca na odreagowywanie stresów. Ile przez to nacierpiała się matka Jakuba, wiedział tylko on sam, bo majora Sobieskiego nie zajmowało to wcale.

Kuba ruszył do zlewu i nalał sobie wody do stojącego na blacie kubka. Wypił duszkiem. Czynność powtarzał, aż był w stanie normalnie oddychać. Dokładnie umył naczynie i usiadł przy biurku, żeby zrobić księgowość, której przez ostatnie dni nie miał kiedy skończyć. Nadal, choć agencja zaczęła przynosić zyski i wreszcie miał pieniądze na opłacenie swoich ludzi, większością formalności zajmował się sam. Wmawiał sobie, że te oszczędności są konieczne. Dopóki firma nie ma kapitału, który dałby jej stabilność, nie zamierzał wydawać niepotrzebnie pieniędzy. Pracował dwie godziny bez ustanku i dopiero kiedy zabrakło mu heetsów, wyszedł na zewnątrz, planując spacer do najbliższej żabki.

Pozamykał kolejne drzwi i siłował się właśnie z kratą antywłamaniową, kiedy zobaczył czarny suv volvo zaparkowany przed bramą. Światła auta były wygaszone, ale silnik pracował miarowo. Sobieski czuł, że jest obserwowany, lecz nie przerywał pracy. Każdy ruch starał się wykonywać normalnie i nie okazywać paniki, choć serce kołatało mu w piersi, a na czoło wystąpił zimny pot. Myślał gorączkowo, czy Nocna Furia posunęłaby się do nasłania na niego swoich koleżków z woja, czy to raczej jakiś niezadowolony klient chciałby złożyć reklamację, obijając mu pysk. Obie wersje były prawdopodobne. Przeklinał w duchu, że broń zamknął w szafie pancernej w biurze, a gaz pieprzowy leży w schowku na rękawiczki jego hiluxa, ale się nie bał. Był gotów do bójki. Złapał się na tym, że ma na nią wielką ochotę.

Zamknął ostatni zamek i śmiało ruszył w kierunku wyjścia z parkingu, udając, że nie przygląda się, kto znajduje się w czarnym volvo, chociaż zerkał tam kątem oka. Było ich dwoje. Mężczyzna i kobieta. To ona siedziała za kierownicą. Blondynka w przeciwsłonecznych okularach. Mówiła coś do swojego towarzysza, ledwie otwierając usta, jakby z tej odległości Sobieski mógł odczytać treść jej wypowiedzi z ruchu warg.

Kiedy Jakub znalazł się na wysokości ich wozu, mężczyzna wysiadł. Szybkim truchtem zaszedł mu drogę, a wtedy z samochodu wynurzyła się jego towarzyszka. Sobieski widział teraz, że kobieta jest w ciąży. Płaszcz ledwie dopinał się na jej brzuchu, ale ciało pozostało szczupłe, a twarz nie nosiła śladu ciążowej opuchlizny. Ręce miała wręcz chude, palce długie. Jedna z tych, które do późnego wieku zachowują dziewczęcy urok.

– Szukamy agencji detektywistycznej – rzucił z szerokim uśmiechem mężczyzna.

Był korpulentny, typ jowialnego misia. Z oczu dobrze mu patrzyło, choć ekscentryczne czerwone oprawki okularów poprawiał nerwowo, jakby nie wiedział, co zrobić z rękoma. Od pierwszego wejrzenia Kuba czuł, że facet nie może być kumplem Nocnej Furii. Taki gość jak ognia unika konfrontacji, a swoje problemy załatwia, płacąc innym. Mimo to Jakub pozostał nieufny.

– Gdzie znajdziemy Jakuba Sobieskiego? – zapytał misio w oksach. – Wiem, która godzina, ale sprawa jest pilna.

– O co chodzi?

– To pan? – Mężczyzna uśmiechnął się jeszcze szerzej, chociaż zdawało się to już niemożliwe. W innej sytuacji wydałby się Kubie wręcz sympatyczny. – Jak to dobrze, że pana zastaliśmy – cieszył się jak dziecko.

– Telefon jest na stronie. Nie działa?

Podbiegła do nich kobieta.

– Nie chcieliśmy dzwonić. – Zdjęła ciemne okulary. Kuba zobaczył, że oczy ma podkrążone, a twarz zaczerwienioną, jakby przepłakała wiele godzin. – To nie jest sprawa na telefon, panie detektywie – wyszeptała.

Sobieski odchrząknął znacząco, bo słyszał to już wiele razy. Dla większości jego klientów żadnej sprawy nie dało się wyłuszczyć w rozmowie telefonicznej. Spojrzał na zegarek. Dochodziła dwudziesta pierwsza. Przedstawił się, wyciągnął do nich dłoń. Mężczyzna miał mocny uścisk, kobieta ledwie go musnęła. Nie podali swoich nazwisk.

– Czym mogę służyć?

Ona spojrzała na towarzysza.

– Chodzi o moją córkę – zaczęła z ociąganiem. – Zgłosiliśmy zaginięcie, ale chcielibyśmy mieć pewność, że ktoś profesjonalnie zajmie się sprawą. Stefania ma piętnaście lat...

– Policja to poważna firma – przerwał Jakub. – Skoro córka jest nieletnia, z pewnością będzie to priorytet. – Zawahał się. Spojrzał na kobietę. – W jej oczach kręciły się już łzy. – Co się stało? – zapytał. – Czego ode mnie oczekujecie?

– W komendzie nie potraktowano nas poważnie – do rozmowy włączył się mężczyzna. – Obawiamy się, że to śledztwo przybierze całkiem inny obrót, niż się tego spodziewamy.

Jakub czekał na dalszy ciąg wywodu, ale facet się zaciął.

– Rozumiem, że chce pan, żebym niezależnie od policji zajął się poszukiwaniem waszej córki. Dlaczego?

– To nie moja córka, tylko Poli. – Mężczyzna wskazał kobietę. – Ale tak, dokładnie takiej pomocy poszukujemy. Ile to będzie kosztować?

– Wpierw muszę poznać szczegóły. Poza tym uprzedzam: na pewno nie będę wchodził w drogę śledczym. Jeśli coś zataliście przed organami ścigania, a ja do tego dojdę, będę zobowiązany powiadomić prowadzącego dochodzenie. Odnalezienie dziecka to zawsze priorytet. W której jednostce toczy się postępowanie i jak brzmi nazwisko zaginionej?

– Niestety na Pradze-Południe, bo tam wciąż jesteśmy zameldowane. – Kobieta otarła twarz rękawem i podniosła hardo podbródek. – A córka nazywa się Stefania Chrobak. To także moje nazwisko po byłym mężu. Na imię mam Apolonia, ale proszę mówić mi Pola. I niczego nie zatajaliśmy! Wręcz przeciwnie. Od miesięcy zgłaszam molestowanie, bicie i groźby, które tamtejsze nastolatki kierowały pod adresem mojej córki. Szkoła ani policja nic nie zrobiły. A teraz Stefa zniknęła...

– Jak to zniknęła? – przerwał jej Jakub. – Dzieci nie zapadają się pod ziemię bez powodu.

– Przedwczoraj wieczorem poszła uczyć się do koleżanki i do dziś jej nie widziałam – odparła po dłuższym wahaniu. – Komórka nie odpowiada. Ta koleżanka o niczym nie wie. Ponoć się nie umawiały... Sama nie wiem, co myśleć. Może i ta koleżanka jest z nimi w zmowie?

– Z kim?

Pola Chrobak spojrzała na swojego partnera i wzruszyła ramionami. Oboje twardo milczeli. Facet w dalszym ciągu się nie przedstawiał.

Jakub spojrzał na zamkniętą bramę i w jednej chwili podjął decyzję. Nikt lepiej niż on nie rozumiał w tej chwili rozpaczy matki. Skoro nie jest w stanie pomóc sobie, może zdoła ulżyć przynajmniej tej kobiecie?

– Córka mieszkała z wami czy z pani byłym mężem? – rzucił, starając się, by w jego głosie nie było znać emocji, jedynie służbowe zaciekawienie.

– Z nami – padło w odpowiedzi. – Ale Stefa nie chciała zmieniać szkoły. Jest w ósmej klasie, w tym roku kończy podstawówkę. Zależało mi, żeby miała jak najwięcej punktów i dostała się do dobrego liceum.

– Czy pani eks może być powiązany z tym uprowadzeniem?

– Uprowadzeniem? – Kobieta podniosła dłoń do ust. – Nie sądzę... Myśli pan, że mamy do czynienia z porwaniem?

– Z jakiejś przyczyny zadała pani sobie trud, by przyjść tutaj grubo po godzinach pracy – klarował Sobieski. – Nie chcieliście dzwonić. Zapewne wolelibyście nie zostawiać śladów... Dlaczego wybraliście moją agencję? Na rynku jest mnóstwo firm. W tym także słynni detektywi z telewizji.

Pola zerknęła na partnera.

– Bartłomiej słyszał o panu od kolegów. Ponoć oskarżono pana niesłusznie... Ludzie polecają waszą agencję. Nie jest pan może popularny, ale skuteczny. I nie tak drogi jak inni. Tyle nam powiedziano.

Kuba zignorował wątpliwe komplementy i zawiesił spojrzenie na mężczyźnie.

– Pan jest policjantem?

– Bynajmniej – zaśmiał się facet. – Z zawodu i zamiłowania jestem kucharzem. Prowadzę w Warszawie kilka restauracji. Tak się składa, że jeden z moich punktów znajduje się w okolicy stołecznej komendy. Gliniarze mają u nas zniżki. Kiedy rozpytałem, komu warto zaufać, podali między innymi pana firmę. Dlatego przyjechaliśmy.

– Pana godność? – przerwał Jakub.

Dziwne mu się wydało, że człowiek z takimi znajomościami nie jest w stanie popchnąć do przodu śledztwa w sprawie zaginięcia pasierbicy. Coś tutaj śmierdziało. Czyżby chodziło o pieniądze? Na razie wolał nie drażnić klienta i się nie dopytywał.

– Kokosza. – Mężczyzna ponownie wyciągnął dłoń, ale Sobieski go zignorował, więc szybko schował ją do kieszeni. – Mów mi Bartłomiej, jeśli oczywiście wolno zaproponować. Byłbym wdzięczny, gdybyś powiedział, na jaki koszt mam się szykować, bo jak się domyślasz, to ja będę płacił za tę imprezę. – Znów się uśmiechnął, ale tym razem Kuba pomyślał, że przypomina to warknięcie przed skokiem. Oczy mężczyzny pozostały chłodne.

– A więc od rana odwiedzacie kolejno wszystkie agencje i staracie się znaleźć najtańszą? – strzelił. Po minie kobiety pojął, że trafił w punkt. – Nie ma sprawy. Dam wam preferencyjne warunki, ale na koszty stałe nie mam wpływu. Do takiego dochodzenia będę potrzebował jeszcze przynajmniej dwóch ludzi jako wsparcia. Ponieważ rzecz dotyczy nastolatki, w grę wchodzi także mój specjalista od technologii. Ostrzegam, jest drogi.

– Znaczy się masz swojego hakera? – uściślił Kokosza. – Podoba mi się twój tok rozumowania.

Kuba nie odpowiedział. Wyjął komórkę i szybko policzył, jaką zaliczkę powinien wziąć za zbadanie sprawy. Pokazał Kokoszy kwotę na ekranie, a ten z trudem zachował kamienną twarz, a następnie łypnął z wyrzutem na Polę. Kobieta karnie schyliła głowę, jakby jej winą było, że zlecenie poszukiwania dziecka to taki wydatek.

– Byłeś w innych firmach, więc wiesz, że oferuję ci ledwie siedemdziesiąt procent normalnej stawki. To, co zaoszczędzimy, będziesz mógł zainwestować w mojego magika IT. Gwarantuję, że jakość mamy zdecydowanie wyższą niż lansujący się w internecie detektywistyczni celebryci. Płacisz za solidnie wykonaną robotę, a nie za naszą reklamę.

– Wystawisz fakturę?

Kuba zmierzył gościa potępiającym spojrzeniem.

– Oczywiście – potwierdził. – Umowę dostaniesz na mejla, jak tylko zbiorę pierwsze dane. Każdy rachunek będzie poparty raportem z uwzględnieniem stawki przepracowanych godzin każdego z moich ludzi. Zanim uregulujesz, radzę dokładnie się z nim zapoznać, ale wątpię, by dało się podważyć poniesione koszty. Sam musisz zdecydować, czy chcesz zlecić poszukiwanie swojej pasierbicy właśnie nam.

Pola spojrzała błagalnie na partnera. Chwyciła go za ramię, drugą ręką podtrzymała swój ciążowy brzuch.

– Kiedy pani rodzi? – zwrócił się do niej Sobieski.

– Termin cesarki mam za dziesięć dni – odparła. Płynnie przeszła na ty. – Myślisz, że do tego czasu wszystko się wyjaśni i znajdziemy Stefę?

– Do tego czasu z całą pewnością będziemy wiedzieli, jak poważna jest sprawa – wykpił się od odpowiedzi Jakub. – Pierwsze godziny od zaginięcia są najważniejsze i z każdą chwilą nasze szanse spadają. Dostaliście informacje o okupie? Ktoś się z wami kontaktował?

– Nie – szepnęła Pola. – My nie sądzimy, żeby to było uprowadzenie…

Była bliska płaczu, ale się trzymała.

– Przykro mi – wydukał Jakub. – Naprawdę ci współczuję. Nie będę jednak owijał w bawełnę. Jeśli córka nie gigantowała i faktycznie nie macie pojęcia, co mogło się wydarzyć, radziłbym nie zwlekać z decyzją.

Teraz oboje przyglądali się Kokoszy. Mimo bliskości ulicy zdawało się, że ciszę da się kroić.

– Zgoda – zadecydował wreszcie partner Poli. O dziwo, nie uśmiechał się już. Mrużył oczy, jakby oceniał, czy transakcja mu się opłaca. – To co? Wejdziemy do biura czy zamierzasz przesłuchiwać nas tutaj? – zwrócił się władczo do Sobieskiego.

– Nie ma co tracić czasu – oświadczył detektyw. – Chciałbym zacząć od obejrzenia pokoju córki. Skoro zaginięcie zgłoszono wczoraj, policja zapewne skończyła swoje działania.

Pola pokręciła głową.

– Nie – rzekła wreszcie. – Nawet się nie zainteresowali.

To Kubę zdumiało.

– Dlaczego? Mówiłaś, że Stefania mieszkała z wami.

– Też – przyznała z ociąganiem. – Ale sporo czasu w tygodniu przebywała u swojego ojca, bo chodziła do szkoły na Grochowie i uznaliśmy, że tak będzie wygodniej. Mniej traci się czasu na przejazdy. – Urwała.

– Stefa od początku mnie nie lubiła – wszedł jej w słowo Kokosza. – A odkąd Pola zaszła w ciążę, było tylko gorzej. Właściwie przeniosła się do ojca. Jak się domyślasz, z Chrobakiem nie jesteśmy kumplami. Chociaż utrzymuję jego rodzinę i psa – dorzucił z wyrzutem.

Sobieski przyjrzał się ciężarnej kobiecie i jej zaszklonym znów oczom. Zaplotła ręce ciaśniej na brzuchu i sprawiała wrażenie, że chce uciekać.

– Tym bardziej powinienem zobaczyć pokój zaginionej – zdecydował Kuba. – A jeśli tak sytuacja się przedstawia, zaraz potem odwiedzę jej ojca.

– To raczej niewykonalne. Mój mąż jest byłym wojskowym i nieustannie wyjeżdża – zaczęła Pola. – Podobno prowadzi biznesy. Szkoda, że bez efektów…

– Stefania była większość czasu bez opieki? – Jakub podniósł brew. – Czy ja dobrze zrozumiałem?

– Ależ skąd! Monika, córka mojego byłego męża, ma dwadzieścia siedem lat i bardzo blisko jest ze Stefką – zaprotestowała oburzona matka. – Codziennie przywoziłam im jedzenie i pilnowałam, żeby Stefa odrabiała lekcje. Wcześniej bardzo często córka tam nocowała, ale ostatnio, kiedy zaczęła się ta nagonka, sama chciała wracać do nas. Myślę, że się bała.

– Kogo?

– Tych agresywnych dziewczyn ze szkoły – wyjaśniła Pola. – Policja niewiele robi w sprawie zaginięcia, bo Stefa zadarła z przywódczynią młodocianego gangu.

19

Ochota, ulica Uniwersytecka, mieszkanie Kokoszy

– To właśnie jest moja Stefania. – Pola podsunęła Sobieskiemu zdjęcie dziewczynki w komunijnej sukni. – Kochane dziecko. Jest utalentowana artystycznie. Gra na skrzypcach i pięknie rysuje.

– Wolałbym coś nowszego – zasugerował Jakub i zwrócił matce fotografię wielkości A4 w złotej ramce. Sięgnął do kieszeni. – Córka używa Instagrama? Jaki ma nick?

Pola otworzyła szerzej oczy, jakby ją obraził.

– Chyba neneyashiro dwanaście – pośpieszył z odpowiedzią jej partner. – I od przedwczorajszego wieczoru nie ma nic nowego. Sprawdzałem przed godziną.

– Wcześniej była aktywna?

Kuba zaraz wyszukał profil dziewczynki. Zamiast zdjęcia Stefania umieściła postać z mangi. Rysunek przedstawiał przesadnie długie nogi. Trójkątna twarz i szeroko osadzone oczy ginęły w oddali. Widać było jedynie czarną grzywkę uciętą na linii brwi.

– Na tym wizerunku jest raczej niepodobna do siebie – wyjaśniła pośpiesznie matka.

– O to chodzi! – wtrącił się Kokosza.

Jakub nic nie powiedział. Przesuwał kolejne posty, pobieżnie czytał. Nie było tam niczego, co by go zdziwiło. Kadry jedzenia albo martwej natury (głównie plastikowej biżuterii), pejzaże, kilka fotek z koleżankami podczas imprezy Halloween. Brzeg plisowanej czarnej spódniczki, zgrabne nogi w białych podkolanówkach i lakierowane wysokie buty na grubej podeszwie. Ucięty kosmyk włosów spięty wstążką w trupie czaszki. Praktycznie żadne ze zdjęć nie przedstawiało twarzy.

Jakub szybko dotarł do końca. Sprawdził, że konto istniało od dwóch lat, ale nie było żadnych starszych wpisów ani zdjęć.

– Znaczną część treści wykasowano – skwitował.

– Córka miała TikToka?

– Raczej tak. – Pola się zawahała. – Nie wiem, czy używała tego samego nicku. Ja z rozmysłem nie korzystam z social mediów. Prowadzę tylko stronę służbową, a jeśli chodzi o TikToka, nie mam nawet aplikacji i nie wiem, jak to się obsługuje.

– Dlaczego Stefa wykasowała większość kontentu? – przerwał jej. – Wiedziałaś o tym?

Pola wolno pokiwała głową.

– To przez tę aferę z koleżankami – mruknęła. – Aż w końcu miesiąc temu byłam zmuszona zmienić jej szkołę. Dyrektor zgodził się, żeby na razie uczestniczyła w lekcjach online, więc nie wiem, jak to będzie. Czy w ogóle zda egzaminy? Oceny przez to wszystko ma słabe. Jeśli tego nie odkręcimy, straci rok, a już teraz rozglądałam się za terapeutą dla niej.

– Co zdarzyło się w tej szkole? – zniecierpliwił się Jakub. – Mówiłaś o młodocianym gangu. O przemocy. Opowiesz mi czy mam cię ciągnąć za język? Wolałbym zabrać się do realnej pracy. Wiesz, że te pytania są standardowe?

Pola wywróciła oczyma, a potem nagle wstała i ruszyła do łazienki. Po drodze palnęła Kokoszę po ramieniu.

– Wyjaśnij, bo ja nie dam rady – rozchlipała się. – Zaraz wracam. – Odwróciła się do skołowanego Sobieskiego. – Bartłomiej ci wszystko opowie.

Kokosza wyraźnie nie miał na to ochoty, ale zwlókł się ze swojego fotela. Podszedł bliżej.

– Więc było tak – zaczął. – Na początku roku szkolnego Stefa zakolegowała się z takim jednym chłopakiem. Kamil jest drugoroczny. Dołączył do klasy Stefy i chyba zaczęli ze sobą kręcić. Żartowaliśmy sobie z tego z Polą, a Stefa oczywiście zaprzeczała. Raz, że on jest gejem, innym razem, że ma już dziewczynę… Fakt faktem, że od września do listopada nie było dnia, żebym go nie widział w chacie. Zamykali się w jej pokoju i oglądali coś na kompie. Słyszeliśmy głośne śmiechy i widać było, że się lubią. Nie widziałem w tym nic złego… Zwłaszcza że chłopaczyna sprawia wrażenie godnego zaufania. Jest starszy dwa lata od Stefy, bo raz siedział i później poszedł do szkoły. Ona to jeszcze dzieciak…

Kuba spoglądał na faceta, nic nie rozumiejąc.

– Wiesz, że czas nas goni? – zauważył. – Mów to, co najważniejsze, inaczej możemy stracić okazję na jej znalezienie, jeśli coś jej grozi.

Kokosza pierwszy raz wyglądał na wstrząśniętego.

– Kiedy ten Kamil to jest klucz! – podkreślił i urwał.

– W mojej ocenie, bo Pola uważa inaczej. Rzecz w tym, że w poprzednim roku Kamil chodził z niejaką Mugi, a ta siksa trzęsie całą szkołą. Ma armię fanek, followersów, czy jak to się nazywa. Wejdź sobie na Instagram Tsumugi Kotobuki – przeliterował. – I pooglądaj jej foty. Na każdym zdjęciu ma wypięty tyłek!

Kuba natychmiast wyszukał podany pseudonim. Kokosza nie kłamał: zmysłowe pozy, krótkie strzępione spodenki, goły brzuch i bezceremonialnie wyeksponowany biust. Lolitka nosiła paski od Versacego i malowała usta szminką Chanel, którą – jak się chwaliła – dostała „*for free* za zasięgi”.

– Mugi była zazdrosna o Stefę – ciągnął Kokosza.

– Chyba nie chciała tego Kamila odpuścić. Tak się

ostatecznie ułożyło, że chłopak wybrał naszą dziołchę. Byłem świadkiem kilku awantur na pobliskim przystanku tramwajowym, bo jakimś sposobem ta gówniara dowiedziała się, gdzie mieszkamy. Kłócili się, on się z nią szarpał, a potem podeszło dwóch młodocianych karków i chcieli mu nastukać. Miałem już interweniować, ale zdążył wskoczyć do tramwaju. Ten Kamilek to chuchro, typ ślicznego gogusia. Wysoki, oczy jak niezapominajki, zawsze w przykrótkich rurkach ciasnych jak marchewki i ze świecidełkami na szyi. To dlatego myślałem, że jest kompletnie niegroźny, bo woli chłopaków do zakochiwania...

– Do brzegu – burknął Jakub, a Kokosza oburzył się, ale kontynuował:

– Czy Mugi śledziła Kamila? Nie wiem... Dość powiedzieć, że Stefania nagle została persona non grata w szkole. Szydzili z niej, opluwali, kompromitowali przed nauczycielami. Takich małych złośliwości było co niemiara. Nie od razu się o tym dowiedzieliśmy. W styczniu bodajże, a może to był już luty? – Zawahał się. Nabrał więcej powietrza, wypuścił. – W każdym razie to był moment przełomowy. Nigdy tego nie zapomnę...

– Co się stało? – Jakub nie wytrzymał. – Pobito ją? Miała obrażenia?

– Nie – zaprzeczył Kokosza. Chwilę myślał, jak ubrać w słowa kolejne informacje. – Stefania wróciła ze szkoły cała mokra. Biegiem ruszyła do łazienki i zamknęła się tam, ale podszedłem do jej torby, którą zostawiła pod drzwiami. Śmierdziała gnojówką. Wyobraź sobie, że wsadzili ją do sracza. Wrzucili ją tam całą. Wykąpali w gównie. Potem były jeszcze obrzydliwe plakaty i tweety o tym, że gówno ciągnie do swego, że dziwka tylko na to zasługuje. Nie znam się na nomenklaturze młodzieżowej, ale nawet taki ramol jak ja zorientuje się, że chodziło o podły mobbing. Wiemy już teraz, że Stefania starała się początkowo radzić sobie sama, ale to ją przerosło. Czekali na nią pod szkołą, podstępnie wyśmiewali. Bała się chodzić do budy. Udawała chorą, symulowała. Wreszcie się wściekłem i poszedłem opierdolić dyrektorkę. Jak się domyślasz, szefostwo tej podrzędnej szkółki uznało, że składam bezpodstawne oskarżenia i tylko zawracam im dupę, domagając się śledztwa. A potem dosłownie wywalili mnie na kopach, bo nie jestem ojcem Stefy.

Przerwał, bo z łazienki wyszła Pola. Spojrzała wilkiem na partnera.

– Stefkę z Kamilem łączyła tylko przyjaźń. Nie był jej prawdziwym chłopakiem. To przecież jeszcze dzieci – wyrzuciła na jednym oddechu. Zawiesiła spojrzenie na Sobieskim. – Chcesz zobaczyć jej pokój czy dalej będziesz marnował czas na domysły?

– To ja przyprowadzę psa z samochodu – oświadczył Kokosza, wstając. – Widzę, że to jeszcze potrwa. Wolałbym, żeby Roksy nie wyzionęła ducha w bagażniku, bo całkiem będę miał przesrane. Stefa kocha tę bestyjkę bardziej niż własnych rodziców i jak wróci, zapłakałaby się, gdyby coś jej się stało.

Jakub z Polą spojrzeli na Kokoszę zadziwieni. Potem Sobieski przeniósł spojrzenie na twarz ciężarnej kobiety. Nie dostrzegł tam miłości, wdzięczności czy niemego podziękowania. Jedynie złość, niechęć, a nawet pogardę. Tak patrzy kobieta, która ostatkiem sił stara się powstrzymać furię.

Kuba nic nie powiedział. Ciemnym korytarzykiem ruszył za Polą do pokoju Stefy.

Teraz było już dla Kuby jasne, dlaczego zaginiona dziewczynka wolała mieszkać u ojca. Jedenaście metrów kwadratowych zastawiono po sufit kartonowymi pudłami. Zasłaniały okno i większą część szczytowej ściany. Było ich tak dużo, że do pomieszczenia praktycznie nie wpadało światło. W jedynej wolnej przestrzeni stały dwa identyczne tapczany, a jeden z nich miał jeszcze folię na nóżkach. Żadnych półek, biurka, szafy, gdzie Stefa mogłaby trzymać swoje rzeczy. Zero prywatności. Sieroty w bidulu miewają lepsze warunki bytowe, a przecież Kokosza to rzutki biznesmen i na brak środków z pewnością nie narzeka.

– Tu mieszkała twoja córka? – upewnił się Jakub, odchrząkując. – W składziku?

– To tymczasowe rozwiązanie. – Pola niechętnie potwierdziła. – Budujemy się, więc Bartłomiej całą gotówkę przeznacza na nowy dom i oczywiście musi być obrót w restauracjach. Rzeczy, które tutaj widzisz, uratowałam z mieszkania ojca Stefy. Nie chciałam ich tam zostawiać, bo to moje prywatne zbiory. Inaczej nigdy bym ich nie odzyskała, a on z pewnością zrobiłby mi na złość i je wyrzucił.

– Co jest tak cennego w tych pudłach, że zmuszasz dziecko do biwakowania? – parsknął Jakub.

– Buty, ubrania, pamiątki rodzinne, porcelana – odparła spokojnie i kontynuowała wyliczankę, jakby nie usłyszała drwiny. – Moje albumy o sztuce. Nie używam ich codziennie. W pracowni mam drugie tyle. Zajmuję się rekonstrukcją i malowaniem witraży. Moją specjalnością jest szkło.

– Przecież te kolumny z kartonu stwarzają zagrożenie! – uniósł się Jakub. – Nie możesz wynająć na nie jakiegoś kontenera? Wstaw chociaż część do piwnicy – westchnął zrezygnowany. Stali w progu i gdyby chciał wyjść, musiałby to zrobić na wstecznym. – Gdzie twoja córka odrabiała lekcje, czytała? Gdzie spędzała wolny czas?

– W salonie. – Kobieta wzruszyła ramionami, a potem nagle się zdenerwowała. – Nie zatrudniliśmy cię, żebyś nas pouczał, jak mamy dekorować pokój dzieci.

– Nie zamierzam. Po prostu nie rozumiem. Sama masz czterdziestometrowy salon i jak po drodze widziałem – ogromną sypialnię z oknem. Wspomniałaś, że posiadasz też pracownię. A za chwilę rodzisz. Zamierzasz wstawić tu jeszcze łóżeczko dla niemowlęcia? Czy może będzie dorastało na jednym z tych łóżek? – Wskazał klitkę przeznaczoną dla jej córki. – Tak à propos, gdzie jest teraz twoja pasierbica?

– Nie twoja sprawa – prychnęła. – Zajmij się lepiej robotą.

– Skoro Monika realnie opiekowała się Stefą, to pytanie uważam za zasadne – odparował.

Trzasnęły drzwi. Słychać było głos Bartłomieja Kokoszy i ziajanie dużego psa. Kuba spróbował obejrzeć się za siebie, ale okazało się to niemożliwe. Drzwi pokoju dziewczynki skutecznie zasłaniały widok, chociaż za plecami Jakub czuł gorący oddech zwierzęcia. Chwilę potem do pomieszczenia wtarabanił się potężny rottweiler i z zapałem obwąchiwał spodnie Kuby.

– Spokojnie, ona nie gryzie – zaśmiał się Kokosza. – Sprawdza tylko, gdzie byłeś i czy masz jedzenie. Chodź, Roksy, zrobimy coś do żarcia.

Kuba odetchnął z ulgą, kiedy się oddalili. Spojrzał na Polę.

– Jak długo Stefania żyła w ten sposób? – spytał, a ponieważ Pola odpowiedziała wzruszeniem ramion, dorzucił: – To tutaj córka spotykała się z Kamilem?

– Jakoś jemu to nie przeszkadzało – mruknęła.

– Przepraszam, że na ciebie huknęłam. Hormony... A żyjemy tak, odkąd wprowadziłam się do Bartłomieja. Będzie niedługo rok. Wszystko miało być inaczej, niestety nieoczekiwanie zaszłam w ciążę. W moim wieku to poważna sprawa, więc inne sprawy zeszły na boczny tor. Stefa się nie skarżyła, a Monika ucieszyła się, że będzie miała kontakt z siostrą. Tak jak mówiłam, są ze sobą blisko. Monika nigdy tak naprawdę nie wyprowadziła się od swojego ojca, chociaż zbliża się już do trzydziestki. Wynajmowała chwilę coś ze swoim chłopakiem, ale się rozstali i wróciła na Gocław. Nie protestowałam, kiedy Stefa zaproponowała, że przez jakiś czas pomieszka u taty z siostrą. Dla mnie jest jasne, że chce mieć własną przestrzeń, a tutaj na razie nie mogę jej tego zapewnić. Przysięgam, że w nowym domu zaplanowaliśmy dla niej całe poddasze. I wciąż pomagałam jej, jak mogłam. Nie patrz tak na mnie, jakbym była wyrodną matką! Nie zniosę tego! – Ukryła twarz w dłoniach i Jakubowi wydawało się, że płacze, ale kiedy zabrała dłonie, twarz miała już tylko lekko zarumienioną, a oczy szkliste. Mówiła spokojnie, cedząc słowa. – U ojca na Gocławiu Stefa ma swój pokój i większość prywatnych rzeczy. Wiem, że Ziutek ich nie ruszy. Kocha obie córki i jest troskliwym, opiekuńczym ojcem. Pod warunkiem że w ogóle jest... Co, niestety, zdarza się bardzo rzadko.

Stali chwilę w milczeniu, wpatrując się w kolumny kartonów.

– Jaka jest Stefania? Introwertyczna, spokojna czy może szalona, dusza towarzystwa? Opowiesz mi o niej?

Pola przytrzymała się w lędźwiach i klapnęła z głośnym westchnieniem na jeden z tapczanów. Jakub spostrzegł, że nie tylko nóżki są zafoliowane, ale i cały materac. Czy to oznaczało, że nikt nigdy na tym łóżku nie spał, czy wręcz przeciwnie? Ludzie łatwo przywykają do prowizorek. Sam to przecież niedawno ćwiczył. A dzieci ponoć nie zwracają uwagi na warunki zewnętrzne, jeśli są obdarzane uwagą i miłością. Pola wyglądała na kochającą matkę. Zganił się, że nie powinien był jej oceniać ani tym bardziej pouczać. Wybąkał słowa przeprosin, co kobieta przyjęła z wdzięcznością i nawet się odprężyła.

– Jest spokojna, ale ma charakterek – zaczęła wreszcie mówić szczerze. – Zdaje mi się, że jeszcze wczoraj była słodką dziewczynką... Ta sprawa w szkole ją zmieniła. Zafarbowała włosy na różowo, potem na fioletowo, wreszcie zaplotła sobie warkoczyki, a potem je ścięła. Zaczęła też bawić się ciuchami. Wyglądała trochę jak z komiksu... Wstrząsnęło mną, kiedy zobaczyłam, że za kieszonkowe kupiła sobie obudowę do telefonu z napisem *fuck*, ale tak poza tym wszystko było w granicach normy. Wiadomo, to nastolatka.

Spojrzała w korytarz, skąd dobiegała wciąż przemowa jej partnera do psa, a potem dała Sobieskiemu znak, by wszedł do środka, i wskazała jedno z łóżek w pokoju córki. Nie miał wyjścia, musiał usiąść. Inaczej nie dałoby się zamknąć drzwi.

– Odsunęła się ode mnie, ale nie naprawdę – szeptała szybko, rozpaczliwie, jakby chciała zdążyć z opowieścią, póki są sami. – Po prostu przestała mi się zwierzać, a kiedy ją przytulałam, ledwie to znosiła. Wyrywała się i zamykała tutaj. Bywały dni, że nie wychodziła na posiłki. Musiałam jej przynosić, zabierać

brudne naczynia, bo sam widzisz, ile tu jest miejsca...
W kółko siedziała w telefonie. Nic nie czytała, nie uczyła się. Tylko grała w gry, oglądała YouTube i te TikToki. Toczyłam z nią o to bitwy, a ona obrażała się i było jeszcze mniej przyjemnie. Teraz sądzę, że to było najgorsze, co mogłam zrobić. Bo ja wrzeszczałam, że ona siedzi w telefonie, nie uczy się i skończy na ulicy, jak tak dalej pójdzie, do niczego nie dojdzie, a ona po prostu odreagowywała. Bardzo długo nie wiedziałam, że ma problemy w szkole. Nie miałam pojęcia, że nie ma już ani jednej koleżanki. – Umilkła.

– Mówiłaś, że miała jakąś przyjaciółkę. To do niej poszła się uczyć – zauważył Jakub.

– Tak, miała. – Pola pokiwała głową. – Ale kontaktowały się głównie na czatach. Wcześniej Renata udzielała Stefie korepetycji, bo była świetna z chemii, a córka miała z tym przedmiotem kłopoty. Ogólnie czas wolny spędzała w swoim pokoju. Dawniej chodziła na nocowania do kumpelek i bywało, że całe weekendy spędzały na mieście, łażąc po Starówce albo przesiadując w galeriach. Dlatego tak się cieszyłam, że zaprzyjaźniła się z Kamilem. Sprawiał miłe wrażenie.

– Co dokładnie działo się w tej szkole i jak długo to trwało? – przerwał jej.

Pola w odpowiedzi sięgnęła do swojej wielkiej torby przypominającej worek Świętego Mikołaja na bieliźnianym sznurku. Długo w niej grzebała. Wyciągnęła wygniecioną teczkę, a kiedy ją otworzyła, Kuba pojął, że to dokumenty zgłoszenia zaginięcia i materiały, z którymi poszła na policję. Był tam też akt urodzenia córki, papiery rozwodowe i kilka powiększonych fotografii, które zapewne musiała dostarczyć, by poszukiwania wszczęto. Pola przeglądała to chwilę, a wreszcie znalazła to, czego szukała. Podała Jakubowi koszulkę pełną zgniecionych fiszek.

– Na przykład takie ogłoszenie było przyklejone do jej szafki w szatni.

Sobieski rozprostował kartkę. Neonowym flamastrem napisano WHORE. Odłożył wykonany ręcznie plakat i przyjrzał się wreszcie zdjęciu dziewczynki, które matka dała policji do ogłoszeń poszukiwawczych. Stefa wcale nie była podobna do Poli. Pucołowata, grubokoścista, z wyraźną nadwagą, chociaż miała w sobie dużo uroku. Wielkie sarnie oczy zdawały się dominować w twarzy za sprawą grubej kreski eyelinera. Usta mięsiste, lekko uchylone i naturalnie karminowe mogłyby służyć jako wzór dla kobiet pragnących powiększenia warg za sprawą medycyny estetycznej. Oczy, zbyt szeroko rozstawione, naturalnie upodabniały ją do elfa. Stefa nie musiała się wiele starać, by wyglądać jak z komiksu, jak to określiła matka, i niewątpliwie miała urodę zwracającą uwagę. To była twarz, której się nie zapomina. Po matce miała jedynie kąciki ust wygięte w dół i układ brwi.

– Albo coś takiego. – Pola pokazała kolejny plakat. Tym razem słowo PIZDA ozdobiono kolorowymi gwiazdkami. – Codziennie były nowe obelgi. Czasami dwa razy dziennie.

Podawała następne:

PIZDA

WHORE

Nene Yashiro to BITCH

Suka JEBIE s. z każdym

– Tylko tyle udało mi się zdobyć, bo chodziłam potajemnie do szkoły i je zrywałam. Aż mi się w brzuchu skręcało od tych wulgaryzmów – wyznała. – Wtedy jeszcze nie wiedziałam, że Stefka jest bita i popychana. Ten wypadek... – Pola pokazała udawany cudzysłów, krzywiąc się jednocześnie i walcząc z wybuchem płaczu. – Bo dyrekcja szkoły uznała wrzucenie mojej córki do przenośnej toalety za wypadek, to zdarzyło się później, kiedy już zaczęliśmy działać. Ale już kilka miesięcy wcześniej widziałam na jej ciele zaczerwienia i siniaki. Połączyłam te dane za późno.

Pochyliła głowę. Nie wydała żadnego dźwięku, za to łzy płynęły jej strugami po policzkach.

– Wiem, że jestem okropną matką. Nic nie zauważyłam. Zajmowałam się rozwodem, a potem nowym związkiem, a teraz ona zniknęła. Chciałabym to naprawić i zrobię to. – Zacisnęła pięści. – Ale najpierw pomóż mi ją znaleźć!

Kuba walczył chwilę ze sobą, a wreszcie chwycił kobietę za rękę. Miał wrażenie, że dotyka woskowej lalki. Dłoń Poli była zimna niczym dłoń martwego człowieka.

– Co powiedzieli śledczy? – zapytał. – Co robią? Gdzie prowadzą poszukiwania?

– Kazali nam rozkleić plakaty, umieścić ogłoszenia w mediach społecznościowych, iść do radia i telewizji. Robimy to. Oni ponoć byli już w szkole. Przesłuchali Kamila, a wszystkie dzieciaki, które napastowały Stefę, też będą zeznawać. Z tej samej przyczyny natychmiast wezwano dyrektorkę szkoły i suka, kiedy mijałam ją na korytarzu, chciała mnie przytulać. Udawała, że o niczym nie wie, chociaż to przez nią zabrałam córkę z tej chlewnej budy!

– Przy jakiej ulicy mieści się ta podstawówka?

– Kocura. Szkoła Podstawowa numer pięćset dwanaście – odpowiedziała od razu Pola. – Ale tam nikt ci nic nie powie. Nikt nie puści pary z ust. Chociaż pewna jestem, że dzieciaki wiedzą, co się stało. A może to one ją uprowadziły?

– Podasz mi teraz ich nazwiska – zażądał Jakub.

– I wszystkie kontakty, adresy, jakie masz. Resztę ustalę sam.

Sięgnął po teczkę, którą miętosiła cały czas z nerwów.

– Mogę?

Niechętnie wypuściła ją z rąk.

– Wszystko ci oddam, jak tylko to skopiuję. Przywiozę najszybciej, jak zdołam – obiecał. – Ale mam do ciebie pytanie, a raczej prośbę. To ważne i nie do końca legalne. – Zawahał się. – Jednak jeśli wziąć pod uwagę uciekający czas, może pomóc ją znaleźć.

– Tak?

– Potrzebowałbym numer telefonu córki i jeśli znasz, także wszystkie hasła.

– Jej komórka nie działa. Mówiłam ci!

– Podasz mi jej numer i postarasz się usunąć z chmury rodzinnej na jakiś czas lokalizację tego aparatu – kontynuował. – Możesz to zrobić?

Pola wpatrywała się w niego, nie rozumiejąc, jakby przemawiał w obcym języku.

– W dzisiejszych czasach nie ma dzienników, sekretnych szkatułek ani niczego lepszego – przemawiał łagodnie. – Spróbujemy zajrzeć do mediów Stefy. Mógłbym to zrobić za twoimi plecami, a jednak wolę cię uprzedzić. Nie wolno ci o tym nikomu powiedzieć. Rozumiesz?

Pola aż otworzyła usta i zamrugała nerwowo.

– To konieczne?

– Na tę chwilę najpilniejsze – zapewnił z powagą.

– I moim zdaniem nieodzowne. Operacja włamania do urządzeń Stefy będzie obecnie waszym największym kosztem, więc skonsultuj to z partnerem, jeśli chcesz.

– Tak można? – zapytała, ale nie wstawała. Nie ruszyła się na milimetr.

– W żadnym wypadku. Za to grozi więzienie. Gdyby rzecz dotyczyła osoby dorosłej, wcale bym cię nie pytał.

– Przecież nie zorientowałabym się, gdybyś to zrobił! – wzburzyła się.

– Chodzi o to, żeby nikt nigdy tego nie spostrzegł – wyjaśniał cierpliwie. – Konieczne jest wejście, przejrzenie zawartości i zatarcie za sobą śladów. Jako matka z pewnością masz chmurę rodzinną, lokalizator i tak dalej. Wyłączysz to i włączysz ponownie, kiedy ci powiem. Dzięki temu ty będziesz czysta. A jeśli nikomu nie ujawnisz, co zrobiliśmy, nikt nie będzie miał szansy dojść, że zawartość była inwigilowana.

– Po co? – wyszeptała i zaraz się poprawiła. – Dlaczego miałabym to zrobić? Co nam to da?

– Po pierwsze, nawet jeśli telefon został wyłączony, mój człowiek jest w stanie ustalić jego lokalizację. Po drugie, znajdziemy tam sekrety twojej córki i kontakty do osób, z którymi była najbliżej, także jej stalkerów.

– Przecież nie będziemy mogli dostarczyć tego policji? To bezużyteczny dowód!

– Chcesz dowodów czy powrotu dziecka? – syknął. – Zajmijmy się tym, co pilniejsze. A kiedy Stefania będzie już na pokładzie, bezpieczna i zdrowa, pomogę ci znaleźć winnych jej krzywd. Obyśmy tylko się nie spóźnili.

– Co masz na myśli? – przeraziła się.

– Młodzi agresorzy są najbardziej brutalni, a przestępstwa, których dokonują w grupie, najstraszniejsze. Wiesz dlaczego?

Pola milczała.

– Bo kierują się emocjami. Nie czują odpowiedzialności i kontestują zasady moralne tak zwanych dorosłych. To chluba być na kontrze, w rewolucji. Plus hormony, popisywanie się przed innymi, próba dominacji w grupie cudzym kosztem. Rzadko kiedy ujawniają tajemnice dorosłym. Jeśli istnieje zmowa milczenia, prędzej komuś stanie się krzywda, niż agresor się wysypie. Trzeba znaleźć słabe ogniwo i nad nim pracować.

– Uważasz, że moją córkę uprowadził ktoś ze szkoły? Ta ganguska Mugi albo Kamil?

– To nie jest żadna ganguska, tylko dziewczyna z problemami. Założę się, że jej sytuacja w domu jest nieciekawa – sprostował. – I nie wyciągajmy pochopnych wniosków. Nie wiem, co stało się z twoją córką, ale zrobię wszystko, żeby się tego dowiedzieć.

– Zgoda. – Pola się zawahała. – Zrób to, co konieczne, ale poza nami nikt się o tym nie dowie. Nawet Bartłomiej! To mój warunek. I jeszcze jedno…

Sobieski przyjrzał się jej. Była niemal zielona na twarzy. Policzki miała zapadnięte. Włosy przyklejone do czaszki.

– Dobrze się czujesz?

Pokręciła nerwowo głową.

– Muszę tylko coś zjeść. – Machnęła ręką. – Całkiem o tym zapomniałam. Mam niedobory żelaza, a co kilka godzin powinnam też dostarczać cukier i węglowodany dziecku.

– Co chciałaś mi powiedzieć?

– Wydaje mi się, że Stefa próbowała popełnić samobójstwo.

– Wydaje ci się?

34

– Bartłomiej znalazł pętlę z żyłki wędkarskiej. Była zawieszona na żyrandolu.

Oboje odruchowo spojrzeli na sufit. Tandetna papierowa lampa z Ikei z pewnością nie utrzymałaby ciężaru piętnastolatki. Kuba przyjrzał się wnikliwiej sufitowi. Nie było uszczerbku w tynku.

– A Stefania miała na szyi taką cienką szramę – ciągnęła grobowym głosem Pola. – Jakby się nią pocięła. Przez długi czas nosiła szalik także w domu.

– Zachowałaś ten dowód?

Pokręciła głową.

– Bartłomiej spanikował. Wyrzuciliśmy, bo nikt nie chciał o tym pamiętać ani rozmawiać.

Sobieski zmarszczył brwi.

– Kiedy to było?

– Trzy miesiące temu... Jeszcze zanim wybuchła afera w szkole.

– Zeznałaś o tym policji?

Zaprzeczenie, odwrócony wzrok.

– Dlaczego?

– I tak Stefę mają za jedną z tamtych. Nie uwierzyliby, że jest inna. Ostatnim, czego bym chciała, jest zawiadamianie o tym policji, żeby to rozgłoszono i żeby wszyscy mieli ją za wariatkę w depresji. Co to, to nie!

– A co z ludźmi z nowej szkoły? Nie myślałaś, że to może mieć związek z jej zniknięciem? Mówiłaś, że chodzi tam dopiero od miesiąca?

– Nie – zaprzeczyła stanowczo. – To szkoła społeczna. Prowadzi ją mój kolega. Tylko dlatego zgodził się na przeniesienie, że znamy się od lat. Bartłomiej był bardzo zły, kiedy dowiedział się, ile wynosi czesne, ale jestem gotowa płacić krocie, byle moja córeczka była bezpieczna. Zresztą Stefa ani razu nie była na zajęciach.

Uczestniczyła w lekcjach zdalnie. Bałam się, że tamci dowiedzą się, dokąd ją przeniosłam, i ją znajdą.

Podała mu wszystkie nazwiska oraz adresy uczniów ze starej szkoły. Jakub zapisał to w małym kajecie i schował go do wewnętrznej kieszeni kurtki.

– Nie używasz notatnika w telefonie? – zainteresowała się.

– Tak jest bezpieczniej – odparł. – Jest wprawdzie tylko jedna kopia, ale papier trudniej zhakować.

Uśmiechnęła się słabo.

– Nie masz przypadkiem obsesji?

– Choroba zawodowa.

Wstał, zrobił krok do wyjścia.

– To wszystko zostaje między nami? – upewniła się jeszcze raz.

– Melduję się tylko tobie. To, o czym chcesz zawiadomić swojego partnera, zależy od ciebie. – Zatrzymał się. Przyjrzał się jej bacznie. – Czy jest jeszcze coś, o czym chciałabyś mi powiedzieć?

Zastanawiała się, a wreszcie rzekła z przekonaniem:

– Jestem pewna, że moja córka jest dziewicą. Relacja z Kamilem była czysto koleżeńska, chociaż może i się w nim podkochiwała. Tego nie wiem. Ale nie była molestowana – podkreśliła. – Chcę, żebyś o tym wiedział.

Pokiwał głową.

– Nie wierzysz mi?

– Przyjąłem do wiadomości – zapewnił. – A jakie tajemnice miała twoja córka, powiem ci, jak tylko dostaniemy się do jej urządzeń. I na koniec mała rada. – Umilkł na chwilę. – Nie walcz z glinami. Współpracuj. Bądź pewna, że mają oko na ciebie i na twojego

Bartłomieja. Zgłosiliście zaginięcie i dopóki Stefa się nie odnajdzie, jesteście pod obstrzałem. Nie zdziwiłbym się, gdyby przed wejściem stała jakaś dyskretna czujka. Na twoim miejscu robiłbym wszystko, co doradzają. Plakaty, fundacje pomagające znajdować zaginionych, telewizja. Nie unikaj tego. A teraz zjedz coś, weź tabletkę i spróbuj zasnąć. Zamartwiając się, w niczym córce nie pomożesz.

Pola sięgnęła do swojej wyszywanej torby i wyjęła z niej zestaw kluczy na kółku.

– Kocura trzysta czterdzieści pięć, lokal dwieście trzydzieści cztery. Z tego, co wiem, mój mąż jest teraz w Stuttgarcie. Jeśli zastaniesz tam Monikę, jego córkę, przekaż jej, że ją kocham i żeby czasem do nas zajrzała.

**

Blok przy ulicy Kocura 341, lokal 1346, mieszkanie rodziców Renaty

„Za 20 min. na przystanku. Możesz?"

Mugi odebrała wiadomość i natychmiast zaczęła się ubierać. Szybko odpisała: „Nwm. A skończyłeś na zawsze z tą *whore*?"

„Z kim? :0000 Liczysz się tylko TY" – wpadło, zanim zdążyła zapiąć zamek od plecaka.

„25 min. max – odpisała. I dorzuciła: – Czekaj do skutku. Przyjdę obić ci twarz za to, co nawywijałeś <# <: <33"

– Ej, co to za zrywka? – Renata udała, że robi wściekłą minę. – Starzy będą nie wcześniej niż za pięć godzin, a ja właśnie otwieram lody. Są pistacjowe, suko!

– Ale *shame*... No nie mogę – mruknęła Mugi.

– Myślisz, że moi starzy jutro też będą w robocie? Raz na ruski rok się zdarza, że oboje mają nockę. To ślepy traf. I jeszcze w środku tygodnia...

– Sorry, dziwko, ale jeszcze to sobie odbijemy. – Mugi była nieugięta. – Mam pilną sprawę.

– Będziesz żałowała. – Renata szczerze posmutniała. – A już prawie urobiłam tę starą babę na twoją torebkę Pinko. Tak się zajarała ceną i płaczliwą opowieścią, że zrobi ekspresowy przelew. Jak teraz wyjdziesz, twoją dolę weźmie Sylwia SuperStar.

– *No way*. Oddasz mi forsę jutro – zaprotestowała Mugi.

– Chyba w naturze – parsknęła Renata i spojrzała na trzecią koleżankę, która w dłoniach trzymała już wielkie pudło z lodami. Było otwarte, zawartość zaś znacząco uszczuplona.

Sylwia zwana SuperStar miała solidną nadwagę, co nie przeszkadzało jej eksponować kilku oponek na brzuchu w neonowym powycinanym w strategicznych miejscach dresie. Croptop ledwie zasłaniał jej sportowy biustonosz, a znad pośladków wystawały majtki z koronki. Jeśli były kiedyś białe, to bardzo dawno temu. Stopy miała duże jak chłopak. W adidasach na puchowej podeszwie wyglądała jak ludzik Michelina. Uśmiechała się jednak przymilnie i zawsze wiedziała, kto dowodzi w bandzie, a komu bezkarnie można przygadać.

– Nuanda pierdnie, a ty już lecisz – skomentowała, mlaskając. – Pędzisz na randkę po tym wszystkim, co ci zrobił?! Na twoim miejscu wpierw bym mu dojebała, a tę jego dziwkę zakopała nad kanałkiem. Wszyscy mieliby bekę, jakby gliny znalazły jej trupa.

38

– Zamknij się, *bitch*! – Mugi pacnęła SuperStar po ramieniu. – I nie żryj tyle, bo pękniesz.

– Czyli nie będziesz jadła swojej porcji? – SuperStar uśmiechnęła się chytrze. – To leć, nie będę cię zatrzymywała.

– Kocham go, co poradzisz! Chociaż mnie wkurwia! – Mugi uśmiechnęła się triumfująco i pomachała dziewczynom wstęgą z prezerwatyw. – Mam dzisiaj sporo do zrobienia. Kryjcie mnie w budzie. Jakby kto pytał, mam salmonellę.

– Prędzej kiłę – sprostowała rezolutnie SuperStar. Wyciągnęła dłoń w kierunku wstęgi kondomów. – Ej, zostaw nam trochę. Część nadmuchamy, a resztą chłopaków postraszymy.

Mugi oderwała kilka i wrzuciła je do pojemnika z lodami, aż SuperStar zaczęła piszczeć i utyskiwać.

– Suka, spierdalaj. Kto to teraz zje?

– Ty, Sylwutku. – Mugi się roześmiała. – Pozdrów Tejta i Makrona. Odkąd wykurzyliśmy Nene ze szkoły, straszne nudy. Nie opłaca się chodzić.

Nie słuchała, co gadały dalej. Trzasnęła z lubością drzwiami i ruszyła do wind.

W lustrze poprawiła usta błyszczykiem, a za uszy i w przeguby wtarła piżmowy zapach z kremie. Zanim dźwig zatrzymał się na parterze, w ustach miała już zapalonego papierosa. Wydmuchała dym na wsiadającą staruszkę, puszczając mimo uszu jej pokrzykiwania o dzisiejszej młodzieży. Maszerowała ulicą do przystanku, na którym za dawnych czasów zawsze przesiadywali z Kamilem, i uśmiech nie schodził jej z twarzy. Czekała na ten dzień od miesięcy. Wyglądało na to, że Nuanda poszedł wreszcie po rozum do głowy i rzucił Nene, a Mugi czuła, że dziś się zejdą.

Planowała poudawać niedostępną, ale aż się paliła, by jak najszybciej znaleźć się w ramionach szkolnego pięknisia.

⁎

Mimo późnej pory na przystanku czekało kilka osób. W pierwszej chwili Mugi spanikowała. Nie widziała czerwonych trampek Kamila ani jego śmiesznej kurtki w spidermany. Czyżby z niej zażartował? Dotarła do wiaty i obeszła ją dookoła. Zapytała kogoś o godzinę, bo ludzie zaczęli się jej dziwnie przyglądać, ale wiedziała, że się nie spóźniła. Była nawet przed czasem. Sięgała już po telefon, by wysłać mu coś obrzydliwego i zbesztać jak burego kota, kiedy ktoś zasłonił jej oczy dłońmi. Poczuła znany zapach gandzi i dawno niepranych ciuchów. Odwróciła się, a potem z piskiem rzuciła mu się na szyję. Plan „jestem-taka-niedostępna" niniejszym spalił na panewce.

– Hej, mała. Czekasz na kogoś? – Nuanda uśmiechał się tym swoim czarującym grymasem „niby-mam-to-
-w-nosie".

– Chyba nie na ciebie? – odpowiedziała pogardli-wym grymasem. – A co?

– A nic.

Objął ją mocniej ramieniem. Dawno tego nie robił, więc poczuła się wyróżniona. Mimo to udała, że się od niego opędza.

– Puść, boli!

Wcale jej nie słuchał. Przyciągnął ją siłą i zaczął cało-wać. Przyssała się do niego, aż straciła poczucie rzeczy-wistości. Ocknęła się, dopiero kiedy usłyszała gwizd, a potem szydercze pokrzykiwania. Odwróciła się w tam-tym kierunku.

Pod krzakami stało kilku wyrostków, których znała z widzenia. W grupie dostrzegła Tejta i Makrona i pojęła, że dziewczyny będą czekały na darmo. Wyglądało na to, że jej koledzy nie wybierają się do Renaty i Sylwii SuperStar. Pozostali byli dużo starsi. Może nawet już studiowali.

– Poznaj moich kumpli. – Kamil wskazał nieznanych jej chłopaków.

Kolejno wymieniał ich ksywy. Nie zapamiętała ani jednej z nich. Była zbyt wściekła.

– Podobno mieliśmy pogadać – syknęła. A ponieważ chłopak nadal głupkowato się uśmiechał, pchnęła go do ziomków. – Spierdalaj. Myślałam, że to coś ważnego.

– Że niby randka? – kpili tamci. – Mugi kocha Nuandę! Zakochana Mugi! Ale wtopa!

Odwróciła się i ruszyła przed siebie. Czuła, że lewa podkolanówka zsuwa się jej z łydki, ale nie zamierzała się schylać i jej poprawiać. Słyszała pokrzykiwania, obraźliwe teksty i nic nie mogła poradzić na to, że chciało się jej płakać.

– A ty dokąd? – Jeden z wyrostków szarpnął ją za ramię, aż omal się nie przewróciła. – Mamy do porozmawiania. Serio.

– Zostaw mnie.

– Zostaw mnie. Zostaw! – przedrzeźniał ją. – Chodź, maleńka, zrobimy sobie gang-bang. Widziałem twoje cycki na Insta!

Rzuciła się do ucieczki. Biegła ile sił w nogach, aż myślała, że pogubi buty. Na zdjęciu w internecie wyglądały ładnie, ale nadawały się tylko do siedzenia. Gruba na dziesięć centymetrów podeszwa praktycznie się nie zginała. Oczyma wyobraźni widziała, jak kumple Kamila zwijają się ze śmiechu, obserwując, jak rozstawia nogi na boki, by utrzymać obuwie na stopach. Pewnie ją nagrali, a jutro wszyscy w szkole będą z niej kpić. Twarz piekła ją od gorąca, a po chwili plecy miała mokre od potu.

– Stój, dziwko! – wrzeszczał ten, który ją szarpał.

– Zostaw ją! Wszystko spieprzysz – usłyszała głos Kamila.

Nagle ktoś chwycił ją za plecak i tym razem nie zdołała utrzymać równowagi. Runęła na chodnik jak długa, ledwie łapiąc dech.

– Nie znasz się na żartach? – Kamil pochylił się nad nią, a widząc, że płacze, odwrócił się do kolegów i wybuchnął teatralnym śmiechem. – Poryczała się! Mugi beksa! Nie wierzę...

– Dlaczego jesteś taki podły?

– Ja? – Wykrzywił się. – To ty jesteś potworem. Nene nie mogą znaleźć od przedwczoraj.

Podsunął jej pod nos ogłoszenie na Facebooku, które umieściła rodzina Stefanii.

– Gdybyś chodziła do szkoły, a nie spędzała całych dni w galerii, może byś wiedziała.

– Mam to gdzieś! – fuknęła. Wstała, otrzepała spódnicę i poprawiła podkolanówki. – Jeśli o mnie chodzi, ta suka może nawet nie żyć – dorzuciła z satysfakcją.

Kamil chwycił ją za ramię i wyszeptał do ucha:

– To twoja sprawka?

– Odczep się! – wrzasnęła. – Ratunku!

Nikt z przechodniów nie zwracał na nich uwagi. Przyśpieszali tylko kroku i odwracali głowy. Mugi nabrała powietrza i spróbowała ponownie, ale Kamil położył jej dłoń na ustach.

– Zostaw, duszę się – wychrypiała i wyrwała mu się. – Mam cię dosyć.

Przyglądał się jej skonfundowany.

– Więc nic nie wiesz o zniknięciu Nene? Poważnie?

Wzruszyła ramionami. A potem podniosła hardo podbródek i rzuciła jak wyzwanie:

– I to dlatego chciałeś się dziś ze mną spotkać? Żeby gadać o niej?

Pochylił głowę.

– Myślałem... – zaczął, ale nagle urwał. – To dziwne, nie? A jeśli naprawdę coś jej się stało?

Mugi zacisnęła usta ze złości.

– Nie mamy o czym gadać. Nie pisz więcej do mnie – oświadczyła, ale nie odchodziła. A potem nagle zapytała płaczliwym tonem: – Więc to koniec?

Chłopak odwrócił się. Dał znak kolegom, którzy już do nich zmierzali.

– Muszę iść, ale myślałem, że zabierzesz się ze mną – wyszeptał pośpiesznie.

– Dokąd?

– Jeden kumpel zna dom na Targówku, który od tygodnia stoi pusty, bo właściciele wyjechali na wczasy. Obeżremy się, opijemy dżinu i zostaniemy na noc? Sprawdzimy, czy między nami coś jeszcze może być. Co ty na to?

– Mój ojczym za godzinę wraca z roboty – szepnęła bez przekonania. – Powinnam pomóc matce przy dziecku. Przynajmniej udawać, że jestem w pokoju. Nie mogę...

– Twój stary pracuje? – Kamil szczerze się zdziwił.

– Znów chodzi na mityngi i ksiądz załatwił mu jakieś cieciowanie. Matka nawet żarcie dla niego robi. Sielanka.

– Nawet nie zauważą, że ciebie nie ma – kusił. – Przyjdzie, rzuci się na twoją starą, a ktoś z rodzeństwa zajmie się małą.

– To nie jest fajne, Nuanda – wyszeptała Mugi.

– Sądziłam, że wpierw porozmawiamy, a ty chcesz mnie tylko bzyknąć.

– Ty nie chcesz?

Obejrzała się na jego kumpli zajętych już rozmową i oglądaniem filmików w telefonie.

– Nie z nimi – oświadczyła. – I nie w jakimś obcym domu. Z kradzioną wódą...

– A gdybyśmy poszli do mnie? – Mrugnął do niej. – Wtedy byś chciała?

– Pieprzyć się?

– Rozmawiać – sprostował, krzywiąc się. – Zresztą co tylko będziesz chciała...

Uśmiechał się tak słodko, że nie miała siły zaprotestować ani go obrugać.

– No... Może? Sama nie wiem.

W odpowiedzi pocałował ją, ale tym razem delikatnie, z wyczuciem. W trakcie pieścił jej plecy, a biodra przyciskał do swojego krocza. Czuła, że jej pragnie, i strasznie ją to rozczulało. Tak bardzo chciała mu się poddać i kiedy wreszcie objął ją władczo ramieniem, a potem spojrzał głęboko w oczy jak kiedyś, przed Nene, poczuła się już bezpiecznie. Znów przypomniała sobie, jaki potrafi być uroczy, gdy nagle Kamil gwizdnął na swoją brygadę. W kilka sekund kumple otoczyli ich kręgiem.

– Panowie, bierzemy ubera – zarządził. – Najpopularniejsza dziewczyna w szkole nie będzie się tłukła autobusem.

Ktoś podał jej piersiówkę. Alkohol był mocny, aż palił przełyk. Zdawało się jej, że upiła tylko kilka łyków.

MĘŻCZYZNA, KTÓRY NIENAWIDZI KOBIET
20 kwietnia (czwartek)

Czyjś dom na Tarchominie

Obudziła się obolała i już wiedziała, że stało się nie-uniknione, kiedy nad sobą zobaczyła umięśnioną i opaloną klatkę piersiową, a potem zarys nabrzmia-łego przyrodzenia okrytego tylko cienką warstwą ba-wełnianych bokserek. Nie był to Kamil ani nikt, kogo wczoraj widziała. Ten facet był ledwie kilka lat młod-szy od jej ojczyma. Próbowała uciec, wyswobodzić się, ale ktoś chwycił ją za ręce. Inne dłonie jak w klesz-czach trzymały jej kostki. Siłą rozłożyli jej nogi, aż zabolało. Pojęła, że jest ich wielu. Zacisnęła oczy i wmawiała sobie, że to koszmar, że jeszcze śpi. Nać-pała się, czegoś jej dosypali i ma zwidy. To tylko strasz-liwa narkotyczna wizja, łudziła się. Nie, to nie dzieje się naprawdę. Ale dotyk był prawdziwy. Podobnie jak chwyty, ból i obleśne oddechy.

Starała się zacisnąć uda, ale wiedziała, że nie jest wystarczająco silna. Nawet z tym jednym podstarzałym osiłkiem w gaciach nie dałaby rady, tym bardziej z całą zgrają. Czekała na ból, na rozrywające pchnięcia, ale nic takiego się nie wydarzyło.

– Wynocha. Spierdalać – usłyszała chrapliwy szept.

– Koniec zabawy.

Bała się otworzyć oczy, ale instynktownie zwinęła się w kłębek. Jak dziecko w łonie matki, by się schronić, przestać istnieć. Bała się płakać. Bała się odezwać. Wiedziała po latach życia z ojczymem pijakiem, któremu nieraz zdarzało się brać matkę siłą, że mniej jest obrażeń, jeśli kobieta ulegnie. Przeczeka, zaciśnie zęby i wtedy jest szansa przetrwać gehennę, a teraz tylko to się liczyło. W dalszej kolejności była ucieczka. Jak się stąd wydostać? – myślała gorączkowo.

Nagle poczuła, że ktoś okrywa ją delikatną tkaniną. Jedwab, satyna? To było coś miłego. Nie rzucił tej szmaty na nią i nie krzyknął nic wulgarnego. Okrył ją z troską, jakby była delikatnym stworzeniem wymagającym opieki.

– Nie bój się – wyszeptał aksamitnym głosem. – Przedwcześnie się obudziłaś. Bardzo mi przykro.

Była skołowana, ale odważyła się podnieść powieki.

– Gdzie Kamil? – spytała, zanim pomyślała. – Gdzie on jest? Zostawił mnie?

– Jaki Kamil? – Uśmiechnął się półgębkiem i sięgnął po okulary.

– Gdzie ja jestem?

– W moim haremie – odparł. – A dokąd się wybierałaś?

Podniosła się, usiadła. Zawiązała się szczelniej w pasie, bo ten jedwab okazał się męską podomką.

– Nie wiem, jak się tu znalazłam.

– O, nie wątpię. – Zaśmiał się. – Przywieźli cię pijaną w sztok. Chłopaki harcowały z tobą całą noc. Nie martw się, przegoniłem ich. Zostaliśmy sami.

Dopiero teraz poczuła grozę. Rozejrzała się po pomieszczeniu. Prawdziwe obrazy na ścianach, egzotyczne kwiaty w donicach. Barek z jakiegoś drewna w ciapki, jakie widziała tylko na filmach. Dywan przypominał zebrę i sięgał od okna aż do łazienki. Była otwarta i Mugi zauważyła stojącą na lwich łapach wannę. Ten facet był bogaty, mogła być tego pewna. Jeśli to oczywiście jego dom... Czyżby wczoraj przyjechali i zastali go tutaj? A może Kamil z kumplami zaplanowali ten gwałt? Czy jeśli dziewczyna jest kompletnie napruta, to jest w ogóle gwałt? Myśli skłębiły się jej w głowie w jeden wielki supeł.

– Gdzie są moje prezerwatywy?

– Prezerwatywy? – powtórzył jak echo. – To ty miałaś gumki?

Zacisnęła uda. Pomyślała o ciąży. O tym, co zrobiłby jej ojczym, gdyby dowiedział się, że w wieku siedemnastu lat będzie miała dziecko. Jak szybko wyleci z domu? Przydzielą jej kuratora czy znów trafi do bidula?

Zeskoczyła z łóżka, jakby nic się nie stało. Podeszła do drzwi, nacisnęła klamkę. Zamknięte. Odwróciła się, zeskanowała pomieszczenie.

– Gdzie są moje rzeczy?

– Wybierasz się gdzieś?

– Muszę iść do szkoły – bąknęła.

Zajrzała pod łóżko, otwierała szafy, szuflady, odsunęła zasłony. Kątem oka widziała, że facet nie zwraca na nią uwagi i zmierza do łazienki, więc nabrała animuszu, podbiegła do wyjścia. Ponownie sprawdziła klamkę. Bez skutku. Znieruchomiała na moment. Dopiero teraz pojęła powagę sytuacji.

Spojrzała w kierunku pomieszczenia, gdzie stała wanna na lwich łapach. Facet sikał do niej, nie przejmując się obecnością Mugi. Była oburzona. Odwróciła głowę i wtedy dotarło do niej, że to nie może być jego dom. To przestępca, jakiś oprych, który włamał się tutaj i korzysta z dobrodziejstw tego ekskluzywnego wnętrza! Nikt, kto zapłaciłby za tak luksusową wannę, nie potraktowałby jej pogardliwie. Co działo się w nocy? Ilu z nich ją gwałciło? Dziękowała Bogu, że kompletnie nic nie pamięta, i w duchu przeklinała Kamila oraz swoją słabość do niego. Kiedy go dopadnie, po prostu sprzeda mu kosę pod żebro, jak kiedyś matka jej ojcu. Lepiej, żeby nie przeżył jak jej stary. Jeśli pojedzie krwawiący na OIOM, Mugi co najwyżej zastanowi się, czy opłaca się mu wybaczać. Pocieszała się tymi myślami i nakręcała gniewem, ale gdy tylko usłyszała znów modulowany aksamitny głos tego zboczeńca, straciła animusz i chciało jej się tylko płakać.

– Zanim wyjdziesz, powinniśmy się lepiej poznać – powtórzył.

Zdawało się jej, że mężczyzna ma akcent, jakby nie był Polakiem albo wychowywał się gdzieś za granicą. Za zachodnią granicą. Dobrze, że przynajmniej wyglądał na czystego. Był łysiejący i brzydki, zwłaszcza w tych kwadratowych okularach, ale jest szansa, że niczym jej nie zarazi. Zęby też ma wszystkie. Tyle dobrego. Musiała kiedyś pójść z facetem, któremu śmierdziało z ust zgniłą makrelą, i nie zapomni tego smrodu do końca życia. To było gorsze niż sam akt. Tamten zostawił dobry napiwek, ale przysięgła, że więcej się tak nie poniży.

– Hej, jestem Sebastian. – Podszedł do niej od tyłu. Miał już na sobie płaszcz kąpielowy.

Podał jej skotłowane ubrania. Podkolanówki były podarte na strzępy i brudne, majtki zakrwawione. Bluzka jedynie rozciągnięta, za to spódnica praktycznie w stanie idealnym. Brakowało jednego buta. Plecak pusty.

Spojrzała na mężczyznę ze wstrętem.

– Gdzie moje rzeczy?

W odpowiedzi wzruszył ramionami. Wolnym krokiem podszedł do tacy z karafkami wypełnionymi bursztynową lub przezroczystą cieczą. Sięgnął do jakiegoś pudełka i wyjął cygaretkę. Wsadził do ust. Przypalił, po czym rozsiadł się w fotelu, szeroko rozstawiając uda. Szlafrok się rozchylił i Mugi nie była pewna, ale zdawało się jej, że nie ma już na sobie bokserek. Wolała o tym nie myśleć w tej chwili. Skupiła się na jego stopach. Nosił frotowe kapcie jak z hotelu z jakimś wyszytym na czubku napisem. Hilton – odczytała. Szlafrok też miał podobny emblemat.

– Oddaj mi resztę moich rzeczy – zażądała.

– Nie cieszysz się, że uratowałem cię z rąk tych drapieżców? – Uśmiechnął się szelmowsko, jakby byli na randce. – Mogło być gorzej, skoro jesteś już przytomna, a oni wzięli sporo prochów. Gdyby nie ja, tak łatwo byś się nie wywinęła.

– Dziękuję ci, o książę – zakpiła, modulując głos. A potem wrzasnęła z całych sił: – Oddawaj moje rzeczy, skurwysynu!

– Niby co? – Przekrzywił głowę rozbawiony.

– Telefon, portfel, książki do szkoły i klucze – wymieniła na jednym oddechu.

Sięgnął do kieszeni. Wyjął jej komórkę.

– Może taka?

Rzuciła się do niego. Odepchnął ją, usadził jednym chwytem.

49

– Liż! – rozkazał i wyjął stopę z kapcia. Podsunął jej pod nos.

Mugi nie wiedziała, dlaczego nie może się ruszyć. Trzymał ją za kark ledwie jedną ręką.

– Wyliżesz każdy palec. A potem będziesz mnie pieściła tutaj i tutaj. – Wskazał wewnętrzną stronę ud, a następnie genitalia. Nie pomyliła się. Pod szlafrokiem był całkiem goły. – Tylko ani myśl udawać, że nie wiesz, o co idzie. Z nocnych figli moich sępów wiem, że znasz się na robocie.

– Wal się! – wychrypiała, bo głos ledwie wydobywał się jej z gardła.

Zacisnął mocniej. Czuła, że się dusi.

– Wszystkie jesteście takie same. Nieodłączny gen kurwy. Starczy potrząsnąć – mruczał, kiedy Mugi żegnała się już z życiem.

Nagle odpuścił.

– Wiesz co? Zapłacę ci. Ile chcesz?

Rzucił nią o podłogę, a ona odczołgała się jak najdalej i ukryła za łóżkiem. Kaszlała, pluła i ze wszystkich sił starała się złapać dech.

– Nic ci nie będzie. To prosty zapaśniczy chwyt – zarechotał i rzucił w jej kierunku kilka zmiętych banknotów. – Starczy? Odpracujesz to, bo wiesz, za tyle właśnie cię kupiłem. Za te kilka stów mam cię na własność.

Patrzyła, jak podchodzi do niej z pałką policyjną w jednej dłoni i maczetą w drugiej.

– A może wolisz którąś z tych zabawek? Najpierw chyba utnę ci palce u stóp. I tak do niczego ci się już nie przydadzą. To jak, będziesz mi teraz grzecznie służyć?

*
**

Szkoła Podstawowa nr 512
przy ulicy Kocura

Sobieski drugą godzinę czekał na niskiej ławeczce, jaką pamiętał z treningów piłkarskich na Legii, i zastanawiał się, jak długo dyrektorka tej podstawówki zamierza go jeszcze upokarzać.

Dzieciaki biegały po korytarzu i tylko co poniektóre spoglądały w tę stronę, jakby jego obecność podczas kolejnej przerwy dawała mu prawo do niewidzialności. Wrzask był straszliwy, a nauczyciele zupełnie na to nie reagowali. W końcu z gabinetu szefowej szkoły wychyliła się leciwa dama z imponującą trwałą na głowie.

– Pan Sobecki? – zaskrzeczała.

– Sobieski – sprostował Jakub i ugryzł się w język, by nie powiedzieć babci czegoś niemiłego.

Wstał, wygładził bojówki. Obejrzał się za siebie, bo nagle poczuł czyjś wzrok na plecach. Chłopak z rozwianą czupryną był śliczny jak marzenie. Wydatne usta, jasne tęczówki, mocno zarysowany podbródek. Ubrany był w rurki i wściekle kolorową bluzę oraz obuwie przypominające bałwanki. Gdy tylko jednak ich spojrzenia się spotkały, nałożył kaptur i czmychnął za winkiel.

– To Kamil Niepłocha? – Jakub zwrócił się do wiekowej sekretarki. – To był on, prawda? Kolega zaginionej Stefy Chrobak?

Zanim kobieta wydreptała z pokoju, nastolatka już nie było.

– Chyba świeczkę w kościele poszłabym zapalić, gdyby Nuanda pojawił się w szkole – mruczała zniechęcona. – Od tygodnia go nie widziałam.

– Nuanda? – powtórzył Jakub.

– Nikt nie mówi na Niepłochę po imieniu, odkąd zagrał jednego z tych umarłych poetów. A pan skąd go zna? Pewnie był pan na jakimś spektaklu, które organizują nasi uczniowie w Skaryszaku?

– Nie znam Nuandy. Nie wiedziałem nawet, że nosi taką ksywę – odparł zgodnie z prawdą Jakub. – Widziałem go tylko na zdjęciu. I nie ukrywam, że liczyłem na rozmowę. – Odchrząknął. – W związku z zaginięciem waszej uczennicy.

– To straszna historia! Straszna! I, oj, nie będzie to łatwe – gadała kobiecina. – On z tych milczków. Gadułą staje tylko z kamratami, jak lekcje się skończą. No i na scenie gęba mu się nie zamyka. Policja próbowała, ale nic nie wskórali.

Jakub nie słuchał dalej. Truchtem ruszył w kierunku, gdzie zniknął nastolatek. Niestety w tym momencie zadzwonił dzwonek i na korytarzu zaroiło się od uczniów. Wszyscy nosili podobny model obuwia i pstrokatej odzieży, a teraz uparcie pchali się do klas. Chociaż Kuba się starał, nie był w stanie rozróżnić dresu Kamila od innych podobnych. Zaczepił kilku chłopaków podobnego wzrostu, otworzył kilka sal i zajrzał do środka, aż wreszcie pokonany zawrócił pod gabinet dyrektorki. Tak jak się spodziewał, drzwi znów były zamknięte. Przeklął siarczyście pod nosem i nacisnął klamkę, chociaż sekretarka skrzeczała zza swojego biurka, by czekał cierpliwie.

– Nie mam czasu dłużej siedzieć jak byle petent! – ryknął zeźlony i wparował wprost do gabinetu pryncypałki. – To skandal, co pani odstawia!

Ku jego zdziwieniu odbywała się tam narada. Nauczyciele zgromadzeni wokół długiego jak pociąg stołu wgapiali się w niego oburzeni, a u jego szczytu zasiadała kobieta w mundurze, którą znał.

– Dorota? – wyszeptał ledwie słyszalnie. – Co ty tutaj robisz?

– Ciebie powinnam zapytać o to samo! – rozpromieniła się Osińska, pieszczotliwie zwana Osą. – Nie mów, że pracujesz przy tej sprawie?

– Prowadzisz to dochodzenie? – odpowiedział pytaniem na pytanie. – W takie zbiegi okoliczności nie wierzę.

– Widzę, że państwo się znają – przerwała im ubrana w kraciasty garnitur biuściasta, wielce seksowna kobieta, a to za sprawą burzy sztucznych warkoczyków w kolorze miedzi, które miała upięte wysoko na czubku głowy. – To znacznie ułatwi sprawę.

Przedstawiła się i wojskowym krokiem podeszła do Kuby, by podać mu rękę.

– Eliza Olędzka. Jestem dyrektorką tej placówki.

Ledwie wymruczał swoje nazwisko, tak był oszołomiony jej charyzmą.

– Może pan detektyw dołączy do nas? – Eliza odwróciła się do policjantki. – Streścimy mu szybko, co ustaliliśmy, a potem będzie mógł uczestniczyć na bieżąco.

– Niestety to niemożliwe – zaprotestowała Osa. – Wybacz, Kubusiu. Procedury nie dopuszczają takiej możliwości. Łeb by mi urwali, a może i znów musiałabym zmieniać posterunek. Pani dyrektor, chciałabym kontynuować.

Jakub spodziewał się takiej odpowiedzi, więc by nie tracić cennego czasu, rozglądał się po materiałach leżących przed nauczycielami. Widział plakaty poszukiwawcze, którymi oklejono wejście do szkoły oraz wszystkie słupy ogłoszeniowe, akta ucznia z nazwiskiem Stefanii i liczne wydruki z kamer. Bardzo chciałby wiedzieć, o czym tak deliberowali i ile to jeszcze potrwa, jednak w tej chwili zależało mu tylko na jednym: rozmowie z dyrektorką sam na sam. W drugiej kolejności liczył na umożliwienie mu spotkania z Kamilem Niepłochą oraz jego kolegami z kółka aktorskiego czy w cokolwiek ci chłopcy się bawią.

– Wygląda na to, że będzie pan musiał zaczekać, aż skończymy. – Eliza wzruszyła ramionami, a Kuba bezsprzecznie uwierzył, że dyrektorce naprawdę jest przykro. – Na dole jest stołówka. Nie taka zła, jak by się wydawało, gdyby sądzić po wielkości tego gmachu. Polecam bitki z ziemniakami, za to zupę owocową może pan sobie darować. Krystyna zaraz zadzwoni, żeby dostał pan solidną porcję. Dobry plan? – Uśmiechnęła się z czułością do leciwej sekretarki, która stała w drzwiach przerażona konsekwencjami swojej nieuwagi.

– Wolałbym zapalić. – Sobieski zapatrzył się na marynarkę dyrektorki, której z kieszonki wystawał elektroniczny papieros zamiast poszetki. – Trochę świeżego powietrza dobrze mi zrobi.

Kobieta zawahała się, a potem nagle oświadczyła:

– Pokażę panu bezpieczne miejsce, żeby nie demoralizować młodzieży.

I nie oglądając się na oniemiałą z wrażenia Osę, chwyciła trencz. Ruszyła przodem.

– Pani dyrektor, czy to znaczy, że samowolnie zarządza pani przerwę? – usłyszeli zza pleców zniecierpliwiony głos Osińskiej.

– Nie, pani oficer, proszę sobie nie przeszkadzać i spokojnie kontynuować – rzuciła Olędzka lekko, niemalże z troską. – Niebawem wracam. W tym czasie może pani indywidualnie przesłuchać, kogo się pani podoba.

Sądzę, że to dobrze zrobi śledztwu i rychło znajdziemy Stefę. O to wszystkim nam przecież chodzi.

Kiedy zatrzasnęła drzwi własnego gabinetu, Jakubowi wydawało się, że zachichotała pod nosem, jakby uznała, że to całkiem niezły psikus.

⁎

– Zatrudniła cię Pola Chrobak? – spytała Eliza, kiedy znaleźli się na wewnętrznym patio z ustawionymi wokół starej lipy wiklinowymi fotelami i trzema starożytnymi popielniczkami na długich prętach. Były pełne niedopałków i wcale im obojgu niepotrzebne, bo zarówno Sobieski, jak i Olędzka palili elektroniki. – Pracujesz dla niej? – powtórzyła pytanie, ponieważ Jakub nie kwapił się, by potwierdzać. – To ja jej doradziłam, żeby poszukała dodatkowej pomocy. Cieszę się, że chociaż w tym mnie posłuchała.

Kuba przyjrzał się dyrektorce wnikliwiej, bo informacje podane przez Polę Chrobak mu się nie składały. Po pierwsze, Olędzka zdawała się równą babką, taką, która żadnego dzieciaka nie zostawiłaby w potrzebie, a po wtóre, nie wierzył, że unikała znalezienia winnych stalkingu Stefy.

– O co tutaj chodzi? – wychrypiał, chociaż wpierw zdawało mu się, że to tylko jego myśli.

– Gdzie? – Kobieta nie zrozumiała, ale zaraz uśmiechnęła się tajemniczo.

– W zniknięciu dziewczynki – dorzucił rozzłoszczony. – Stefa faktycznie zniknęła czy matka ukrywa ją przed napastnikami?

– Wreszcie mówisz do rzeczy. – Eliza pochyliła głowę i pokiwała nią, jakby wszystko było jasne. – W szkole ludzie podzielili się na dwa obozy. Jedni uważają, że

Stefanii stała się krzywda, została porwana albo i uciekła, a reszta...

– Tak?

– No cóż, nie chciałabym wyjść na jędzę, ale w sumie sama zaliczam się do tej właśnie frakcji – zaczęła oględnie i bacznie przyjrzała się Sobieskiemu. – Rzecz w tym, czy słodka Pola nie robi sobie z nas jaj, a przy okazji dokonuje wyrafinowanego rewanżu.

– Rewanżu? Niby za co i na kim? – Jakub spojrzał na dyrektorkę krzywo. – I nie odpowiedziałaś na moje pytanie.

– Stefa nie była aniołkiem. – Pedagożka nagle zmieniła temat. – Ale nie była też zdegenerowaną uczennicą. Przeciętna, tak bym ją najlepiej opisała. Stopnie z przewagą poniżej normy, odkąd trwa ten konflikt, ale i wcześniej nie zaliczała się do orłów. Śmiem twierdzić, że nie przyjęliby jej do dobrego liceum, na czym tak bardzo zależy jej matce. Może o to chodzi? – Zawahała się. – Ta szkoła jest duża i przyznaję, że mamy kupę dzieciaków z problemami. Rzecz w tym, że Stefania jest jedną z nich. Wzorcowy przykład dziewczynki z rozbitego domu. Zaniedbana emocjonalnie, pełna gniewu, chociaż Chrobakowie forsę mieli. Owszem, była ofiarą prześladowania przez uczniów – podkreśliła Eliza. – Ale wcześniej to ona najczęściej stawała się agresorem. Jak z mojego gabinetu wyjdzie twoja znajoma z policji, pokażę ci teczkę Stefy. Złośliwa, agresywna, niesubordynowana. Dość powiedzieć, że sprawiała problemy. Skarg i doniesień tylko z ubiegłego semestru mam gruby plik. Rozumiesz?

– To nie oznacza, że mamy przestać jej szukać.

– Nic takiego nie powiedziałam – zaoponowała i zacisnęła usta, jakby żałowała poprzedniej wypowiedzi.

– A jednocześnie przyznałaś, że nakłaniałaś Polę Chrobak, żeby zatrudniła detektywa. Po co? – Jakub się skrzywił. – Nie widzę w tym sensu.

Kobieta wpatrywała się w mrugające światełko ładowarki swojego aparatu do palenia, jakby nie mogła się doczekać, aż się naładuje.

– To, co ci powiem, musi zostać między nami – zastrzegła.

– Jasna sprawa – mruknął. – Nie nagrywam tej rozmowy. Mów śmiało. Będę wdzięczny za każdą informację.

– W sumie nic nie wiem. – Wzruszyła ramionami. – Garść plotek i cudzych domysłów, które mogą okazać się szkalującymi pogłoskami. A jednak uważam, że winna ci jestem ich ujawnienie. – Umilkła.

Jakub się nie odzywał. Czekał.

– Rzecz w tym, że Stefania w ostatnim półroczu bardzo się zmieniła – kontynuowała po namyśle Eliza. – Niemal całkiem odsunęła się od koleżanek z klasy, a wcześniej była towarzyska i lubiana. Jestem też absolutnie pewna, że jest uzależniona od urządzeń elektronicznych, ale to zapewne już wiesz. No i to nie są jej największe problemy… – Zawahała się. Szukała w myślach właściwych słów.

Jakub jej nie poganiał. Czekał cierpliwie. Nie chciał jej spłoszyć.

– No, jak by to powiedzieć, zaczęła nadmiernie eksponować swoją kobiecość. Krótkie bluzki odsłaniające brzuch, makijaż. Alkohol, pewnie narkotyki… Do tego zamknęła się w sobie. Stała się hermetyczna, jeśli wiesz, o co mi chodzi. Kolczasta…

– To chyba normalne? Ten wiek…

– Nie – zaprzeczyła stanowczo Eliza. – Nie było to normalne, chociaż masz rację, że wiele dorastających dziewczynek nie radzi sobie ze zmianami hormonalnymi. Ja mówię o czymś innym.

– Wybacz, ale nic nie rozumiem. – Zmarszczył się. Miał już dość tych korowodów. – Czy ta dziewczynka była agresywna? Na czym polegały problemy z nią? Matka się jej bała? Dlatego ją odizolowali? To sugerujesz?

– Nie. Mówię o sekretnym życiu Stefy Chrobak.

– Była molestowana? – strzelił.

– Skoro to sekret, nie wiem, na czym dokładnie polegał – wykpiła się od odpowiedzi i z ulgą włożyła do ust papierosa. Zaciągnęła się łapczywie. – Mam nadzieję, że to odkryjesz, bo na policję nie ma co liczyć.

– Jakiś trop? Podpowiedź? Może przekażesz mi te plotki, szkalujące opinie? – dociekał.

– Plotek posłuchasz samodzielnie, jeśli zmyślnie zakolegujesz się z dzieciakami. Lepiej poznać je z pierwszej ręki – wymigała się. – A i rodzice innych dziewczynek dorzucą swoje trzy grosze. Jak wiele znasz spraw o zaginięcie, przy których ludzie nie płaczą nad poszukiwaną? Czekałeś w naszej szkole bite dwie godziny. Czujesz atmosferę smutku i rozpaczy?

Jakub pokręcił głową. Eliza miała rację. Mimo plakatów i ogłoszeń dzieciaki zachowywały się tak, jakby nic się nie zmieniło.

– Więc co możesz mi dać, żebym za tym poszedł?

Nie odpowiedziała od razu. Ściskała w dłoni telefon, a kiedy ponownie się odezwała, jednocześnie w wyszukiwarkę wrzucała jakieś hasła. Podsunęła mu pod nos jakiś enigmatyczny artykuł.

– Słyszałeś o tej sprawie?

Zanim ekran zgasł, Jakub zdołał odczytać tylko wytłuszczony tytuł: *I dokonam na tobie srogiej pomsty. Zasłużona śmierć zwyrodnialca.*

– Siedzę głęboko w swoich dochodzeniach – wyznał Sobieski. – A do tego miałem prywatne przejścia.

– Urwał. – Nic nie słyszałem. To było głośne?

– W tym rzecz, że nie. Nawet gdybyś był na bieżąco, nie wyczytałbyś w mediach wiele o tej sprawie. Szybko ją wyciszono – wyjaśniła zbolałym głosem.

– Ale to się wydarzyło. Trzy miesiące temu w jednym z moteli na lubelskiej trasie zamordowano mężczyznę. Dokładniej mówiąc, pedofila. Zginął w straszliwych męczarniach. Odcięto mu genitalia i włożono do ust, a jego własną krwią napisano na ścianie: „Za moją dziewczynę, zboku, skurwysynie". Ponoć tą dziewczyną była Stefa Chrobak.

Zatrzymała się i spojrzała w oczy Jakubowi, by sprawdzić, jaki efekt przyniosły jej słowa. Dopiero kiedy była pewna, że Sobieski jest wstrząśnięty, kontynuowała:

– Bardzo możliwe, że Stefania była w tym pokoju. Nie mówię, że osobiście zarżnęła tego człowieka, w obronie własnej czy w gniewie, ale tam była i jest prawdopodobne, że uprawiała seks z tym wieprzem. Dzieciaki plotkują, że już wcześniej to robiła i że zamordowany facet nie był jedynym jej klientem. Chociaż oczywiście pozostali przeżyli…

Kuba przez chwilę nie mógł wydusić ani słowa. Potrzebował czasu, by na nowo złożyć tę układankę. I wciąż nie dowierzał.

– Sugerujesz, że piętnastoletnia Stefania Chrobak jest prostytutką?

Eliza pokręciła głową. To mogło znaczyć zarówno tak, jak i nie.

– Dzieciaki twierdzą, że jej płacono. Pokazywały mi ogłoszenia Stefy w sieci. Niestety, są już nieaktywne, ale przysięgam, że je widziałam. Używała pseudonimu Nene Yashiro. Podobno umieszczała też tweety z reklamą tych stron. Ktoś pokazywał mi cennik. Z trudem się na to patrzyło...

– Zrobiłaś screeny?

Pokręciła głową.

– Pokazano mi to w tajemnicy, a kiedy weszłam na tę stronę, ogłoszenia już nie było.

– Kto? – docisnął Jakub. – Może to była wredna próba szkalowania?

– Na razie nie mogę ci podać niczyjego nazwiska – odparła twardo. – Powtarzam, że to naprawdę mogły być okrutne plotki, ale właśnie dlatego tak ją dręczono. Fama o tym, że Stefa się prostytuuje, rozniosła się błyskiem i dzieci były wobec niej bezlitosne. Musisz wiedzieć, że ona nigdy nie zaprzeczyła. Walczyła z nimi, to prawda, ale nie broniła się.

– Jak bronić się przed czymś takim?

– Starczy powiedzieć: to kłamstwo. Ona milczała.

– Rozmawiałaś z nią?

– Próbowałam – zapewniła dyrektorka. – Jej matka śmiertelnie się oburzyła i tyle było z rozmowy. Radziłam już wtedy Apolonii, żeby zgłosiła sprawę na policję, ale jestem przekonana, że tego nie zrobiła. W odwecie zabrała córkę ze szkoły i opowiada jakieś bzdury, że nie reagowałam na stalking.

– Wiesz o tym, że Stefania próbowała się zabić? To było trzy miesiące temu, a więc mniej więcej w czasie, kiedy doszło do mordu.

– Nic nie słyszałam. I zdziwiłabym się, gdyby to dziecko targnęło się na własne życie. Ona była zbyt egocentryczna, nazbyt pewna siebie. Nie miała depresji, w każdym razie nie spostrzegłam żadnych objawów załamania psychicznego, co, przyznaję, mnie szokowało. A jeśli było, jak twierdzisz, że doszło do próby samobójczej, co najwyżej chciała zwrócić uwagę rodziców. Nie mówię tak, bo jestem bez serca. Naprawdę, czasami sama się jej bałam. – Umilkła.

– Wróćmy do zabójstwa – zaproponował Jakub.

– Skąd wiadomo, że Stefania tam była? Przepraszam, ale brzmi to mało wiarygodnie.

– Znaleziono jej plecak – wyjaśniła Eliza. – I w pełni rozumiem twój sceptycyzm. Reagowałam tak samo, kiedy te wieści do mnie docierały.

– Kto znalazł? Policja? – przerwał jej Jakub.

– Matka. Twoja zleceniodawczyni – padło w odpowiedzi. – Był w skrytce na stacji benzynowej, która przylega do tej wątpliwej noclegowni. A kluczyk dołączono do kółka z kartą wejściową do numeru, którą właściciel motelu wydał dziewczynie.

– To grubymi nićmi szyte – zaprotestował.

– Policja bada sprawę tej zbrodni i jakiś miesiąc temu znów byli u nas, żeby porozmawiać z małą Chrobaków. Mieli więcej materiału, w tym wydruki z monitoringu i zdjęcia z kamer sprzed wejścia. Są na tyle ziarniste i ciemne, że nie wystarczą, żeby bezdyskusyjnie rozpoznać Stefę, ale jeśli dane biologiczne, włókna i próbki DNA z pokoju, w którym doszło do zbrodni, byłyby zgodne, starczą do postawienia nastolatki w stan oskarżenia.

– Dlaczego od razu tego nie zrobili?

– Pola Chrobak nie wyraziła zgody na pobranie próbek od córki. A zresztą nie chcieli jej spłoszyć. Ponoć to odprysk dużego śledztwa w sprawie siatki pedofilów i liczono, że Stefania wyda swojego wybawcę. Śledczy są pewni, że mała samodzielnie tej pomsty nie dokonała, tylko ma ochroniarza. Ktoś wiedział, po co tam poszła, może ją stręczył, a kiedy zrobiło się gorąco, uratował ją z rąk gwałciciela.

– A teraz ten ktoś porwał ją, żeby go nie zdradziła? – dopowiedział Jakub. – To jest twój pomysł na rozwiązanie zagadki?

– Może? – Eliza się wykrzywiła. – Nie mam pojęcia.

– Kim jest ten ktoś?

– Gdybym wiedziała, nie byłoby sprawy poszukiwawczej i policjantki w moim gabinecie – parsknęła ze złością. – Zrozum, informacje spływały do mnie szczątkowo. Nie od razu te fakty poskładałam. Dziś wiem na pewno, że to po tym wydarzeniu Stefa tak bardzo się zmieniła i popadła w konflikt ze wszystkimi. W szkole są osoby z różnych środowisk, więc napięcia były wyraźnie widoczne. Starałam się je łagodzić. Karać, rozmawiać, motywować, nagradzać pozytywne intencje... Wszystko na nic. Uczniowie dowiedzieli się o wszystkim i powtarzali sobie tę opowieść jak jakąś mroczną legendę. Plakaty z obraźliwymi epitetami pojawiały się każdego dnia. Przyznaję, że za późno zaczęłam reagować. Bardzo długo całkiem to ignorowałam. Do naszej szkoły chodzi ponad tysiąc uczniów. Mamy zerówkę, podstawówkę i liceum, a w tamtym skrzydle jest jeszcze zawodówka fryzjerska i szkoła zaoczna dla dorosłych, którzy chcą zdać maturę. Nie jest możliwe poznanie bolączek wszystkich. Ale powiedz mi, jeśli to prawda, gdzie była matka tej dziewczynki? Jakim sposobem nie zauważyła, że jej nastoletnie dziecko łazi po jakichś motelach? I po co? Dla pieniędzy? Nie wierzę... Przecież zarówno Chrobak, jak i nowy facet Poli mają forsę. Ona zawsze wiedziała, gdzie stoją konfitury.

– Znacie się z tą Polą Chrobak jakoś bliżej? – Jakub zdołał się wreszcie włączyć.

– Można tak powiedzieć. – Eliza uśmiechnęła się półgębkiem, ale w tym momencie cały jej czar i promienność prysły. Sprawiała wrażenie przeraźliwie smutnej i zniechęconej. – Znamy się jeszcze ze szkoły. Z tej szkoły, żeby była jasność. Obie kończyłyśmy tutaj osiem klas, a potem liceum, chociaż ona była w A, a ja w E. Pola od dziecka mieszkała w moim bloku. Tym samym zresztą, w którym potem żyła z mężem. Kiedy go poznała, miała ledwie siedemnaście lat. Chrobak wtedy był żonaty. Uważałam ją za przyjaciółkę, dopóki nie odbiła mi faceta – syknęła.

– Chodzi o Kokoszę? – dopytał Jakub.

Eliza pokręciła głową.

– Zanim Pola rozwiodła się z Chrobakiem, miała kilka romansów. Dla faceta, o którym mówię, zdecydowała się porzucić męża. To wuefista i były wychowawca klasy Stefy.

– Jest w tej sali, gdzie się naradzacie? – przerwał jej Jakub. – Chcę się z nim rozmówić od razu.

– Robert Wolny już u nas nie pracuje – padło w odpowiedzi. – Tylko tak mogłam się zemścić za to, jak potraktował mnie po dziesięciu latach wodzenia za nos.

Jakub ukrył twarz w dłoniach. Kręcił głową jak oszalały i za wszelką cenę gryzł się w język, by nie powiedzieć tej kobiecie nic, czego by później żałował.

– Wiem, że brzmi to nieprawdopodobnie – zaczęła Eliza.

– Nieprawdopodobnie? – wybuchnął. – To farsa. Nie do wiary!

– Sprawdź sobie wszystko i wróć, kiedy gliny sobie pójdą. Pomogę ci, w czym tylko zdołam. Mimo złości na moją byłą sąsiadkę szkoda mi jej dziecka, bo wiem na pewno, że Stefa zbłądziła i brnie w otchłań. Jeśli nikt jej nie pomoże, dojdzie do czegoś straszniejszego. A może i doszło... Tfu, na urok. Wycofuję, co powiedziałam. – Splunęła pod nogi, jakby odczyniała czary.

Kuba patrzył na jej zmęczoną twarz i podkrążone oczy i nie widział już tej atrakcyjnej kobiety, jaką mu się wydała na początku.

– Jeśli sprawa zabójstwa w motelu jest powiązana, dlaczego nie dzielisz się tym wszystkim z policjantką, która w tej chwili traci czas na jałowe rozmowy z twoimi pracownikami? – zaatakował.

– To chyba oczywiste. – Wzruszyła ramionami. Wstała. – Zależy mi na tej pracy. Na stanowisku, na które harowałam całe lata i na które sobie zasłużyłam. To raz. Dzieciaki, które do nas chodzą, nie potrzebują większej adrenaliny, niż mają w swoich domach. A jednak wiem, że sprawa Stefy może nie być jednostkowa. Skoro ktoś stręczy nastolatki z mojej szkoły pedofilom, robi to pewnie także z innymi dziewczynkami. Moim zadaniem jest to ukrócić. Mówiąc ci o tym, staram się pomóc. Na swój własny sposób. Byle skutecznie – wyrecytowała i dorzuciła: – I to jest moja druga, znacznie ważniejsza intencja, żeby wyjść z tobą na papierosa. Rozumiesz?

– Szczerze? – Jakub się skrzywił. – Wcale! Niby dlaczego miałbym ci wierzyć?

– Bo masz łeb na karku i nie jesteś w systemie! – Podniosła głos. – Sam dobrze wiesz, jak to działa. Sprawa jest delikatna. Wiemy, co się działo, jak ujawniano brudy w Kościele. Gówno trafiało do wentylatora, a i tak wszystko dało się wyciszyć. Tutaj sprawa jest jeszcze trudniejsza, bo nikt z rodziców nie chce mieć z tym nic wspólnego, a ich dzieci nie potrzebują dowodów, żeby być bezwzględne. Policja narobi szumu, pójdą z tym do mediów i będę miała łatkę dyrektorki placówki, w której zaczęła się pedofilska afera. Zgodzisz się ze mną?

– W jakimś stopniu masz rację – przyznał. – Ale jeśli to się rozwinie, nie będziesz mogła milczeć.

– Jeśli potwierdzi się, że uczennica mojej szkoły była w pokoju, gdzie zamordowano zboczeńca, sama się zgłoszę, przysięgam. – Uderzyła się w pierś. – Boję się. Boję się cholernie, ale to zrobię. Najpierw jednak sprawdź to, zbadaj i pomóż mi ustawić działa, bo mam mętlik w głowie i nie wiem, co myśleć. Do zabójstwa doszło trzy miesiące temu, a próbki do analizy porównawczej mieli pobrać właśnie teraz, i nagle Stefa znika. Przypadek? Naprawdę w to wierzysz?

W tej chwili Kuba pojął, że Kokosza i Pola mówili o alternatywnym dochodzeniu. Stało się dla niego jasne, dlaczego policja nie poszukuje Stefy z taką pompą jak każdego innego zaginionego dziecka. Uważano ją za pierwszą podejrzaną w sprawie.

– Sugerujesz, że Pola Chrobak zatrudniła mnie, żebym znalazł jej córkę, zanim zrobi to policja?

– Jest to możliwe – przyznała z ociąganiem. – Chociaż rozumiem, że Pola jest między młotem a kowadłem. Nie wie, czy lepiej będzie, gdy córka się znajdzie, czy bezpieczniej dla niej, jeśli utrzyma status zaginionej.

Kolejny raz Sobieski poczuł się jak szczur złapany w pułapkę. Znów z nim pogrywano. W takich chwilach jak ta nienawidził swojej pracy i tego momentu, kiedy wpadł na pomysł, by prowadzić biuro detektywistyczne.

– Jeśli mam być szczera, to pewnie postąpiłabym podobnie – mówiła dalej dyrektorka. – Wpierw znalazłabym córkę, a potem bezpiecznie ją schowała i grała rolę zbolałej, poszukującej matki. Druga opcja jest taka, że to porwanie od początku było fikcją.

– Na jakiej podstawie tak uważasz? – Jakub nie wytrzymał.

– Sam przecież sugerowałeś to na początku! – oburzyła się.

– Obawiam się, że w tej sprawie nie jesteś obiektywna.

– Obiektywna? – Eliza uśmiechnęła się kpiąco. – Zdecydowanie nie, ale swój rozum mam, żeby nie dać się nabrać. Nie od dziś obserwuję zmyślne gierki słodkiej Poli. Rzecz w tym, że Stefania zniknęła w tajemniczych okolicznościach w poniedziałek, a zaginięcie zgłoszono dopiero wczoraj. Dziś rano pojawia się w moim gabinecie policjantka i zaskakującym zbiegiem okoliczności tego samego dnia do szkoły nie przyszła niby-agresorka Stefy. Magdalena Kania, zwana przez rówieśników Mugi. Jeśli chcesz wiedzieć, to właśnie ta uczennica pokazała mi ogłoszenie Stefy w sieci. Prawdą jest też, że Mugi była przywódczynią linczu na małej Chrobaków, ale też Stefa nie pozostawała jej dłużna. Powtarzam ci, to nie jest anioł. No i cały ten Kamil, o którego dziewczyny się pokłóciły. – Westchnęła. – On też zapadł się pod ziemię.

– Jego chyba widziałem na korytarzu podczas przerwy – mruknął Sobieski i zaraz urwał. Po zastanowieniu dorzucił: – Sugerujesz, że Pola Chrobak dokonała samosądu na tej całej Mugi?

– Sam musisz to sprawdzić. – Eliza wzruszyła ramionami. Schowała swojego elektronicznego papierosa do kieszonki i podeszła do drzwi wyjściowych z tarasu.

– Wydaje mi się, że i tak otrzymałeś więcej danych, niż się spodziewałeś.

– Z pewnością – rzekł. – Po tym wszystkim, co opowiedziałaś, czuję się tak, jakby ktoś wrzucił mi mózg do blendera. Sprawdzę to wszystko, bądź pewna. I wrócę – zastrzegł.

– Też tak się czułam, kiedy te wieści do nas dochodziły – odparła z powagą. Spojrzała na pusty hol i zniżyła głos do szeptu. – Wolałabym, żebyś nie przesłuchiwał dzieciaków na terenie szkoły. Podeślę ci ich adresy i kontakty do rodziców, ale nie mów, że to zrobiłam.

Zdziwił się, ale podał jej swoją wizytówkę. Dokładnie ją obejrzała, zanim schowała do wewnętrznej kieszeni na piersi.

– Dlaczego właściwie mi pomagasz? – Uznał, że po tym wszystkim, co usłyszał, ma prawo zadać to pytanie wprost.

– Z zemsty – odrzekła bez namysłu. – To chyba jasne jak słońce. Nigdy nie nienawidziłeś kogoś tak bardzo, że najchętniej udusiłbyś go gołymi rękoma? – Zaśmiała się nerwowo.

Przed oczyma Jakuba natychmiast stanęła Nocna Furia. Nie dał jednak po sobie poznać, jak bardzo Eliza była bliska prawdy. Otwarcie nigdy by jej nie przyklasnął, więc mruknął coś niezrozumiałego w odpowiedzi i przyglądał się Olędzkiej, jakby widzieli się pierwszy raz w życiu. Odwróciła wzrok. Zauważył, że nie jest w stanie utrzymać grymasu uśmiechu i usta zaczynają jej drżeć. Coś ukrywała. Ręce zaplotła na brzuchu do pozycji zamkniętej, jakby chroniła się przed ciosem, a na twarz wystąpiły różowe plamki. W tym momencie Kuba pojął, że udaje twardzielkę. Była przerażona sytuacją i tym, jak ona może się rozwinąć, więc z całych sił starała się przysłonić swój lęk udawaną arogancją. Dlatego atakowała.

– No i martwię się o to dziecko – dorzuciła niby od niechcenia. – Stefa jest zamieszana w coś grubszego i potrzebuje pomocy, żeby się z tego wyplątać, bo na matkę raczej nie ma co liczyć. Pola umie tylko zamiatać brudy pod dywan. W tym jest świetna.

– Albo? – wszedł jej w słowo.

– Albo Stefania Chrobak jest małoletnią morderczynią. Potworem. Monstrum. Złem wcielonym. Ale o takich dzieciach lubimy czytać bądź oglądać filmy w zaciszu domowym. Nigdy mieć z nimi do czynienia. Nie wyklucza to wcale jej traumy i tego, że wcześniej mogła być ofiarą molestowania – zaznaczyła.

Kuba przypomniał sobie, jak bardzo matce Stefy zależało, by wdrukował sobie, że jej córka jest dziewicą. To go zastanowiło.

– Nie ma diabelskich dzieci. Omen nie istnieje – oświadczył. – Są tylko niekochane, zaniedbane i przedwcześnie uwikłane w brudne gry dorosłych.

– Więc znajdź tych dorosłych, którzy zawinili – rozkazała Eliza, jakby to ona była dawczynią tego zlecenia, po czym wolnym krokiem ruszyła do swojego gabinetu.

Kocura 345, lokal 234, mieszkanie Chrobaka

Jakub jechał na jedenaste piętro tak pogrążony w myślach, że prawie przegapił moment, kiedy winda się zatrzymała. Dosłownie w ostatniej chwili otworzył skrzydło i wyskoczył z dźwigu. Blok, w którym niemal całe świadome życie mieszkała zaginiona dziewczynka, był wprost monstrualny. Właściwie były to połączone ze sobą trzy wysokościowce z czasów PRL-u, między którymi można było przemieszczać się rodzajem betonowej kładki bez okien.

Mieszkanie numer 234 znajdowało się na samym końcu korytarza i prawie nie śmierdziało tam kocimi szczynami, a taki zapach towarzyszył mu całą drogę do mieszkania Chrobaków. Z daleka widać było, że lokatorzy się wyróżniają, a ich sytuacja jest lepsza niż innych. Drzwi wymieniono na metalowe, ognioodporne. Numer lokalu świecił się złotymi cyferkami z daleka.

Sobieski bezskutecznie szukał dzwonka. Włącznik usunięto z rozmysłem – została po nim tylko ledwie widoczna nierówność i bielszy odcień farby, podobnie zresztą jak wokół futryny. Kuba bezskutecznie pukał. Nikt mu nie otworzył. Rozejrzał się, czy na piętrze nie wystaje jakiś ciekawski sąsiad, bo tak zapewne zareagowaliby lokatorzy w jego klatce, ale nie. Nikogo nie obchodziło, kto pięściami dobija się do mieszkania porucznika Chrobaka.

Kuba postał jeszcze kilka minut pod drzwiami, a następnie oddalił się nieznacznie, nie spuszczając wzroku z judasza, i odszedł pod barierkę. Oparł się o nią i zapalił, wpatrując się w imponujący z tej wysokości widok panoramy Gocławia, a dopiero kiedy skończył, dostrzegł wyblakłą tabliczkę z zakazem. Wrócił, wydobył z kieszeni klucz, który dała mu Pola, i otworzył lokal.

Wewnątrz panował zaduch, jakby od dawna nikt nie otwierał okien. Zapach gotowanej kapusty mieszał się z dymem tytoniowym. Kuba wyczuwał coś jeszcze, czego nie był w stanie zidentyfikować w pierwszej chwili, ale ta woń była przyjemna, jakby czystego prania.

Lokal był przestronny i zadbany. Mnóstwo kwiatów doniczkowych, zabytkowe meble i lustra, w których sprzęty dwoiły się i troiły niczym w lunaparku. Poczuł się nieswojo i zatrzymał w korytarzu, zanim poszedł dalej. Nie potrafił tego wyjaśnić, ale czuł się tak, jakby w tym mieszkaniu nie był sam.

Przebiegł wzrokiem pomieszczenie i pod jednym z foteli dostrzegł szarego puchatego kota. Zwierzę wpatrywało się w niego z uwagą, zastygłe w bezruchu niczym maskotka. Kiedy ruszył w tamtym kierunku, kot czmychnął pod szafkę na wysokich nogach w chińskim stylu. Zanim jednak to zrobił, zerknął w głąb mieszkania. Sobieski podążył za jego spojrzeniem. Widział kawałek rozłożonej suszarki na bieliznę i kłąb świeżego prania. Pojął, że to ten zapach czuł u wejścia.

– Dzień dobry! Jest tutaj ktoś? – krzyknął.

Zatrzymał się. Odpiął kaburę i położył dłoń na rękojeści glocka. Zaraz jednak zabrał rękę. Nie zamierzał nikogo straszyć ani tym bardziej strzelać.

– Halo? Pani Moniko? Stefania? – gadał, byle zyskać na czasie.

Wreszcie jednym susem znalazł się w pokoju z praniem. Jak się domyślił po wzorze tapety w róże, była to sypialnia kobiety. Tutaj lustro było tylko jedno, nad wiekową toaletką z czeczota. Łóżko zaś rozkopane, jakby dopiero co ktoś z niego wyszedł.

Jakub rozejrzał się. Pokój był pusty. Wyjścia z niego nie było poza tym, którym on sam się tutaj dostał. Skierował się do suszarki. Dotknął bielizny, której ktoś nie zdążył rozwiesić. Była jeszcze ciepła. Niewiele myśląc, podszedł do szafy i otworzył ją z impetem, aż stare zawiasy zaskrzypiały. Wewnątrz znalazł tylko równo zawieszone mundury i starodawne połyskliwe suknie, jakby rekwizyty teatralne. W kącie ustawiono profesjonalny sejf. Wysoki, wąski – w niemal identycznym jego ojciec trzymał swoją broń. Postanowił podpytać majora Sobieskiego, czy przypadkiem nie zna emerytowanego wojskowego o nazwisku Chrobak.

Zajrzał pod łóżko, obszedł kolejno pomieszczenia, ale wyglądało na to, że poza kotem i nim samym nie ma tu nikogo więcej. Otwierał okna i wyglądał przez nie, czy nie zauważy jakiegoś ukrytego balkonu albo przynajmniej szerszego gzymsu, chociaż wydawało się to absurdalne, bo na tej wysokości ryzyko upadku było tożsame z samobójstwem. Wreszcie się poddał.

Wrócił do sypialni w róże, a potem odwiedził salon i nijak mu się to nie składało. Brakowało pokoju Stefy. Nie było ani jednego pomieszczenia, które mogłaby zajmować nastolatka, a przecież Pola utrzymywała, że to tutaj pomieszkiwała córka, kiedy kłóciła się z ojczymem.

Wybierał właśnie numer do matki Stefy, kiedy drzwi szafy w sypialni zaskrzypiały. Natychmiast poszedł w tamtym kierunku, ale dostrzegł tylko końcówkę kociego ogona. Coś go tknęło. Rozsunął płaszcze, mundury i połyskliwe suknie i jego oczom ukazało się ukryte przejście. Nacisnął klamkę, lecz napotkał opór. Drzwiczki nie były jednak zamknięte na zamek. Ktoś blokował je z drugiej strony. Po kocie zostało tylko kilka kłaków na jednym z mundurów.

– Nazywam się Jakub Sobieski. – Podniósł głos, ale mówił spokojnie, pojednawczo. – Pracuję dla pani Chrobak. Czy to Monika, siostra Stefy?

Teraz wyraźnie słyszał czyjś oddech.

– Nie bój się – dodał łagodniej. – Nic ci nie zrobię.

– Idź stąd – usłyszał męski głos. Niski, wibrujący i młody. – Idź stąd, bo wzywam gliny.

Tym razem słychać było nutę paniki.

– Nie widzę przeszkód – zaryzykował Jakub, – Chętnie zaczekam, aż przyjadą. A może wolisz, żebym to ja zadzwonił?

Puścił klamkę, obejrzał jaskrawe szmaty, które stygły skotłowane na suszarce, i rozsiadł się na krześle, które przysunął sobie, by mieć dobry widok na wyjście z szafy.

– Nie opuszczę tego mieszkania, póki się nie pokażesz – oświadczył. – Ciekawe, czy państwo Chrobak wiedzą, że się tu ukrywasz, Kamilu? A może wolisz, żebym zwracał się do ciebie Nuanda?

Odpowiedziała mu cisza. Zagadywał jeszcze chwilę, rozważając, czy chłopak się tylko boi, czy też zamierza go zaatakować, ale trwało to zbyt długo.

Wstał, przekopał się raz jeszcze przez ubrania i tym razem klamka od razu odpuściła. Przedarł się tajemnym przejściem przez szafę niczym przez wrota do Narnii, a kiedy zobaczył otwarte drzwi wyjściowe na klatkę, w nich zaś zastygłego w bezruchu szarego kota, zrozumiał, że popełnił błąd. Ściślej: wyprowadzono go w pole. I nie chodziło o Kamila, jeśli to on znajdował się przed chwilą w drugim bliźniaczym mieszkaniu, bo co do tego Sobieski nie był pewien. Znalazł za to pokoje obu córek. To mieszkanie miało zupełnie inny, nowoczesny wystrój i tylko jedno nieduże lusterko w łazience. W porównaniu z klitką na Uniwersyteckiej było puste. Rzeczy znajdowały się tylko w pokojach dziewczyn i była to kopalnia wiedzy o ich osobowości. Młodsza interesowała się mangą i anime, nosiła wyłącznie czarne ciuchy oraz lubiła fast foody, bo wszędzie przewalały się kartonowe opakowania. Starsza obsesyjnie dbała o figurę i urodę. Liczyła kalorie, miała setkę butów oraz fikuśnych sukienek i wymyślnej bielizny. Gdyby sądzić po ilości, mogłaby założyć sklep. W jej pokoju, inaczej niż u Stefy, nie było ani jednej książki. Panował tam za to perfekcyjny porządek.

Kuba dokładnie przeszukał każdy skrawek lokalu, ale w głowie kołatały mu się pytania. Z jakiej przyczyny Pola nie dała mu klucza do tego mieszkania, tylko sąsiedniego, i czy świadomie wprowadziła go w błąd? Dlaczego przyjaciel Stefy koczował w jej pokoju i po co uprał swoje rzeczy? Jakie ślady pragnął zatrzeć? Detektyw znalazł tu plecak, głośnik JBL, stertę wiekowych komiksów i pokreślony scenopis sztuki *Stowarzyszenie Umarłych Poetów*. Markerem poznaczono kwestie bohatera o imieniu Nuanda.

⁂

Wola, ulica Sowińskiego, agencja Sobieski Reks

– Dlaczego nie odbierasz?! – Ada Kowalczyk wpadła zdyszana do salki, w której Jakub skrzyknął swoich ludzi na odprawę. – Już myślałam, że coś ci się stało! Widziałeś się z dzieckiem? Dzwonię jak durna, a ty mnie zlewasz!

– Trafiliśmy dziwne zlecenie – bąknął Jakub. – Sorry, ta sprawa mnie pochłonęła. Strasznie dużo się dzieje.

– Nie chcesz rozmawiać, starczy napisać: „Jestem zajęty, oddzwonię". W ogóle cokolwiek napisać. Przecież nie oczekuję, żebyś mi się spowiadał! – piekliła się. – A jak chcesz coś sprawdzić, to zaraz przylatujesz i nie patrzysz, która jest godzina! Tak wygląda nasza przyjaźń. Ten układ jest do dupy!

– Przepraszam. – Kuba podniósł głos. – Ile razy mam to powtórzyć, żebyś przestała jazgotać?

– Jazgotać?! – krzyknęła. – Wypraszam sobie!

– Słuchaj, mam teraz ważne spotkanie – przerwał jej zniechęcony. – Możemy rozmówić się wieczorem? Skończę i zadzwonię do ciebie, okay? A może, żebyś to zrozumiała, mam wysłać esemes: „Jestem zajęty, oddzwonię"?

– Spierdalaj! – Ada ruszyła do drzwi, ale Jakub dogonił ją i złapał za ramię.

Spojrzał jej prosto w oczy i wyszeptał powoli:

– Przepraszam. Wiem, że się martwiłaś. To wszystko przez tę zaginioną dziewczynkę. Dostaliśmy zlecenie, żeby ją odnaleźć.

Oziu, Merkawa i Gniewko wpierw przyglądali się tej scenie z rozbawieniem, ale kiedy Kuba i Ada stanęli tak blisko siebie, że zdawało się, że zaraz pocałują się na zgodę, bez słowa wstali i rzucając Jakubowi porozumiewawcze spojrzenia, ruszyli do palarni.

– Jak skończycie się kłócić, dajcie znać, wrócimy.
– Merkawa puścił prawniczce oko. – Kawał z ciebie cholery!

Nie zareagowała. Odsunęła się od Jakuba na bezpieczną odległość i założyła ręce na ramiona na znak wielkiej obrazy. Merkawę i chłopaków wybitnie to bawiło. Rechotali, wychodząc, i nie szczędzili parze kpin.

– A jeśli chodzi o zhakowanie komórki tej małej, to będzie grubsza sprawa, Reksiu! – krzyknął Merkawa na odchodne. – To najnowszy iPhone.

– Ale dasz radę? – upewnił się Jakub. – Jej matka twierdzi, że cała rodzina trzyma wszystko w chmurze. Jeśli tak, nowoczesne urządzenie Stefy nie powinno stanowić przeszkody.

– To zależy, ile hajsu na to przeznaczysz, szefie – mruknął z przekąsem haker. – Nie wiem, czy opłaca mi się z tym bawić.

– O hajs się nie martw. Musimy dostać się do brzucha Stefy – zakończył temat Sobieski.

Podszedł i zamknął drzwi, by współpracownicy nie słuchali dalszej rozmowy z Adą.

– Jeszcze raz przepraszam – zaczął. Spojrzał na nią z kpiącym uśmiechem. – To już będzie czwarty raz.

– Trzeci – mruknęła, ale też lekko się uśmiechnęła.

– Mogłeś powiedzieć…

– Wiem, przepraszam… Teraz na pewno czwarty.

– Przestań już. Wkurzasz mnie!

Zerwała się, udając gotową do wyjścia, ale nie opuszczała pokoju.

– Nie będę zabierała ci cennego czasu – oświadczyła z powagą. – Widzę, że naprawdę pracujecie i to coś poważnego.

– Tak – zgodził się. – Ale jeśli poczekasz kwadrans, skończymy dzielić zadania i chętnie poszedłbym coś zjeść. Miałabyś ochotę?

– Na jedzenie? – zdziwiła się, jakby zaoferował jej udział w pochówku.

– Na niezobowiązującą randkę. – Przekrzywił głowę, ale ona się nie roześmiała, chociaż to zawsze działało. Poprawił się: – No co? Będę próbował do skutku.

– Po prostu chcesz z kimś pogadać, uporządkować dane – rzuciła z wyrzutem.

– Byłoby wybornie! – ucieszył się. – A jak się z tym ogarnę, obejrzymy jakiś serial. Może dokończymy *Sukcesję*?

Naburmuszyła się jeszcze bardziej.

– Nie jestem głodna.

Sięgnęła do paczki prażynek, którą musiał zostawić tu Merkawa. Chrupała jedną po drugiej, jakby nigdy w życiu nic lepszego nie jadła.

– Mam cię prosić? – Jakub uśmiechnął się kpiąco.
– Czy może lepiej skoczę do żabki po następną paczkę?

– Nie o to chodzi – jęknęła. Przesunęła chrupki
i dodała: – Zabierz to ode mnie. Nie wiem, co do nich
dodają, ale nie mogę przestać.

Kuba czekał. Nic się nie odzywał.

– Po prostu czuję się wykorzystywana – wyznała
nagle. – Jak chcesz iść na randkę, to mnie zaproś.
Przychodzę tu przestraszona, że twoja była żona cię
porwała albo po spotkaniu z nią masz depresję. Już
sama nie wiem, co sobie wyobrażałam... – Urwała.
– A ty rozkosznie oferujesz mi chińczyka albo maka.
I jeszcze pewnie mamy na to jakieś pół godziny, co?

– O dżiz! Nie, to nie! – Kuba wreszcie się wkurzył.
– Właściwie wcale nie mam na to czasu! Mam w chuj
ludzi do przesłuchania. Papierów do przejrzenia jeszcze więcej i muszę znaleźć sposób, żeby sprawdzić jedną sprawę zabójstwa w toku, które policja trzyma w kącie, żeby nie siać paniki, że pedofile grasują w szkołach
publicznych.

– Więc to dlatego zapraszasz mnie na żarcie?!
– parsknęła. – Pewnie myślałeś, że ci to sprawdzę?

– Byłoby miło. – Stanął twarzą do okna. – Nikt cię
nie prosi, żebyś nam pomagała. Osa prowadzi to dochodzenie. Z nią się umówię i wszystkiego się dowiem.
Bez łaski.

– Osa? – syknęła. – Ta niekompetentna policjantka
z Żyrardowa, która omal nie storpedowała śledztwa
w sprawie ludożercy? Dorota Osińska, dobrze usłyszałam?

– Ta sama. – Kuba się odwrócił. Sięgnął po iqosa,
pociągnął kilka razy. – Ponoć udało jej się przenieść
do stolicy. Robi teraz na Gocławiu.

– Myślałam, że się nie lubicie. – Ada się skrzywiła.

– Obiecałeś, że nigdy, przenigdy nie będziecie mieli unii. Tak szybko zmieniasz zdanie?

– To się nie zmieniło – odparł z powagą. – Ale sprawa wymaga poświęceń. Kilka rzeczy muszę wiedzieć na pewno. Mógłbym oczywiście szukać danych dookoła, ale nie mam na to czasu. Zaginęła piętnastolatka. Cała Warszawa jej szuka. Jest ponoć zamieszana w aferę pedofilską i zbrodnię. To jakiś top secret w stołku.

– W prokuraturze o niczym innym się nie mówi.

– Ada nagle zmiękła. Spojrzała na Jakuba z uznaniem. – I dostałeś tę robotę?

Skinął głową.

– Gratuluję – mruknęła z przekąsem. – To mógłby być przełom dla twojej agencji, gdybyś znalazł to dziecko żywe.

– Dlaczego uważasz, że Stefania Chrobak jest już martwa? – Jakub podszedł bliżej.

Ada wzruszyła ramionami. Nie odsunęła się.

– W firmie mówią, że szukamy ciała.

– Dlaczego? – powtórzył.

Podniosła podbródek.

– Wiesz, kim był facet, którego zarąbano w motelu Zakamarek?

– Prawie nic nie wiem o tej sprawie. Wszystko utajniono – odparł zgodnie z prawdą Jakub. – To był notowany pedofil?

– Nienotowany – zaprzeczyła. – Ale widziano go z nieletnimi. Od dawna był pod obserwacją. Kręcił się po dworcach, pod szkołami. Raz czy dwa razy było nawet zgłoszenie i Heniek trafił na dołek, ale za każdym razem się wywijał.

Kuba czekał. Nie odzywał się.

– To syn znanego reżysera – kontynuowała. – Ponoć jeden telefon starczył, żeby przyjechała ekipa do pozbierania śladów. Nie wiem, czy to prawda. Plotkują tak na naszych korytarzach, bo kiedy poszło oficjalne zgłoszenie, technicy nie mieli czego szukać w Zakamarku. Zostały głównie ślady tej dziewczynki, którą zlecono ci odnaleźć.

– A więc to wszystko prawda. – Jakub zmarszczył czoło. – Choć nadal nic z tego nie rozumiem.

– To śledztwo pójdzie do umorzenia – oświadczyła Ada. – Komuś na górze bardzo zależy, żeby nie rozdmuchiwać tematu.

– Mówiłaś, że ten facet miał na imię Heniek? A nazwisko?

– To ksywa z jego kartoteki. Naprawdę nazywał się Wojciech Tomyś. I wcale nie nosił siatkowego podkoszulka ani nie miał piwnego brzucha. Przystojny, metroseksualny, wręcz przesadnie zadbany. Owszem bujał się po dworcach i polował na nieletnie prostytutki, ale to było kilka lat temu. Albo zmądrzał, albo ktoś zaczął mu je narajać za opłatą. Ludzie u mnie mówią, że ta sprawa przypomina walkę z kartelem. Czysty biznes, zero powiązań w hierarchii. A ta dziewczynka, która zaginęła, ponoć też robiła to za forsę. Była taką jakby udawaną amatorką, teraz jest na to moda. W sieci były jej ogłoszenia. Wyobrażasz sobie? Piętnaście lat i taka robota! Dlatego rodzina nie piśnie słowa, kiedy to zamkną.

– Powiedziałaś, że wszyscy plotkują o szukaniu ciała. – Kuba wrócił do przerwanego wątku.

– No – zgodziła się.

– Dlaczego? Nie zrozumiałem.

– Nie wiem, ale kiedy wychodziłam z pracy, poszła plotka, że coś znaleźli.

78

– Gdzie?

– W niedalekiej odległości od tej skrytki, gdzie trzymała plecak.

– Możesz się dowiedzieć, co mają? – poprosił.

– Na pewno telefon i ubranie. – Zawahała się, po czym dodała: – Był tam też fragment tkanki. Dokładnie opuszki palca od stopy ucięte maczetą. Myślę, że stracisz to zlecenie, Reksiu, bo jeszcze dziś przyjdą do jej matki, żeby pobrać próbki do analizy porównawczej.

– Merkawa! – krzyknął Jakub na cały głos i wybiegł z pokoju, a Ada podążyła za nim. – Natychmiast opuść media Stefy!

Na ławeczce przed tylnym wejściem do agencji zastali tylko Ozia i Gniewka, którzy pałaszowali curry z tekturowych opakowań. Spojrzeli na nich zdziwieni.

– Czołgista już w robocie – wyjaśnił Oziu. – Zaparł się, że złamie te kody. Tylko nie wchodźcie bez pukania, bo jak mu się udało, włączył pornosa i może się brandzlować. Ostrzegam ze względu na obecność damy – zarechotał i łypnął na Gniewka, który z kolei posłał Adzie przepraszające spojrzenie.

Prokuratorka w odpowiedzi uśmiechnęła się przymilnie. Pacnęła Jakuba po ramieniu i zawrócili do jaskini informatyka.

Sobieski zapukał prewencyjnie, a potem szarpnął klamkę. Powtórzył kwestię o natychmiastowym opuszczeniu wszystkich przejść w telefonie Stefy i zatarciu śladów, co Merkawa skwitował niezidentyfikowanym mruknięciem i to byłoby wszystko, jeśli chodzi o odzew. Sięgnął po nową paczkę prażynek, popił colą i dokończył pisanie tych swoich tajemniczych ciągów liter i znaków.

– Wypad z baru! – Kuba podniósł głos. – Gliny już w tym grzebią!

– Za późno – mruknął z pełnymi ustami Merkawa.

– Bo jestem w środku i powiem ci, że jest ciekawie. Wisisz mi za to siedem koła i bez wypłaty w keszu nie obejrzysz tych filmów. *No way.* A tak przy okazji to ten telefon jest aktywny. Właśnie ustalam jego dokładną lokalizację, ale od razu ci powiem, że to nie jest komenda stołeczna. Nie wiem, co oni mają, ale pewnością nie komórkę Stefy. Oj, sorry, Neneyashiro12.

*
**

Skwer przy placu Narutowicza

– Ja nic nie wiedziałam – szepnęła Pola. – To jest straszne! O Boże! Nie wierzę...

Jakub przyglądał się drżącym wargom matki i jej ruchliwym dłoniom, które przyciskała do ciążowego brzucha. Już miał spytać, czy nie jest jej zimno i czy nie wolałaby wsiąść do auta, ale słowa wydobyły się z jego ust, zanim to przemyślał.

– Kłamiesz.

Spojrzała na niego wrogo.

– Czego nie wiedziałaś? – wychrypiał. – Tego, że córka jest wykorzystywana, czy że policja wiąże ją z zabójstwem przy trasie lubelskiej? Kiedy chciałaś mi powiedzieć o mordzie na Tomysiu?

– Nie! – Pola kręciła głową, wpatrzona w korony drzew, i uparcie unikała wzroku Sobieskiego. – Nie miałam pojęcia! Jak śmiesz mi wmawiać, że nie zareagowałabym, gdybym wiedziała, że moja córka jest ofiarą molestowania! A skąd wiesz, że to nie jest fotomontaż?

– Wiedziałaś, że się puszcza – powtórzył twardo.

– I okazywałaś jej pogardę. To dlatego się od ciebie

odsunęła, przestała z tobą rozmawiać. Tak było ci wygodniej. – Urwał. – Skłamałaś też, że córka praktycznie nie wychodziła z domu. Ona właściwie z wami nie mieszkała. Ten składzik nie jest jej pokojem. Większość czasu Stefa spędzała w Zakamarku. Filmy, które namierzyliśmy, mają taką właśnie lokalizację. Godziny wskazują, że to tam nocowała, bywała po szkole, a także rano, kiedy wagarowała.

Pola pochyliła głowę, zwiesiła ramiona. Nie odezwała się nawet słowem.

– Nie masz nic do powiedzenia w tej sprawie? – zeźlił się Jakub. – Nie zaprzeczasz. A więc mam rację... Nic nie wiedziałaś o swojej córce. Praktycznie straciłaś z nią kontakt.

Matka pokiwała głową i zalała się łzami. Jakub wahał się, ale wreszcie usiadł obok niej. Zmusił się do objęcia jej ramieniem. Podniósł swój telefon, po czym włączył jeden z filmów.

– Zatrzymaj to! – Wyrwała się z jego objęć, odsunęła na bezpieczną odległość. – Przestań mnie katować! Nie zamierzam tego więcej oglądać!

Jakub wygasił ekran komórki. Wpatrywał się weń bezmyślnie, wreszcie spytał:

– Jak często Stefa znikała z domu?

– Nie zauważyłam, żeby znikała – zaprzeczyła Pola. – Czasami później wracała, ale wyglądała normalnie. Nie spostrzegłam żadnej zmiany. Była tylko trochę zamknięta w sobie. To wszystko.

– Mój człowiek odzyskał nagrania, które twoja córka skasowała w ciągu ostatnich trzydziestu dni. Podejrzewam, że było tego więcej. Skoro nie chcesz ich oglądać, nie musisz, chociaż na twoim miejscu zrobiłbym to jak najszybciej. Odetchnij, przemyśl wszystko, a potem spotkamy się ponownie i może zmienisz zdanie. Pokazałbym ci przynajmniej kilka screenów. Powinnaś spojrzeć na niektóre osoby. Może je rozpoznasz?

Pola powoli skinęła głową.

– Poza nami nikt o tym nie wie? – upewniła się.

– Jeszcze nikt – zapewnił. – Ale tak całkiem nie mogę tego zataić. Chociaż te nagrania nie są oczywiste, bo nie ma nich samego aktu molestowania, a jedynie wszystko, co dzieje się przed nim, powinienem niezwłocznie dostarczyć je na komendę. Sprawa jest poważniejsza, niż sądziliśmy.

– Dlaczego? – zapytała oburzona. – To, co mi pokazałeś, nie dowodzi, że moja córka z kimkolwiek sypia!

– Dlaczego? – powtórzył. – Jeszcze mnie pytasz dlaczego? Czy tobie całkiem rozum odjęło, kobieto?

Pola jakby go nie słyszała. Z zaciśniętymi ze złości ustami wpatrywała się tępo w żywopłot. Jakub miał wrażenie, że według niej to on skrzywdził jej dziecko, ujawniając sekretne nagrania Stefy. Nie rozumiał, jak można być ślepym na oczywiste fakty.

– To, co ci pokazałem, może dowodzić, że Kamil, przyjaciel twojej córki, szantażował ją amatorską pornografią z jej udziałem i najprawdopodobniej zmuszał do dalszego sprzedawania się pedofilom – podkreślił. – Nie wiemy, jak to się zaczęło, ale nagrania są wstrząsające. Jeśli wziąć pod uwagę, co jej przysyłał, konieczne jest niezwłoczne zatrzymanie tego chłopca. Ale ja tego nie zrobię. Tym musi zająć się policja. Zwłaszcza w kontekście sprawy tej brutalnej zbrodni – dodał z naciskiem.

– Mówiłeś, że jej telefon jest aktywny! – zakrzyknęła. – A jeśli Stefa żyje, gdzieś się ukrywa, a jej życie nie jest zagrożone? Co się stanie, kiedy zawiadomisz o wszystkim służby? Zmieni się kwalifikacja

i dopiero wtedy moje dziecko znajdzie się w niebezpieczeństwie!

– Na jakiej podstawie zakładasz, że Stefa jest bezpieczna? – przerwał jej. – Czy wiesz o czymś, co mogłoby pomóc mi ją odnaleźć?

– Gdybym wiedziała cokolwiek więcej, nie zatrud-
niałabym ciebie, bo to za drogo kosztuje! – obruszyła
się. – I w ogóle co to za insynuacje?

Spojrzał na zegarek zniecierpliwiony.

– Za godzinę mam spotkanie – oświadczył, starając
się, by kobieta nie zorientowała się, że blefuje. – Jeśli to
wszystko, co masz mi do powiedzenia, nie zamierzam
więcej tracić czasu. Jak dotąd czuję, że wykorzystujesz
mnie w swojej grze, której zasad nie znam. Dałaś mi
klucz do bliźniaczego mieszkania i nie poinformowałaś
o ukrytym przejściu do lokalu obok przez szafę. Nie ujaw-
niłaś swoich podejrzeń w sprawie Kamila. Przeciwnie,
bronisz go i starasz się uniemożliwić mi kontakt z nim
i jego rodziną. To ty przejęłaś plecak córki, zanim policja
weszła na miejsce zdarzenia. Może w końcu zaczniesz
mówić prawdę? Inaczej nasza współpraca nie ma sensu!

– To wszystko bzdury i nieporozumienia! – burknęła bez przekonania. – Nie znam rodziców Kamila. Zawsze pojawiał się w naszym domu sam albo z kolegami.

– Serio? – parsknął Jakub. – A mnie się wydaje, że
Kamil wcale nie bywał u was w domu. Stefa spotykała
się z nim w Zakamarku. To tam nagrano większość
tych obrzydliwych filmów. Jeśli zaś chodzi o jego kolegów, wiesz, że mogli być zamieszani w spisek przeciwko twojej córce? Chcesz ją odzyskać, więc podaj mi
ich nazwiska! – zażądał.

– Podałam ci przecież ksywy! – wyszeptała i znów zaczęła płakać. – A o szafie zapomniałam. To drugie

mieszkanie należało do moich rodziców. Ja się tam wychowałam. Nie sądziłam, że Chrobak korzysta z tego przejścia, które zrobiliśmy po ślubie, jak moja mama chorowała. Ziutek to jest bardzo dziwny facet. Wierzy we wszystkie teorie spiskowe, nie używa konta bankowego, nienawidzi niezależnych kobiet, gejów, Żydów i ogólnie jest przepełniony jadem. Nie chciałam, żeby kontaktował się ze Stefką, ale ona go kocha. Jest dla niej dobry, opiekuńczy. Źle zniosła to, że się rozstajemy, ale ja byłam w tym małżeństwie nieszczęśliwa. Nie mogłam tak dłużej żyć. To było więzienie! Ta sprawa z szafą to ledwie wierzchołek góry lodowej jego dziwactw. Tylko dziwactw – podkreśliła. – Nie ma w tym jednak nic groźnego! Ziutek w głębi serca jest dobrym człowiekiem. Wierzę w to!

– W szafie pancernej jest broń – przerwał jej bezceremonialnie Jakub.

Nie miał już siły kolejny raz jej upominać, by przestała mówić o sobie i że śledztwo, które mu zleciła, dotyczy zaginięcia jej córki. Zdawało się, że Pola zajmuje się poszukiwaniami dziecka tylko dlatego, że w razie ujawnienia przestępstwa ona okazałaby się wyrodną matką i miałaby kłopot. Roniła krokodyle łzy, kiedy nie na rękę jej było udzielenie odpowiedzi, ogólnie była niestabilna, a Stefa i jej los tak naprawdę mało ją obchodziły. Wyglądało na to, że Pola myśli tylko o sobie i własnym wizerunku. Kuba nie pamiętał rodzica, który miałby równie kamienne serce w takiej sytuacji. No, chyba że odpowiedź była zgodna z tym, co sugerowała Eliza Olędzka. Wtedy wszystkie dziwaczne zachowania Chrobakowej dałoby się wytłumaczyć jednym zdaniem: „ona wie, gdzie jest jej córka". Jakub nie chciał zapytać o to wprost, bo zdawał sobie sprawę, że ta kobieta nie udzieli mu prawdziwej odpowiedzi. Brał to jednak pod uwagę i wiedział, że musi pozostać czujny.

– Broń – powtórzył. – Czy Stefa miała do niej dostęp?

– Nic o tym nie wiem – odparła łamiącym się głosem. – Może? Ale jeśli tak, to z pewnością broń jest dobrze zabezpieczona. Mąż zawsze bardzo o to dbał. Nie ma tam pistoletów, głównie karabinki snajperskie. Profesjonalne i najdroższe na rynku. Ziutek ma do nich nabożny stosunek i trzyma je na okoliczność zawieruchy wojennej, która niebawem nastąpi, w co oczywiście szczerze wierzy. Mój mąż tym zajmował się w wojsku.

– Strzelaniem do celów?

– Głównie leżał na dachach wieżowców jako ochrona. – Machnęła ręką. – Praca snajpera mało przypomina to, co widzimy w filmach szpiegowskich. A Ziutek wierzy we wszystko, co nam, normalnym ludziom, wydaje się absurdalne. Imponują mu wszelkiej maści oszołomy. Kocha spiski.

– Gdzie jest Stefa? – wszedł jej w słowo. – Czy poprosiłaś męża, żeby ją ukrył?

– Ziutek o niczym nie wie! – zaprotestowała. – I ja też nie mam nic wspólnego ze zniknięciem córki.

Przyglądał się jej chwilę. Żałował, że zmarnował swoją szansę. Powinien był ją lepiej podprowadzić.

– A plecak? – spytał, nie spuszczając z niej spojrzenia.

– Nie wiem, o czym mówisz. – Odwróciła głowę. – Nie wiem, kto naopowiadał ci takich bzdur, ale to zwykłe pomówienia.

– Pomówienia? – powtórzył. – Jak na razie to ty pomawiasz innych o niecne zamiary, a sama okazujesz się niewiarygodna.

Zmrużyła oczy w gniewie.

– Jak śmiesz? Niby kogo oskarżam niesłusznie?

– Choćby Elizę Olędzką.

Streścił jej rozmowę z dyrektorką dawnej szkoły Stefy. Kiedy wspomniał o odebraniu plecaka córki przed przyjazdem policji, Pola wybuchnęła gromkim śmiechem.

– Mogłam się spodziewać, że po tym wszystkim Szefowa będzie się mściła.

– Tylko tyle masz do powiedzenia? – Przekrzywił głowę.

– A co jeszcze mam dodać? To podłe oszczerstwa i wymysły starej panny. – Nabrała powietrza i uniosła podbródek. – A jak nie chcesz tego zlecenia, to nie trzeba. Znajdziemy kogoś innego.

– Zwalniasz mnie? – Jakub uśmiechnął się krzywo. – Bo ośmieliłem się zweryfikować dane świadków? Gratulacje. Z pewnością liczyłaś, że okażę się niedołęgą i do tego nie dotrę. Droga wolna. Płacisz mi za dotychczasowy wysiłek i nasze drogi się rozchodzą. – Wstał, zapiął zamek kurtki.

– Powtarzam ci raz jeszcze, że to potwarz. Kalumnie. – Uderzyła się w wątłą pierś, jakby składała przysięgę. – Nie wiem, gdzie jest Stefa. Nie mam nic wspólnego z jej uprowadzeniem. Nie wiedziałam o tej pornografii. – Bagatelizująco machnęła ręką w stronę telefonu Kuby. – I zapewniam cię, że moja córka nie ma nic wspólnego z zabójstwem jakiegoś pedofila.

– Wiedziałaś o analizie porównawczej – zauważył. – Odmówiłaś pobrania próbek.

– Nikt mi nie wyjaśnił, o co chodzi z tym badaniem. – Wzruszyła ramionami. – Zasłaniali się tajemnicą śledztwa, a ponieważ miałam takie prawo, odmówiłam. Nie chciałam, żeby dziecko ciągano bez potrzeby po komisariatach. Kończył się semestr, trzeba było zadbać o dobre stopnie. – Umilkła.

Z trudem wytrzymała jego spojrzenie, ale okazała się nieugięta. Nie odwróciła wzroku.

– Więc dobrze – rzekł Sobieski. – Idź do męża i przynieś mi w gotówce siedem tysięcy złotych, bo trzeba zapłacić Merkawie za to, co znalazł.

– Teraz mam iść? – zdziwiła się. – O tej godzinie? Nie wiem, czy Bartłomiej ma takie pieniądze w domu.

– Zlecenie agencji dochodzenia w sprawie zaginięcia dziecka i podpisanie umowy zobowiązuje was do uregulowania zaliczki – wyrecytował. – Widnieje tam znacznie wyższa kwota. Ja mogę poczekać na przelew, ale informatyka muszę opłacić od ręki. Jeśli tego nie zrobisz, nie ruszy dalej nawet małym palcem.

Spojrzała na niego pogardliwie.

– A jeśli doniosę, co zrobiłeś? – zapytała z satysfakcją. – Przecież to jest nielegalne. Płacąc hakerowi, przyznałabym, że uczestniczę w przestępstwie.

– Nie płacąc mu, dajesz mi oręż do ręki, żebym natychmiast jechał do komendy policji i zgłosił, że wiedziałaś o molestowaniu córki i nic nie zrobiłaś – odparował. – Mało tego, nadal udajesz, że to się nie dzieje. Przypominam, że twoje dziecko jest w nieustalonym miejscu. To cię nie obchodzi?

– Nie zrobisz tego. – Lekko się uśmiechnęła. – Nie dostałbyś ani grosza. Cała twoja praca poszłaby na marne.

Zastanawiał się chwilę, co jej odpowiedzieć. Miotały nim skrajne emocje. Najchętniej wygarnąłby Poli, co myśli o jej strategiach wychowywania dzieci i zaniedbaniach, jakie przez jej kłamstwa stały się udziałem Stefy. O tym, że jest wyrodną matką, podłą i narcystyczną osobą, której tak naprawdę nie zależy na córce, tylko na własnym spokoju ducha i komforcie, jaki dają pieniądze bogatego partnera. Wiedział jednak, że i ona ma rację. Musiałby uregulować gażę hakera ze swoich funduszy, straciłby zlecenie, a co gorsza, nie wolno mu zostawić sprawy na tym etapie. Czekałaby go wizyta w komendzie i przyznanie się, że złamał prawo. A jeśli tego nie zrobi, nigdy nie zaśnie spokojnie.

– Idź, pomów z Kokoszą. – Sięgnął po ostatni oręż. – W przeciwnym wypadku ja to zrobię.

O dziwo, strategia zadziałała. Uśmieszek triumfatorki momentalnie zniknął z twarzy Poli. Podniosła się bez słowa i ruszyła w kierunku swojej kamienicy.

Jakub wpatrywał się w jej plecy i dopiero kiedy zniknęła za rogiem, opadł zrezygnowany na ławkę. W takich chwilach nienawidził bycia prywatnym detektywem i tęsknił za firmą. Matki takie jak ta od razu powinny trafiać na dołek, ale on już nie miał w ręku tego narzędzia. Musiał zaciskać zęby, chować honor do kieszeni i ewentualnie zebrać dowody, które przedstawi Osie, jeśli sprawa się rozwinie. Wiedział z doświadczenia, że tak właśnie będzie. Pola kłamała, zatajała kluczowe fakty i do tej chwili nie podała mu prawdziwego powodu zlecenia. Martwiło go jednak coś o wiele poważniejszego. Cokolwiek matka Stefy ukrywa, dziewczynka jest w realnym niebezpieczeństwie. Jeśli jeszcze żyje.

„Masz chwilę na szybką kawę?" – Telefon zawibrował i wpadła wiadomość od Osy.

Kuba aż się wzdrygnął. Albo ściągnął policjantkę myślami, albo był inwigilowany. Odsunął na razie rozważania o spiskach.

„Za pół godziny w komendzie? – odpisał. I dodał: – Mam coś dla ciebie. To ważne".

W odpowiedzi dostał lokalizację. Kiedy w nią kliknął, wyświetlił się wietnamski lokal szybkiej obsługi na Kocura.

„Dobrze się składa – wystukał. – I tak miałem być w pobliżu".

* *
*

Czekał więcej niż pół godziny, ale Pola się nie pojawiała. Jej telefon nie odpowiadał. Kiedy Sobieski spróbował zadzwonić kolejny raz, włączyła się skrzynka i automat zachęcił go do pozostawienia wiadomości. Zaklął pod nosem przekonany, że przegrał tę rozgrywkę. Zamiast roboty naraził swoją firmę na koszty, a co gorsza, zmuszony będzie wdrożyć plan ujawnienia danych, bo nie wyobrażał sobie, żeby nie ratować dziewczynki.

Ruszył do mieszkania Kokoszy, zadzwonił domofonem, ale nikt nie odebrał.

Nacisnął klamkę bramki. Zamknięte. Czekał jeszcze jakiś czas, licząc, że któryś z sąsiadów będzie wychodził i on przemknie się przy okazji, ale budynek był ciemny. Tylko na parterze paliło się światło, a lekko uchylona zasłona w oknie z wielką figurą Matki Boskiej na parapecie upewniła go, że sąsiadka czuwa. Dał jej otwarcie znać, że chciałby dostać się do środka, ale światło natychmiast zgasło, a okno szczelnie zasłonięto. Już miał się poddać i wrócić do samochodu, kiedy zobaczył Polę idącą z naprzeciwka z reklamówką zwiniętą w garści. Na widok detektywa rzuciła w krzaki na wpół wypalonego papierosa.

– Musiałam iść do bankomatu – wyjaśniła, chuchając mu w twarz dymem papierosowym i wcale nie okazując skruchy. – Bartłomiej jak zwykle jest w robocie. Byłam w trzech punktach, dlatego tyle to zajęło.

Nic nie odpowiedział.

– Znajdź ją – rozkazała zimno, po czym wcisnęła mu w garść paczkę z pieniędzmi. – Dostałeś tutaj całość

89

zaliczki i forsę dla twojego hakera, więc nie pojawiaj się bez Stefy albo jakiegoś dowodu, że ona żyje. A o kłamstwach na mój temat nie chcę więcej słyszeć, bo się pogniewamy. – Zagroziła palcem jak dziecku.

Sobieski skrzywił się, ale skinął głową. Z trudem powstrzymał się przed moralitetem o szkodliwości palenia u kobiet w ciąży. Sięgnął do kieszeni i podał jej mały pendrive.

– Tu są dane, których nie chciałaś oglądać – wyjaśnił. – Moim obowiązkiem jest ci je przekazać, choćby dlatego, że za nie zapłaciłaś. Zrobisz z nimi, co zechcesz, ale gdyby sprawa trafiła do prokuratury, nie masz prawa twierdzić, że o niczym cię nie poinformowałem. Zaznaczyłem kółkami osoby, które nas interesują. Jeśli kogoś rozpoznasz, daj znać natychmiast.

Bar Dong Xiang, Gocław

– Skąd to masz? – Dorota Osińska obejrzała po kolei każde z krótkich wideo, które Merkawa odzyskał z telefonu Stefy, a wreszcie podniosła głowę i zmrużyła podejrzliwie oczy. – To bardzo ważny dowód w sprawie. Zmienia właściwie wszystko.

– Wiem – zgodził się z nią. – Jak na razie najważniejszy. I nie tylko w sprawie zaginięcia dziewczynki, ale też niewykrytej zbrodni w motelu. Uważam, że te przestępstwa się łączą. Ściślej: jedno jest konsekwencją drugiego. Daję ci to niniejszym pod opiekę i w zamian oczekuję akt tamtej sprawy.

– Chyba żartujesz? – parsknęła lekceważąco. – Za coś takiego straciłabym stanowisko.

– Szybko zorganizujesz sobie następne – przygadał jej, ale zaraz lekko się uśmiechnął. – Przecież wiesz, że mam rację.

Osa zawahała się i zanim cokolwiek powiedziała, dyskretnie potarła oczy. Postukała w ciemny aktualnie ekran telefonu Kuby.

– Biedne dziecko. Jeśli to nie jest fejk, musimy działać natychmiast.

– Zgadzam się – mruknął. – Więc?

– Skąd to masz? – powtórzyła pytanie. – Jeśli mamy zawrzeć układ, muszę wiedzieć. Zgodzisz się ze mną?

– Materiały operacyjne – wykpił się. – Zostańmy na razie przy tym, że dostałem je od matki zaginionej.

– Czyli zostały zdobyte nielegalnie – zdenerwowała się i siarczyście przeklęła. – To niedobrze. Nie mogę z tym nic zrobić. Nikomu pokazać, żeby nie zapalić ci tyłka!

Spuścił wzrok na swoje buty. Nic nie powiedział. Siedzieli tak chwilę, a wreszcie Kuba sięgnął po pałeczki i zajął się kończeniem swojego kurczaka w pieprzu syczuańskim.

– I tak spokojnie będziesz jadł?

– A co mam zrobić? – odparł z pełnymi ustami. – Wziąłem zlecenie od dziwacznej matki, która na stówę jest umoczona. Kiedy jej pokazałem nagrania, wmawiała mi, że to fotomontaż. Nic się nie przejęła. Jeszcze straszyła, że na mnie doniesie.

– Miałbyś w chuj kłopotów – zgodziła się Osa i po kilku ciężkich westchnieniach wróciła do jedzenia, ale odsunęła pudełko. – Nieważne, co matka Stefy myśli i jaki rodzaj intrygi tka. W grę wchodzi życie tej dziewczynki. A może to wierzchołek góry lodowej? – Zapaliła się. – Musimy to rozwikłać.

– Inaczej by mnie tu nie było – wyburczał Kuba, chociaż widział po błyszczących oczach policjantki, że myśli głównie o swojej karierze.

Zignorował to. Dopóki Osa okazywała się użyteczna, jej motywacje były drugorzędne.

Osa odchyliła się na krześle, omiotła spojrzeniem opustoszałą knajpę, bo wszyscy klienci podchodzili do kasy, odbierali swoje pudełka i zaraz wychodzili. Uznała widać, że obsługa składająca się z samych Azjatów nie jest zagrożeniem, bo pochyliła się do Sobieskiego i zaczęła mówić:

– To, co przyniosłeś, jest arcyistotne, ale na ten moment bezwartościowe dowodowo.

– Wierzę, że znajdziesz sposób, żeby wprowadzić ten materiał do akt. – Uśmiechnął się z przymusem. – Znam cię nie od dziś. Jesteś dobra w utrzymywaniu tajemnic.

– Nie musisz mi schlebiać.

– To nie był komplement. – Skrzywił się, a potem rozłożył ręce w geście bezradności. – Chcesz, możemy połączyć siły. Nie? Zostawiam to i idę swoją drogą. Jak się spotkamy na szlaku, mogę udać, że się nie znamy. Nie będę wchodził ci w drogę.

– Nie bądź głupi! – żachnęła się. – Tak samo jak ja nie poradzę sobie z tym śledztwem, pracując drogą formalną, tak i ty beze mnie niewiele wskórasz. Podzielmy się zadaniami, a w dużej części powinniśmy współpracować. Razem mamy szansę znaleźć dziewczynkę, a to jest najpilniejsze. Mam rację?

Jakub niechętnie się zgodził.

– Jeśli znajdziemy Stefę, zajmiemy się rozpracowaniem organizacji pedofilów, których ostatnia widoczna nitka to z pewnością były chłopak Stefy – ciągnęła.

– Wiesz, że Kamil Niepłocha od zaginięcia młodej od Chrobaków nie pojawia się w szkole? Czegoś się boi. Nie chce być przez kogoś znaleziony albo ma coś poważniejszego do ukrycia. – Zawahała się. – Do tego zniknęła kolejna dziewczynka, niejaka Mugi. Tym razem dla odmiany z patologii. Rodzina dopiero dziś się zorientowała. Ojczym dziewczyny mówi, że miał nocną zmianę i dlatego przyszedł ze zgłoszeniem rano. To nieciekawa rodzina, a Mugi gigantowała. Mimo wszystko myślę, że to może być powiązane – zakończyła konfidencjonalnym szeptem.

– Czyj telefon i szmaty znaleźliście na Targówku? – zapytał Kuba.

– Trwają badania – wykpiła się od odpowiedzi. – Na tę chwilę szefostwo lobbuje, żeby przedstawiać to jako własność Stefy. Zastanawiają się, czy to sprowokuje sprawcę.

– Wiesz, że to niemożliwe? – wszedł jej w słowo i patrzył, jak na twarzy Osy maluje się zaskoczenie. – Mój człowiek ustalił lokalizację jej komórki.

– Teraz mówisz? – zbiesiła się. – Gdzie? Natychmiast wysyłam tam ludzi!

– Nie tak szybko – schłodził ją. – Nie godzę się na taki rodzaj współpracy. Owszem, razem możemy wskórać więcej, ale nie reglamentuj danych, skoro ja dostarczam ci na tacy całość swojego śledztwa. Ryzyko nie może być tylko po mojej stronie.

Prychnęła pogardliwie, ale Jakub nawet się nie poruszył. Odsunął od siebie puste pudełko i sięgnął po jej ledwie napoczętą kaczkę w pięciu smakach.

– Będziesz to jadła?

Pokręciła głową. Westchnęła.

– No dobra – poddała się wreszcie. – Informacje za informacje. Obiecuję mówić ci o wszystkim jak na spowiedzi. Tylko błagam, nie wydaj mnie.

Teraz to on rzucał z oczu błyskawice.

– Już to przerabialiśmy. – Schował swój cenny telefon do kieszeni. – Albo mamy sztamę i załatwiasz akta zabójstwa w motelu, albo wychodzę i zjadam tego gołębia w domu, a nasze drogi się rozchodzą. Mam dość przepychanek.

Wstał, chwycił niedojedzone resztki potrawy Osy i poszedł po nowy zestaw pałeczek oraz serwetki. Kiedy Wietnamka pakowała mu próżniowo jedzenie w plastik, podeszła do nich Osa. Wspięła się na palce, a Jakub odruchowo się pochylił, by mogła mu szeptać do ucha.

– Telefon jest niezidentyfikowany i nie możemy go uruchomić, ale ciuchy należą do Stefy. Próbki DNA z jej szczotki do zębów i grzebienia są zgodne.

– To pewna informacja?

– Jak to, że jutro jest piątek.

Wietnamka oddała papierową torbę Jakubowi. Chwycił ją, a drugą rękę wyciągnął do Osy.

– Proponuję zacząć od rozmowy z Nuandą – rzekł. – Weźmiemy go w dwa ognie, a jak tylko uda nam się dostać do jego urządzeń, naślę na niego mojego Czołgistę. Skoro u Stefy Merkawa znalazł takie kwiatki, w komórce młodego alfonsa musi być więcej materiału.

– I przydałoby się przekopać media Mugi – zaproponowała Osa. – To przecież trzecia z trójkąta.

– Masz na to budżet? – Jakub się skrzywił. – Jak na razie za pracę Merkawy płacimy ja i matka Stefy. Jeśli wziąć pod uwagę stopień zaawansowania technologicznego urządzeń tych dzieciaków, reklamówka z forsą, którą dziś dostałem, nie wystarczy. Zresztą gdybyś znalazła nawet minimalny fundusz, mielibyśmy pretekst do ujawnienia. Mogłabyś powiedzieć szefostwu, że na filmy porno natrafiono przy tej okazji. To byłby duży przełom w śledztwie. Jak uważasz? – podpuścił ją.

Zastanawiała się chwilę. Wreszcie sięgnęła po telefon i napisała do kogoś. W napięciu wpatrywała się w trzy kropki pulsujące na ekranie. Kiedy wpadła odpowiedź, oświadczyła z satysfakcją:

– Powiedz Merkawie, że ojczyzna płaci jedną dziesiątą tego, co ty.

– Nie będzie zadowolony.

– W każdym razie oficjalnie, bo takie dostałam wytyczne od prokuratora – dodała z tajemniczym uśmiechem. – Niech twój człowiek bierze się do roboty.

Blok Nuandy, Kocura

„Kwadratowa szczęka! – powtarzał mężczyzna w białym hotelowym szlafroku, wymachując cygarem, które tliło się tuż obok kamerki. – Jak uważacie, dlaczego dziewczynom podoba się kwadratowa szczęka? I co to ma wspólnego z tym, że one lecą na kasę?! Po dalszy ciąg zapraszam na nasze zamknięte forum. Tutaj więcej nie mogę powiedzieć, bo znów jakiś życzliwy zakabluje mnie sukom. Bądźcie zdrowi i czujni, prawdziwi mężczyźni. Nie dajcie się kastrować lachonom. Nara!".

Kamil ledwie zdołał przymknąć klapę laptopa, gdy do pokoju wparował jego rozzłoszczony ojciec.

– Gliny do ciebie! Co nawywijałeś? – wrzeszczał i przewracał rzeczy na biurku, łóżku, jakby w kilka sekund zamierzał zrobić mu kipisz. – Masz narkotyki?

Marycha, koks? Jak masz, oddawaj wszystko, zanim to znajdą!

– Nic nie mam. Uspokój się, tato – jęknął chłopak. – W ogóle nie wiem, o co chodzi. Nie zażywam narkotyków!

– Gadanie! – burczał zeźlony ojciec. – Czego oni chcą? Nie są w mundurach. To kryminalni.

– Syneczku?! – Do pokoju odważyła się wejść matka. – Powiedz tatusiowi. Nic nie oszukuj.

– Dajcie mi spokój!

Dzwonek brzęczał raz za razem.

– Już, kurwa, są – parsknął ojciec. – Jak coś masz, to oddawaj, a w ogóle to nie wyłaź, póki nie powiem. Może uda się ich jakoś spławić. A to za to, żeś ich wpuściła, niedojdo! – Zamachnął się i uderzył matkę w twarz, aż zatoczyła się na szafę i upadła z łoskotem.

Nawet nie jęknęła. Tylko lekko się skrzywiła i błyskawicznie, niczym wańka-wstańka podniosła się z podłogi. Mrugała, starając się zahamować napływające do oczu łzy, i nerwowo rozcierała policzek, żeby ukryć ślad po ciosie. Ale połowa jej twarzy była czerwona, jakby ktoś oblał ją sokiem malinowym.

– Wyglądasz jak łajza! – warknął do niej jeszcze bardziej wściekły Niepłocha. – Ty też nie wyłaź. Sam to załatwię.

Odmaszerował do drzwi i Kamil słyszał, jak pokrzykuje na policjantów, ale wiedział, że to nie odciągnie pogoni, a wręcz przeciwnie – zachęci śledczych do wejścia. Kamil wolał już, kiedy ojciec był pijany. Wtedy szalał, starał się dać upust swojej złości, ale gdy się dobrze schować, a z matką do perfekcji opanowali tę sztukę w czterdziestometrowym mieszkaniu, zasypiał i na jakiś czas był spokój. Ciąg oznaczał również, że mogło go nie być przez tydzień, dwa albo i miesiąc, więc w ogóle życie stawało się piękne. Matka wtedy kupowała lody i piekła ciasta. Starał się o tym teraz nie myśleć i skupił się na skasowaniu całej korespondencji ze Stefą, a po namyśle usunął z kontaktów też numer Mugi i wszystkie czaty z nią. Następnie opróżnił kosz na trwałe i dopiero wtedy odetchnął z ulgą. Był gotów na spotkanie z gliniarzami.

*
* *

– Gdzie byłeś w nocy z poniedziałku na wtorek? – powtórzyła Osa trzeci raz, a Kamil jak zwykle wywracał oczyma i gadał jak zacięta płyta:

– W domu. Rodzice mogą to potwierdzić.

Spojrzał błagalnie na matkę, która siedziała na wersalce z rękoma złożonymi w małdrzyk.

– Zgadza się. Kamilek był cały czas w domu – poświadczyła niepytana. – Zaraz po szkole dałam mu obiad i siedział w swoim pokoju.

– Czego się czepiacie chłopaka? – ryknął ojciec, który dotąd stał oparty o ścianę i kręcił młynka rękoma, jakby szykował się do zadania mocnego ciosu.

– Nie rozumiecie po polsku?

– Panie Niepłocha, proszę się nie odzywać – zbeształa go Osa. – A może woli pan, żebyśmy zabrali Kamila do komendy? Wtedy wy też musielibyście pojechać. No i byłby z tego protokół. Wszyscy sąsiedzi wiedzieliby, że pan zeznawał, bo musiałabym zawiadomić prokuratora. Nie lepiej, żebyśmy sobie pogadali nieoficjalnie? – próbowała go zmiękczyć.

– No lepiej – burknął ojciec, ale tylko bardziej się wiercił.

Sobieski przestał już zwracać uwagę na rodziców Nuandy. Przypatrywał się reakcjom Kamila na zadawane

97

pytania i prawie się nie odzywał. Siedzieli u Niepłochów dobrą godzinę i niewiele to przyniosło. Powoli Kuba miał dosyć tej strategii. W jego mniemaniu nie skutkowała.

– Przecież ty wcale nie chodzisz do szkoły – wtrącił się. – Gdzie łaziłeś, kiedy cię nie było w budzie?

– Ja? – Kamil zawahał się i bojaźliwie zerknął na ojca. – Chodzę. Codziennie chodzę. Spóźniam się czasem, ale w sumie przychodzę.

– Dziś też byłeś? – Jakub przekrzywił głowę. – Cały dzień masz zaznaczone nieobecności. I tak kilka dni w tygodniu. To twoja norma. Jak tak dalej będziesz chodził, nie otrzymasz promocji do następnej klasy.

– To prawda, synu? – Ojciec jednym susem dopadł chłopaka i zanim ktokolwiek zdążył zareagować, uderzył go kantem dłoni w głowę.

Kamil aż się zakrztusił, a z nosa pociekła mu cienka strużka krwi. Szybko otarł ją rękawem i mocniej przywarł plecami do oparcia krzesła.

– Panie Niepłocha, proszę się opanować! – rozzłościła się Osa. – Za coś takiego na oczach funkcjonariusza powinnam zakuć pana w kajdanki i niezwłocznie wsadzić do radiowozu!

– Gnój mnie wkurwił – wyszeptał zaskoczony Niepłocha. – Sam nie wiem, jak to się stało.

– Proszę wyjść, skoro nie potrafi pan zachować spokoju – zarządziła policjantka. – Pomówimy o tym później. – A potem zwróciła się do nastolatka. – Jak się czujesz? Kręci ci się w głowie?

– Nic mi nie jest. – Kamil machnął ręką. – To moja wina, że tato się zdenerwował.

– No pewnie, że twoja, szczylu. Mnie pyskować nie będziesz! – mędrkował Niepłocha, chociaż już mniej butnie.

– Proszę natychmiast opuścić pomieszczenie! – Osa podniosła głos i zagrzechotała kajdankami. Zaczęła się nimi bawić. – Radzę wyjść, zanim zmienię zdanie. A zresztą kto jak kto, ale pan procedury zatrzymania zna lepiej od mojego młodszego kolegi.

Spojrzała na Jakuba, przesyłając mu przepraszające spojrzenie. Sobieski zacisnął mocniej szczęki i z godnością przyjął zniewagę. Nic nie powiedział. Poskutkowało. Stary Niepłocha wahał się jeszcze chwilę, ale wreszcie wyszedł, pomrukując jak rozzłoszczony niedźwiedź. Słyszeli, jak otwiera lodówkę, a potem dobiegł ich odgłos otwieranej puszki i głośny gulgot.

– O mój Boże – usłyszeli zza pleców. – Tościе narobili...

Osa odwróciła się do matki chłopaka siedzącej wciąż na wersalce. Kobieta była przerażona.

– I pani też, jeśli łaska – poleciła twardo Osa. – Zajmijcie się czymś. Kamil ma skończone szesnaście lat. Odpowiada za swoje czyny jak dorosły.

Kobieta wyszła, drobiąc kroki. Po drodze musnęła syna po twarzy, jakby chciała dodać mu otuchy.

– To nic nie da – oświadczył młodzieniec, kiedy zostali we trójkę. – Nie powiem wam niczego, czego nie chlapnąłbym przy starych. Tylko matka będzie dziś obita. Tyle załatwiliście. Znów będzie musiała uciekać do sąsiadów.

– Nic nie da? – Jakub nie zamierzał dłużej tego wysłuchiwać. Wyciągnął telefon, znalazł jeden z filmów pornograficznych, które skopiował z danych Stefy. – A co powiesz na to?

Chłopak nawet nie spojrzał w jego kierunku. Założył ręce na ramiona i nie odzywał się.

– Odpowiedz, Kamilu – zażądała Osa. – Wiemy, że to ty wysłałeś ten film Stefie.

Nic. Jakby jej słowa wpadły w próżnię.

– Ty to nagrałeś? Kim jest ten staruch ze Stefą? Czy ona wiedziała, że będzie filmowana? – Sobieski zarzucił go pytaniami.

– Odczepcie się – wymruczał wreszcie. – Ja nie wiem, o co chodzi.

– To ja ci powiem, jak było, Nuanda. – Jakub wstał. Chodził od okna do stolika kawowego, przy którym siedzieli. – Rozkochałeś w sobie tę pannę, a potem zmusiłeś ją do sypiania z tymi gnojami. Pobierałeś opłatę sam czy pracował z wami ktoś jeszcze? A może były inne dziewczyny?

– Ma pan dowody czy tak się pan wygłupia? – parsknął Kamil.

Kuba zawahał się.

– Wysyłałeś jej te filmy, żeby pracowała dalej, co? To się nazywa szantaż. Groziłeś, że jeśli zaprzestanie prostytucji, ujawnisz nagrania w szkole. I tak, mam dowody. Całkiem mocne. W sumie tych wysłanych nagrań zabezpieczyliśmy ze dwie godziny. Popełniłeś błąd, wysyłając je z własnej komórki. Wszystko jest do odtworzenia, nawet jeśli to pokasowałeś. Nic nie ginie w sieci. Na drugi raz radziłbym o tym pamiętać.

– Wysyłałem, ale nie nagrywałem tego. – Kamil nagle się poddał. Zwiesił ramiona, pochylił głowę. – Kiedy je dostałem od kumpla, sam byłem zdziwiony. Przesłałem je Stefie, żeby ją ostrzec. A poza tym to nie jest moja dziewczyna. Koleżanka.

– Przed czym ostrzec? – Jakub nie odpuszczał. – Nazwisko tego kumpla.

– Nie mogę powiedzieć.

– Nie możesz czy nie chcesz? – do rozmowy włączyła się Osa. – Wiesz, że twoja koleżanka zaginęła, i to poważna sprawa. Jeśli znajdziemy jej ciało, będziesz pierwszym podejrzanym. Nie ci zboczeńcy, ale właśnie ty. Bo twoje personalia znamy i mamy na ciebie haka.

– Ale ja nic nie zrobiłem! Przeciwnie… – Zerwał się, ale zaraz usiadł. – To była jej inicjatywa.

– Jej inicjatywa? – powtórzył Jakub. – Co masz na myśli? Chcesz ratować siebie, lepiej wydaj kumpla i powiedz nam wszystko, co wiesz.

– Rzecz w tym, że to znany tiktoker. Każdy go zna! Ma swoje kanały w mediach i miliony obserwatorów. Stefa się w nim zabujała, a dopiero potem okazało się, że ja od dawna oglądam jego nagrania na YouTubie i należę do takiego wewnętrznego forum fanów… Kiedy się o tym zgadaliśmy, błagała, żebym pomógł jej poznać tego gościa. Starałem się, jak mogłem, ale nic z tego nie wyszło.

– Konkrety, chłopcze! – pośpieszyła go Osa. – Co to za tiktoker? Jakie forum?

– No był tiktokerem, ale zdjęli mu kanał za obrazę moralności i szerzenie nienawiści – wyjaśnił Kamil. – Zostały tylko treści udostępnione przez innych. To sławny gość! Ma rzeszę wyznawców, jak jakiś guru. Wszyscy go teraz słuchają.

– Nazwisko – syknął Jakub. – Nick, pseudonim. Cokolwiek.

– W sieci hula pod nazwiskiem Sebastian Czarnecki. Nikt nie wie, gdzie on mieszka, chociaż sam często o sobie opowiada. Był za granicą, gdzie trenował sztuki walki, ponoć należał do Legii Cudzoziemskiej i ogólnie lubi mówić o sobie, że jest piratem. Ma forsę, dużo forsy, bo chwali się kolekcją samochodów i to nie jest fejk. Możecie wyguglać go na YouTubie. Chłopaki z jego fanklubu zachowali część treści i puszczają za opłatą na forach, ale najlepsze fragmenty jego wystąpień są dostępne w sieci *for free*. Na ich bazie powstała też masa memów. Starczy wpisać Sebastian Czarnecki albo Juki, bo takiej ksywy używał w sporcie.

– Masz te kawałki i zaraz nam je pokażesz – weszła mu w słowo Osa. – Skoro ten Juki jest tak ważny, że nie chodzisz do szkoły, chcemy je zobaczyć.

– Tam nie ma nic niestosownego – zaoponował Kamil. – Po prostu mówi o kryzysie męskości, związkach i dziewczynach. Dlaczego niektóre są takie, jakie są.

– Czyli jakie? – Osa się skrzywiła.

– Podłe, interesowne, kłamliwe i pazerne – wyrecytował. – A ponieważ nie da się ich zmienić, trzeba nauczyć się je kontrolować. Tego Juki uczy nas wszystkich. Żeby żadna laska cię nie wykastrowała. – Spojrzał wyzywająco na Jakuba. – Zawsze masz grać pierwsze skrzypce. Zdominować ją. Jak trzeba, ukarać. Już Szekspir o tym pisał. *Poskromienie złośnicy* czytałeś?

– Nie jesteśmy na ty – włączyła się Osa.

– O tym właśnie Juki mówi w swojej nanosferze! – zaperzył się chłopak. – Pani jest ostra, a ten siedzi jak trusia. Potem narzekacie, że nie ma prawdziwych facetów. Juki pokazuje nam, młodym, jak odzyskać godność. Jak być mężczyzną. Jak uwodzić laski i sprawić, żeby za tobą latały. One mają wielbić cię bardziej niż siebie same. I żeby pani była pewna, do jego drzwi stoi kolejka chętnych ostrych dziuń. Zrobią wszystko, żeby wleźć mu do łóżka.

– Jedną z nich była Stefa? – przerwała mu Osa.

Kamil w odpowiedzi wzruszył tylko ramionami.

– Dlaczego ten facet się ukrywa? – spytał Sobieski, nie podnosząc wzroku znad telefonu, bo już sprawdzał Czarneckiego w sieci. – Skoro nie ma nic do ukrycia, nie powinien się bać.

– I się nie boi! – zaprotestował Kamil. – Juki nie jest tchórzem! Ale właśnie tacy jak wy go do tego zmuszają. Wcześniej mieszkał w Anglii i tylko dlatego, że jest Polakiem, oskarżyli go o przetrzymywanie jakichś świń w przybudówce i gwałty. To wszystko nieprawda! Najpierw same do niego przylazły, a potem miały pretensje, że nie poświęca im uwagi.

– Skąd wiesz, że to nieprawda?

– Sam o tym opowiada. Niczego nie ukrywa. Żadnego szczegółu. To rodzaj darmowego szkolenia dla tych, którzy go obserwują. Mówi, co im robił, żeby je poskromić, jak zmusić do grzeczności... Żeby czuły mores. Jak przetrwał w pierdlu, bo ostatecznie na chwilę go przymknęli. Miał mieć proces, ale sprawę umorzono. Dziwki zostały uwolnione i wycofały oskarżenia. To nie były normalne dziewczyny, tylko regularne prostytutki. Chciały, żeby im więcej płacił i dostarczał narkotyki.

– Mówi o tym publicznie? – zdziwiła się Osa. – Nic dziwnego, że go aresztowano.

– Niesłusznie! Przecież powiedziałem – zeźlił się Kamil i zaczął pod nosem miotać przekleństwa. O tym, jak głupia jest policja, a kobiety wstrętne i fałszywe.

– Jaka jest jego rola w sprawie Stefy? – Jakub nie dał mu dokończyć.

– Chyba chciała zostać jego dziewczyną. – Parsknął drwiąco. – Imponuje jej. To, co osiągnął... No, że jest sławny i bogaty.

– Serio? – Osa się wściekła. – Zastanów się, co mówisz, chłopcze! Jaka dziewczyna chce być gwałcona i upokarzana? Na filmikach, które jej przesyłałeś, nie wygląda na szczęśliwą, że czeka ją stosunek seksualny z grubym obleśnym dziadem!

– To były tylko testy! – Kamil machnął ręką. – Juki opowiadał, że robi im tor przeszkód, żeby mogły awansować w hierarchii! Jak zasłużą, przestają być kocmołuchami, a idą wyżej: do służek i wreszcie dam. A damy grają w filmach. Niektóre dzięki niemu stały się sławne i zarabiają kupę hajsu. Oczywiście to filmy dla dorosłych. Soft porno. Tak słyszałem... – Urwał, bo zrozumiał, że powiedział za dużo.

– Co? – wydusiła Osa.

– No cóż, ostrzegałem Stefę. – Kamil pochylił nisko głowę, a jasna czupryna zasłoniła mu niemal całą twarz. – Mówiłem, że to zadanie będzie dla niej trudne, ale się uparła. Chciała się sprawdzić i była konsekwentna. Marzyła o tym, żeby zostać gwiazdą.

– Gwiazdą pornosów? – skrzywił się Jakub. – Ty mówisz serio?

Kamil rozłożył ręce w geście bezradności. Z twarzy mu jednak nie schodził szyderczy uśmiech.

– A co ja poradzę? Dziewczyny... Kto je zrozumie?

– To dlatego wyszukiwałeś jej pedofilów? – zaatakowała Osa.

– Musiała mieć przecież portfolio. – Kamil wzruszył ramionami. – Sama zamieściła ogłoszenie w sieci. Propozycji miała multum. Byli też stali klienci, którzy wracali.

– A ty to nagrywałeś?

– Tylko kawałki, jeśli dało się zajrzeć przez szybę albo coś... Żeby mogła przesłać Jukiemu, jak się spisuje. – W oczach chłopaka pojawiły się łzy. – Myślałem, że się ocknie, zrozumie, że to utopia i że on ją wykorzystuje. Takich kandydatek Juki ma mnóstwo. Może przebierać w najlepszych dziewczynach, i to dorosłych. Nie będzie ryzykował więzienia i wiązał się z siksą. Ostrzegałem ją! Z tego, co wiem, nie zakwalifikowała się wyżej niż kocmoluch. Ogólnie Juki po prostu ją olał. Jak się dowiedział, że jest nieletnia, nie wpuścił jej nawet na swoją imprezę.

– Co to w ogóle za słownictwo! – zjeżyła się Osa.

– W sieci jest kupa danych o tym, jak Juki dzieli dziewczyny na kategorie. Fani dyskutują o tym i nie ze wszystkim się zgadzają, a ja do nich należę, ale ogólnie jego porady są skuteczne.

– W czym?

– W podrywaniu lasek. O to przecież wszystkim chodzi.

– Boże! – Osa złapała się za głowę. – To jakieś monstrum. Nie wierzę, że to się dzieje. Powiedz, że to wymyśliłeś! To jakaś kreacja, grasz przed nami tanią rólkę, a ten cały Juki nie istnieje!

Jakub podsunął jej wyniki wyszukiwania. Przyjrzała się łysemu facetowi w kwadratowych okularach, który siedział z szeroko rozstawionymi nogami w białym frotowym szlafroku i kapciach. W ustach miał cygaro, w dłoni szklankę z bursztynowym płynem. Za jego plecami stał luksusowy kamper, a obok widać było tył zabytkowego mustanga i przednie koło nowoczesnego ścigacza.

– Ten gość ma już nawet swoją stronę w Wikipedii – dorzucił Jakub. – Piszą, że tych dziewczyn było jedenaście, a jego brat siedzi w Chełmie. Dostał pięć lat za gwałt. To recydywiści.

– Aresztujecie mnie? Będę musiał iść do więzienia? – przeraził się Kamil. – Ja tylko chciałem zrobić przysługę koleżance. – Rozpłakał się głośno, aż do pokoju zajrzała jego matka.

– Co się tu dzieje? Co mu zrobiliście?

– Gdzie ukrywa się ten człowiek? – Jakub zwrócił się do Kamila. – Adres Sebastiana Czarneckiego.

– Nikt go nie zna. O to w tym wszystkich chodzi – chlipał Kamil. – On w swoich mediach naśmiewa się z policji, że chociaż wiecie, kim jest, nigdy go nie namierzycie.

– Przemieszcza się? Jeździ tym kamperem? – dopytywała się Osa.

– Nie wiem. Na żywo go nie widziałem. Raz na forum zostałem zaproszony, bo Juki wynajął jakiś dom na Tarchominie i organizował imprezę. Niestety, nie zostałem dopuszczony do spotkania z nim. Wywalili mnie jego ochroniarze, jak tylko przyjechaliśmy z chłopakami.

– Pojedziesz tam z nami – zarządziła Osa.

Wstała, złożyła swoje papiery, schowała je do teczki. Kamil skulił się, nie patrzył na nich. Kręcił tylko głową i jęczał, jakby go pobili.

– Weź się w garść. Rusz się! – pośpieszyła go policjantka.

– Nie wiem, gdzie to jest – płakał w głos i mówił jak nakręcony. – Byłem naćpany, a pojechaliśmy taksówką. Pamiętam tylko żółtą elewację i wysoki żywopłot. Ale to nic wam nie da. Ci ludzie wyjechali i on skorzystał z ich domu bez ich wiedzy. Ja nie znam adresu. Naprawdę nie pamiętam!

– Nie znasz nazwiska, adresu. Nic nie wiesz – szydziła Osa. – To niepokojące, że w tak młodym wieku masz zaniki pamięci. Czy przynajmniej pamiętasz, że uczestniczyłeś w stręczeniu nastolatek przestępcom seksualnym? Wiesz, że za to grozi kara do dwunastu lat?

Kamil podniósł głowę i spojrzał na nią, jakby żegnał się z życiem. Miał znów wybuchnąć płaczem, ale kątem oka łypnął w kierunku drzwi.

– Wynocha! – usłyszeli głos pijanego Niepłochy, a dopiero potem go zobaczyli. Ojciec Kamila trzymał w dłoni nogę od stołu. – Zadzwoniłem na psiarnię i nikt nie zna waszych gównianych nazwisk. W każdym razie to przesłuchanie się nie liczy. Wypierdalać, bo wam kości porachuję.

Sobieski spojrzał na ojca Kamila, a potem na stojącą za nim poturbowaną już dotkliwie matkę, która bezskutecznie próbowała ogarnąć garderobę i przyklepywała rozczochrane włosy.

– Wrócimy tu z nakazem – rzekł, patrząc przeciągle na Osę, która udawała, że zbiera swoje papiery, ale dyskretnie odpięła kajdanki od pasa. – Dziękujemy za rozmowę, Nuando. – Jakub zaczął coś mówić, byle tylko odwrócić uwagę nastolatka. – A jakby ci przyszło do głowy kasować treści z mediów, to wiedz, że wszystko da się odzyskać. Wszystko.

Rzucił na stół wizytówkę. Osa dołożyła swoją.

– Gdybyś zmienił zdanie i chciał nam pomóc – rzekła łagodniej.

Kamil nawet nie spojrzał w jej stronę. Wgapiał się w rozwścieczonego ojca, sondując, jak wielka awantura szykuje się po wyjściu detektywów.

– Dosyć tych ceregieli! Wypad! – mruczał stary Niepłocha, zaciskając w dłoni swój kawał drąga, chociaż ledwie trzymał się już na nogach.

W tym czasie, kiedy rozmawiali, musiał wypić całkiem sporo, bo woniało od niego jak z tawerny.

– No to żarty się skończyły, panie Niepłocha. – Osa szybkim zamachem zakuła mu rękę w przegubie. – Za pobicie żony, atak na syna, agresję wobec funkcjonariuszy w stanie nietrzeźwości nie wyjdzie pan przez najbliższe trzy miesiące. Tak że rodzina chwilę odetchnie.

Jakub odebrał pijakowi broń i dopiął drugą bransoletkę. Chociaż facet walczył, wspólnymi siłami wyprowadzili do windy. Scenę obserwowała milcząca żona i rząd sąsiadów, którzy nieoczekiwanie pojawili się na klatce zaalarmowani krzykami.

– Dobranoc państwu – mruknęła do nich policjantka. – To nie radio, nie słuchamy.

⁎⁎

Motel Zakamarek, trasa na Lublin

– Ty z telewizji? – Człowiek za zbitą z nieheblowanych desek ladą powitał Jakuba warknięciem. – Jeśli tak, nie masz tu czego szukać. Wynocha.

Sobieski łypnął na niskiego mężczyznę, który ratował łysinę pożyczką, i bez słowa położył na blacie wizytówkę, a potem błysnął odznaką detektywa. Recepcjoniście natychmiast zrzedła mina.

– Pan jest właścicielem? – rzucił Kuba i rozejrzał się po niewielkim holu.

Chociaż starano się, by przybytek przypominał niedźwiedzią gawrę, zza brunatnych kotar wystawały plastikowe okna, a na podłodze błyszczało linoleum. Budynek z zewnątrz obito zgniłozielonym sidingiem. Tablica nad głową mężczyzny z pożyczką informowała o cenach dostępnych apartamentów i Jakub nie wierzył własnym oczom – można było wynająć tutaj lokal na miesiąc, kwartał, a nawet rok.

– Tylko sprzątam i wydaję klucze. – Tym razem odpowiedź była uniżenie grzeczna. – I dobrze pan trafił, bo zdaje się, że byłem wtedy na zmianie.

Jakub obrzucił faceta czujnym spojrzeniem.

– Wtedy, czyli kiedy?

– Przecież pan w sprawie Nene! – Recepcjonista uśmiechnął się szerzej. Sięgnął pod blat i wpiął sobie do klapy marynarki kolosalną plakietkę z wykaligrafowanym ręcznie napisem: „Jestem Leszek. Co jeszcze mogę dla ciebie zrobić?". – A jeśli nie, to przepraszam pana detektywa. – Zmarkotniał. – Odkąd w mediach podali, że dziewczynka zaginęła, znów mamy tabun dziennikarzy i każdy namawia mnie na ekskluzywny wywiad. Bo to ja uratowałem jej życie. – Wypiął dumnie pierś. – I zadzwoniłem po matkę.

Jakub zastanawiał się chwilę. Sięgnął do kieszeni, wydostał z niej przygotowaną wcześniej stówę. Położył na blacie, a Leszek niezwłocznie ją przejął.

– Jestem Kuba – przedstawił się Sobieski. – Palisz?

– To zależy z kim. – Leszek się uśmiechnął. – I za ile.

Jakub pokręcił przecząco głową na znak, że kolejnego banknotu tak łatwo nie odda.

– Może wyjdziemy na zewnątrz? – zaproponował.

– Chyba nie chcesz smrodzić gościom? – Rozejrzał się, gdzie umieszczono kamery. – Nie widać kolejki chętnych do nocowania. Na pewno nic się nie stanie, jak na kwadrans zejdziesz z posterunku.

– O tej godzinie faktycznie są puchy – przyznał Leszek. – Czasu miałbym i więcej, możemy skoczyć na obiad. Późno wyszedłem z domu, nawet śniadania nie jadłem. Kiszki marsza mi grają. – Mrugnął znacząco. Kuba aż się wzdrygnął, bo wyglądało to tak, jakby facet dostał ataku epilepsji. – A w gruzińskiej restauracji obok podają pyszne chinkali. Niestety mają dziwny zwyczaj i są nieczynni w poniedziałki. Za to dziś z pewnością zaserwują nam coś dobrego.

– Dostaniesz na żarcie, ale wpierw pogadamy – zgodził się Kuba, bo już wiedział, że Leszek aż się pali, by opowiedzieć swoją wersję. Nie chciał jednak okazywać zbytniego entuzjazmu, bo to typ, który za każdą informację każe sobie płacić osobno. – Miałeś wtedy zmianę, kiedy doszło do zbrodni? To ty wydawałeś klucze Wojciechowi Tomysiowi?

– Wszyscy mówili do niego Heniek. – Leszek sprytnie wykpił się od odpowiedzi. – Ale to był nasz stały klient. Mówiłem policji, że nigdy wcześniej nie przyprowadzał dzieci. Zakamarek to nie burdel!

– Nic takiego nie powiedziałem – rzucił Jakub. – Ale jest nim w istocie, co?

Leszka zatkało.

– Nie tolerujemy tutaj zboczeńców! – ratował się. – Zresztą od dawna nie wynajmujemy numerów na godziny. Tomyś miał abonament. Wynajął pokój na pół roku. Taka opcja najbardziej się opłaca. A odkąd pomagamy uchodźcom, pełno tu Ukraińców i standard spadł, wiadomo… – Urwał.

– Więc znałeś go pół roku – podkreślił Jakub. – Bywał tutaj codziennie czy tylko od wielkiego dzwonu?

– Czasami codziennie przez tydzień. Innym razem wcale. Z abonamentu wykorzystał niecałe trzy miesiące. Zrozum, to elegancki, dystyngowany facet. Zawsze wypastowane buty, droga marynarka i poszetka w kieszonce. Jeśli wkładał płaszcz, na szyi wieszał sobie taki pstrokaty szalik z wełny. I dawał uczciwie napiwki. Uwierz, w dobie napływu Ukraińców to jest luksus. Oni domagają się, żebyś im pomagał. W kółko czegoś chcą, coś im nie pasuje. W pokojach jednoosobowych kiszą się całymi rodzinami i doprawdy nie dojdziesz, czy to twój gość, czy jakiś obcy klient. Gotują to swoje żarcie, chociaż nie wolno, więc czasami i prąd im odcinam, bo wejść się nie da, tak zajeżdża kapuchą. Tomyś był klasa lokatorem. Nie stwarzał żadnych, ale to żadnych problemów.

– A Nene? – przerwał mu Jakub. – Nie zdziwiło cię, że przychodzi do niego dziewczynka?

– Za pierwszym razem pewnie – mruknął Leszek i zamiast dokończyć, zajął się szukaniem klucza do tylnego wyjścia, ale Jakub był pewien, że to gra na zwłokę.

– Więc bywała tu wiele razy? – dopytał, kiedy Leszek siłował się z drzwiami.

– Razem przyszli i teraz myślę, że to dla niej wynajął ten pokój – odparł posługacz. – Przedstawił ją jako swoją kuzynkę, a kilka dni później zażądał, żebym przygotował drugi klucz. Oferował trzysta złotych. Nie zgodziłem się.

Wydostali się na podwórze. Chociaż w oddali rozpościerał się przepiękny widok kwitnących pól, nie dane im było go podziwiać. Perspektywę zasłaniały cztery wielkie kontenery po brzegi wypełnione śmieciami, a pod nimi grasowały koty. Odskoczyły z piskiem, kiedy Sobieski z Leszkiem pojawili się na horyzoncie.

– Bo była nieletnia?

– Bo w umowie było, że w lokalu ma przebywać tylko jedna osoba. Chodzi głównie o śmieci i zużycie wody. Oczywiście to apartament, więc Tomyś miał prawo przyjmować gości, nie to, co ci uchodźcy, którzy przyjechali później, ale to i tak niezgodne z regulaminem. Trzeba by dziewczynkę zameldować, a jak szef by się dowiedział, kark by mi skręcił.

– Spisałeś ją z dokumentów?

Kręcenie głową, rozbiegany wzrok.

– Nie zastanowiło cię, że nastolatka może być uprowadzona? Ten gość mógłby być jej ojcem, jeśli nie dziadkiem!

– Nie wyglądała na cierpiącą – wymamrotał Leszek, zaciągając się i wypuszczając dym bokiem ust. – Przynosiła mi hot dogi ze stacji i gadaliśmy. Lubiłem ją. W życiu bym nie pomyślał, że dochodzi między nimi do czegoś zdrożnego. Po dwóch tygodniach właściwie się do niej przyzwyczaiłem i tego felernego dnia osobiście wydałem jej klucz. Co miałem zrobić? Kazać jej czekać na parkingu?

– Może zadzwonić do jej rodziców? Powiadomić policję?

– Nie pomyślałem. – Leszek wzruszył ramionami.

Kuba przyglądał się mężczyźnie i zastanawiał się, czy mówi prawdę.

– Dlaczego nie zostawiła swojego plecaka u ciebie w recepcji, tylko zaniosła go do schowka na stacji?

– A bo ja wiem? – Recepcjonista się zamyślił. – Do dziś się głowię, dlaczego tego dnia nie wzięła go ze sobą. Zawsze go zabierała. Wyglądał na taką teczkę do szkoły, wielki wór z ramiączkami napakowany książkami... Już wtedy mnie to dziwiło, bo Nene poprosiła, żebym zrobił to za nią. Niby się śpieszyła.

– Więc poszedłeś?

– No tak.

– Ile ci to zajęło?

– Kwadrans, może pół godziny? – odpowiedział Leszek po dłuższym wahaniu.

– Pół godziny niosłeś plecak do skrytki? – Jakub nie uwierzył.

Zapadła długa męcząca cisza. Obaj wpatrywali się w śmietniki i gabarytowe odpady ułożone obok pod płotem. Kuba podszedł tam, wyciągnął sporą szybę zdobioną kolorowymi szkiełkami.

– Ładna ręczna robota – rzekł. – I ten witraż wcale nie jest zniszczony. Dlaczego to wyrzucacie?

– Jak chcesz, to go sobie weź. – Leszek wzruszył ramionami, zadowolony ze zmiany tematu. – Trwa remont. Pozbywamy się staroci. Teraz wszystko w Zakamarku będzie nowe – wyjaśnił. – A po tej aferze rozważamy też zmianę nazwy motelu. Brzmi jakoś tak kosmato.

– Więc pół godziny niosłeś plecak do skrytki – wrócił do przerwanego wątku Jakub.

Odstawił witraż pod ścianę i przejrzał resztę wyrzuconych gabarytów. Były tam połamane krzesła, stary materac, nadpalone koce i mnóstwo potłuczonego szkła. Większość podobnie malowana jak ta kolorowa płyta, którą Jakub wyciągnął wcześniej.

– Przyznaj się lepiej, gdzie łaziłeś!

– Jak mówiłem, akurat zmieniała się warta, a Amelka jak zwykle się spóźniała, więc zeszło nawet więcej. – Leszek wreszcie się ożywił i zaczął gadać. – Dobra, jak już tak bardzo chcesz wiedzieć, to poszedłem coś przekąsić do Gruzinów. Jak wróciłem, było pozamiatane. Tomyś leżał w kałuży krwi, a Nene była w amoku. Praktycznie nie kontaktowała. Amelia zajęła się nią, ubrała w coś i dała gorącej herbaty, a ja znów poleciałem po rzeczy Nene. Wtedy przeszukałem jej plecak, bo potrzebowaliśmy jakiegoś kontaktu do matki. No i tak dowiedziałem się, że ma piętnaście lat i nazywa się Chrobak. Dalszy ciąg tej historii znasz. Matka odebrała plecak i dziecko, a niedługo potem przyjechały gliny. Dwie ekipy, jakby to był jakiś minister. Kiedy media zaczęły o tym trąbić, dowiedziałem się, że nasz Henio to syn tego reżysera, Tomysia. Na przesłuchaniach spędziłem chyba ze trzy dni. Dobrze, że dostałem zaświadczenie do pracy. No i Bogu dziękować, ale szefa mam ludzkiego. Nie zwolnił mnie.

– Wie, jakie tajemnice mógłbyś ujawnić o Zakamarku – mruknął Sobieski, ale Leszek nie podjął wątku.

– Kiedy biegłem po ten plecak, na stacji widziałem faceta, który zmierzał w stronę naszego motelu – dorzucił konfidencjonalnym szeptem. – Moim zdaniem to on zaciukał Tomysia, a nie ta sympatyczna dziewczynka. Tak między nami, ja nie wierzę, że do stosunku między Heńkiem a Nene doszło. Myślę, że media robią gównoburzę, żeby lepiej się klikało.

– Media? – Jakub się skrzywił. – Przecież o tej sprawie praktycznie nie pisano.

– No w kółko ktoś przyłazi z plakietką „Prasa" i bierze mnie na spytki. Myślisz, że jak policja nie informuje, to dziennikarze nie mają swoich kanałów? To, ile poszło do sieci, nie wiem. Nie interesuję się. Mam swoje życie.

Sobieski szybko wyszukał w sieci zdjęcie Sebastiana Czarneckiego.

– Taki gość?

Leszek pochylił się i długo wpatrywał się w fotografię.

– Nie – orzekł ostatecznie. – Tamten był młody, chudy. Wysoki, ale jeszcze młokos. Ten tutaj to byczysko.

Jakub przewinął inne zdjęcie Czarneckiego. Wpatrywał się w zmarszczone czoło i przesuniętą całkiem na tył głowy pożyczkę Leszka. Czekał.

– Znasz go?

– Chyba go gdzieś widziałem.

Jako następne Sobieski pokazał zdjęcie Kamila Niepłochy i w tym momencie oczy pracownika motelu rozbłysły.

– Coś koło tego – oświadczył z powagą. – Taka sama postura, wiotka konstrukcja ciała. Niestety, z daleka nie widziałem twarzy.

– Powiedziałeś o tym policji?

– A jak? Pewnie, że powiedziałem! – skwapliwie potwierdził Jakub. – Musiałem się ratować, bo jeszcze by mnie oskarżyli. Od razu się zorientowałem, że to grząska bajka z tym Tomysiem. Wolałem od razu wszystko wyznać jak na spowiedzi.

– I?

– Przynosili mi segregatory ze zdjęciami zakapiorów. Po pierwszej setce wszyscy wydawali się już jednakowi.

– Nie pokazali ci tego zdjęcia? – Jakub wygasił ekran.

– A kim jest ten młody człowiek? Znasz go? To twój podejrzany? – Recepcjonista zarzucił Jakuba pytaniami, zamiast odpowiedzieć.

– Rozpoznasz go, jeśli przyjadę z glinami?

Leszek wywracał chwilę oczyma.

– Może? Nie wiem. Ciemno już było. I twarzy nie widziałem.

Kuba podsunął mu kolejny banknot, ale tym razem Leszek nim wzgardził.

– Nie będę bezpodstawnie nikogo oskarżał. – Zakiepował peta w obudowie kontenera i otrzepał swój uniform z popiołu. – Możesz mi zapłacić za chinkali, ale dzieciaka nie pogrążę. Sam nie wiem, co widziałem.

– Mówiłeś, że szedł do motelu i podejrzewasz go o popełnienie zbrodni! – wzburzył się Jakub. – Dosłownie przed chwilą to powiedziałeś. Mam odtworzyć nagranie?

– To ty mnie nagrywasz? – obruszył się Leszek.

– Na takie coś się nie umawialiśmy! Odczep się, nie

potwierdzam ani jednej rzeczy, którą tutaj usłyszałeś. – Wyciągnął z kieszeni kilka banknotów, które zdołał już zarobić, i wykonał ruch, jakby zamierzał je cisnąć Sobieskiemu w twarz, ale w ostatniej chwili się rozmyślił. Skierował się do wejścia motelu.

– Leszek! – krzyknął za nim Jakub. – Nagrałem cię tylko na potrzeby operacyjne. Nie chce mi się streszczać wszystkiego swoim ludziom. Nikomu bez twojej zgody tego nie pokażę.

– Spieprzaj, dziadu! – Facet splunął na ziemię, a pożyczka spadła mu na twarz. Poprawił ją szybkim ruchem. – Chciałem pomóc, ale ty widać nie masz wstydu.

Jakub wyciągnął kolejną stówę i zwinął ją w rulon. Bawił się nią, nie spuszczając spojrzenia z Leszka.

– Jeszcze jedno i ta stówa też będzie twoja – obiecał.

Mężczyzna nadal miał minę obrażonego księcia, ale nie wchodził do środka. Przyglądał się Kubie jak zahipnotyzowany.

– Chcę zobaczyć miejsce zbrodni – powiedział detektyw. – Wpuścisz mnie? Przyjadę ze swoim fachowcem. Rozejrzymy się tylko i nie zostawimy śladów.

– Niestety, policja zaplombowała pokój. Do odwołania nie wolno nam go użytkować. – Leszek rozłożył ramiona. – Szef bardzo się stara, żeby cofnęli ten zakaz, ale co robić? Inaczej nie moglibyśmy wznowić działalności.

– Przecież to było trzy miesiące temu – zdziwił się Jakub.

– Szef uważa tak samo – zgodził się z nim Leszek. – Jak chcesz tam wejść, musisz mieć pozwolenie glin. Przyniesiesz kwita, wpuszczę cię od razu. Sam chętnie jeszcze raz tam zerknę. – Uśmiechnął się chełpliwie.

– Jesteś stuprocentowo pewien, że matka Stefy odebrała ten plecak?

– Pewnie, że tak! I plecak, i dziecko! – oznajmił, po czym chwycił banknot i rozwinął go, by sprawdzić, czy nie jest fałszywy. A potem pochylił się do Jakuba, jakby starał się mówić do mikrofonu. – Kobita miała dziwaczną fryzurę, niczym afrykańskie warkoczyki do półdupków. Nawet w ciemności bym ją poznał. To jak, szefuniu, nagrało się?

Agencja Sobieski Reks, ulica Sowińskiego

– Dyrektorka szkoły? – Ada odłożyła telefon Kuby na stolik. Odtwarzała nagranie kilka razy i praktycznie znali je już na pamięć. – Jesteś pewien, że to Eliza Olędzka odebrała Stefę z motelu?

– Niczego nie jestem już pewien – wyznał. – Może ten facet mnie wpuszcza? W każdym razie tak bym wolał, bo Olędzkiej serio uwierzyłem. Poza tym to nie ma sensu! – Ukrył twarz w dłoniach.

Siedzieli w jego biurze na twardych krzesłach. Kuba żałował, że poskąpił na sofę, która teraz z pewnością by się przydała. Marzył o tym, żeby się wyciągnąć albo chociaż położyć głowę na czymś miękkim.

– Kamery?

– Czekam na info od Osińskiej, ale Leszek zapewnia, że wszystko wydali policji zaraz po zdarzeniu.

– Jeśli Olędzka byłaby na tych zdjęciach, dawno by do niej doszli, nie uważasz? – Ada zmarszczyła czoło.

– Sami musimy je obejrzeć – zadecydował Jakub.

– Tylko, do cholery, nie wiem, jak się do nich dostać.

– Może jednak podzielisz się tymi rewelacjami z Osą? – Łypnęła na niego z kpiącym uśmieszkiem.

– Żeby pojechała zatrzymać moją jedyną sojuszniczkę?

– Sojuszniczkę? Sorry, ale nie wiesz, czy Olędzka ci sprzyja. A jeśli pogrywa z tobą? Udaje miłą, pomocną pańcię, a za plecami kręci swoje lody.

– Niby jakie? – Sobieski się zeźlił, na co Ada wcale nie zwracała uwagi.

– W kontekście jej złości na Polę Chrobak to całkiem możliwe – dokończyła. – Zranione kobiety bywają mściwe.

– Nie sądzę, żeby była do tego zdolna – oświadczył Jakub. – Nikt poza nią nawet nie bąknął o zbrodni w Zakamarku. Jeśli ktokolwiek ze mną pogrywa, to moja własna zleceniodawczyni. Pola wydaje mi się najbardziej śliska, a jej motywacje podejrzane. Że o tym jej wiecznie uśmiechniętym partnerze nie wspomnę…

– W necie o tej zbrodni nadal jest niepokojąco cicho – zauważyła Ada. Wstukała kilka haseł i przejrzała wyniki. – Media podają, że znaleziono ciało mężczyzny w wieku pięćdziesięciu jeden lat i że zginął od ciosów ostrym narzędziem, najprawdopodobniej maczetą. Żadnych personaliów. Nic o podejrzeniu, że był pedofilem. Ani słowa o dziewczynce. Jak na razie komunikują te dwie sprawy tak, żeby nikt niewtajemniczony nie znalazł związku.

– Maczetą? – przerwał jej Jakub. – Tak napisali?

Ada znalazła ponownie artykuł, na który się przed chwilą powoływała.

– Tak napisali – potwierdziła.

– Czy nie wspominałaś mi, że razem z rzeczami Stefy znaleziono telefon i fragment ciała, konkretnie najmniejszego palca od stopy? Ucięto go maczetą. Dokładnie tak powiedziałaś.

Zawahała się, ale skinęła głową.

– Musiałabym sprawdzić, ale to słowo padło w kuchni, jak robiłam sobie kawę. Zapamiętałam tylko dlatego, że to dość rzadkie narzędzie zbrodni.

– Jest już opinia medyków? – Złożył dłonie jak do modlitwy. – Mogłabyś to dla mnie sprawdzić?

Wywróciła oczyma, ale zaraz wzięła komórkę i zaczęła do kogoś pisać.

– A ta cała Mugi? – myślał na głos Jakub. – Osa twierdzi, że rodzina dziewczynki jest nieciekawa. Niebieska linia i tak dalej... Nawet nie spostrzegli, że nastolatka nie wróciła na noc. Wiemy coś o niej?

– W sieci nic nie ma. – Ada rozłożyła bezradnie ręce, a potem szybko wstukała nazwisko Magdaleny Kani w wyszukiwarkę. – Żadnych plakatów poszukiwawczych. Nic, kompletnie! Może zadzwonisz do Osy i ją podpytasz? Jeśli laska gigantowała i grzecznie wróciła do chaty, sprawa sama się rozwiązała. W przeciwnym razie uznałabym, że to jakiś spisek. Nie ma opcji, żeby taka cisza panowała w przypadku zaginięcia nieletniej. I to kolejnej w tak krótkim czasie – dorzuciła niepewnie.

– Nie zadzwonię, bo Osa ma kupę formalności przy zatrzymaniu ojca Niepłochy. I tak by nie odebrała. A gdyby było tak jak mówisz, dawno miałbym to w esemesie. Kiedy poszukiwane dziecko się znajduje, nie bywa to tajemnicą. Poza tym umówieni jesteśmy na ścisłą współpracę – oświadczył.

– Wierzysz tej manipulantce? – żachnęła się Ada, a w jej głosie pobrzmiewała zazdrość.

Jakub nie słuchał. Rzucił się do bluzy, przeszukiwał kieszenie, a wreszcie wydobył swój podręczny notes. Przekartkował szybko.

– Jest.

– Co?

– Mam adres państwa Kaniów. To chyba blok, w którym mieszkali Chrobakowie. Sami to sprawdzimy – zadecydował.

– Człowieku, ja muszę być o siódmej trzydzieści w biurze!

– To ja pojadę – skorygował. – Podrzucę cię do domu. Dzięki za pomoc.

Wpatrywała się w niego zaniepokojona i widziała ten błysk, który dobrze znała.

– Ty myślisz, że to może być fragment ciała Mugi?

– Nie chcę tak myśleć – zbył ją. – Ale historia się nie klei, a ja mam zbyt duże luki w danych. Tych troje łączył ostry konflikt. Mugi, Nene i Nuanda są w coś wplątani. Pola Chrobak z jakiejś przyczyny nabrała wody w usta, Eliza Olędzka kłamie, a Kamil z pewnością się boi. I to jedyne, co mogę na sto procent stwierdzić po spotkaniu z tym chłopcem.

– Jadę z tobą – postanowiła Ada. – Najwyżej załatwię sobie na jutro lewe zwolnienie.

Zanim wyszli, Jakub zadzwonił do Merkawy i zlecił mu inwigilację mediów Mugi. Nie wiedział jeszcze, z czego zapłaci hakerowi, ale to było jedyne źródło, które w tej chwili wydawało mu się wiarygodne.

DZIEŃ TRZECI

KOMORA SINOBRODEGO
21 kwietnia (piątek)

Mugi ocknęła się i poczuła piwniczną pleśń oraz przeraźliwe zimno. Niczego nie zobaczyła, chociaż przez luźno tkany materiał widać było, że w pomieszczeniu jest włączone światło. I nie była tu sama. Słyszała oddechy, jakieś szmery, wreszcie zgłuszone szepty. Ktoś zasłonił jej oczy ciasną opaską, a węzeł boleśnie wpijał się jej w tył głowy. Czuła pulsowanie, ale najsilniejsze wcale nie w newralgicznych miejscach ciała, co wskazywałoby, że kolejny raz była gwałcona, tylko w lewej stopie. Bała się nią poruszyć, bo ból był straszliwy i promieniował aż do biodra. Kiedy wykonała drobny gest palcami, rozdzierająco sparaliżował resztę ciała. Odważyła się nieznacznie przesunąć drugą stopę. Była sprawna. Ręce miała przywiązane do tułowia, ale dłonie nie były unieruchomione. Mimo otępiającego bólu zaczęła się wiercić, głośno jęczeć, a wreszcie wyczuła, że ktoś się do niej zbliża. Skuliła się odruchowo, na ile pozwalały jej więzy.

– Uspokój się. Zaraz ci pomogę – usłyszała schrypnięty damski głos dużo starszej od niej kobiety. Z całą pewnością nie nastolatki. Mówiła ze wschodnim zaśpiewem, ale poprawnie. – Tylko nie wrzeszcz, zachowuj się cicho, bo miałaś dużo szczęścia. Jak ci na imię?

– Mugi – wyszeptała. – Znaczy się Magdalena, ale wszyscy mówią na mnie Mugi. A ty? – odważyła się zapytać.

– Amelia.

Kobieta zbliżyła się i pochyliła nad nią. Mugi wyraźnie czuła zapach jej potu, jakby ekskrementów i zgnilizny. Gdzieś z tyłu głowy rozbłysła nadzieja. Może porzucili ją w squacie dla bezdomnych i będzie mogła uciec? Uczepiła się tej myśli i nie protestowała, kiedy śmierdziucha pomagała jej wydostać się z więzów. Manewrowała jakiś czas, który Mugi zdawał się wiecznością, a wreszcie się poddała. Wspólnymi siłami udało się im rozsupłać węzeł opaski na głowie Mugi. Wtedy dziewczyna zobaczyła swoją wybawczynię.

Rozczochrane włosy w strąkach z długimi na trzy palce odrostami. Podkrążone oczy, brązowe zęby heroinistki i ciało w strupach. Mugi gwałtownie się odczołgała, jakby nie chciała zarazić się od swojej wybawicielki trądem, ale tamta w odpowiedzi parsknęła i odwróciła głowę do kogoś w kącie.

– Brzydzi się mnie, dziwka! – Wykrzywiła usta w okropny grymas, eksponując czarne dziąsła. – Posiedzisz w tym lochu miesiąc, a sama będziesz tak wyglądała.

Rzuciła w kierunku Mugi opaskę, która okazała się podartą na strzępy jej własną bluzką, a potem odeszła na ugiętych nogach w ciemny kąt, gdzie ktoś siedział. Do tego kogoś wcześniej się zwracała.

Mugi zaciskając zęby z bólu, spróbowała się podnieść. Wiła się, szukając sposobu, żeby oprzeć się o ścianę. Wytężyła słuch, wgapiała się w ciemność, gdzie zniknęła

Amelia, i pojęła, że dobiega ją niejeden szept. Dziewczyny rozmawiały tak cicho, że nie była w stanie rozróżnić słów poza jednym: „nowa".

– Ej, nowa, ile was było? – Ochrypła i śmierdząca nieznacznie podniosła głos. Mugi już ją poznawała. To Amelia, ta, która próbowała jej pomóc. – Słyszałaś, co powiedziałam? Ile was było?

– Tylko ja jedna – wyszeptała.

W ciemnym kącie rozległ się szmer.

– Masz jakieś prochy? Udało ci się coś przemycić? – W głosie Amelii wybrzmiała nuta ekscytacji. – Jeśli coś masz, podziel się.

– Nic nie mam. Ja nie biorę – zapewniła Mugi.

Teraz żałowała, że okazała Amelii wzgardę. Rozumiała już, że jest zdana na pomoc kogoś z zewnątrz. Nie było możliwości, by uwolniła się samodzielnie. Ręce przymocowano jej do tułowia plastikowymi stalkami. Identycznymi jak te, którymi jej matka stabilizuje wysokie kwiaty, z tym że to były przemysłowe trytytki. Duże, szerokie na centymetr i praktycznie niezniszczalne. Przy każdym poruszeniu wpijały się jej w skórę i Mugi pojęła, że im bardziej się miota, tym mocniej się zaciskają.

– Gdybyś nic nie miała, tobyś tu nie trafiła – orzekła Amelia. – I zresztą ciężko byłoby to przeżyć na trzeźwo. Trzymaj się, bo to dopiero przygrywka. Juki nie bierze jeńców.

– Juki? – wyszeptała Mugi. – Mówisz o tym facecie w szlafroku? Sebastianie?

– Może i Sebastian – skwitowała Amelia. – Mnie przedstawił się jako Juki, a Bella znała go pod ksywą Bold. Nieważne, bo to bydlę jakich mało. Licz się z tym, że ciężka przeprawa przed tobą.

Na długą chwilę zapanowała cisza. Mugi obracała w głowie ostatnie zdanie współlokatorki i próbowała pojąć, co to dla niej oznacza.

– Gdzie ja jestem? – Podniosła głos, aż po piwnicznej przestrzeni rozniosło się echo.

– Witamy w piekle, mała – mruknęła Amelia i znów się zbliżyła.

W ręku miała brudną butelkę wypełnioną w połowie jakimś żółtawym płynem. Podała Mugi, a ta przyssała się do niej zachłannie. Pierwsze łyki połknęła, ale kolejne wyplula, dławiąc się, bo zrozumiała, że pije czyjś mocz.

– Boże, myślałam, że to woda.

– Mamy tylko to – odparła Amelia całkiem serio. – Radziłabym ci pić, bo inaczej umrzesz w drgawkach. Oddaję ci połowę swojej działki, a do tego smaku idzie się przyzwyczaić. W ubiegłym tygodniu była taka jedna chojraczka. Kiedy dogorywała, wzywała Boga i modliła się do aniołów. Nie zeszły z nieba, żeby ją uratować. Żadna z nas od kilku dni nie widziała czystej wody. Kiedy cię wrzucił, krzyczałyśmy z Bellą, żeby nam zabrał chociaż wiadro z gównem, ale on ma to gdzieś. Pozwoliłabym temu skurwysynowi na wszystko, żeby się wykąpać.

– Pomożesz mi? – Mugi spojrzała na Amelię błagalnie.

Wiedziała już, że kobieta wcale nie jest tak stara, jak wcześniej myślała. Po prostu przebywa w tym miejscu o wiele za długo.

– Możesz to jakoś zerwać?

– Do tego potrzeba noża, czegoś ostrego. – Amelia wolno pokręciła głową. – Gdybyśmy coś takiego miały, spróbowałybyśmy się uwolnić. Jak widzisz, jesteśmy uwięzione. Przykro mi, mała.

– Nie wytrzymam tak dłużej – rozpłakała się Mugi.

– To boli.

Przymknęła oczy i pomyślała, że wolałaby już umrzeć.

– Jak cię złapali?

Amelia znów się nad nią pochyliła. Dostrzegła jej stopę owiniętą brudną szmatą.

– Nie wygląda to dobrze. Jeśli pójdzie zakażenie, już po tobie. Ta od aniołów właśnie dlatego zeszła. Pewnie sepsa. Chociaż może dla niej tak jest lepiej, bo jest ze swoimi cherubinami... – Zaśmiała się kąśliwie.

Wstała, podreptała do ciemnego kąta.

– O co tutaj chodzi? – krzyknęła za nią Mugi. – Dlaczego tu jesteśmy?

– Miałyśmy pecha – warknęła Amelia. – I nie wolno nam o tym gadać. Skoro cię związał, będziesz jeszcze potrzebna. Zaakceptuj fakt, że Juki znalazł w tobie nową zabawkę.

– Zabawkę?

– Nie mów, że trafiłaś tu przypadkiem, bo to niemożliwe. On łowi tylko takie dziewczyny, których nikt nie szuka. Bella siedzi najdłużej, a wcześniej traktował ją jak księżniczkę. Zamawiał na całe noce, płacił hojnie. Dostawała nawet prezenty.

Odwróciła się w ciemny kąt i podniosła nieznacznie głos.

– Tak było, Bella, co nie?

Odpowiedziało jej zgłuszone mruczenie.

– Źle z nią. Boję się, że podzieli los tej od aniołów. Budzi się czasem i majaczy coś w malignie, wzywa matkę albo gaworzy przez sen, jakby wołała swoje dziecko. Innym razem jest przytomna. – Urwała na chwilę.

– W sumie cieszę się, że jesteś, bo jak Bella zejdzie,

zostanę całkiem sama. Boję się zasnąć, bo duch tej umarłej może mnie dopaść. Mam czasem zwidy...

– Ile tu już jesteś?

– Za długo – padło w odpowiedzi. – I uwierz mi, próbowałam wszystkiego, żeby się wydostać. To niemożliwe. Jesteśmy w jakimś schronie na kompletnym odludziu. Sprawdziłam, ściany są betonowe, a pod tym klepiskiem nie ma piwnicy. Podkop nie wchodzi w grę. Jedyny sposób to go zabić. Tylko że on praktycznie się nie zbliża. A ty? Co ci zrobili?

– Ja, ja... Nie wiem, jak to się stało... – jąkała się Mugi. – Kolega mnie przywiózł. Umówiliśmy się. Obudziłam się w jakiejś wielkiej drogiej chacie, było kilku facetów, on, ten Sebastian, no wiesz... Skrzywdził mnie... No i dalej mam lukę w pamięci. Ocknęłam się tutaj i chyba mam coś z nogą. Pamiętam tylko, jak dziabnął mnie takim wielkim mieczem.

– Klasyk – westchnęła Amelia. – Każdą z nas przywiózł jakiś kolega. Odurzyli cię, zgwałcili, a potem on cię sobie wziął. Ile masz lat, dziecko?

– Siedemnaście.

– Tak mi przykro – westchnęła Amelia. – Zabiłabym chuja, udusiłabym własnymi rękoma. Boże, pozwól mi to zrobić!

W tym momencie Mugi miała ochotę uściskać Amelię i nie przeszkadzał jej już jej zapach ani wygląd.

– Ile nas jest? – spytała ciszej.

– Razem z tobą trzy i pół – odpowiedź padła natychmiast. – Ta połówka to trup tej laski od aniołów. Jak się domyślasz, on wie, że zmarła, ale nie zamierza jej zabierać. Myśli może, że zjemy ją z głodu i nie będzie musiał ukrywać ciała? Swołocz... – zaczęła przeklinać.

– Po on nas trzyma? Dlaczego? To potworne! – rozwrzeszczała się Mugi. – Boże! Mamo! Ratunku!

– Cicho, głupia! – Amelia podeszła do nastolatki i zakryła jej usta dłonią. Szeptała: – Bo nienawidzi kobiet. Bo jest skurwysynem. A my wszystkie byłyśmy głupie i zawierzyłyśmy jakiemuś gnojowi, który dostarczył nas tutaj. Nie wrzeszcz, bo kara jest dla wszystkich, a ty jesteś w najlepszym stanie, więc przynajmniej popracujesz.

– Popracuję? – Mugi powtórzyła jak echo.

– Dziecinko, ja nawet nie wiem, jak ci to wytłumaczyć – westchnęła. – Ten łajdak ponownie weźmie cię na górę. I bądź pewna, że rana stopy mu nie przeszkodzi. Postaraj się dobrze wykonywać swoje obowiązki, a jeśli się da, załatw zapas jedzenia i picia. Ciesz się. Może nadarzy się okazja do ucieczki. Gdyby ci się udało, sprowadź pomoc. Obiecaj, że o mnie nie zapomnisz.

Rozległ się szczęk otwieranego zamka. Drzwi zaskrzypiały i w smudze światła pojawiła się postać. Mężczyzna był w roboczym kombinezonie, w obu dłoniach trzymał plastikowe wiadra, a na nogach miał brudne kalosze. Nie był zamaskowany. Mugi wyraźnie widziała jego twarz i natychmiast go poznała. Zatrzymał się w połowie schodów i postawił wiadra na jednym ze stopni.

– Hej, świnie! Zarządzam dzisiaj Dzień Kobiet – zawołał wesoło. – Wszystkie do kąpieli.

Wskazał brudne wiadra.

– Posilcie się i będziecie pracowały. Juki zarządza dziś imprezę – zarechotał szyderczo.

Odwrócił się, sięgnął po coś opartego o ścianę. Zagrzechotał metal, a potem w kierunku kryjówki kobiet poleciały dwie przerdzewiałe saperki.

– Ta nieżywa świnia do wieczora ma być w grobie – dorzucił zimno. – Im głębiej ją zagrzebiecie, tym mniej zarazy przejdzie na was.

Włączył latarkę i podświetlił torebkę wypełnioną tabletkami.

– Oto nagroda.

Wsypał zawartość do wiadra z jedzeniem i wskazał kąt, gdzie chowały się Amelia z Bellą.

– Znajdźcie idealne miejsce na wieczny spoczynek tej niebogi, bo najlepsze punkty są już zajęte – zaśmiał się.

Odpowiedziała mu cisza. Mugi leżała bez ruchu, wgapiała się w czarny kąt, gdzie ukrywały się dziewczyny, i nie była w stanie przegonić upiornych myśli, jakie kołatały się jej po głowie. Ile kobiet spoczywa już w tej ziemi, na której ona leży plackiem jak worek ziemniaków? Kim jest ten zwyrodnialec? Dlaczego wybrał właśnie ją i po co to robi? Liczyła, że butna Amelia coś powie, zaprotestuje, zażąda wody, żywności, ale nic takiego się nie wydarzyło. Co jakiś czas dobiegało ich tylko mamrotanie Belli, ale nastolatka już wiedziała, że tamta jest nieprzytomna i jeśli nie otrzyma pomocy, za chwilę ją też będą musiały z Amelią zakopywać. Czy taki los czeka i ją, Mugi?

– Ratunku! – wydarła się. – Jestem ranna. Będą mnie szukali!

Krzyczała, ile sił w płucach, aż całkiem ochrypła, a wreszcie umilkła.

Facet wysłuchał jej wrzasków w spokoju i dopiero potem zaczął schodzić. Kiedy był na dole, zagwizdał. Podbiegł wielki rottweiler. Zwęszył jedzenie i zasiadł przy wiadrach, jakby obejmował wartę.

– Wrzaskuna bierzemy do magla – zwrócił się do zwierzęcia Sebastian. – Pilnuj, Roksy.

128

– No to się doigrałaś – usłyszała stłumiony szept Amelii. – Żeby tylko żarcia nam nie zabrał, bo cię zajebię, przysięgam.

Mugi się bała. Przeraźliwie bała się tego, co ją czeka, i szczerze żałowała, że narobiła rabanu. Czuła, że jeszcze chwila, a zacznie się modlić. Do głowy nieoczekiwanie przychodziły jej teksty podstawowych modlitw, chociaż nie wypowiadała ich głośno chyba od Pierwszej Komunii. Sebastian tymczasem zakasał rękawy i chwycił ją jak zwinięty dywan na plecy. Nie poruszała się, nawet nie pisnęła, chociaż jego ramię wrzynało się jej w brzuch. Kiedy mijali wiadra, rzuciła okiem na jedzenie, które dostawały więźniarki. Jedno wypełniono wodą. Pływały w niej liście i paprochy, ale była przezroczysta. Może to po prostu deszczówka? W drugim znajdowała się jakaś brunatna breja. Kiedy Sebastian stękając, przenosił ją nad wiadrem, poczuła zapach. Tak woniała karma dla psa zmieszana z wodą.

Ponieważ lewa noga bardzo ją bolała, odchyliła ją nieznacznie podczas transportu. Pewnie dlatego zaczepiła o wiadro. Rozmoczona psia karma zakręciła się niebezpiecznie i przechyliła, a zawartość wiadra rozlała się po błotnistych, zapleśniałych schodach. W piwnicy powstał rwetes. Pies zaczął szczekać, a Amelia rozwrzeszczała się najwulgarniejszymi słowy. Mugi dziękowała, że nie musi być teraz w piwnicy. Za zniszczenie cennego jedzenia w wkładką z narkotyku épunka osobiście by ją rozszarpała.

– Mógłbyś mnie dobić? – poprosiła szeptem prześladowcę, chociaż kiedy wypowiadała te słowa, zaskoczyły ją zapewne nie mniej niż jego. – Nie chcę dożyć tego stanu co one.

Zaśmiał się nerwowo.

– Dopiero co przyjechałaś, a już pękasz? – wymam-rotał. – Poczekaj, to nie takie łatwe. Na śmierć, jak na wszystko, trzeba zasłużyć. A jeśli będziesz grzeczna, to może awansujesz?

Nagle zasznurował usta i spojrzał przed siebie. Pies machając ogonem, wyminął ich i zaczął się do kogoś łasić. Juki rzucił Mugi o podłogę, jakby była nędznym pakunkiem do wyniesienia, sam zaś pochylił się jak niedźwiedź szykujący się do ataku.

– Co ty tutaj robisz? – ryknął. – Zmywaj się stąd. Mówiłem, żebyś tu nie łaziła!

Mugi odruchowo zwinęła się w kłębek twarzą do ziemi, a potem podniosła głowę i łypnęła na czyściut-kie dresy i białe adidasy osoby, do której się zwracał.

– Stefa? – wyszeptała zszokowana, chociaż może głos wcale nie wydobył się z jej gardła i tylko o tym pomyślała.

*
**

Komenda Rejonowa Policji Praga-Południe

– Co ty tutaj robisz? – Osa podniosła głowę zza biurka i bojaźliwie spojrzała na policjantów wyższych od niej stopniem, którzy zgromadzili się w akwarium, gdzie trwała narada. – Natychmiast się stąd wynoś!

– Nigdzie się nie wybieram. – Sobieski rozsiadł się wygodnie przy jednym z włączonych komputerów. – Musimy pogadać.

– Nie tutaj, idioto! – syknęła. – Jeszcze się domyślą, że dostarczam ci dane!

Złapała się za głowę i zakręciła wokół własnej osi.

– Musimy pogadać z twoimi szefami. Rzecz jest poważna.

Szklane drzwi się uchyliły i wyjrzał facet w mundurze, którego Kuba dobrze znał. Jeśli sądzić po pagonach, Krzysztof Drabik awansował i przybył tutaj ze stołecznej komendy przydzielić ludziom z rejonu zadania.

– Koleżanko Osińska – zwrócił się do Osy protekcjonalnie, ale z lubieżnym uśmieszkiem, którym jeszcze niedawno obdarzał Adę Kowalczyk, co doprowadzało Jakuba do szału.

Teraz jednak z satysfakcją przyglądał się Osie, która z trudem zacisnęła usta, by nie odpysknąć zwierzchnikowi.

– Tak, szefie? – Wyprostowała się i niemal trzasnęła obcasami.

– Zrobisz nam kawki?

Podał jej wielki termos, a potem skinął na kogoś w środku. Przekazano mu wielką tacę z brudnymi kubkami.

– Jakbyś mogła skoczyć po ciasteczka, byłoby bosko – dorzucił, już na nią nie patrząc. – Nie sądzę, żebyśmy w ciągu godziny skończyli. Tak że nie krępuj się i podjedź do tej dobrej cukierni na rogu. Reszta dla ciebie, słonko.

Rzucił jej banknot, odwrócił się i schował z powrotem w sali narad. Drzwi zamknęły się bezszelestnie.

– On uważa, że jestem jakąś służącą? – Osa wyładowała złość na Jakubie. – Mam takie same kompetencje jak te nadęte dupki w akwarium! A ten palant kazał mi analizować dane i dostarczyć raport, żeby mieli o czym gadać. A teraz jeszcze wysyła mnie po ciastka! – pekliła się. – Dał mi napiwek jak jakiejś dziwce! Widziałeś?

– Chyba kelnerce. – Kuba uśmiechnął się półgębkiem. – I dlaczego jemu tego nie powiedziałaś? Gdybyś się tak nie śliniła na jego widok, nie odważyłby się. Co ten facet ma w sobie, że baby lecą na niego, jakby miał gębę wysmarowaną miodem? – Skrzywił się.

– Nawet cię nie zauważył – dorzuciła zbulwersowana Osa. – Wygląda na to, że każdy może tu wejść i nikt słowem nie piśnie, bo Drabik ma chętkę na słodycze. To nie do pomyślenia!

– Słuchaj, byliśmy wczoraj z Adą u rodziców Magdaleny Kani. – Jakub zmienił temat. – Nie wiedzą, gdzie jest ich córka. Są przerażeni. Na Gocławiu się dymi. Ludzie plotkują, że jakiś zboczeniec porywa nastolatki. Wiedzą o zbrodni na pedofilu, filmach porno Stefy i ogólnie wszystko jest tam tajemnicą poliszynela. Może media nic nie skumały, ale na Gocław padł blady strach.

Osa spojrzała na niego, jakby urwał się z choinki.

– Wiem o tym. Też z nimi gadałam. Myślisz, że co robię od wczoraj? W kółko tylko odbieram telefony. Szkoda, że żaden z tych bohaterów nie powie nic do protokołu! – poskarżyła się.

– I co zamierzasz z tym zrobić?

– Szukamy ich.

– Jakoś nie zauważyłem.

– Magdalena Kania wkrótce kończy siedemnaście lat. Prowadziła się różnie. Sprawą zajmuje się wydział do spraw nieletnich. Znają teren i te rodziny. Przesłuchują dzieciaki, a jak tylko coś znajdą, dadzą mi znać.

– To jej telefon zabezpieczyliście z rzeczami małej Chrobak – przerwał jej i umilkł.

– Nie mogę potwierdzić tej informacji.

– Nie musisz. Wiem, że tak jest. – Wzruszył ramionami. – Sprawdziłem ten sprzęt. Mugi nie ma nic wspólne-

go z szantażem Stefy. Jej pamięć jest pełna obscenicz-
nych zdjęć, ale raczej na własny użytek. Mugi najpewniej
nie ma związku z zaginięciem Stefy. Natomiast bezdyskusyjnie dokuczała córce Chrobaków, bo była do nieprzytomności zakochana w Kamilu.

– No i? – Osa przekrzywiła głowę. – O tym chciałeś
rozmawiać z moimi szefami?

– No cóż – zaczął. – Sądziłem, że w nowym miejscu
cieszysz się poważaniem. Widzę, że więcej bym wskó-
rał, uderzając wprost do Drabika. Co to za narada?
– Wskazał szklane pomieszczenie.

Osa wykrzywiła usta w grymas pogardy.

– Chyba nie sądzisz, że wyśpiewam ci wszystko pod
bokiem swoich bossów?

– Przecież to jest dźwiękoszczelna kapsuła. Nic nie
usłyszą. Tak samo jak ty nie masz pojęcia, o czym gadają.

Oboje zerknęli na naradzających się oficerów. Policjanci zaśmiewali się z jakiegoś żartu Drabika.

– Leć lepiej po te ciastka – podjudził ją.

– Nie ma mowy! – parsknęła. – A ty nie możesz tutaj zostać.

Spojrzał na nią lekceważąco, po czym wyjął zza pa-
zuchy plik dokumentów. Rzucił jej do rąk. Kartki roz-
sypały się po podłodze.

– Co to ma być? – Osa zaczęła je pośpiesznie zbierać.
– Wiesz, ile ryzykowałam, żeby to dla ciebie skopiować?

– To ja się pytam, co to ma być! – warknął. – Wielkie
mi ryzyko! Trzy strony z oględzin i podsumowanie wy-
ników sekcji. Możesz to sobie wsadzić, gdzie chcesz.
Umawialiśmy się na całość akt z zabójstwa w Zakamarku.

– Skanowanie zajęłoby mi pół życia! – obruszyła
się. – Na tę chwilę jest już siedem tomów.

133

– Więc przynieś je i idź po te cholerne ciastka. Popilnuję interesu – rzekł twardo. – A jak wrócisz, może pogadamy.

– Masz coś? – zainteresowała się.

– Nie rozmawiam z tobą, bo nie dotrzymujesz obietnic – wycedził przez zęby. – Jeśli jesteś za krótka, żeby ze mną pracować, znajdę kogoś innego, kto nie trzęsie dupą, tylko skutecznie działa.

Obrzuciła go wyzwiskami.

– Dorotko! – Z pomieszczenia wychylił się znów Drabik. – Co z tym ciachem dla nas?

– Już idę, szefie. – Osa karnie chwyciła torebkę i starając się nie patrzeć na Jakuba, ruszyła do drzwi.

W tym momencie Drabik rozpoznał Sobieskiego. Rzucił jakiś niewybredny żart, że Kuba wydoroślał.

– Będziesz bogaty – dokończył.

– Miło słyszeć, nadkomisarzu. Przyda się. Moi chłopcy piszczą z głodu – zakpił Jakub.

– Podinspektorze – skorygował Drabik i wpatrywał się teraz w Dorotę wielce zaciekawiony. – To wy jesteście razem?

– Jestem mężatką, szefie! – zaoponowała Osa.

– A w czym to przeszkadza? – Drabik skrzywił się i odwrócił do Sobieskiego. – Więc co tu robisz, chłopcze? Guza szukasz?

Wyszedł z akwarium, zamknął za sobą drzwi i wyjrzał na korytarz.

– Już myślałem, że jak zwykle jest z tobą Adusia – bąknął zawiedziony.

– Owszem, czeka w aucie na dole – potwierdził z satysfakcją Jakub, a Osa spojrzała na niego z potępieniem. – Mamy dla was propozycję. Rzecz jest pilna.

Drabik wziął się pod boki.

– Niby jaką, panie detektywie Sobieski?

– Chyba wiem, gdzie jest Stefa.

– Chyba? – zmarszczył się Drabik. – To wpierw sprawdź to, a nie zawracaj dupy koleżankom w służbie, które nie wiedzą, w co mają ręce włożyć.

Jakub powstrzymał się od komentarza o zajętościach Osy i jej cukierniczym zleceniu.

– Sam jej nie zdejmę – oświadczył. – Potrzebuję twojego wsparcia. A ty potrzebujesz rozwiązać sprawę zabójstwa w motelu Zakamarek.

– Nie widzę związku – mruknął niechętnie Drabik, ale nie odchodził.

– Mam zlecenie znalezienia Stefanii Chrobak – kontynuował spokojnie Jakub. – A ta dziewczynka jest powiązana z zabójstwem pedofila. Niejakiego Wojciecha T.

– To jeszcze nic pewnego. Pamiętaj o domniemaniu niewinności, detektywie – obsztorcował go protekcjonalnie policjant. – Na tę chwilę Wojciech T. jest wyłącznie ofiarą brutalnej zbrodni. Został napadnięty i bestialsko zamordowany. Zresztą nie zamierzam z tobą o tym dyskutować. No, chyba że wiesz, kto jest jego zabójcą. – Rozciągnął usta w pogardliwy uśmiech.

Jakub powoli pokiwał głową.

– Możliwe, że odpowiedź jest twierdząca – rzekł, przybierając na twarz podobny grymas. – Potrzebuję jednak wglądu do akt.

– To niemożliwe.

Sobieski wgapił się w Drabika, a potem przeniósł spojrzenie na Osę.

– Wobec tego idę na dół – rzekł. – Złożę zawiadomienie o możliwości popełnienia przestępstwa na niejakiej Magdalenie Kani. Ta dziewczyna została uprowadzona i mimo że mam informacje o potencjalnym miejscu jej pobytu, zaniechaliście działań.

– Zaraz, zaraz! – Drabik podniósł dłoń. – Skąd wiesz o małej Kaniów? Ta informacja jest tajna.

Obrzucił spojrzeniem Osę.

– Ty mu powiedziałaś?

– Moi ludzie zdobyli tę informacje podczas nieformalnego dochodzenia – uciął Jakub. – Handlujemy czy nie? Adres za kwity? To chyba niedrogo.

– Oficjalnie to niemożliwe. – Drabik zacisnął usta.

– A kto mówi, że przekażę te dane oficjalnie? – Sobieski się uśmiechnął. – Na konferencji śmiało możesz brylować, że sam do tego doszedłeś.

– Dlaczego chcesz się wymienić tym adresem? – Drabik wciąż był nieufny. – A nie zdjąć dziewczynę sam i spić śmietanę w mediach? Wasza stawka dzienna niezwłocznie by wzrosła. Coś mi tu nie gra...

– Bo telefon Stefy znajduje się na terenie dawnej bazy wojskowej. Musiałbym mieć oddział uzbrojony po zęby, żeby ją sforsować. Zresztą jako cywil byłbym wpierw postawiony w stan oskarżenia za działania terrorystyczne, a w tym czasie porywacz mógłby zmienić miejsce przetrzymywania dziecka.

– To pewne? – Drabik zmarszczył brwi.

Jakub wyciągnął telefon. Wskazał pulsujący punkt.

– Stefa w dalszym ciągu tam jest, a w najgorszym wypadku jest tam jej komórka. Jeśli się nie pośpieszymy albo chlapniesz cokolwiek komukolwiek, praca moich ludzi pójdzie na marne.

– Jak ją namierzyłeś? – Drabik wciąż nie dowierzał, ale Jakub nie zwracał na niego uwagi.

– Nie musisz dawać mi akt – zapewnił łagodnie. – Starczy porządne streszczenie przez kogoś, kto siedzi w sprawie, a nie tylko o niej słyszał z mediów. Zresztą obaj wiemy, że w prasie nic nie było.

Teraz obaj spojrzeli na Osę.

– Ktoś inny poleci po ciastka – orzekł Drabik i machnął ręką, kiedy Dorota oddawała mu jego pieniądze. – Idźcie do jakiejś wolnej sali przesłuchań. Tylko sprawdź, czy czujki są wyłączone. Ty powiesz jej wszystko, a w zamian Osa zostawi cię z dokumentami. Jak będziesz miał pytania albo znajdziesz coś jeszcze, kręć prosto do mnie. Numer pamiętasz?

– Wykasowałem.

– Podaj mu – polecił Drabik Osie, po czym wymaszerował z pomieszczenia bez oglądania się na swoich wciąż zaśmiewających się do rozpuku oficerów.

– Imponujące – skwitowała Dorota, zbierając dokumenty i wkładając je do plastikowych pudełek. – Nie myśl, że do szesnastej zdążysz to przejrzeć.

– Ada mi pomoże.

– Nawet z trzema pomocnikami nie dacie rady. Macie zgodę na czytanie akt tutaj i żadna karta nie może opuścić komendy – zastrzegła.

– Tak naprawdę potrzebujemy tylko kilku informacji – wyjaśnił. – Są w tym zestawie taśmy z monitoringu?

– Raczej tak. – Osa się zmarszczyła, kiedy Sobieski wygrzebał właściwe koperty i przekładał je do swojego wojskowego chlebaka. Zaoponowała niemrawo: – Tego ci nie mogę udostępnić. Już i tak łamiemy regulamin.

– Sama chcesz je oglądać, żeby odpowiadać na moje pytania? – Uśmiechnął się do niej prosząco.

Poskutkowało. Zabrała rękę z płyt i pozwoliła mu je zabrać. Ciekawość była jednak silniejsza niż poczucie obowiązku.

– Czego dokładnie szukasz?

– Muszę ustalić, kto odebrał plecak z Zakamarka po zabójstwie Tomysia.

– To już wiemy – zdziwiła się. – Matka Stefy. Pola Chrobak.

Sobieski starał się nie dać po sobie nic poznać.

– Więc wystarczy mi, że to zobaczę – oświadczył.

– No i chciałbym wejść na miejsce zdarzenia. Jeśli przyjadę z tobą, właściciel motelu nie będzie potrzebował kwita. Pomożesz?

– A Drabik?

– Organizacja oddziału bojowego do odbicia dziewczyny trochę mu zajmie. Znam faceta nie od dziś. On wie, że znalezienie Stefy żywej przyniesie mu nie tylko splendor, ale i awans, a co za tym idzie, podwyżkę. Stanie na głowie, żeby zorganizować ludzi. Już pewnie urobił prokuratora.

– Ale dałeś mu prawidłowy trop? – Osa się przeraziła. – Bo jeśli go wpuszczasz i tylko kupujesz sobie czas oraz możliwość wglądu do akt, Drabik będzie się mścił. To byłaby kompromitacja! A ja miałabym przesrane...

– Z takich rzeczy jak życie dzieci się nie żartuje – zapewnił Jakub. – Bo nie mówimy o jednym zaginięciu, tylko o dwóch. Stefy i Mugi. To jest prawidłowa lokalizacja telefonu Stefanii Chrobak i tak, zdecydowanie to jest potwierdzony trop.

Pokój przesłuchań, Komenda Rejonowa Policji Praga-Południe

Rzeźnia. Tak można by określić jednym słowem wygląd pokoju hotelowego, w którym dokonano zbrodni na Wojciechu Tomysiu. Mężczyznę znaleziono leżącego na podłodze w kałuży własnej krwi, moczu i ekskrementów. Sprawca wyjął wnętrzności z jamy brzusznej i ułożył na poduszce, a odcięte genitalia włożył ofierze do ust. Napis, o którym mówiono i który najtrudniej było ukryć przed mediami, był niewielki i wcale nie został wykonany krwią, tylko farbą w sprayu w kolorze burgundowym, choć faktycznie do złudzenia przypominał zakrzepłą juchę.

– Co zadziwiające, jako przyczynę zgonu lekarz wpisał: „zadławienie się" – relacjonowała Osińska.

– Facet udusił się własnym przyrodzeniem. Dosłownie. Nie wyobrażam sobie tych wszystkich tortur, jakie zadał mu agresor. Sześć ran kłutych, rąbanych plus otwarcie brzucha i odcięcie klejnotów. – Zawiesiła głos. – Narzędzie zbrodni nieustalone. Mogły to być maczeta, japoński tasak, długi, bardzo ostry nóż do siekania mięsa albo cokolwiek, co któreś z nich przypomina. Media oczywiście podchwyciły maczetę. Nie zabezpieczono jej i nie ma pewności, czy nie było to na przykład ostrze z domowej krajalnicy.

– Urwała.

Przyjrzała się Kubie studiującemu akta i nagle się zniecierpliwiła.

– Słuchasz mnie w ogóle?

Podniósł głowę, pyknął z iqosa.

– Nie mówiłaś, że został znaleziony następnego dnia.

– Nie pytałeś. – Wzruszyła ramionami. – Sprzątaczka pukała przez cały dzień, a kiedy krew wylała się na korytarz, otworzyła drzwi własnym kluczem. Podobno była potem na zwolnieniu, a wreszcie wypowiedziano jej umowę. Próbowaliśmy ją znaleźć. Jest nieuchwytna. To Ukrainka. Może wróciła do siebie?

– Byliście pierwsi na oględzinach? – zadał pytanie i spojrzał na Osę.

– Oczywiście – potwierdziła gwałtownie. – Człowiek z hotelu zaraz do nas zadzwonił. Technicy pojechali niezwłocznie. Co sugerujesz?

– No wiesz, właściciel Zakamarka miał całą dobę na zrobienie tam porządku – mruknął Jakub. – Wyobrażam sobie, że zastanawiał się, jak to wpłynie na renomę tego motelu.

– To miejsce ma wątpliwą renomę i pewnie dlatego taki Tomyś mógł tam sprowadzać nastolatki – zdenerwowała się Osa. – Czasami myślę, że twoja bezczelność nie ma granic.

– Słyszałem, że akurat w tej sprawie poszła interwencja z góry – uciął.

Dorota wyglądała na zaskoczoną.

– Nic o tym nie wiem.

– Z tego, co widzę, nie ma tutaj osobistych rzeczy ofiary. Walizki ani żadnych ubrań. Jakby gość przyjechał całkiem goły. Tymczasem wiem, że mieszkał tam od trzech miesięcy i zamierzał przyjeżdżać przez następne trzy albo i dłużej. To cię nie zastanawia?

– Skąd wiesz, że miał tam mieszkać jeszcze tyle czasu? Po co?

– Wiem z pewnego źródła – podkreślił Sobieski. – Zresztą widziałem cennik. Opłaca się wynająć pokój na pół roku. Wychodzi taniej niż taksówka z centrum do Wilanowa. I Tomyś tak zrobił. Kto zabrał jego rzeczy i kiedy?

– Nie potrafię odpowiedzieć na to pytanie. Jakie to ma znaczenie?

Przejrzeli jeszcze raz dokumenty. Jakub zatrzymał się na wynikach oględzin.

– Dlaczego od razu nie wezwaliście Stefy Chrobak i nie zbadaliście jej pod kątem DNA?

Osa długo nie odpowiadała.

– Przecież było tam mnóstwo jej śladów – dorzucił.

– Tam było mnóstwo śladów różnych osób, bo to jest motel! – oburzyła się policjantka. – Nie od razu wiedzieliśmy, że Tomyś molestował nieletnie. A kiedy to wyszło na jaw, matka zablokowała sprawę.

– Jak?

– Nie wiem. Nie można było wezwać małej. Wpierw była pod opieką psychologów, a potem znów trafiła do szpitala. Była mowa o jakiejś próbie samobójczej i terapeuta zakazał z nią kontaktów. Nawet nie mogliśmy jej przesłuchać. Do dnia zaginięcia się to nie udało. – Urwała. Kiedy wznowiła wątek, była zacietrzewiona, a na policzki wystąpiły jej rumieńce. – Nie myśl, że się nad tym nie zastanawiałam. To było dziwne, ale ta sprawa jest tak obrzydliwa i wszystko, co się z nią wiąże... A jeszcze do tego ten facet, ofiara znaczy się, jest synem celebryty. W kółko ktoś przychodził z nowymi pomysłami. Strasznie nam się do tego góra mieszała, bo ten reżyser to jakiś wieszcz narodowy, odkąd dostał nominację do Oscara.

– Rozumiem. – Kuba położył jej dłoń na ramieniu. – Ja cię przecież nie oskarżam. Po prostu weryfikuję tropy. Może z braku czasu brak mi delikatności.

– Nie chodzi o delikatność, Reksiu! Po prostu wciąż mi nie ufasz! – wypaliła.

– A ty wciąż się boisz i tego nie znoszę – odparował. – Mam wrażenie, że zaraz przyjdzie taki Drabik z jakimś durnym pomysłem jak te ciastka, a ty mnie sprzedasz i nawet nie mrugniesz okiem.

– To nieprawda – rzuciła, ale oboje wiedzieli, że Jakub ma rację. – Zrozum, jestem tutaj nowa. Muszę zbudować sobie autorytet. Sam widziałeś: każą mi latać po pączki, bo jestem kobietą.

Sobieski nie miał sił tego słuchać.

– Zacznijmy lepiej oglądać te taśmy – przerwał jej.
– Szkoda czasu na sprzeczki. Mamy co robić i bez tego.

– Nie musimy oglądać wszystkich – zaoponowała.

Wyszukała kartkę, na której zanotowano momenty kluczowe dla sprawy, i podała mu właściwą płytę.

Włożył ją do komputera i na ekranie pojawiła się stacja benzynowa. Obok widniał neon gruzińskiej restauracji, o której mówił Leszek z Zakamarka. Za nią znajdował się niewysoki budynek z podzielonymi szafkami w tym samym kolorze. Przypominał trochę paczkomat, z tym że w każdych drzwiczkach zainstalowano zamek.

– Po co to właściwie stoi? – zapytał Jakub.

– Kiedy zaczęliśmy przyjmować uchodźców, zostali polokowani w takich motelach jak Zakamarek, ale ludzie nie mieli co zrobić z dobytkiem – wyjaśniła.
– Jedna z firm spedycyjnych podarowała w ramach pomocy takie podzielne hangary. Dorobili w nich proste zamki, żeby ludzie czuli się bezpiecznie. Wiesz, jak w takich motelach kradną? W Warszawie jest kilkanaście podobnych obiektów. Stoją zwykle na obrzeżach, w miejscach, gdzie były mało chodliwe punkty odbioru.

Oglądali w milczeniu nagranie. Osa z trudem powstrzymywała ziewanie, bo na filmie praktycznie nic się nie działo. Na dolnym pasku znajdował się licznik. W siódmej minucie i trzynastej sekundzie w dolnym rogu pojawiła się wreszcie postać. Kobieta miała na sobie za duży płaszcz i czapkę z daszkiem, która przysłaniała jej twarz. Nie dało się jednak nie zauważyć, że była ciężarna. Kiedy dotarła do dawnego paczkomatu, odwróciła się, jakby komunikowała się spojrzeniem z kimś spoza kadru. Spod czapki wysunął się jasny kosmyk i nie podlegało dyskusji, że to Pola Chrobak.

– Widzisz? – Osa uśmiechnęła się triumfująco. – To matka Stefy.

Patrzyli, jak wyciąga duży pakunek z paczkomatu. Szarpała się z nim chwilę, a potem nastąpił przeskok zbliżenia na jej twarz i po chwili widać było, że kobieta wolnym krokiem odchodzi.

– A więc się pomyliłem – przyznał Jakub. – Dziękuję, że mi to pokazałaś.

Osa pochyliła się i nacisnęła stop.

– Dalej chyba nie ma sensu się bawić – rzekła. – Przejrzę tylko te karty i pokażę ci faceta, o którego pytałeś. Staraliśmy się go zidentyfikować, ale nie wyszło. Może ty go rozpoznasz? Skoro masz zgodę Drabika, zrobię ci wydruki, żebyś mógł pokazywać je świadkom.

Jakub odwrócił się, chciał coś powiedzieć, ale zrezygnował. Wolał wpierw zobaczyć twarz Kamila na żywo, zanim ponownie okaże się, że jest w błędzie.

Osa odeszła, by wyszukać następną płytę, a w tym czasie Jakub wpatrywał się w pusty parking i ciemne okna restauracji.

– W jaki dzień zamordowano Wojciecha Tomysia? – zapytał, starając się, by w jego głosie nie było znać ekscytacji.

Osa podała datę.

– Chodzi mi o dzień tygodnia – wyjaśnił i włączył kalendarz w telefonie. – To nie był poniedziałek.

– Co?

– Restauracja gruzińska jest nieczynna tylko w poniedziałki. Tak poza tym działa na okrągło.

Osa przyglądała mu się zadziwiona.

– Co ty kombinujesz?

Kuba cofnął do zbliżenia twarzy Poli Chrobak i wskazał ekran.

– To nagranie pochodzi z innego dnia.

Osa milczała. Podeszła do ekranu. Wgapiała się w twarz matki Stefy, jakby mogła tam dostrzec coś więcej niż czapkę z daszkiem, ziarno i kawałek plecaka jej córki.

– Nie wierzę, że to pomyłka – podkreślił Jakub. – Ktoś z rozmysłem wprowadził was w błąd.

– Niby kto? – zaatakowała Osa. – Chcesz powiedzieć, że ktoś z techników sfałszował dokumenty? To poważne oskarżenie. Na dodatek wysnute na podstawie niepewnych informacji o godzinach pracy jakiejś speluny.

Kuba nie słuchał. Zabrał z jej rąk następną płytę i wsunął do odtwarzacza. Przewijał na przyśpieszeniu, aż pojawiła się postać lawirująca między tankującymi samochodami.

– Nuanda. – Zatrzymał nagranie. – Tak właśnie myślałem. – A potem przewinął dalej i pokazał zamkniętą restaurację. – To się zdarzyło tego samego dnia, kiedy matka zabierała plecak. Ale nie był to dzień zbrodni.

Tym razem Osa była już blada jak ściana.

– Nic nie rozumiem. Mógłbyś mi to wyjaśnić? – zażądała.

Kuba nie odpowiedział. Znalazł w stercie akt oryginalny pen z całością nagrania. Rozerwał opieczętowaną kopertę i schował dysk do kieszeni.

– Powiem ci, jak to obejrzymy.

– To jest tydzień nagrań! – zaoponowała. – Kiedy zamierzasz się tym zająć?

– Oziu to zrobi. Nudzi się śledzeniem jakiejś żony, więc wrzucę mu to dodatkowo. Ale jeśli chcesz mieć na to oko, możesz do niego dołączyć. Zawsze cię lubił i z pewnością się ucieszy.

– Kuba, powiedz mi, co tam jest! – zażądała. – Co to wszystko znaczy?

– To znaczy, Doroto, że ta zbrodnia wcale nie musiała tak przebiegać, jak dotąd uważaliśmy.

– Wojciech Tomyś zginął. To jest pewne! – podkreśliła Osa. – I mamy obowiązek rozwiązać zagadkę, kto odebrał mu życie. Odpowiedzieć na pytanie, kto jest sprawcą tej zbrodni!

– Nie ulega też wątpliwości, że dziewczynka uciekła, kiedy chcieliście porównać jej DNA z próbkami z motelu – dorzucił Jakub. – Ale dlaczego i co się tak naprawdę stało w Zakamarku, nie wiemy. Musimy jednak to odkryć, bo to jest początek i przyczyna zaginięcia obu nastolatek. Ciało Tomysia leżało w motelu więcej niż dwie doby, więc nie da się określić dokładnej godziny zgonu. Może być tak, że dziewczynka nie miała z tym nic wspólnego i pojawiła się w motelu po wszystkim.

– Sugerujesz, że to ona pierwsza odnalazła ciało? Jakub powoli skinął głową.

– I to dlatego matka przyjechała po plecak. Dlatego na stacji pojawił się Kamil. Być może koleżanka wezwała go w pierwszej kolejności. Wszyscy starali się za wszelką cenę wykasować jej obecność, ale tym samym zatarli ślady właściwego mordercy. Te nagrania trzeba jeszcze raz przejrzeć pod tym kątem. Zabieram to wszystko – zadecydował. – Przynieś mi jeszcze materiał z odnalezionym fragmentem ciała, telefonem i ciuchami Stefy. Dam to Nikowi Romockiemu do obejrzenia. Tylko jemu ufam.

Tym razem Osa nie protestowała. Pomogła zapakować dokumenty do plastikowych pojemników, a potem razem nosili je do hiluxa Kuby.

*
**

Agencja Sobieski Reks, ulica Sowińskiego

– Ktoś do ciebie. – Merkawa zajrzał do biura Jakuba i podał mu starożytny smartfon, którego w agencji używali jako telefonu dyżurnego. – Babka za nic w świecie nie chce podać nazwiska ani tematu rozmowy. Wiem, że mówiłeś, żeby nie przeszkadzać, ale chyba ma jakąś informację.

– Chce forsy? – Kuba się skrzywił.

Merkawa wzruszył ramionami.

– Mam ją spuścić? No wiesz, dzisiaj mój dyżur, a ona nie chce ze mną gadać.

Jakub wstał, zabrał telefon i dał znak informatykowi, że może odejść. Merkawa cały zadowolony wymaszerował z gabinetu.

– To ja idę coś zjeść – rzucił. – Wrócę później. Jakby było coś na cito, dzwońcie.

Kuba przyłożył słuchawkę do ucha. Przedstawił się.

– Panie Jakubie, chciałam tylko podziękować za to, co państwo dla nas zrobili – usłyszał łagodny, lekko drżący głos.

– Z kim mam przyjemność?

– Nie chciałabym podawać przez telefon nazwiska, ale byliście z miłą panią Osą u nas niedawno – zaczęła i urwała. – Mam na imię Wiktoria.

Jakub sięgnął po heetsa i włożył go do urządzenia.

– Cieszę się, że jest pani zadowolona, chociaż to nie było najprzyjemniejsze spotkanie – zaczął. – Mam nadzieję, że wszystko w porządku? Jak się pani czuje?

– Coraz mniej obolała – rzekła oględnie. – Mąż dostał areszt. Na trzy miesiące, ale będzie miał czas na przemyślenia. Ja, mam nadzieję, trochę odpocznę. Chciałam po prostu podziękować.

Sobieski w pierwszej chwili zamierzał strzelić jej pogadankę o konieczności skorzystania z pomocy psychologa i może odejściu od brutalnego męża, ale wiedział, że to nic nie da. Ta kobieta nie dzwoniła w tej sprawie.

– Nie ma za co – mruknął. – Cieszę się, że na coś się przydaliśmy.

Przez długi czas w słuchawce panowała cisza. Kuba nie poganiał matki Kamila, bo rozumiał, że zbiera siły i odwagę, by mu o czymś donieść. Jedno nieopatrzne słowo albo zbytnie naciskanie i mogłaby zrezygnować, a tego nie chciał.

– Zostawili państwo swoje wizytówki – odezwała się wreszcie ponownie. – Mówił pan, że gdybym miała jakieś wiadomości, o czymś chciała pomówić... – Zawahała się.

– To nie jest mój numer – zauważył Jakub. – Dzwoni pani na nasz telefon dyżurny.

– Tak, tak – jąkała się. – Kamilek zabrał te kartki i wyrzucił. On się czegoś boi. A ja się boję o niego. Pan pytał się o to porno i to mnie od dawna już martwi. On kiedyś był takim miłym, grzecznym chłopcem. Mąż uważa, że wszyscy chłopcy w jego wieku oglądają takie filmy, że to normalne, ale ja sama nie wiem... Mąż oglądał i pan zobaczy, jaki się stał. – Umilkła.

– Chciałaby mi pani o czymś ważnym powiedzieć? – Jakub uznał, że trzeba ją jednak docisnąć. Inaczej będzie kluczyła i wreszcie skończy się na podziękowaniach.

– Na policję nie zadzwonię, bo wszystkie rozmowy są nagrywane, a do pana numer znalazłam w tym internecie. – Zawahała się. – Nie podoba mi się, że Kamil jest w to zamieszany. On jest niewinny, ja panu przysięgam. Po prostu chciał pomóc tej dziewczynce, a Mugi była o niego zazdrosna. Ale to tylko dzieci, wyrasta się z tego. Rzecz w tym, że one by się w to nie wmieszały, gdyby nie pani Eliza.

Jakub usiadł z wrażenia, odłożył iqosa. Na chwilę przestał oddychać.

– W co wmieszały się dzieci? – powtórzył, starając się, by jego głos brzmiał naturalnie. – Eliza Olędzka? Chodzi pani o dyrektorkę szkoły?

– No tak, tak. O nią – potwierdziła matka Kamila. – Ja wiem, że ona chce dobrze, i my jej kibicujemy, ale dzieciaków nie powinna w to angażować. Teraz, jak jest już tyle programów, wiemy przecież, że inaczej się to robi i niekoniecznie dzieci muszą brać w tym udział. Prowadzi te swoje pogadanki, a one się z niej śmieją. Zwłaszcza chłopcy…

Po pierwszej ekscytacji Sobieski nagle stracił nadzieję, że dowie się czegoś sensacyjnego. Kobieta najwyraźniej chciała sobie tylko pogadać.

– Jakie pogadanki? – spytał z grzeczności.

– No, o zboczeńcach. Żeby uważać. Jest nawet taka sekcja w szkole.

– Prewencja w tym temacie jest bardzo potrzebna – zmusił się do wypowiedzenia tego zdania. – Jeśli uratuje się chociaż jedno dziecko przed przestępstwem, warto to robić.

Umilkł, bo czuł się jak zramolały belfer, i nagle poczuł zmęczenie. Najchętniej położyłby się i zdrzemnął.

– Zgadzam się – ciągnęła odważniej Niepłocha. – A jednak narażanie naszych dzieci na udział w takich akcjach jest w jakimś stopniu nieetyczne. Jest teraz mnóstwo odcinków na YouTubie i można zobaczyć, jak to wygląda. Eliza powinna zatrudniać jakąś młodo wyglądającą dorosłą kobietę, a nie angażować nasze dzieciaki. To nie są tematy dla nich.

– O czym pani mówi?

– No o czym? – westchnęła. – Ponieważ to pewnie też się nagrywa, to pan sobie wrzuci skrót ECPU i zobaczy pan, że na większości filmów jest tylko pan Robert Wolny, ale czasami migają warkoczyki naszej Szefowej. Jeśli już nachodzicie mojego syna i jego podejrzewacie o niecne zamiary, to może wpierw sprawdzilibyście tę parę. Czy przypadkiem w śmierci Heńka nie maczała palców nasza Szefowa? Bo fakt faktem, że była cięta na niego od lat i głośno oboje mówili o tym, że ten zbok jest nieuchwytny.

*
**

Szkoła podstawowa przy ulicy Kocura

– Szefowej nie ma! – Sekretarka poderwała się zza biurka, aż loczki opadły jej na twarz, i przypominała teraz rozwścieczonego teriera. – Co pan robi? Wzywam ochronę! – wygrażała.

Jakub wcale na nią nie zważał. Ruszył prosto do gabinetu dyrektor Elizy Olędzkiej i pchnął drzwi. Biuro było puste.

– Przecież mówiłam, że szefowej nie ma – powtórzyła zdyszana pogonią za Sobieskim Krystyna. – Myślał pan, że oszukuję? Pani dyrektor jest na konferencji w Gdańsku. Jeśli chcecie ją zastać, zapraszam w poniedziałek. Komisarz Osińska o tym wie.

Kuba rozejrzał się po pomieszczeniu, jakby spodziewał się, że Eliza ukrywa się w jakimś kącie. Wreszcie bez słowa opuścił gabinet.

– Przekazać coś? – krzyknęła za nim leciwa sekretarka. – Chce pan zostawić jakąś wiadomość?

Odwrócił się. Przyjrzał kobiecie.

– Radziłbym Elizie niezwłocznie zgłosić się na policję. Dobrze radzę.

Sekretarka odruchowo podniosła rękę do ust.

– Co się stało, panie detektywie?

Pochylił się do niej tak blisko, że aż poczuł zapach naftaliny i zwietrzałych duszących perfum.

– Wie pani, że szefowa jest łowcą pedofilów?

Kobieta nie zaprzeczyła.

– Razem z byłym wychowawcą Stefy Chrobak prowadzą polską filię angielskiej grupy Elusive Child Protection Unit. A raczej prowadzili – sprostował. – Dopóki byli razem, bo obecnie są pokłóceni. – Umilkł, czekał na ruch sekretarki. – Wszyscy w szkole o tym wiedzą, prawda? – upewnił się.

Kobieta wolno skinęła głową.

– Szefowa od lat współpracuje z policjantami – przyznała wreszcie. – Dzięki niej udało się udaremnić wiele gwałtów na dzieciach, a kilkudziesięciu pedofilów trafiło do więzienia. Eliza prowadziła akcje prewencyjne, zanim zmieniono przepisy przyzwalające na stosowanie prowokacji i przed emisją tego słynnego programu w telewizji.

– Potrzebuję kontaktu do jej wspólnika.

– Słucham? – Sekretarka zamrugała nerwowo. – To niemożliwe.

– Robert Wolny – powtórzył Jakub. – Mogę sam go znaleźć, ale będzie szybciej, jeśli poda mi pani kompletne namiary.

– Nie jestem upoważniona. – Wciąż się buntowała.

– Ja nawet nie wiem, kim pan jest. Nie znam pana! A może chcecie zrobić krzywdę naszej Szefowej!

– Lubi pani Elizę i martwi się pani o nią, czyż nie?

– Z kieszeni wyjął blachę, ale zrobił to tak, żeby zobaczyła kaburę z bronią i plastikowe kajdanki, które miał w pogotowiu przymocowane do paska. Na ich widok sekretarka tylko bardziej się nastroszyła. Spróbował więc innego sposobu. Zniżył głos do szeptu i objął kobietę ramieniem. – I nie chciałaby pani, aby Eliza znalazła się w niebezpieczeństwie albo co gorsza została aresztowana...

– O Boże! Ale za co? – zaoponowała. – Niech pan mnie nie straszy! Szefowa to dzielna, bardzo dobra osoba.

Jakub pokiwał głową na potwierdzenie tych słów.

– Jak pani ma na imię?

– Krystyna.

– Pani Krysiu, mam podstawy przypuszczać, że Szefowa była na miejscu zbrodni w motelu Zakamarek i niestety zostawiła ślady. Jeśli życzy pani sobie, żebym jej pomógł i znalazł Elizę, zanim zrobi to policja, radziłbym podać numer do jej wspólnika – oświadczył. – A jeśli jakimś sposobem ma pani do niej inny kontakt niż oficjalna komórka, proszę dzwonić do niej natychmiast.

– Ja nie chcę tego wiedzieć! – zakrzyknęła Krystyna. – Wcale nie potrzebuję tych informacji. Nie umiem kłamać i jak tylko przyjdą policjanci, będę musiała powiedzieć im prawdę.

– Więc powie pani. – Jakub mówił spokojnie, starając się, by w jego głosie nie było paniki. – Powie pani, że Szefowa zadarła z wpływowym pedofilem, który jej groził, i zabiła go w obronie własnej.

Podał jej płytę CD w plastikowym etui.

– A potem przekaże im pani to. Sądzę, że pomoże to pani szefowej.

– Zabiła? – To pytanie ledwie wydostało się z ust sekretarki. – Czy ja dobrze usłyszałam?

Jakub nie zamierzał powtarzać kwestii.

– A zaginiona Stefa mogła być wabikiem – dorzucił. – Oboje wiemy, że to nielegalne, i za to z całą pewnością grożą Szefowej sankcje. Jedyny świadek, który może pomóc Elizie, to jej były partner. Gdzie jest Robert Wolny? Poda mi pani wreszcie jego adres?

*
**

Lasy w okolicach Rembertowa

Podinspektor Drabik w mundurze bojowym stał na czele oddziału szturmowego. Na głowie miał hełm, a do ucha włożoną słuchawkę, przez którą słyszał meldunki wywiadowców, by w każdej chwili był gotów osobiście wkroczyć do akcji.

Na początek wysłali siedmiu najlepszych ludzi na zwiad. Kolejnych dwudziestu funkcjonariuszy oczekiwało na swoich stanowiskach poukrywanych w lesie wokół bazy. Wszystkie trzy bramy wejścia do dawnego budynku wojskowego były pod obserwacją. Drabik mógł być z siebie dumny, że udało się zorganizować błyskawicznie tak szeroko zakrojoną akcję, a co najważniejsze, utrzymać ją w pełnej tajemnicy aż do tej chwili.

Zaskoczenie przeciwnika było jedyną ich przewagą, ponieważ twierdza wojskowa była praktycznie nie do zdobycia.

– Czysto – padały kolejne komunikaty, a Drabik czuł uderzenia adrenaliny i prawie nie mógł oddychać z ekscytacji. Co jakiś czas przymykał oczy i oddychał miarowo. Od lat osobiście nie uczestniczył w takiej misji.

Wreszcie usłyszał ostatni raport. Dowódca pytał, czy jest rozkaz do wejścia. Drabik włączył komórkę i sprawdził jeszcze raz dokument, który przesłał mu godzinę temu prokurator. Był to nakaz przeszukania i aresztowania oraz rozkaz użycia broni w razie sytuacji zagrażającej życiu dziecka i policjantów. Początkowo nie wierzył w rewelacje Sobieskiego, ale informatycy potwierdzili lokalizację telefonu Stefy. Tak, to było tutaj. Zupełnie nie wiedzieli, czego mają się spodziewać, bo w bazie mogły być uwięzione także inne dzieci. Skinął powoli głową i wydał rozkaz: „Wchodzimy!". Niemal natychmiast rozległ się huk: wysadzono wejście boczne. To nim zamierzali przebiec całym oddziałem. Jeśli osoba przetrzymująca Stefę spodziewała się ataku, obstawiła wejście główne. Brali pod uwagę, że teren może być zaminowany.

Policjant przyłożył lornetkę do oczu i w napięciu przyglądał się pierwszemu z saperów. Facet szedł z wykrywaczem ładunków wybuchowych, przysiadał co jakiś czas, a potem dawał znak, że mogą iść za nim. Sznurem przebiegło kilku funkcjonariuszy, a za nimi poszedł cały oddział. Kiedy zniknęli w budynku, Drabik schował lornetkę i swój wyłączony telefon. Przeładował broń. Dowódca dał mu znak, że reszta jest w środku. Docierał właśnie na teren bazy, gdy zaczęło się ostrzeliwanie.

Jeden z jego ludzi padł. Podbiegł, by go odciągnąć w bezpieczne miejsce, a potem wymierzył w kierunku strzelca. Obejrzał się za siebie. Tylko on i dowódca oraz wóz patrolowy, w którym siedziała Dorota Osińska, byli w tej chwili poza zasięgiem kul. Wywołał policjantkę przez krótkofalówkę. Odpowiedziała, że jest już na stanowisku, a zaraz potem wyczuł jej oddech za plecami.

– Mam tylko swojego glocka – szepnęła. – I jeden dodatkowy magazynek. Dostałam rozkaz, żeby siedzieć kamieniem przy kierownicy.

– Tu nie może być masakry – mruknął bardziej do siebie niż do Osy. – Widzisz ten cień w lufciku? I takie małe czerwone światełko?

– Nie – spanikowała. – Nie wiem, o czym pan mówi.

– Patrz tam, aż zobaczysz – polecił. – Tam siedzi snajper. Jeśli uda mi się go zdjąć, przedostaniemy się. Osłaniaj mnie!

A potem ruszył w przeciwnym kierunku niż ten, gdzie byli jego ludzie.

Dorota wgapiała się w punkt, który jej wskazał, ale niczego podobnego do czerwonego światełka nie widziała. Bała się, pot spływał jej po plecach. Usłyszała świst i w ostatniej chwili legła za krzakiem. Dopiero potem poczuła pieczenie, a twarz zalała jej krew. Starła ją rękawem i skupiła się. Zrozumiała, że snajper celował do niej i właśnie chybił. Nie była pewna, czy z takiej odległości jest w stanie go trafić ani czy w ogóle ktokolwiek tam jest, ale naciskała spust raz za razem i praktycznie sprzedała mu serię. Szybko wymieniła magazynek, powtórzyła operację. Dopiero kiedy naboje się skończyły, poczuła grozę. Gdyby chciał ją teraz zastrzelić, była łatwym celem.

Rozejrzała się. Drabika nigdzie nie było. Ucieszyła się, bo to mogło znaczyć tylko tyle, że przedostał się do środka, a więc cała jej amunicja nie została wystrzelona na darmo. Tymczasem w okolicy panowała niepokojąca cisza, jakby wszyscy czekali na następny ruch porywacza.

Nagle pękła szyba, rozległ się wrzask i padł jeden głuchy strzał. Ktoś leżał na ziemi.

Dorota niewiele myśląc, rzuciła się w tamtym kierunku. Kiedy dobiegła na miejsce, Drabik zapinał właśnie kajdanki pokrwawionemu od szkła mężczyźnie w kombinezonie maskującym. Obok leżał karabinek snajperski, a na stelażach ustawiono inne jednostki broni, włącznie z małą rakietką przeciwlotniczą.

– Ludzie, aleście mnie wystraszyli. Myślałem, że to ruski rozpętali czwartą wojnę – burczał zeźlony mężczyzna.

Wokół obstąpili ich już uzbrojeni po zęby funkcjonariusze. Meldowali, że teren jest sprawdzony i nie ma ładunków wybuchowych.

– Jesteś sam? – upewnił się Drabik, chociaż wiedział to już od swoich ludzi.

– No pewnie. Zawsze pracuję sam. Taka dola.

Facet usiadł, oparł się o ścianę. Krew zalewała mu oczy, cały był poraniony od rozbitej szyby, ale nie sprawiał wrażenia przerażonego. Przeciwnie, każdym gestem i słowem okazywał im swoją pogardę.

– Mam pozwolenie na ćwiczenia i trening w warunkach bojowych. Prułem do was z plastikowej amunicji, a wy do mnie z ostrej, debile! Nie miałem wyjścia, napadliście mnie, więc musiałem się bronić.

Pomachał rękoma unieruchomionymi w kajdankach.

– Jakbyś mnie nie zapinał, tobym ci pokazał generalskie kwity. Masz przejebane, smerfowy oficerku.

Drabik go nie słuchał. Informował mężczyznę o jego prawach, a potem z kieszeni wyciągnął zgniecioną kartkę.

– Gdzie jest ta dziewczynka? – Podsunął facetowi pod nos plakat poszukiwawczy Stefy Chrobak.

– Szukacie jej? – Mężczyzna szczerze się zdziwił.

– Gdzie ją ukryłeś, skurwysynu! Wiemy, że tutaj jest jej komórka.

– No komórka tak. Bo szybka jej pękła i Stefa dała mi ją do naprawy. A gdzie jest moja córka? – Porucznik Chrobak uśmiechnął się, a zaraz potem skrzywił. – Pewnie z matką. Pola jak zwykle jej nie upilnowała. Mam rację?

*

Ulica Komisji Edukacji Narodowej, lokalny klub bokserski

– Robert! Jakiś gliniarz do ciebie – ryknął trener i zaraz wrócił na ring, gdzie podskakiwało dwóch zawodników wagi piórkowej. – Tylko idźcie na zaplecze. Niech nie straszy mi klientów.

Wolny zdjął rękawice, otarł twarz i tors ręcznikiem, a potem wciągnął żółtą koszulkę we wzór więziennych krat i z napisem na plecach: „NIEUCHWYTNA JEDNOSTKA OCHRONY DZIECKA".

– Detektyw Sobieski – przedstawił się facet. – Chyba wiesz, dlaczego tu jestem?

Robert Wolny wzruszył ramionami.

– Spodziewałem się glin. – Uśmiechnął się półgębkiem. – Czyżbym był za mało ważny?

– Przyjdą – rzucił Jakub. – Ale na razie jestem ja, bo Eliza ma kłopoty.

Twarz mężczyzny natychmiast złagodniała.

– Myślałem, że chodzi o ostatnią akcję – zaczął.

– A ty w jakiej sprawie? Nie pracuję już z Elizą.

– No właśnie – podchwycił Jakub. – Chciałbym wiedzieć, co się wydarzyło. I dlaczego się rozstaliście.

– To prywatna sprawa.

– Nie chodzi mi o wasze love story – pośpieszył z wyjaśnieniem Sobieski. – Ale o Elusive Child Protection Unit, który, jak rozumiem, spolszczyłeś i założyłeś swoją jednostkę. Od tamtej pory konkurujecie? – Wskazał koszulkę mężczyzny. – Odszedłeś, zabierając swoich ludzi?

– Wręcz przeciwnie! Współpracujemy – zaoponował Robert. – W tym kraju jest tylko kilku skutecznych łowców i Szefowa z pewnością do nich należy. To ona przed laty założyła naszą bojówkę, a wtedy takie działania były ścigane prawem. No cóż, stare dzieje... Prawda, że trochę jej odbiło, kiedy wykryła, że romansuję z jej kumpelą, i nastąpiła schizma. Nie będę ukrywał, że żałuję tego kroku. To był błąd. Krótka, gwałtowna fascynacja. W sumie nic poważnego, a z Szefową dobrze nam szło. Nie chodzi mi tylko o robotę. – Zawahał się. – Gliny były zadowolone. Sędziowie tym bardziej, mieli dobry materiał, żeby zboczeńców wsadzać do pierdla. Niestety moja eks okazała się lekko niezrównoważona i nie pasowało jej, że działam jako łowczy. Co szokujące, jej córka miała kłopoty, których Pola nie chciała i nie chce widzieć. Próbowałem jej przemówić do rozumu, ale ona woli fikcję. Ciężko to przeżyłem, straciłem robotę, ale na szczęście to wszystko już za mną. Wiem, że Eliza starała się mimo tego pomóc Stefie, chociaż, jak słyszałem z mediów, bezskutecznie – zakończył i zawiesił spłoszone spojrzenie na detektywie.

Jakub pojął, że Wolny przykrywa gadaniną lęk.

– Może i jesteś świetnym łowczym pedofilów – rzekł. – Ale kłamca z ciebie żaden.

Wolny spojrzał na detektywa spod oka. Nic nie powiedział.

– Wiem o akcji w Zakamarku – dorzucił Kuba. – I o tym, że wspólnymi siłami staraliście się z Elizą ratować Stefę. Problem w tym, że stało się to wbrew woli jej matki.

– Skoro taki z ciebie mądrala, po co tu przylazłeś?

– Gdzie jest Eliza?

– Skąd mam wiedzieć? Nie utrzymuję z nią kontaktu. Nie dzwonimy do siebie. Ona mnie nienawidzi.

– To akurat nieprawda – wszedł mu w słowo Jakub. – Co najwyżej czeka na porządne przeprosiny i skruchę. Kwiaty, te sprawy, a będzie ci jadła z ręki. Pomyśl o tym. – Uśmiechnął się kpiąco.

– Nie twój biznes, jak układam sobie życie – burknął Wolny, ale Sobieski był pewien, że zaszczepił w nim nadzieję. Tych dwoje wciąż żywiło do siebie ciepłe uczucia. Facet nagle zaczął się tłumaczyć: – Byliśmy razem dziesięć lat i wiem, że Szefowa ma swoją dumę. Nie wybacza zdrady. Wierz mi, próbowałem ją zmiękczyć. Bez skutku.

Jakub milczał. Nie chciał, by rozmowa rozmyła się w sielankowe pogaduszki. Wolny wytrzymał jeszcze chwilę, a wreszcie zadał pytanie, które wisiało w powietrzu od początku. W jego głosie było zaniepokojenie.

– Dlaczego jej szukasz?

– Źle to przygotowaliście – rzucił Kuba. – Jeszcze policja na to nie wpadła, ale wiem, że to Eliza była wtedy w motelu, kiedy zginął Tomyś.

– Nic nie wiesz – żachnął się Wolny.

– Jeśli znajdą ten materiał, a są blisko, twoja była pójdzie siedzieć za zabójstwo.

– To nie ona.

Jakub spojrzał na byłego nauczyciela wrogo.

– Ty to zrobiłeś? Dlatego się rozstaliście i Eliza nie może ci wybaczyć?

Kręcenie głową. Przestępowanie z nogi na nogę.

– Więc jak to było, Robercie?

– Nie tutaj. – Mężczyzna odwrócił się za siebie i wychrypiał: – Spotkajmy się za godzinę na ławce przed Świątynią Opatrzności.

Kuba wybuchnął drwiącym śmiechem.

– Myślisz, że tak mnie spławisz?

– Nie spławiam cię – zapewnił Wolny. – Przyniosę cały materiał, jaki zgromadziliśmy na temat Tomysia. Pracowaliśmy nad Heńkiem kilka lat. Jego śmierć wszystko zniweczyła, ale tutaj nie tylko o niego chodzi. To jest cała grupa bogatych i dobrze sytuowanych przestępców. Zwykle ci, których łapiemy, to płotki. Tomyś kilka razy był na naszej orbicie, ale zawsze ostatecznie wychodził. Zjawiała się jakaś papuga i nigdy nie było zarzutów. Gdybyśmy oboje nie przyjechali tego dnia do Zakamarka, z pewnością dostarczylibyśmy te dane policji. Może chociaż tobie się przydadzą?

– Kiedy Eliza przyjechała na stację, Tomyś już nie żył?

– Był martwy od co najmniej dwunastu godzin – potwierdził Wolny. – Zimny, sztywny, a krew dawno stała się brunatna.

Przez oczyma Jakuba pojawiła się teraz postać ciężarnej kobiety, która w pośpiechu zabiera plecak Stefy z przechowalni. Czyżby matka skrzywdzonej dziewczynki dokonała zemsty na zboczeńcu? To zdarzało się w historii kryminalistyki całkiem nierzadko.

– Prosiłem, żeby Eliza się nie mieszała – dorzucił Wolny. – Ale Nene, znaczy się Stefa, nie chciała wracać do domu. Kamil Nuanda, jej przyjaciel, wiedział, czym się zajmujemy, i błagał Elizę, żeby pomogła wydostać z tego motelu Stefę. Ostrzegałem ją, że to nie wróży nic dobrego. Nie słuchała...

– Dlaczego córka Poli Chrobak po tym wszystkim nie chciała wracać do domu?

– Tego nie wiem. Nigdy więcej z nią nie rozmawiałem. Z żadną z nich – podkreślił. – Ani z Polą, ani z jej córką. Ale jeśli ktoś wie, kto zamordował Tomysia, to tylko Stefa.

⁎

Restauracja Milanovo, Wilanów

Ada aż się zarumieniła z zadowolenia, kiedy kelner postawił przed nią kopiasty talerz muli. Jakub zdecydował się na najprostszą pizzę i lemoniadę.

– Dlaczego wywiozłeś mnie aż tutaj? – spytała, zabierając się do małży. – Liczysz, że będę miała dalej do domu i skończymy wieczór u ciebie?

Wywrócił oczyma. Po dzisiejszym dniu ostatnie, na co miał ochotę, to inauguracyjny seks z Adą. Nie zamierzał jej jednak tego wyjaśniać. Wolał zająć się swoją margheritą.

– Słyszałem, że mają tu niezłe żarcie – wykpił się od odpowiedzi. – No i nie zdążyłbym spod Świątyni Opatrzności po ciebie. Przed chwilą wysłuchałem łowcy pedofilów i mam zmiksowany mózg. Dosłownie.

Ada upiła łyk pinot grigio.

– Właściwie należą ci się podziękowania – zaczęła, odstawiając kieliszek. – Dawno w firmie nie mieli takiej beki z Drabika. Całym oddziałem ruszył na emeryta wojskowego. Na dodatek świra, który miał wszystkie pozwolenia na swoje manewry. Ostrzelali go amunicją ostrą, a gość tylko jedną osobę uszkodził. I to nieznacznie, bo strzelał z plastików. Osa, twoja przyjaciółka, na zawsze będzie miała na skroni pamiątkę z tej akcji.

– Mnie to raczej nie śmieszy – mruknął Kuba. – Jedyne, co dobre, to to, że wciąż jest szansa na znalezienie Stefy.

– Wierzysz Chrobakowi?

– Jego wyjaśnienia brzmią całkiem prawdopodobnie. – Jakub urwał kawałek pizzy. – Stefania była pod jego opieką i poprosiła, żeby ojciec wymienił jej szybkę w telefonie. Na czas tej wymiany facet oddał dziecku swoją komórkę. Widzisz w tej wersji jakieś luki?

– Dał jej telefon, którego nie da się zlokalizować – podkreśliła Ada. – Bo jest tak starożytny. Nie, luk nie widzę, ale sensu w tym żadnego. Więc wracacie do punktu wyjścia?

– Niekoniecznie. – Detektyw otarł usta serwetką. – Wiem już, że zabójstwo Wojciecha Tomysia to raczej nie sprawka dyrektorki. Mówiąc szczerze, trochę mi ulżyło… Wychodzi na to, że Eliza była w Zakamarku na prośbę Kamila, który chciał ratować swoją dziewczynę. Nawet jeśli twierdzi, że ze sobą nie kręcili, z jakiegoś powodu trzymał się jej kurczowo.

– Nie zastanawia cię to?

Jakub skrzywił się i wzruszył ramionami.

– Zagadką pozostaje dla mnie raczej, dlaczego Stefa wolała spędzić noc z trupem, niż wracać do domu. A matka dotarła tam dzień później i zabrała jedynie plecak. Dziecko było w środku.

– Tego nie wiesz – weszła mu w słowo. – I w sumie jak to przebiegało, może opowiedzieć tylko sama dziewczynka. Jeśli zechce... Jeśli w ogóle ją znajdziesz. Dziwne to wszystko. – Urwała. – A jedyny pewnik, to że ktoś zaszlachtował tego zboczeńca. Bo że Tomyś był pedofilem, nie podlega dyskusji.

– Racja – zgodził się z nią Jakub. – Spotykał się nie tylko ze Stefą, ale i z innymi nieletnimi. W tym z wabikiem Elizy i Roberta.

– Mugi? – zaryzykowała Ada.

Jakub pokręcił przecząco głową.

– Sami do niego pisali. Używali sztucznej inteligencji. Kiedy trzeba było doprowadzić do spotkania, zabierali na wycieczkę uczennice z klasy Roberta. Niejaką Renatę i Sylwię SuperStar. Dziewczyny pochodzą z nie najlepszych domów, ale są zmyślne, sprytne i przez lata życia w bloku przy Kocura nauczyły się unikać niebezpieczeństw. Obie nieźle się uczą, a ta Renata prowadzi drużynę harcerską. Przyjaźnią się z Mugi, a kiedyś i ze Stefą. Zresztą to z Renatą córka Chrobaków miała się uczyć tego dnia, kiedy zniknęła. Chociaż mają po siedemnaście lat, dyrektorka dbała o to, żeby nie spotkały się na żywo z pedofilami. W każdym razie to wersja oficjalna. – Zatrzymał się na moment. – Ich zadaniem było sprawdzanie, czy czat wygląda wiarygodnie. Niestety, to już policji wystarczy do aresztowania łowców. W akcjach mogą uczestniczyć tylko osoby pełnoletnie.

– Jak rozumiem, szykujesz się do rozmowy z tą Renatą?

– Nie chciałbym spalić akcji – przyznał. – Ta nastolatka może być kluczową postacią w sprawie. Jest mądra, na świadectwie każdego roku ma czerwony pasek i robiła to dla dyrektorki w hołdzie, bo ją podziwia. Jeśli jednak by to wyszło na jaw, Eliza straciłaby stanowisko i sama mogłaby być postawiona w stan oskarżenia, a już i tak ma spore kłopoty.

– Osa wpadła już na to, że dane z monitoringu zostały pomylone?

– Nie zostały pomylone – skorygował Jakub. – Ktoś z rozmysłem zamienił płyty.

– Ktoś? – powtórzyła Ada. – Masz pomysł, kto dokładnie?

– Robert Wolny twierdzi, że to przysługa gliniarzy dla łowców. Dzięki Elizie i Robertowi mieli wzrost statystyk.

– Dziwnym trafem podmiana płyt eliminuje Elizę z grona podejrzanych o zbrodnię – zauważyła Ada. – Może poza przysługą chodziło o coś jeszcze...

– O to, żeby dyrektorka nie była widziana na miejscu zdarzenia?

Ada wolno pokiwała głową.

– Ten, kto zamienił płyty, mógł nie wiedzieć, że to tego rodzaju przysługa, i zrobił to po starej znajomości – kontynuowała. – A kiedy sprawa zaczęła być poważna, nabrał wody w usta, bo sam miałby kłopoty. Chodzi nie tylko o stanowisko, ale współudział w mordzie. Wiemy, kto to jest?

– Jeszcze nie – odparł Jakub. – Nie będę tego dociekał, przynajmniej na razie, ale jak znajdę Elizę, liczę, że to wyjaśni. Gdyby tego nie zrobiła, a co gorsza, zaprzeczyła, mogłoby to znaczyć, że poszukiwany przez nas człowiek ma większe możliwości niż zwykły obywatel.

– Nie jest to jakaś spiskowa teoria? – Ada się skrzywiła. – Czasami takie rzeczy wyglądają na nielegalne, ale wynikają z ludzkiej głupoty. Ludzie popełniają błędy. Próbują je potem maskować, żeby nie wyjść na idiotów. A najbardziej oczywiste odpowiedzi są zwykle prawdziwe.

– Ktoś zamienił te płyty z rozmysłem – powtórzył Jakub. – Ta osoba wiedziała, że ciało Tomysia leży w motelu dłuższy czas i można tym grać, żeby zmylić gliny. To jest świadome zacieranie śladów.

– Nie wierzysz chyba, że Eliza Olędzka jest morderczynią?

– Tak całkiem nie da się tego wykluczyć – stwierdził Jakub. – Ale masz rację, nie wierzę, że mogłaby to zrobić. Ma za dużo do stracenia.

– A co na to ten nauczyciel? Robert Wolny?

– Dostarczył mi kawał literatury pornograficznej na temat Tomysia, zwanego w branży łowców Heńkiem. Gość przez lata był nieuchwytny. Podejrzewam, że rodzina wiedziała, że jest chory, ale nic z tym nie robiła. Był ponoć leczony i miał brać leki. Czy to robił, nie wiemy... Kilka razy zatrzymali go na dworcach i na polach namiotowych, gdzie werbował nieletnie uciekinierki z domów i jakieś zagubione dusze, ale to było wszystko. Za każdym razem notowano jego dane, a sprawę umarzano z braku dowodów. Jak się domyślasz, te dzieci nie miały wsparcia w swoich domach. Najłatwiejsze ofiary i najstraszniejsze w skutkach przestępstwa. Nawet nie chcę myśleć, jak potoczyły się losy tych dziewczynek, bo chłopców nie ruszał.

– Uważasz, że w końcu ktoś się wkurzył i go zabił? Tak po prostu? Z zemsty i bezsilności?

– To może być ktoś z naszych znajomych. Matka Stefy, ten facet z TikToka? Sam już nie wiem... Nie sądzę, żeby Kamil posunął się do takiej makabry. Zabójca nie był dzieckiem, medycy to wykluczyli. Ciosy zadano z dużą siłą, a reszta to przemyślane teatrum. To zrobiła dojrzała osoba. Zmyślna, przewidująca działania policji, umiejąca zachować zimną krew po zbrodni, a potem skutecznie oddalić się z miejsca zdarzenia. Obserwuje nasze działania i niewiele zmieniła w swoim trybie życia. W przeciwnym razie już dotarłyby do nas te informacje. Z całą pewnością jednak zaangażowana emocjonalnie w sprawę.

– Ofiara to bezkarny pedofil – podkreśliła Ada. – Jeśli szukasz motywu, to moim zdaniem są tylko trzy drogi. Ktoś zamordował Tomysia z zemsty, bo nie podobało mu się, że krzywdzi dzieci. A więc sprawcą może być rodzic albo opiekun takiego dziecka. Druga opcja to ktoś z jego kręgu, komu nie podobało się, że Tomyś może ściągnąć na niego złą sławę, kiedy jego przestępcza działalność się wyda.

– Na przykład jego słynny ojciec? – doprecyzował Jakub.

– Choćby. – Skinęła głową. – Trzecia opcja to inny motyw. Na przykład rabunek, złość, gniew, uraza. To mogła zrobić przypadkowa osoba, która skrywa się w cieniu życia Tomysia. Także zawodowego.

– Wątpię. – Jakub był sceptyczny. – Miejsce zdarzenia temu zaprzecza. Nie mamy informacji, że coś zginęło. Tomyś prowadził prężnie działającą cukiernię, ale nie trzymał gotówki w domu. Raczej nie miał nadmiarowej forsy do ukradzenia.

– Niby skąd to wiesz? – Ada przekrzywiła głowę.

– Ktoś, kto wiedzie sekretne życie, jakim z pewnością jest polowanie na nieletnie dziewczęta, zapewnia sobie jakąś forsę, żeby nie zostawiać śladów. Starczyłoby, żeby jeden z Ukraińców ulokowanych w motelu się o tym dowiedział. Albo i ten twój śliski Leszek.

– W sumie… – Jakub niechętnie przyznał jej rację.

– Trzeba to dokładniej zbadać.

– A dlaczego właściwie wykluczasz Elizę? – zapytała po długiej chwili ciszy. – Szefowa polowała na Tomysia od lat. Nie była w stanie pogodzić się z tym, że nie może go dopaść. Kiedy dowiedziała się, że wziął na warsztat Stefę, wkurzyła się. Jej motyw jest moim zdaniem najmocniejszy. Jest zmyślna, przewiduje działania policji i ma tam kontakty, żeby mataczyć, grzebać w aktach, a nawet manewrować dowodami. Ponieważ ma szczytne intencje, w naturalny sposób znajduje się poza podejrzeniem. A jeśli to zrobiła, mogło jej zależeć na tym, żeby dziewczyna zniknęła, bo w razie zatrzymania zezna wszystko to, co teraz mi powiedziałeś – zakończyła. – Oboje chyba się zgadzamy, że zniknięcie Stefy potwierdza jedno. Czy dziewczyna żyje, czy już nie, ona wie, kto jest mordercą.

– Racja – zgodził się Jakub. – Rzecz w tym, że gdyby to była Eliza, mielibyśmy ją teraz koło siebie. Chciałaby trzymać rękę na pulsie, pilnować, jak idzie śledztwo. Udawałaby przyjaciółkę i oddaną pomocnicę.

– Czy nie tak właśnie się zachowuje? – zauważyła Ada. – Przecież to ona powiedziała ci o zbrodni na pedofilu. Było to zaskakujące i mało wiarygodne. Sprawcy często zgłaszają przestępstwa. Myślą, że w ten sposób będą poza podejrzeniem.

– Z całą pewnością – przyznał. – Ale gdyby iść twoim tokiem myślenia, Eliza powinna być teraz na konferencji w Gdańsku i odpowiadać na każdy mój esemes. Niestety nawet się tam nie zalogowała. Robert Wolny jest pełen obaw. Nie wierzy, że Szefowa uciekła. Nie wierzy, że ona to zrobiła. Byli razem dziesięć lat, z czego siedem mieszkali pod jednym dachem. Przy mnie zgłosił się na policję i tylko dlatego, że nie minęło jeszcze czterdzieści osiem godzin, zawiadomienie nie zostało oficjalnie przyjęte. Moim zdaniem nauczyciel jest wiarygodny. Potrafię poznać zakochanego faceta.

– Kolejne niewyjaśnione zaginięcie? – Ada nie była w stanie dokończyć.

– Byłaby to już trzecia osoba, która przepadła bez śladu, a jest powiązana ze zbrodnią w Zakamarku – odparł Kuba.

Ada odchyliła się na krześle i rozejrzała wokół. Stoliki obok nich opustoszały, knajpa powoli się wyludniała. Wyciągnęła swojego elektronicznego papierosa i zaciągnęła się dyskretnie.

– Może jak wpadniecie na trop kryjówki tiktokera, tego Czarneckiego, wszystkie trzy tam będą? – zasugerowała niepewnie.

– To by znaczyło, że ani matka Stefy, ani Eliza nie mają nic wspólnego z odwetem na pedofilu – stwierdził bez zastanowienia. – Czyli znów byłbym w ślepym zaułku. – Westchnął zniechęcony.

– Jednym słowem musisz wpierw rozwiązać zagadkę zbrodni, a wtedy dowiesz się, kto je porwał?

– Nie wiem, naprawdę. – Jakub schował twarz w dłoniach. – Rola Stefy jest podwójna. Była z pewnością molestowana. Była szantażowana i może właśnie dlatego robiła to, co robiła. Dzieciaki w szkole ją gnębiły. Matka założyła nową rodzinę, więc dziewczyna miała prawo czuć się opuszczona. Ojciec jest zwichrowany. Wiemy już, że wszystko to, co mówiła o Chrobaku Pola, jest czystą prawdą. Gość ma obsesję na punkcie Wołynia, nienawidzi Ukraińców i wprost marzy, żeby wybuchła wojna. Na emeryturze jest bezużyteczny. Te jego interesy to blaga, ale ma pieniądze i dawał córkom spore sumy. Nie jest takim złym człowiekiem, jak go przedstawia żona. Nie wątpię, że teraz, skoro wie już, że Stefa zaginęła, uruchomi swoje kontakty i również zacznie jej szukać. Mam nadzieję, że nie narobi jeszcze większego bigosu. Ten facet jest nieobliczalny!

– Jestem przekonana, że Drabik też bierze to pod uwagę – zauważyła. – Dał mu obserwację?

– Może nawet prowadzi ją osobiście. Zatrzymał Chrobaka bezprawnie, więc teraz to dla niego punkt honoru, żeby odzyskać twarz, a w tego emerytowanego wojaka wierzy bardziej niż w nas. Osa mówiła, że podczas przesłuchania zawarli rodzaj paktu.

– A co z Polą i jej uśmiechniętym facetem?

– Chodzą po mediach, publikują posty i organizują akcje antypedofilskie. Matka Stefy nie odbiera telefonów, ale Bartłomiej Kokosza przelał kolejną transzę pieniędzy. Dziś w nocy wyślę im raport. Wszystko to jest bardzo dziwne – powtórzył.

– Najbardziej dziwna jest reakcja rodziny Mugi – zauważyła Ada. – Zachowują się tak, jakby czekali, aż córka wróci do domu.

– No i jak dotąd obie rodziny nie połączyły sił w poszukiwaniach. Ponoć Pola jest temu przeciwna. Ma żal, że Mugi dręczyła jej córkę, i dlatego domaga się, żeby o tym opowiadać mediom. To nie pomaga rodzinie Kaniów. Nikt nie publikuje zdjęć ich córki. A to, że w nanosferze Mugi znana była z interesowności i bezkompromisowości, dolewa oliwy do ognia. Dziennikarze mają ją za agresorkę.

– Kiedy to prawda – skwitowała Ada. – Mugi upokarzała Stefę. Może to jej wina, że doszło do tej zbrodni?

– To przecież tylko młoda dziewczyna. – Jakub rozłożył ręce. – A Stefa naprawdę chodziła do Zakamarka. Niewykluczone, że była to meta pedofilska nie tylko dla Tomysia. Mógł udostępniać lokal kolegom. Przestępcy seksualni często trzymają sztamę. Żaden nie puści pary z ust.

– Byłeś tam już? – weszła mu w słowo. – Na miejscu zdarzenia...

– Cały czas mnie blokują. – Pokręcił głową. – Osa po akcji w Rembertowie konsekwentnie mnie unika, ale nie powiedziała definitywnego „nie". Daję jej czas.

– Ale? – Ada odczytała jego wahanie.

– Po prostu nie wiem, czy to ma sens – wyznał. – Chyba wszystko już zostało tam zbadane. Motel jest w tej chwili przeludniony. W jednoosobowych pokojach mieszkają całe rodziny, razem z kuzynami, a dzieci zmieniają się w zależności od kursowania i posiadanych wiz. Leszek, z którym gadałem, twierdzi, że od dawna nikt tam nie zwraca uwagi na to, kto wchodzi i wychodzi. Do tego w drugim skrzydle trwa gruntowny remont, więc poza licznymi gośćmi hotelowymi są jeszcze budowlańcy i malarze.

– I to niby ma wyjaśniać, dlaczego nikt nie zauważył krwi wypływającej na korytarz? – Ada się skrzywiła. – Grubymi nićmi szyte.

– Niewątpliwie sprawca wykorzystał okoliczności, żeby zatrzeć skutecznie ślady – uciął Jakub. – Tylko to wiemy na pewno.

– A jednak mówiłeś, że zabezpieczyli odcisk pode-szwy, daktyle i jakieś włókna?

– Przede wszystkim mają DNA sprawcy. Jeśli go złapią, nie wywinie się.

– Narzędzie zbrodni?

– Najprawdopodobniej maczeta. Niezidentyfikowana.

– Powiedz mi, jak to możliwe? Gość z maczetą wcho-dzi do monitorowanego ze wszystkich stron budynku, morduje człowieka i bez problemu się oddala. Obok jest stacja benzynowa, a także restauracja gruzińska czynna całą dobę. A jeszcze ten paczkomat przemie-niony w przechowalnię bagażu. Przecież tam wszędzie są kamery!

Jakub westchnął zniechęcony.

– Problem w tym, że nie wiemy, kiedy dokładnie do zbrodni doszło. Przedział czasowy wynosi czterdzie-ści trzy godziny. Oziu z Merkawą i Gniewkiem prze-glądają nagrania i próbują dopasować człowieka do tej sprawy, ale nie tylko nie wiemy, kim może być, lecz przede wszystkim jak i kiedy to się stało. Jeśli sprawca przyjechał samochodem na stację benzynową, wszedł do hotelu tym wejściem od śmietników, gdzie gadałem z recepcjonistą, i tak samo opuścił miejsce zdarzenia, nigdy go nie znajdziemy.

– Wewnątrz nie ma kamer?

– Ze względów ekonomicznych i tego, co się tam dzieje po napływie uchodźców, wyłączono je.

– On musiał o tym wiedzieć.

– Zgadzam się.

– Tak samo jak wiedział o tym pedofil. Najpewniej z tej przyczyny wybrał to miejsce na schadzki.

Ada przyjrzała się górze skorup przed sobą. Wypiła ostatni łyk wina.

– Myślisz, że one jeszcze żyją? Stefa, Mugi? Eliza…
Jakub nie odpowiedział. Zastanawiał się długo,
a wreszcie rzekł:

– Wiesz, że Wojciech Tomyś miał żonę i dwie córki?
Te dziewczynki nie są wiele młodsze od jego ofiar. Małżonka ma twarde alibi, oczywiście odmówiła składania
zeznań, a jego ojciec również skorzystał ze swojego
prawa. Nie wiem jak, ale Tomysiowie zadbali o to, żeby
praktycznie żadna pikantna informacja nie przedostała się do mediów. Kiedy ostatnio sprawdzałem, Tomyś
był wciąż aktywny na Instagramie. Ktoś zamiast niego
umieszcza zdjęcia tortów, bo jak wiesz, prowadził cukiernię i promował swoje dzieła głównie w social mediach. Jakby wciąż żył i tylko na jakiś czas gdzieś wyjechał. Nie opublikowano nawet jego nekrologu.

– Jutro mam wolne i jak chcesz, możemy z nimi
pogadać – zaoferowała Ada. – Coś czuję, że ten, kto tak
sumiennie dba o biznes Tomysia po jego śmierci, nie
ma całkiem czystych intencji.

DZIEŃ CZWARTY

BRZYDKIE KACZĄTKO
22 kwietnia (sobota)

Milanówek, dom ojca Tomysia

– Mój syn nie był pedofilem! Te insynuacje proszę zachować dla siebie! – Starszy mężczyzna, którego Jakub z Adą znali z telewizji i gazet, a który na arenie międzynarodowej był gwarantem jakości polskiej kinematografii, powitał ich gniewnym barytonem. – Jeśli jeszcze raz usłyszę choćby cień oskarżenia, poproszę, aby państwo wyszli.

Jakub pochylił głowę. Spojrzał na cieliste baletki Ady, które zlewały się z kolorem jej skóry. Potem powiódł wzrokiem wzdłuż jej szczupłych nóg aż do brzegu muślinowej sukienki, zdecydowanie zbyt lekkiej na tę pogodę. Zamiast zwyczajowej ramoneski albo tweedowej marynarki zarzuciła na plecy pastelowy blezer, który sprawiał, że wyglądała młodziej o kilka lat. Kuba nie pojmował, dlaczego się tak ubrała. On jak zwykle był w kamaszach, bojówkach i granatowym polarze. W ostatniej chwili przed wejściem ściągnął bejsbolówkę i wcisnął ją do kieszeni.

– Nie zamierzamy oceniać pana syna – zaczęła łagodnie prawniczka, ale Jędrzej Tomyś tylko bardziej się zacietrzewił i nie dał jej skończyć.

– Już został oczerniony! Wszyscy dziennikarze do mnie zadzwonili, kiedy Wojtek zmarł. Myśli pani, żeby złożyć kondolencje? Nie! Pytali, czy wiedziałem, że mój syn gwałcił małe dziewczynki, i czy mój ostatni film jest oparty na faktach! – pieklił się. – Chociaż to nie zostało potwierdzone, fama poszła. Dystrybutorzy się wycofali i sam nie wiem, czy kiedykolwiek będzie wyświetlany!

– No cóż, w motelu była nieletnia dziewczyna – zauważył Jakub, a Ada spiorunowała go wzrokiem.

– Nie ma na to dowodów! – Jędrzej Tomyś spojrzał na Sobieskiego wilkiem. – A poza tym Stefania Chrobak nie wyglądała na swój wiek. Bo o tę nastolatkę chodzi, prawda? To nagłe zainteresowanie policji i mediów losami mojego syna bierze się ze sprawy jej zniknięcia? Ciekawe, że wcześniej nikogo jej los nie obchodził – wyburczał. – A teraz matka sobie o niej przypomniała...

Jakub wymienił spojrzenie z Adą.

– Skąd pan wie, jak wyglądała Stefa? – zapytali niemal jednocześnie.

Tomyś wzruszył ramionami.

– Bywała u nas. Wojtek pomagał jej w szkole czy coś... Tam chyba nie było za dobrze u niej w domu. Karmiliśmy Nene, bo tak się przedstawiła, bynajmniej nie własnym imieniem. Opiekowaliśmy się, byliśmy dla niej więcej niż uprzejmi, a żona podarowała jej nawet kilka sztuk swojej biżuterii. Sroczka była z niej jak się patrzy – uciął naburmuszony. – Nawet nie podziękowała.

– Była? – Jakub chwycił go za słowo. – Wciąż mamy nadzieję, że dziewczyna jeszcze żyje.

– Jest, była? Dla mnie to żadna różnica! Nie chcę mieć z tą osobą nic wspólnego. Dziwna była, tyle wam powiem. – Zniżył głos do szeptu. – Moim zdaniem to ona zrobiła.

W tym momencie do pokoju weszła dostojna kobieta w obcisłej spódnicy, w której ledwie mogła chodzić. W rękach niosła tacę z napojami i parującą szarlotkę, z której spływały lody. Oboje natychmiast poznali znaną aktorkę – Zuzannę Sitek, której uroda przed laty była porównywana do księżnej Grace Kelly. Tak jak ulubienica Hitchcocka, Zuzanna przestała występować po zamążpójściu.

– Nie dziwcie się, że Jędrzej tak się denerwuje – zaczęła z uśmiechem. – Całe gówno, jakiego znów narobił Wojtek, jak zawsze spłynęło na nas. Tyle lat wokół niego skakaliśmy, żeby na jaw nie wyszły jego grzeszki, a teraz ten gnój wpadł do wentylatora i nie wygląda, żeby miało się uspokoić. Wojciech zmarł, jak żył. W atmosferze skandalu.

– Zuleczko, co ty opowiadasz! – oburzył się reżyser. – Czyś ty na głowę upadła, że wygadujesz takie rzeczy?

– Bo ja mam tego dosyć, Jędruś!

– Bądź pewna, że ja również! – Reżyser skrzywił się, a potem skłonił gościom. – Żegnam państwa. Widzę, że zostajecie w dobrych rękach. Obyś tego nie żałowała, Zulu.

– W najlepszych – zaśmiała się kobieta, po czym rozsiadła się wygodniej na sofie i z gracją założyła nogę na nogę. Jej uroda zaczęła już przekwitać, ale nogi wciąż miała pierwsza klasa. Jedną z nich zdobił cieniutki niczym włos łańcuszek. Jakub nie mógł oderwać oczu od jej szczupłych kostek. Kobieta złapała spojrzenie Kuby i natychmiast się poderwała.

– Napijecie się czegoś mocniejszego? Jędrzej jest abstynentem, a cały czas ktoś przynosi mu przewspaniałe flaszki. Mam na przykład brandy z czekoladowym posmakiem. Będzie idealna do szarlotki. – Puściła oko do Ady, która już kiwała głową jak zabawkowy piesek na tylnej półce w autach starych taksówkarzy.

– Dziękuję, prowadzę – odmówił z wahaniem Jakub, bo ta kobieta miała w sobie coś takiego, że go onieśmielała. Dodał więc szybko, by przegonić tremę: – Jestem wdzięczny za pani szczerość. Nawet bardzo. Jak dotąd wszystko wokół tej sprawy sprowadza się do kłamstw. Źle się tak pracuje.

– Nie masz za co dziękować, skarbie – wymruczała leniwie żona Tomysia i spojrzała na Kubę przeciągle spod półprzymkniętych powiek. – Domyślam się, że odsiewanie prawdy od kłamstw to twój chleb powszedni. Spodziewałeś się chyba tego, zostając prywatnym detektywem?

Podała Adzie szklankę do pełna wypełnioną brandy. Sobieski nie chciał myśleć, co będzie, jeśli zabawią tu dłużej. W tym momencie zaczął bić zegar.

– Za kwadrans dwunasta – skomentował kąśliwie, patrząc, jak Ada upija łyk, z lubością przymykając oczy.

– Pyszne – mruczała, a Zuzanna uśmiechnęła się do niej niczym matka.

– Nic nie szkodzi. – Machnęła ręką, skupiając się wreszcie na Sobieskim. – Prawda jest taka, że gdyby to się działo w domu klasy robotniczej, uznałbyś mnie za alkoholiczkę, a ponieważ siedzisz w rezydencji lorda, przymknij oko i posłuchaj jego żony. Wiesz oczywiście, że mój mąż ma hrabiowski tytuł? Nie z urodzenia rzecz jasna – zachichotała, mocząc usta w brandy.

– Honorowy. Królowa angielska mu go przyznała dwa lata temu. Śmieszne, nie?

– Hmm, gratuluję – wymamrotał Jakub. – Czy możemy wrócić do sprawy pani pasierba?

– Mam na imię Zuzanna. Mów mi Zula, bo przyjaciele i mąż tak właśnie na mnie wołają.

– Co miałaś na myśli, mówiąc o wyskokach syna męża? Było ich więcej?

– Cóż, o tym, jakim Wojtek był człowiekiem, opowiedziałaby ci ze szczegółami jego żona – wykpiła się od odpowiedzi Tomysiowa. – Ale jak się domyślasz, nabrała wody w usta i pewnie nawet by się z wami nie spotkała. Rozumiem ją. Cieszy się, że wreszcie będzie miała spokój.

– Na szczęście mamy ciebie – podjudziła ją Ada.

– Tak, skarbie – zaszczebiotała Zula i zaczęła rozwodzić się poetycko nad urodą prawniczki. Dopiero błyskawice w oczach Jakuba nieco ją zdyscyplinowały. – Widzicie, o tym, że Wojciech nie dorósł, wiedzą wszyscy w rodzinie. To wina matki, która po rozwodzie z Jędrzejem zrobiła sobie z synka powiernika sekretów, towarzysza życia i podnóżek. Chociaż kiedy poznałam Wojtusia, był przesłodki, zawsze skory do psikusów i trzeba przyznać, rzutki. Żywe srebro. Od razu się polubiliśmy. Ta przyjaźń trwała praktycznie do jego ożenku. Musicie wiedzieć, że Wojtek żony wcale mieć nie chciał, ale matka wyswatała go z daleką kuzynką, bo taki miała kaprys. Praktycznie go do tego zmusiła, a ponieważ Wojciech był jej całkowicie podporządkowany, zgodził się, żeby mieć spokój. Szkoda mi zawsze było tej potulnej kobiety, chociaż nie mogło być między nimi tak źle, skoro urodziła Wojtusiowi dwie przemiłe córeczki. – Rozpromieniła się na samo wspomnienie, a potem nagle mina jej zmarkotniała. Kontynuowała przerwany wątek z powagą, jakby zeznawała w sądzie. – Chociaż dziś to raczej krnąbrne nastolatki. Wracając do tematu: wydawało nam się wtedy, że Wojtek wreszcie się ustatkuje. Niestety, było tylko gorzej. Znikał z domu i odnajdywaliśmy go na jakichś koncertach rockowych dla nastolatków albo wśród pielgrzymów. Ludzie widywali go z dzieciakami, bo założył klub osiedlowy dla sierot. Ściągał księży, harcmistrzów i namawiał kolegów Jędrzeja, żeby przychodzili na pogadanki. Przynosił członkom tego klubu, a były to prawie same dziewczyny, własnoręcznie zrobione słodycze, kupował im ubrania, nawet telefony… Trzeba przyznać, że one go kochały. Miał do nich podejście. – Odchrząknęła. – Wtedy jeszcze sądziliśmy, że z niego taki społecznik.

– Ale nim nie był?

Zula pokręciła głową i jeszcze bardziej spoważniała.

– Pierwszy raz policja przyszła do nas z zarzutem gwałtu na nieletniej jakieś cztery lata temu. Nie wzięliśmy tego serio, bo dziewczyna włóczyła się po kraju i oddawała się za parę złotych. Wszystko po to, żeby nie wracać do domowego piekła. Wojtek zarzekał się, że został zmanipulowany i oczerniony. Ponoć pomagał jej bezinteresownie, a kiedy ta mała wymusiła na nim zakup jakiegoś drogiego sprzętu, odmówił jej i wtedy w odwecie zgłosiła się na policję.

– Uwierzyliście mu?

– Ja nie – zapewniła Zula. – Ale Jędrzej i reszta rodziny owszem. Nie zmienili stanowiska, nawet gdy policjantka prowadząca dochodzenie pokazała nam zeznanie tej piętnastoletniej dziewczyny. Wojciech uprawiał z nią seks analny! To było dla mnie wstrząsające. Od razu mu to wygarnęłam. I wiecie, co usłyszałam?

– Że nie wyglądała na swoje lata? – podsunął Jakub.

– I oszukała go co do wieku. – Zuzanna się skrzywiła.

– Niestety i z tamtej sprawy się wywinął. Obdukcję zrobiono za późno, a po opłaceniu rodziców dziewczyna nie chciała już współpracować. Wstydziła się, bała się sprawy karnej i mediów. Jak zawsze zabrakło dowodów. Takich przypadków typu słowo zaniedbanej dziewczynki przeciwko słowu syna reżysera było więcej. Każdy ze śledczych wiedział, że coś jest na rzeczy, ale nie mogli Wojtkowi nic udowodnić. Dla mnie od gwałtu analnego na tamtej piętnastolatce pasierb był nikim. Przestaliśmy rozmawiać... Bulwersowałam się, że cała rodzina zajmuje się wyciszaniem, tuszowaniem spraw, a nie rozmową z Wojciechem o leczeniu. Proponowałam wtedy jego żonie, że zapłacimy za terapię. Podsyłałam periodyki, linki do filmików na YouTubie. Domagałam się, żeby znalazła te dzieci i im zadośćuczyniła. Żona Wojtka obraziła się na mnie śmiertelnie i praktycznie od tamtej pory się nie widywałyśmy. Unikała mnie z rozmysłem. Jeśli przywoziła wnuczki, to wtedy, gdy mnie nie było. Wszystkie sprawy omawiała z Jędrzejem. – Zuzanna urwała, pochyliła głowę. – Z czasem było tylko straszniej, bo Wojtek zaczął polować w internecie. Niekiedy mąż musiał w środku nocy gdzieś jechać i go ratować, bo syn został pobity albo złapany przez łowców pedofilów i grozili, że oddadzą go w ręce policji... Tak było wiele razy. Nie jestem w stanie tego zliczyć przez lata.

– Jak twój mąż to załatwiał?

– Różnie. – Zuzanna wzruszyła ramionami. – Pieniędzmi, koneksjami. Po dobroci albo i szantażem. Narobił sobie wrogów i wiele osób próbowało wymusić na nim jakieś rzeczy, bo znało tajemnicę jego syna. Dlatego zrozumcie, on jest wykończony! W sumie dla nas lepiej, że Wojciech odszedł. Przynajmniej koniec tych nerwów i wstydu. A Wojtek niech sam zapłaci za swoje uczynki w piekle. – Zacisnęła usta.

Przez długą chwilę w pokoju panowała cisza.

– Wiedziałaś, że wynajął pokój w Zakamarku na pół roku?

– Nikt nie wiedział – odparła. – Ale podsłuchałam raz rozmowę Jędrzeja z żoną Wojciecha, która się skarżyła, że mąż gdzieś znika. Ona się bała, uwierzcie. Myślę, że wie dużo więcej i zauważyła, że Wojtek przestał się kontrolować. Czytałam o tym zaburzeniu i zapewniam was, że on był z tych uwodzących. Nie wyobrażam sobie, żeby porywał dzieci i je gwałcił, ale że łowił nastolatki w sieci albo z jakichś przytulisk, to i owszem. Miał w komputerze mnóstwo dziecięcej pornografii. To był jeden z ważniejszych argumentów, kiedy poszło na noże, żeby Wojciech się leczył. Brał jakiś czas medykamenty, ale potem przestawał. Na terapię nie chodził. Mój mąż zamartwiał się, że jeśli policjanci przyjdą do domu Wojtka, znajdą to i będzie straszliwy skandal. – Znów urwała.

Jakub długo nie mógł wydusić z gardła ani słowa.

– Nie spodziewaliście się takiej szczerości? – Zmarszczyła brwi. Odstawiła swoją szklankę, która do połowy była już opróżniona. Podeszła do szuflady w biurku, wyjęła papierosy. Chciwie się zaciągnęła. – Jeśli zaś chodzi o Nene, bo tak Wojciech przedstawił dziewczynę, o którą pytacie, to bywała u nas – dodała, stojąc do nich plecami. – Jędrzej boi się, że to się wyda. Dlatego tak na was napadł.

Odwróciła się i sprawdzała efekt swoich słów.

– Zeznaliście to w komendzie? – Jakub wreszcie odzyskał mowę.

– A w życiu! – żachnęła się. – I nie sądzę, żeby kiedykolwiek to się zmieniło. Jędruś za bardzo się natrudził, żeby sprawa nie trafiła do mediów.

– To musiało być trudne w dzisiejszych czasach – bąknęła Ada.

– Przede wszystkim kosztowne, skarbie – mruknęła Zuzanna. – Ja natomiast mam dosyć tego przymykania oczu. Dosyć strachu, tolerowania obrzydliwości i słuchania o tym, jakim dobrym chłopcem Wojtuś był w dzieciństwie. Syn mojego męża nie był złym człowiekiem, ale z pewnością bardzo chorym. Interesowały go wyłącznie nieletnie dziewczyny, z czasem coraz młodsze. Ci, którzy go kryli, ponoszą winę razem z nim. Przyznaję, że i ja, kiedy to wyznałam, będę spała spokojniej.

– Przecież to nic nie znaczy! – zakrzyknęła Ada.

– Powinnaś pójść z tym na policję. Złożyć wyczerpujące zeznania i pomóc rozwiązać tę sprawę! Czy wiesz, że ta dziewczyna zaginęła? Szukamy jej. Mogło jej się stać coś złego!

– Złego to Nene doświadczyła już wcześniej – zamknęła temat kobieta. – Jest tak samo zdeprawowana jak Wojciech. Pamiętaj, że ją poznałam. Oboje byli siebie warci. W żywe oczy mi kłamała, że jest pełnoletnia. Kiedy zadałam jej pytanie wprost, co ich łączy, zaśmiała się i nic nie odpowiedziała. Nene dokładnie zdawała sobie sprawę, w co gra. To jak diablę wcielone. Żadnych zasad. A raczej jedna: dbanie o swój własny interes. Ona wiedziała, jaką władzę ma nad Wojtkiem, i to wykorzystywała. Miała pełną świadomość, że jak dorośnie, nie będzie dla niego atrakcyjna.

– Chyba trochę przesadzasz – przerwał jej Jakub.

– To jeszcze dziecko, a twój pasierb był dorosłą osobą.

Wina w całej rozciągłości leży po jego stronie. Nie rozumiem, jak mogłaś to tolerować!

– Kto powiedział, że tolerowałam? – oburzyła się Zuzanna. – Z mężem nieustannie się o to kłóciliśmy. Początkowo próbowałam brać stronę tej dziewczyny, ale wiecie, co otrzymałam w zamian? Stek wyzwisk i wyrzut, żebym się nie wpierdalała w nie swoje sprawy... Tymi dokładnie słowy to wasze niewinne dziecko zamknęło mi usta. Usłyszałam jeszcze, że jestem pewnie zazdrosna, bo mam starego męża, któremu nie staje. O niebiosa! Nie wiedziałam wcześniej, że można być tak wyzutym z uczuć i tak zimnym w tym wieku. Chociaż oczywiście nigdy mi nie podała daty swoich urodzin...

– Mogłaś poprosić ją o dowód – walczyła Ada. – Zgłosić to organom ścigania!

– Żeby mąż wygnał mnie z domu jak psa i zmienił zamki? – Zuzanna przekrzywiła głowę. – Dokąd miałaby pójść aktorka, która od lat nie była na scenie? O nie, jeszcze tak źle ze mną nie jest. Nie położę głowy na szafot dla jakiejś zdegenerowanej do szpiku kości siksy, która doskonale wie, co robi.

– Przynajmniej zachowałabyś się jak uczciwy człowiek – odparowała Ada. – A teraz strugasz świętoszkę i zrzucasz winę na resztę rodziny. Ponosisz ją tak samo jak wszyscy.

– A gdzie była matka tej dziewuchy? Gdzie szkoła? Kimże ja jestem, żeby się wtrącać w cudze sprawy?

– Uspokójcie się – do sprzeczki włączył się Jakub. – Spróbujmy przekuć wiedzę Zuzanny na coś konstruktywnego. Masz może dostęp do elektroniki Wojciecha? Czy zgodzisz się przekonać jego żonę, żeby się z nami spotkała? Gdybyśmy dotarli do jego komputera, moglibyśmy zapobiec kolejnym gwałtom. Pedofile często się ze sobą komunikują i przekazują sobie informacje, ostrzegają nawzajem.

– To wszystko, co mogłam dla was zrobić – oświadczyła Zuzanna stanowczo. – Już i tak naraziłam się mężowi. Czekają nas ciche dni.

– Powiedz chociaż, gdzie znajdziemy synową – poprosił Jakub.

– Wyjechała – ucięła Zuzanna. – Zabrała dziewczynki i wyjechała z miasta. Nie wiem dokąd.

– Więc ich dom jest pusty? – Jakub świdrował kobietę spojrzeniem. – Masz do niego klucze?

– Nie mam i nie będę ryzykowała, wykradając je z portfela męża. Nawet o to nie proś, skarbie.

Zarzuciła włosami i wypiła drinka do dna, po czym chwyciła długopis. Zanotowała coś na skrawku gazety.

– Ale podam wam jej adres i pod żadnym pozorem nie zaglądajcie do tej karteczki. Trzymam tam kod wejściowy do ich rezydencji.

Wstała, ruszyła do wyjścia. Ada z Jakubem wpatrywali się w kawałek papieru jak zahipnotyzowani, kiedy usłyszeli z korytarza jej głos podszyty kpiną:

– Co zrobicie z tą informacją, to już nie mój interes.

Mugi spodziewała się kolejnej gehenny, a tymczasem Juki zabrał ją do pomieszczenia, które służyło jako rodzaj kliniki, bo na środku stało łóżko szpitalne. Kazał się jej na nim położyć i dziewczyna stwierdziła, że pościel jest świeżo uprana. Przyglądała się mężczyźnie i niepokoiło ją, że nie zasłania twarzy. Czyżby zakładał, że nie wyjdzie stąd żywa? Przecież gdyby ją wypuścił, mogłaby go rozpoznać.

Próbowała z nim rozmawiać, zadawała dziesiątki pytań, ale uparcie milczał i poza niezbędnym kontaktem, by doprowadzić ją do tego prowizorycznego ambulatorium, a potem rozciąć więzy, praktycznie jej nie dotykał. Przykrył ją białym prześcieradłem, po czym wyszedł bez słowa. Była z tego rada. Roztarła przeguby i z lubością wczuwała się w miłe mrowienie, czekając, aż krew zacznie krążyć w tych miejscach, a przy okazji się rozglądała.

W kącie pod oknem ustawiono białe przeszklone szafki, za którymi Mugi widziała stosy medykamentów. Na długim blacie leżały ułożone przyrządy chirurgiczne w sterylnych opakowaniach. Czyżby to jakiś świr kradnący ludzkie narządy? Czego on od niej chce? Czy to, co przeżyła, nie jest dość upokarzające? Zamierza ją torturować, a dopiero potem zabić? Przez głowę przelatywały jej straszne myśli. Chwilami miała wrażenie, że to zły sen, i błagała opatrzność, by obudzić się wreszcie z koszmaru. Obiecywała poprawę, przyrzekała, że będzie się uczyć i nigdy nie napije się alkoholu. Odmówi każdego skręta, a nawet nie wypowie przekleństwa. Przeprosi wszystkich, których kiedykolwiek obraziła albo którzy przez nią cierpieli. Pojedna się z mamą, będzie jej pomagała przy młodszym rodzeństwie, a ojczyma uzna za zło konieczne. Będzie go tolerowała, schodziła mu z drogi i przestanie się z niego naigrywać. Powtarzała jakiś czas te zaklęcia, ale w głębi duszy wiedziała, że to na nic. Tylko w bajkach uwięzione królewny ratują dzielni rycerze, a ona nie jest żadną królewną i to, co się tutaj odbywa, jest znacznie gorsze niż w filmach. Zginie tutaj. Nie wierzyła, że ktokolwiek jej szuka. Nikogo nie obchodzi...

Łzy płynęły jej po policzkach, ale ich nie ocierała. Zdziwiła się, że jest jeszcze w stanie płakać – wydawało się jej, że wykorzystała swój limit na najbliższe lata. Bardzo powoli w piersi wzbierała ognista kula, która dodawała jej mocy. Gniew rósł i pielęgnowała go, by osiągnął rozmiar, który pozwoli jej znaleźć rozwiązanie albo po prostu zgładzić Jukiego. Była gotowa w każdej chwili sama zginąć, bo nie zamierzała skończyć jak Amelia i te kobiety w lochu. Kim one w ogóle są? Dlaczego siedzą tam tak długo? Do tego wciąż nie mogła otrząsnąć się z wrażenia na widok Nene w tym miejscu. W przeciwieństwie do niej koleżanka nie znajdowała się tu wbrew własnej woli – tego Mugi była pewna. Dlaczego Stefa tutaj trafiła? Co łączy ją z tym zwyrodnialcem? Nie miała pojęcia. Czuła, że to nie wróży niczego dobrego. Za wszystko, co Nene przeżyła w szkole za jej sprawą, z pewnością czeka ją srogi odwet.

Zeskoczyła z impetem z łóżka, aż odjechało pod ścianę, i sięgnęła po jedną z paczuszek leżących na blacie. Nie wiedziała, co bierze, bo nie było czasu, żeby oglądać zdobycz. Rozerwała opakowanie i schowała swój oręż pod cienki materac.

W tym momencie klamka się poruszyła, a w drzwiach stanął znów ten mężczyzna. Poczuła przypływ nienawiści za to, że poprzedniej nocy wielokrotnie ją zgwałcono, a rankiem ten człowiek próbował uciąć jej maczetą stopę. Dzięki Bogu, że na czas się odsunęła, ale i tak boleśnie ją drasnął. Juki. Sebastian. Potwór. Najstraszniejszy ze złych ludzi, których dotąd spotkała. Na sam jego widok gwałtownie skuliła się na łóżku, jakby chciała zmniejszyć swoją objętość, aż metalowy stelaż zatrząsł się i omal nie spadła.

– Co za dzikuska! – Zaśmiał się jak z dobrego żartu.
– Nie cieszysz się na mój widok? Wszak przeżyliśmy
razem miłe chwile…

Skrzywił się, a jego twarz stała się brzydka, wręcz
odrażająca.

– Będziesz grzeczna czy chcesz trafić pod podłogę?
– warknął.

Tak bardzo pragnęła obrzucić go wulgarnymi wyzwiskami, ale nie była w stanie wydobyć z ust żadnego
dźwięku. Próbowała, łapała powietrze. Nic, tylko zgłu-
szony jęk. Wreszcie zacisnęła szczęki i wlepiła w niego
pełne nienawiści spojrzenie. A potem, czując, jak kula
gniewu w piersi gwałtownie rośnie i podchodzi jej wyżej aż pod przełyk, splunęła w jego kierunku. Plwocina
zatrzymała się na brzegu łóżka i nie doleciała do celu.
W tym momencie Mugi poczuła paraliżujący lęk, chociaż sądziła, że bardziej bać się już nie sposób.

– Niezła z ciebie złośnica – mruknął niemal łagodnie, co jeszcze bardziej ją zmroziło.

Spodziewała się uderzenia, nagłego ataku i była gotowa na walkę, ale trwanie w oczekiwaniu okazało się
o wiele gorsze. Znieruchomiała, choć boleśnie czuła,
jak drętwieją jej podkulone nogi. Mimo tego zaciskała
uda, jakby ktoś wstawił ją w stalowe imadło.

– Widzę, że potrzebujesz czasu, żeby skruszeć
– rzekł z kpiącym uśmiechem. – Ale ja lubię wyzwania.

Zrobił krok w jej kierunku. Chwycił za stopę i pociągnął do siebie. Krzyknęła rozpaczliwie, próbowała
gryźć, drapać, ale znów unieruchomił ją tym stalowym
chwytem. Oniemiała. Nie miała czucia w członkach.
Mogła tylko patrzeć, co on robi, i nie była w stanie wydusić z gardła żadnego dźwięku poza chrapliwym char-
czeniem.

– Oj, Mugi, mała Mugi. Dowiedziałem się, że tak na ciebie mówią w szkole – wychrypiał. – I nie byłaś grzeczną dziewczynką. Dlatego spotka cię kara. Jest ci przykro? Skinęła lekko głową i starała się łapczywie chwytać powietrze. Czekała, aż wróci jej czucie, i była już pewna, że gdy tylko nadarzy się okazja, sięgnie po swoją broń, a potem uderzy na oślep. Z całych sił. Jeśli miała szczęście, to lancet albo inny szpikulec. Najchętniej wbiłaby mu go w oko, chociaż wiedziała, że nie zdoła, bo na nosie miał te swoje okropne okulary.

– Od razu lepiej, co? – monologował, jakby znajdowali się na przyjacielskiej herbatce. – Cisza służy nam obojgu. Milczenie jest złotem. Słyszałaś o tym? Bo wiem z pewnego źródła, że zdecydowanie za dużo gadasz.

Mugi zacisnęła pięść za plecami, ale poza tym się nie poruszyła. Nie chciała go spłoszyć. Już miała sięgnąć po swoją zdobycz i myślała tylko, gdzie uderzyć, kiedy mężczyzna pochylił się i wysunął z jednej z szafek białą kasetkę. Otworzył ją, wyciągnął bandaże, strzykawki i jakieś buteleczki z aptecznymi nadrukami.

– Odłóż to – uprzedził ją tak cicho, że w pierwszej chwili nie była pewna, czy się nie przesłyszała. – Nie rób głupot, jeśli chcesz, żebym cię opatrzył.

Podążyła w kierunku, w którym on zerkał, i pojęła swój błąd. W szybie szafki jej ręka wędrująca pod prześcieradłem była widoczna niczym w lustrze.

*
**

Wierzbno, mieszkanie Sobieskiego

– Nie wierzę tej aktorce – oświadczyła Ada, podkulając stopy na łóżku Jakuba, bo poza krzesłem, które zajmował detektyw, było to jedyne miejsce, którego nie wyścielały dokumenty zgromadzone w sprawie.

– Wiem, że jest osobą publiczną, a nawet legendą, ale nie wierzę jej. Pierwszy raz spotykam się z takim dobrowolnym wyznaniem u członka rodziny pedofila. Zbyt łatwo to ujawniła!

– Przecież to nie stoi w sprzeczności z tym, co tutaj mamy – zaoponował Sobieski. – Jest potwierdzone, że Wojciech Tomyś miał inklinacje pedofilskie i tylko pomoc ojca chroniła go przed aresztowaniem. W mojej opinii dyskusja na ten temat jest stratą czasu, a my powinniśmy się zająć tym, co najpilniejsze.

– Nie twierdzę, że Tomyś był niewiniątkiem – poprawiła się. – Po prostu zastanawiam się, dlaczego ona to zrobiła. Nie ufam jej.

– Nie ufasz? W porządku. I co z tego? To tylko jeden koralik z naszyjnika. Proszę cię, szkoda czasu na drobiazgi.

– Powiedz mi, jaki Zuzanna Tomyś miałaby interes, żeby obwiniać pasierba o to wszystko? – nie odpuszczała. – Jej mąż bił się w pierś i zaprzeczał. Omal nie wygnał nas z domu!

– Ale ostatecznie tego nie zrobił! – Jakub zakończył spór. – Wiedział, że Zuzanna wygada nam wszystko, i nie zabronił żonie mówić. Facet jest w żałobie. Nie zapominaj o tym! Ludzie różnie reagują na śmierć bliskich. A może rozmowa na ten temat byłaby dla niego zbyt trudna? Pedofil czy nie, to przecież jego syn. Są rodziną.

– Z rodziną często najlepiej wychodzi się na zdjęciu. Sam dobrze o tym wiesz! – zacietrzewiła się. – Wojciech Tomyś był czarną owcą tego klanu i zmarł tragicznie. W sumie tak lepiej dla niego. Gdyby go zamknęli, nie miałby łatwego życia w pudle.

– W jego domu nic nie znaleźliśmy – podkreślił Jakub. – Żadnych, ale to żadnych połączeń z jego działalnością przestępczą. Jego komputer jest czysty. Merkawa daje stuprocentową gwarancję, że nie ma tam żadnej pornografii.

– Dziwisz się? Małżonka wszystko wyczyściła, zanim wyjechała.

– Po co? – Jakub zawiesił na Adzie wątpiące spojrzenie. – Po co wdowa wyjeżdżałaby z miasta i zabierała dzieci, które chodzą do szkoły? Widzisz w tym jakiś sens?

– Nie wiem, jak myślą żony przestępców – mruknęła. – Zawsze mnie to zadziwia, że one niczego nie zauważyły, nic ich nie niepokoiło. To takie przymykanie oczu na to, co oczywiste, żeby dupka miała ciepło, a pieniążki wpadały na konto. Przypominam ci, że ona nie pracowała. Tomyś utrzymywał dom. I z tego co widzę z Instagrama i opinii w necie, był w tych tortach całkiem niezły.

– O co ci chodzi? – Jakub poderwał się i przeszedł kawałek po rozłożonych na podłodze papierach. – Podważasz wiarygodność Zuzanny Tomyś, żeby mi bardziej namieszać w głowie? Czego ode mnie oczekujesz? Że dam ci odpowiedź na wszystkie ludzkie bolączki? Nie wiem, dlaczego kłamią, molestują dzieci, zabijają. Robią to, bo tak zostali ukształtowani. Po prostu.

– A ja po prostu uważam, że to się nie składa – uparła się. Sięgnęła po zdjęcie Stefy Chrobak. Podniosła do góry jak eksponat. – Zobacz sam, jak to wychodzi. Jest sobie piętnastolatka, niejaka Nene, która z jakichś przyczyn uprawia nierząd ze starszymi panami.

– Nie z jakichś, tylko jest szantażowana – parsknął.

– Do tego jeszcze dojdziemy – przystopowała go Ada. – Więc Stefa zwana w świecie zboczeńców Nene

189

spotyka się z różnymi facetami. Płacą jej albo komuś, kto ją do tego zmusza, a więc mamy do czynienia z czyimś biznesem. Matka nie wie albo nie chce wiedzieć, bo akurat układa sobie życie z nowym gachem. Tato Stefy ma fioła na punkcie manewrów wojskowych i tęskni za armią. Pomaga dziecku, jak umie, czyli sypie kasą. Co ciekawe, początek prostytuowania się tej dziewczyny zbiega się z ujawnieniem ciąży matki. Zauważyłeś to?

– Nie mamy pewności – słabo zaprotestował Jakub.

– Ale mów dalej.

– To prawda, że nie wiemy, jak i kiedy to się zaczęło – przyznała Ada. – A jednak pierwsze doniesienia są z tego okresu. Jakiś czas później Stefa znajduje się w motelu, gdzie ktoś morduje pedofila. Zostawmy na razie jej udział. Jest świadkiem albo wspólniczką mordercy, bo nie zgłasza się i nie ujawnia prawdy. Przeciwnie, milczy jak głaz. Pewne jest jednak, że tam była, a jej matka zabrała plecak córki z przechowalni, ale nie zabrała do domu jej samej. Dlaczego?

– Nie wiemy – zgodził się z nią Jakub. – Może Stefa nie chciała z nią pójść?

– Może. Chociaż to dziwne. Miałoby jednak sens, gdyby matka nie weszła do motelu i nie wiedziała, że Tomysia zamordowano. Gdyby przyszła tylko po plecak córki...

– Wcale nie jest powiedziane, że Stefa nocowała w Zakamarku – zauważył Jakub. – A może dała znać Kamilowi, ten zawiadomił Elizę Olędzką i Stefa spędziła tę noc u dyrektorki? Zapytam ją o to, jak tylko nadarzy się okazja.

Ada kiwnęła głową zadowolona z tego toku rozumowania.

– Pytanie kluczowe brzmi: co działo się w noc po zbrodni – podsumował Kuba.

– Bingo! – Ada klasnęła w dłonie. – No i po co właściwie mała wezwała dyrektorkę? Przecież gdyby Eliza jej nie odebrała, nikt by się nie dowiedział, że Stefa tam była. Powinna była zwiać natychmiast! Uciec do domu, do koleżanek, zgłosić się do najbliższego komisariatu albo i nie, ale na pewno nie siedzieć w pokoju hotelowym zalanym krwią, gdzie na podłodze spoczywają zwłoki jej agresora! Gdyby uciekła, jej matka w życiu nie puściłaby pary z gęby. Moglibyśmy szukać wiatru w polu, bo te próbki muszą mieć materiał do porównania.

– Hmm – wymamrotał Jakub. – Rzeczywiście to nielogiczne, ale pamiętaj, że osobowość nastolatków jest trochę inna. Oni działają pod wpływem gwałtownych, czasem sprzecznych emocji. Takie błędy to nic w porównaniu z tym, co wyczyniają dzieciaki, jeśli chodzi o działalność przestępczą.

– A moim zdaniem z jakiegoś powodu Stefa chciała być kojarzona z tym zabójstwem – orzekła Ada. – Może nie spodziewała się, z kim ma do czynienia, że bezkarność Tomysiowi zapewnia słynny tatuś et cetera... Gdyby nie to, wszystkie media by o tym huczały.

– I? – Sobieski zmarszczył brwi. Przygryzł wargi. – Niby po co piętnastoletnia dziewczynka chciałaby być kojarzona z pedofilią? Gwałt jest największym wstydem, jaki może spotkać każdego człowieka, nie tylko kobietę. Osoby po gwałcie mają potężne poczucie winy. Z dziećmi jest jeszcze gorzej, bo są osamotnione. Znikąd pomocy. Myślą, że nie mają wyboru, muszą się dostosować, i nienawidzą przede wszystkim siebie. Pogarda wobec siebie to jest najsroższa cena. Nie wierzę, że ktokolwiek chciałby się chwalić udziałem w czymś takim.

– Śmierć agresora zmywa tę winę – oświadczyła Ada. – Z ofiary stajesz się czarnym wojownikiem. W jakimś stopniu bohaterem, który pokonał zło.

– Stefa nie zabiła swojego oprawcy – zaprotestował Jakub. – Patolog wyraźnie to podważył. Nie byłaby w stanie użyć koniecznej siły. W dokumentach stoi, że obrażenia zadał najprawdopodobniej mężczyzna. Nie dziecko. – Zatrzymał się. Spojrzał na Adę. – Ty sugerujesz, że ten, kto zabił Tomysia, jest jednocześnie porywaczem Stefy? – upewnił się. – Niby dlaczego zrobił to dopiero teraz, po trzech miesiącach? Miał możliwość porwać ją od razu po zabójstwie.

– Może próbował. – Zawahała się. – To by wyjaśniało, gdzie Stefa była całą noc i kawałek dnia po zbrodni. Wcale nie siedziała przy trupie ani nie spędzała wieczoru z dyrektorką szkoły. Była z nim – podkreśliła. – Co między nimi zaszło, nie wiemy. Jest prawdopodobne, że się go bała. A mogło być wręcz przeciwnie i traktowała go jako swojego wybawcę. Rycerza. Jeśli on chciał ją unieszkodliwić, wyeliminować świadka, to najwyraźniej się rozmyślił i następnego dnia odstawił ją do Zakamarka. Wtedy Stefa odegrała akcję z Kamilem i wezwaniem Olędzkiej. Koniecznie trzeba sprawdzić minuta po minucie, kto pojawiał się w okolicy w tych dniach.

Oboje dłuższy czas milczeli, kontemplując tę hipotezę.

– To ma sens. – Jakub sięgnął po nową paczkę heetsów. – Gdyby spędzili ze sobą tę dobę, nawiązałaby się między nimi arcysilna relacja. Mogli być w kontakcie, chociaż Merkawa przeszukał telefon dziewczyny i nie natrafił na żadne podejrzane czaty.

– Starczy, że miała inny aparat – mruknęła Ada. – Taki, o którym nie wiedziała matka ani nikt ze znajomych. Zabójca mógł dać jej komórkę, zanim odstawił ją do Zakamarka. Ich korespondencja odbywałaby się w tamtym urządzeniu. Kiedy policja dotarła do Stefy i znalazła wreszcie sposób, żeby pobrać jej próbki, a ją samą wziąć na przesłuchanie, morderca zwabił ją do swojej kryjówki. Niewykluczone, że tym razem pozbył się skrupułów, bo Stefa jest jedyną osobą, która może go pogrążyć. – Pochyliła głowę. – Jeśli mamy szczęście, przetrzymuje ją, a jeśli nie – już to zrobił. Zabił.

Milczeli długo.

– Nadal nie zbliżyliśmy się do znalezienia odpowiedzi na pytanie, kim ten facet może być – powiedział Jakub.

– Tiktoker? Inny zboczeniec, który włączył się do gry, na przykład wspólnik Tomysia? – Ada wymieniała na jednym oddechu. – No wiesz, planowali jakiś perwersyjny trójkąt i się poróżnili? Wiem, że zabrzmi to makabrycznie, ale jest jeszcze jedna możliwość... – Zawahała się. – A jeśli to ojciec pedofila dokonał mordu?

– Posuwasz się za daleko – przystopował ją Jakub, jednak Ada nie dała sobie przerwać.

– Może doszło do sprzeczki? Przecież to mógł być afekt... Reżyser miał dosyć wyskoków syna i pękł, poniosły go emocje, a dziewczynki było mu po prostu szkoda...

– Nie będziemy zgadywali – przerwał jej Sobieski. – Jeśli to faktycznie ktoś, kto próbował ją uratować, jego cień znajduje się w życiu Stefy i dojdziemy do niego, zbierając dane o niej. Bo ten ktoś przede wszystkim wiedział, że zarówno Stefa, jak i Tomyś będą tego dnia w Zakamarku. Zastanawia mnie teraz coś innego.

– Tak?

– Napis na ścianie o zemście na „mojej dziewczynie".

– Sprawca mógł to napisać, żeby zmylić śledczych – odparła z przekonaniem. – Mogła to też zrobić sama Stefa na rozkaz swojego wybawcy. Jeśli uda się ją kiedykolwiek znaleźć żywą, porównamy próbki.

– Są przecież zeszyty, notatniki – zaoponował. – Dziewczynka chodziła do szkoły. Jest mnóstwo materiału do pobrania.

Ada wzruszyła ramionami.

– Z tego, co podsłuchałam w pracy, wynika, że inaczej się pisze sprayem na ścianie niż długopisem w brulionie szkolnym.

– Fakt – zgodził się z nią i przez długą chwilę nic nie mówił. Kiedy ponownie się odezwał, jego głos brzmiał złowrogo. – Jeśli ta hipoteza się potwierdzi, raczej szukamy ciała.

– Od początku ci to mówię.

Jakub powoli pokręcił głową.

– Nie wierzę – rzekł. – Zostawiła ojcu telefon i zabrała jego, żeby mieć możliwość kontaktu z Chrobakiem. Gdyby zabójca chciał ją unieszkodliwić, zrobiłby to od razu, a nie czekał trzy miesiące. Nie ryzykowałby odwożenia małej do motelu i narażenia się na spotkanie z jej matką, dyrektorką szkoły i jeszcze kumplem dziewczynki. Ten czas, kiedy oni wędrowali po okolicach Zakamarka, jest kluczowy. Twoja teoria jest niezła, ale ja wciąż skłaniam się do tego, że zrobił to ktoś z jej bliskiego kręgu. I najpewniej jedna z osób, które tam wtedy były. Nikt z zewnątrz. Trzeba jeszcze raz przejrzeć nagrania.

Rzucił się do pudła, by zgromadzić je w jednym miejscu.

– Mówiłeś, że Oziu to oglądał i nic nie znalazł – westchnęła zniechęcona Ada.

– Całą noc spędził nad tym materiałem – potwierdził Jakub. – Ale dałem mu zlecenie na wyłuskanie konkretnych osób. Teraz widzę, że to był błąd. Muszę sam to przejrzeć i spróbować odtworzyć kluczowy przebieg wydarzeń. Przynajmniej na tyle, na ile to możliwe z fragmentów, gdzie był monitoring. – Urwał. – Nie wierzę, że Stefa nie żyje. Czuję przez skórę, że ona się ukrywa. Za dużo tego kombinowania... Zgadzam się z tobą, że to, co się wydarzyło, scaliło ją z mordercą i ona teraz jest pod jego opieką. A zaginięcie Mugi tylko mnie w tym upewnia.

– No i wciąż nie wiadomo, gdzie jest Eliza Olędzka – dorzuciła Ada. – Na miejscu zabójcy ją i Kamila Niepłochę porwałabym jako następnych.

Chciała coś jeszcze dodać, ale przerwał im dzwonek, a zaraz potem natarczywe stukanie.

– Nocna Furia? – przeraziła się Ada.

– Nikt poza nią i moim przyjaciółmi nie zna tego adresu. – Kuba z niechęcią ruszył, by otworzyć. – Oziu wpierw by zadzwonił.

Ada zerwała się i w pośpiechu szukała swoich butów wśród papierzysk.

– Drugi raz nie chcę tego przechodzić – mruczała rozzłoszczona. – Załatw z nią to, co masz do załatwienia, a potem się zdzwonimy. Zmywam się.

– Zaczekaj. Nie doszliśmy nawet do połowy... – szepnął Jakub. – Ona nie ma prawa nas terroryzować. Ty zaś masz pełne prawo tutaj być. Chcę, żebyś została.

Pochylił się i wyciągnął rękę w kierunku jej twarzy, jakby chciał ją przytulić i uspokoić, ale gwałtownie się uchyliła. Sekundę później stała już z torebką na ramieniu gotowa niczym do skoku.

Teraz już ktoś zapamiętale walił pięścią w drzwi. Ada z Jakubem porozumieli się spojrzeniem.

– Musisz zainstalować wreszcie ten wizjer – wyburczała niezadowolona. – Daj znać, jak poszło.

Jakub szarpnął za klamkę, a Ada ruszyła naprzód, ale zatrzymała się w miejscu.

– Osa? – wyszeptała.

Policjantka nawet na nią nie spojrzała. Natarła na Sobieskiego.

– Masz coś wspólnego z żoną Tomysia? Rozmawiałeś z nią? Śledziłeś? A może matka Stefy dała ci zupełnie inne zlecenie, niż opowiadałeś?

– Co cię znów ugryzło? – Jakub odpowiedział pytaniem na pytanie. Chociaż oddychał z ulgą, nie był w stanie ukryć zaskoczenia.

Osa obejrzała się w końcu na Adę.

– Widzę, że wam przerwałam?

– Niby co? – Prawniczka podniosła wyżej podbródek. – Nie twoja sprawa, co robimy w wolnym czasie.

Nagle dolna warga Osy zaczęła drżeć, a oczy zrobiły się jeszcze większe.

– Nie kłam! – warknęła do Kuby. – Widziano twojego hiluxa pod domem Tomysiów. Chyba nie sądziłeś, że to się da ukryć? Dom jest pod obserwacją.

– To chyba poszli się odlać albo skoczyli do KFC, bo nikt nas nie zatrzymywał, jak tam wchodziliśmy – odpysknął.

– Wchodziliście tam? Włamaliście się na miejsce zdarzenia?! – Osa złapała się za głowę. – Z kim ja pracuję? Chyba Bóg was opuścił!

– Jakie miejsce zdarzenia? Co ty chrzanisz?

Jakub z Adą znów spojrzeli na siebie. Oczy Ady były zmrużone jak u rozwścieczonego kota.

– Dostaliśmy kody wejściowe od macochy Tomysia – wyjaśniła pośpiesznie. – To nie było włamanie. Zuzanna Tomyś o wszystkim wiedziała. Sama nas zachęcała do nieformalnych oględzin.

– Zostawiliście ślady?

– Sam nie wiem – mruknął Sobieski. – Niko z pewnością był w ochraniaczach, a my mieliśmy rękawiczki. Ale zawsze coś mogło zostać. Wiesz, jak jest. Zrobiliśmy porządny rekonesans.

– To spierdalaj jak najszybciej z kraju i zabieraj ze sobą tę przemądrzałą dziunię! – Osa wskazała zarumienioną z emocji Adę. – Kiedy wy uprawialiście swoją partyzantkę, Jędrzej Tomyś zgłosił zaginięcie synowej wraz z dziećmi. Wszczęliśmy poszukiwania i znaleźliśmy ich w domku letnim w Lesznowoli, gdzie się ponoć ukrywali przed dziennikarzami. Kobietę zaszlachtowano jak jej męża, a dzieci próbowano otruć środkami usypiającymi. Są teraz na OIOM-ie w szpitalu. Ich stan jest ciężki. Zamiast genitaliów żonie pedofila włożono do ust dziewczęce majtki. Trwają badania, czy jest na nich materiał biologiczny Wojciecha Tomysia, ale Pola Chrobak rozpoznała je już jako własność córki.

Tej zbrodni nie udało się wyciszyć, choć prasa donosiła, że Jędrzej Tomyś bardzo się starał. Zdjęcia z oględzin straszyły z każdego kiosku i wyświetlały się jako pierwsze na portalach zajmujących się sensacją. Dziennikarze w mig zwietrzyli krew i prześcigali się w doniesieniach o niewinnych ofiarach. Dostało się i reżyserowi Tomysiowi, który ostatecznie udzielił szczerego wywiadu dla jednej z wiodących stacji. Nie minęło kilka godzin, a internet huczał o krwawej aferze pedofilskiej. Jej

głównymi bohaterami byli syn filmowca i piętnastoletnia Stefania Chrobak, która przepadła bez śladu.
Brutalnie zamordowana żona Tomysia i jego córki interesowały opinię publiczną wyłącznie jako baranki
złożone na rzeź. Większość komunikatów dotyczyła
innej zaginionej nastolatki – Magdaleny Kani, która
w mediach społecznościowych już wcześniej była znana jako Mugi, oraz dyrektorki szkoły Elizy Olędzkiej,
którą ujawniono jako łowczynię pedofilów. Wszystkie
stacje przygotowywały na wieczór programy publicy-
styczne poświęcone tematowi molestowania.

– W tej atmosferze nic nie zdziałasz – pocieszyła
Jakuba Ada. – Odpuść. Zrób sobie chociaż dzień wolnego – przekonywała.

Sobieski uparcie milczał. Odłożył komórkę, w której czytał wiadomości i oglądał programy, by być na
bieżąco, a potem zawiesił wzrok w przestrzeni.

– To, że nie zostaliśmy zatrzymani, można spokojnie zaliczyć do cudów – mówiła dalej prawniczka,
żeby zagadać stres.

– To raczej za skutek efektywnych negocjacji
– parsknął.

Nie poinformował o tym koleżanki, ale podczas
przesłuchania położył na stole wszystkie swoje karty.
Także materiały zdobyte nielegalnie przez Merkawę.
Nie zdradził nazwiska swojego hakera, podobnie jak
nie wydał Osy, chociaż był przekonany, że Drabik
wszystkiego się domyśla i od tej chwili policjantka będzie miała w firmie jeszcze trudniej niż dotychczas.
Prowadzący dochodzenie łaskawie przygarnął cenne
dane, a potem kazał im spierdalać. Tymi dokładnie
słowy. Więc poszli. Usiedli w ogródku jednej z pobli-
skich restauracji, ale żadne nie miało apetytu. Prze-

siedzieli w milczeniu dobrą godzinę, a potem Kuba odwiózł Adę do domu. Sam zamierzał jechać do biura. Zamiast tego siedzieli teraz w jego hiluxie, czekając na coś, co nie następowało.

– Udało się nam – podjęła znów wątek Ada. – Nie cieszysz się? Ja bardzo. Mogłabym pożegnać się z robotą i w ogóle byłoby kiepsko, gdyby to wyszło. Musimy z tym skończyć.

– Niby z czym? – Odwrócił twarz w jej kierunku. – To moja praca. Co niby mam zrobić? Iść do domu i zorganizować sobotniego grilla? Zapomnieć o zamordowanej niewinnej kobiecie i zamykać oczy na dręczenie dzieci?

– Nie jesteś w stanie pomóc wszystkim – zaczęła niepewnie, a potem położyła mu rękę na ramieniu. – To nie twoja wina, że świat tak wygląda.

– Daj spokój! – Strząsnął jej dłoń. – Mam zadanie. Muszę znaleźć tę dziewczynę. Wziąłem za to forsę i powinienem się wywiązać.

– Teraz cała Polska szuka Stefy i Mugi. Nic nie wskórasz. Z tego wszystkiego dobre jest tylko to, że zrobił się hałas. Ten, kto ją uprowadził, niełatwo się wywinie. Jak znam Drabika, szykuje ostrą obławę.

– Miałem swoją szansę, ale ją spierdoliłem – parsknął Jakub. Ukrył twarz w dłoniach. Pocierał oczy, jakby chciał je sobie wyłupić. – Musi być jakiś sposób. Jakaś nitka, której nie dostrzegam – mamrotał.

– Kuba – wyszeptała łagodnie Ada. – Odpocznij, mówię ci. Wyśpij się, zjedz coś, a potem znów się do tego weźmiesz... Może skoczymy jutro na jakiś spacer? Dawno nie byłam w lesie.

Spojrzał na nią dziwnie.

– Spacer? – powtórzył jak echo. – O czym ty pierdolisz?

Zacisnęła usta i spojrzała na niego wzrokiem zranionej łani. Chwyciła klamkę. Bez słowa wysiadła z samochodu.

– Ada! – krzyknął.

Nie odwróciła się. Szybko wpisała kod do wejścia i widział tylko zatrzaskujące się drzwi do klatki.

Nie pobiegł za nią. Nie miał sił znów jej przepraszać. Wrzucił bieg i wykręcił się z miejsca parkingowego.

Kwadrans później był już u siebie na Wierzbnie. Podłoga wciąż zasłana była dokumentami sprawy. Zaczął je zbierać, nie bacząc, że się pogniotą, i pakował jak leci do plastikowych pudeł, w których je przywiózł. A potem rzucił się na łóżko i przykrył twarz kocem. Myśli wirowały mu w głowie jak szalone. Pytania mnożyły się i nie był w stanie znaleźć na nie odpowiedzi.

Po co do Zakamarka przyszli wszyscy: matka Stefy, Eliza Olędzka, nawet Kamil Nuanda? Dlaczego Stefa nie uciekła zaraz po zbrodni? Na co czekała? Czy dyrektorka została uprowadzona przez tego samego sprawcę co nastolatki? Dzwonił do niej niestrudzenie, ale nie odbierała, a wreszcie zaczęła włączać się poczta, jakby komórka się rozładowała. Zlecił Merkawie sprawdzenie jej lokalizacji. Informatyk poinformował go, że wyjęto z aparatu kartę i nie da się niczego ustalić. Kuba obawiał się, że kobieta może być już martwa. Odsuwał od siebie te rozważania, ale wracały jak bumerang. Czy ojciec Tomysia miał z tym coś wspólnego?

Zerwał się i usiadł na łóżku. Czuł, że musi coś zrobić, inaczej głowa mu eksploduje. Sięgnął do swojego notesu i sprawdził, czy Pola podała mu adres dziewczynki, z którą Stefa miała się uczyć krytycznego dnia. Jeśli policja zajmuje się teraz zbrodnią na żonie Tomysia, mógłby spróbować pogadać z Renatą. Obiecał wprawdzie Drabikowi, że nie będzie wchodził mu w drogę, ale obaj wiedzieli, że to zwykła kurtuazja.

Pół godziny później stał na ulicy naprzeciwko bloku przy Kocura i zastanawiał się, jak obejść zasieki. Budynek otoczono ze wszystkich stron radiowozami, jakby to było miejsce zbrodni. Wszędzie kręcili się funkcjonariusze w mundurach. Legitymowali każdego mieszkańca, który wjeżdżał na parking. Pełno było kryminalnych w cywilu i Kuba tylko siłą woli starał się nie wypatrzyć Drabika. Czuł, że policjant też tam jest. Włożył bejsbolówkę, zasunął zamek w obszernej bluzie i kolejny raz sprawdził, czy ma klucze do mieszkania Chrobaka. Pewnym krokiem ruszył do przejścia. Kiedy mijał przystanek autobusowy, mignęły mu czerwone snickersy i kolorowa bluza w spidermany.

– Nuanda? – krzyknął.

Chłopak natychmiast rzucił się do ucieczki. Jakub dogonił go, przytrzymał, a potem syknął ledwie słyszalnie:

– Morda w kubeł, a nic ci nie zrobię.

Obejrzał się na pozostałych wyrostków, którzy w mig się rozpierzchli. Na przystanku została tylko staruszka z pękatymi siatkami. Przyglądała im się apatycznie, jakby była przyzwyczajona do bójek i nie chciała się mieszać.

– Potrzebuję pomocy – oświadczył łagodniej i puścił chłopaka, który gwałtownie otrzepywał bluzę, jakby Jakub ją pobrudził.

– Nie muszę ci pomagać. – Butnie podniósł głowę.
– A zrobisz mi krzywdę, zgłoszę psom. Pełno ich tutaj. Starczy, że wrzasnę.

– Nie wrzaśniesz. – Kuba wyjął iqosa. Zaciągnął się i spojrzał na Kamila wilkiem. – Spokój w domu? Matka odpoczywa?

Nuanda w odpowiedzi zacisnął tylko mocniej szczęki.

– Znasz Renatę, najlepszą koleżankę Stefy?

– Nic więcej ci nie powiem – wyburczał po dłuższej pauzie chłopak.

– Przyprowadź ją – zażądał Jakub.

– To wszystko? – Przyjrzał się detektywowi podejrzliwie.

Kuba się zastanowił.

– Na razie tak.

– Dobra. – Kamil schował dłonie do kieszeni. Odwrócił się, a na jego twarzy gościł już triumfujący uśmiech. – To idę po nią, ale nie wiem, czy matka ją puści. Pełno tu glin i w ogóle… Jakbym nie wrócił, znaczy, że nie chciała wyjść. Wtedy sam sobie radź.

– Przyprowadź ją – powtórzył Jakub. – Inaczej powiem glinom, że byłeś w Zakamarku, kiedy doszło do zbrodni na tym zboczeńcu.

Chłopak zatrzymał się, zniżył głowę i patrzył na Sobieskiego z nienawiścią.

– Wiem, że tam byłeś – ciągnął Jakub. – I uważam, że nie brałeś udziału w zabójstwie, ale oni mogą mieć inne zdanie.

Sięgnął do kieszeni. Wyświetlił powiększenie twarzy nastolatka z monitoringu. Chłopak aż się wzdrygnął.

– To miało być wykasowane – szepnął. – Juki mi obiecał.

– Juki? – podchwycił Sobieski. – Sebastian Czarnecki? Ten tiktoker? Mówiłeś, że nigdy go nie widziałeś!

Kamil znów chciał uciekać. Jakub chwycił go za bluzę. Rękaw się naderwał, ale dzięki temu chłopak pozostał w miejscu. Był już cały czerwony na twarzy, oczy miał szkliste, jakby za chwilę miał się rozpłakać.

– Nic nie wykasowano – rzekł Sobieski i puścił go. Urwany rękaw zwisał smętnie z ramienia. – Gliny za chwilę też do tego dojdą. Jeśli mi nie pomożesz, znajdziesz się w niezłych opałach.

– Kłamiesz!

– Niby skąd to mam? – Kuba zamachał telefonem.

– Nie chcesz gadać, nie musisz. Przyprowadź tylko Renatę.

– Nie zgodzi się. Przeszła do drużyny Mugi i jest cięta na Nene. – Kamil nagle stał się rozmowny. – Kolegowały się kilka lat temu. Jej matka nic nie wie.

– Więc dlaczego Stefa podała jej imię, kiedy znikała z domu?

– Bo Renata to kujon. – Kamil wzruszył ramionami. – Nene chciała pewnie szybko wyjść i musiała sprzedać starej dobry bajer.

– Kiedy ostatnio z nią rozmawiałeś? Ale tak naprawdę, bez ściemy. Sądząc po waszych czatach, będzie jakiś tydzień przed zaginięciem. Wcześniej wymienialiście dziesiątki wiadomości dziennie. Co się stało?

– Zerwała ze mną – wyznał chłopak. – Nic nie napisała, nie wyjaśniła. Po prostu spotkaliśmy się, a ona oddała mi łańcuszek, który jej podarowałem. To było w dniu jej zniknięcia. Nie spotkała się z Renatą, tylko ze mną – wypalił. – Tego wieczoru widziałem ją ostatni raz. Boję się, że w coś się wplątała i może nie żyje...

Jakub przyglądał się chłopakowi, długo ważąc zasłyszane słowa.

– Na jakiej podstawie tak uważasz?

Kamil pochylił głowę, ale się nie odzywał.

– Co robiłeś w mieszkaniu ojca Stefy? – spytał Jakub. – Uciekłeś przez szafę. Wiem, że to byłeś ty.

Kamil wykrzywił usta w grymas niedowierzania i spojrzał Kubie prosto w oczy. Sobieski wytrzymał to spojrzenie.

– Wiem, że ci na niej zależy – rzekł cicho. – I martwisz się o nią. Chciałbym zrozumieć, dlaczego uważasz, że Stefie grozi niebezpieczeństwo.

– Chyba chodzi o ten plecak – odparł z wahaniem Kamil. – Dzień po zaginięciu Stefa zadzwoniła do mnie z niezidentyfikowanego numeru. Poprosiła, żebym poszedł do Zakamarka i odzyskał jej plecak. Miałem zostawić go w domu Chrobaka.

– Zrobiłeś to? Byłeś w Zakamarku?

Kamil wykonał nieokreślony ruch głową.

– I?

– Wlazłem przez garaże, tam gdzie stoją kubły ze śmieciami, ale na górze był remont i kupa robotników. Nie udało mi się przedostać do pokoju. Uciekłem. Potem Eliza mi powiedziała, że jej matka dawno temu wyjęła plecak ze skrytki, więc nie próbowałem więcej, ale na Stefę czekałem w domu jej ojca każdego dnia po szkole. To dlatego wagarowałem. Nie przyszła. Nie zadzwoniła więcej. Juki też się nie odezwał. Przysięgam, że rozmawiałem z nim tylko na czacie. Nigdy się z nim nie spotkałem. – Pochylił głowę.

– Co prałeś tego dnia?

– Swoje ciuchy – odparł bez namysłu. – Byłem cały brudny. Nie mogłem wrócić do domu usmolony jak robol. Ojciec dałby mi popalić.

– Co było w tym plecaku?

– Do dziś się zastanawiam…

– A może nie chcesz mi powiedzieć?

– Nie, naprawdę nie wiem! Musisz mi uwierzyć! Żałuję, że się w to wmieszałem. – Uderzył się w pierś. – Czekałem na kolejny telefon Stefy i wypatrywałem jej w szkole, w naszych miejscach. Nie skontaktowała się. Myślę sobie czasem, czy to przez to, że nie dostarczyłem jej tego plecaka. Czy przez niego nie zginęła? Mówią, że Juki potrafi być brutalny... – Urwał.

Sobieski przyglądał się chłopakowi i wiedział, że nie mówi mu wszystkiego. Czuł jednak, że nie uda mu się złamać jego przysięgi milczenia. Kamil się bał. Był wręcz sparaliżowany strachem.

– Dlaczego tak bardzo nie chcesz, żebym pogadał z waszą kumpelą?

– Nie o to chodzi! Renata od dawna nie jest już kumpelą Stefy. Nic nie wie... To za jej sprawą Stefkę dziewuchy wrzuciły do kibla! Nie rozumiesz, że będzie gadała same brednie?

– O co im poszło?

Kamil uciekał wzrokiem. Za wszelką cenę unikał odpowiedzi, ale nie odchodził.

– Mów, nie pogryzę cię. I nikt się nie dowie, że je sprzedałeś.

– Chodziło o mnie.

– O ciebie?

– O mnie i Jukiego. Wszystkie dziewczyny chciały bywać na jego imprezach, ale on nie zaprasza grubych świń ani kujonek w okularach. Tylko Mugi chciał poznać. Widział jej insta.

– I zawiozłeś do niego Mugi?

Powolne skinienie.

– Nie chciałem, ale groził, że wyda nas z tym Zakamarkiem. Mnie, dyrektorkę szkoły i jej faceta, naszego wuefistę. Po prostu zadzwoni anonimowo na psy i doniesie, że byliśmy tam, jak zginął ten zbok. No i że była z nami Stefa…

– Masz ten czat?

– Skasowałem, jak zrobiło się gorąco i psy zaczęły nas nachodzić. Poza tym bałem się, że ojciec się dowie… – Chłopak pochylił głowę. – Nie odzyskasz tych danych, bo pisałem na zaszyfrowanym czacie, na kanałach Jukiego. No, chyba że dostaniecie się do jego serwerów… – Zawahał się i kontynuował: – A zresztą byłem wściekły. Miałem dość Nene i jej wygłupów. Kiedy ze mną zrywała, powiedziała, że teraz chodzi z kimś innym. Zrozumiałem, że mówi o Jukim. Jak go poznała, nie wiem… Ja nie mam z tym nic wspólnego. Nie miałem wyboru. Kumasz? Oni ukartowali to razem.

– Co ukartowali?

– Stefa z Jukim się spiknęli i ona nakręciła go, żeby zemścił się za nią na Mugi. To naprawdę nie moja wina. Ja w sumie nic nie wiem. Byłem naćpany. I bałem się… Nie jestem przestępcą, nie nadaję się do tego. – Prawie płakał. – Cały czas myślę o Mugi i czy wszystko u niej okay. To jest fajna dziewczyna.

Jakub w pierwszej chwili chciał Kamilowi przygadać ostro do słuchu, ale uznał, że to niewiele wniesie.

– Więc Stefa rzuciła cię i uciekła do Jukiego – podsumował. – Namówiła go, żebyś przyprowadził do niego Mugi. Czy tak?

– Można tak powiedzieć. Chyba? – Kamil kręcił głową. – Po prostu miałem ją przywieźć na Targówek. Tak samo, jak ty teraz chcesz, żebym przywlókł tu Renatę. Co to ja jestem, jakiś służący?

– Uspokój się. – Sobieski przemawiał łagodnie.

– Wiedziałeś, co się stało w Zakamarku, kiedy Stefa cię wezwała?

– Zadzwoniła z płaczem, że jest pełno krwi i żebym zawiadomił Szefową – padło w odpowiedzi. – Błagała, żebym nie mówił matce ani jej fagasowi. Gdyby ojciec był w kraju, zadzwoniłaby do niego, ale porucznik Chrobak był akurat na jakichś manewrach. On w kółko gdzieś jeździ.

– Zrobiłeś to?

– Eliza nie odbierała. Nagrałem się. – Odpowiedź padła natychmiast. – Nie wiedziałem, co robić. Wsiadłem w autobus i przyjechałem. A kiedy to zobaczyłem, uciekłem. Nigdy nie zapomnę tego widoku.

– Więc byłeś w środku?

Kamil długo milczał, a wreszcie powoli przytaknął.

– No wszedłem, bo ona mi kazała – zaczął mówić. – Miała jakąś walizkę i wszędzie porozrzucane szmaty, pierdoły, kosmetyki. Pomagałem jej to zbierać. Chyba pomieszkiwała tam, bo tyle tego było... Dopiero po wszystkim czytałem w necie, że jak się nawet na chwilę wejdzie na miejsce zbrodni, to można zostawić ślady. Dlatego się bałem, że gliny mnie w to wrobią.

– Czy Stefa powiedziała ci, kto zabił Tomysia?

– Nie pytałem. Dopiero od ciebie się dowiaduję, jak facet się nazywał. Nigdy o nim nie rozmawialiśmy. Myślałem, że to jakiś jej wujo... – Zawahał się. – Do czasu, aż ze mną zerwała. Krzyknąłem, że przecież w najtrudniejszej chwili jej pomogłem. Że ryzykowałem dla niej i tak mnie traktuje. Byłem wkurwiony. Może powiedziałem trochę za dużo, bo się wściekła.

– Co masz na myśli?

– Zagroziła, że jeśli komukolwiek o tym chlapnę, to po mnie. I jeszcze się śmiała, że ja dla niej nic nie zrobiłem. Jest ktoś, kto ma nad nią pieczę, więc żebym uważał. Dlatego milczałem, unikałem ciebie, glin i przestałem chodzić do szkoły.

– Myślisz, że ten ktoś to twój ulubiony tiktoker i mistrz kung-fu? Sebastian Czarnecki zwany Jukim?

– Tak myślę – przytaknął całkiem rozbrojony. – A ze sztuk walki, które on zna, najtrudniejsze jest sambo. Tylko szpiedzy mają dostęp do tajników tej techniki. Juki potrafi jednym ciosem odebrać człowiekowi władzę w członkach albo i przytomność. Widziałem na YouTubie jego występy. Jestem przekonany, że Stefie to imponuje, ale to świr. Kompletny!

– Gdzie się spotkaliście? – zapytał Kuba. – Tego dnia, kiedy widziałeś ją ostatni raz? U niej w domu na Uniwersyteckiej czy na Gocławiu, u jej ojca?

– W Zakamarku. Na tyłach motelu jest gruzińska knajpa. Prowadzi ją facet jej matki, a pani Pola na zapleczu zrobiła sobie pracownię witraży. Często tam chodziliśmy, bo Nene miała klucz do sali na tyłach, a odkąd Pola jest w ciąży, nie pracuje z farbami. Kokosza rzadko bywa w tej spelunie. Ponoć trzyma ją tylko dla kosztów. Niby pralnia, żeby nie płacić podatków.

Sobieski z trudem ukrył szok. Przypomniał sobie pięknie wybarwioną w obraz szybę, którą widział przy śmietnikach podczas rozmowy z Leszkiem. To był niesamowity witraż. Pluł sobie w brodę, że wtedy go nie zabrał i nie przetrząsnął kontenera. Co jeszcze by w nim znalazł?

– Jesteś o tym przekonany? – upewnił się. – Gruzińska restauracja obok Zakamarka to własność Kokoszy?

– Sprawdzać nie sprawdzałem, ale tak mówiła Nene – przyznał chłopak. – Zresztą ten motel też w jakiejś części należy do Kokoszy. Gość, na którego jest zarejestrowany oficjalnie, to słup. Zrobili to krótko po zbrodni. Wcześniej współwłaścicielami byli ten zabity gość i Kokosza. To dlatego Stefie tak zależało, żeby się stamtąd zmyć. Byłoby cienko, gdyby chłopak matki znalazł ją ze zwłokami kolegi we własnym lokalu, nie?

*

Motel Zakamarek, trasa na Lublin

Kuba przedarł się przez szpaler dziennikarzy i podszedł do razu do Leszka, który skończył właśnie udzielać wywiadu. W kolejce czekali następni. Na widok Sobieskiego zaczęli głośno protestować.

– Zjeżdżać! – Pokazał im odznakę, jakby był przynajmniej inspektorem z wojewódzkiej, a nie początkującym detektywem, a oni bez słowa opuścili hol.

– Masz tupet! – Leszek przygładził swoją pożyczkę.

– Szkoda, że to zwykłe oszustwo.

– Więc dobrze mnie rozumiesz, bo działasz w tej samej drużynie – odparował Jakub.

Leszek przekrzywił głowę jak zaciekawiony kocur.

– Wiem, że to ty jesteś teraz właścicielem – rzucił Sobieski, na co Leszek wybuchnął śmiechem.

– Do tego nie trzeba było wielkiego główkowania. Nie moja wina, że nie sprawdziłeś, na kogo jest firma – rzucił wyzywająco, kiedy przestał rechotać. – Taki pewny siebie, a durak.

– Nie przeszkadzało ci to wziąć mojej forsy.

– Żaden grosz nie śmierdzi.

Jakub obejrzał się za siebie. Tłum dziennikarzy przypatrywał się ich dyskusji. Mimo to szarpnął facecika i wyciągnął go tylnym wyjściem pod śmietniki. Larum, jakie podnieśli reporterzy, wcale go nie powstrzymało. Przystawił drzwi pierwszym z brzegu kontenerem, a potem przyparł mężczyznę do ściany.

– Za co? – zajęczał Leszek i zasłonił twarz dłońmi.

– Odczep się ode mnie, człowieku!

– Za to, że w żywe oczy kłamałeś, kto jest właścicielem tej budy – wyburczał Jakub. Puścił Leszka, ale zablokował mu drogę ucieczki. – I za to, że ściemniłeś w sprawie plecaka. Nie ty go przyniosłeś, tylko matka Stefy. Żona twojego dobrodzieja, Kokoszy. I dlatego nie sprawdzałeś danych dziewczynki. Znałeś ją, bywała tu. Jej ojczym jest prawowitym właścicielem tego bajzlu!

– Zgłoszę to. Jesteś ugotowany – mruczał Leszek.

– Nie wyjdziesz z paki i chujnia z twojej licencji. Wiem dobrze, kim jesteś. Sprawdziłem cię, jak tylko wyszedłeś. Jesteś nikt, a nie detektyw!

Jakub zamachnął się, by kopnąć Leszka w krocze, ale się powstrzymał. Szarpnął go za liche włosy i podniósł do góry, aż facet zajęczał.

– Zniszczę cię. Nie podniesiesz się – wygrażał hotelarz.

– Gadaj zdrów – uciął Jakub. – Nic nikomu nie powiesz, bo Kokosza nie zezwoli ci na robienie szumu wokół tej sprawy. Ale mnie powiesz wszystko.

– Bo co?

– Bo jajco! – ryknął Kuba i chwycił Leszka za podbródek. – Kryjesz zabójcę, a więc jesteś jego wspólnikiem.

– Pojebało cię? – Leszek nareszcie się przestraszył.

– Nie wiem nic ponad to, co już wiesz. A o podatkach nie zwykłem rozpowiadać postronnym. To nie należy do tematu.

– Co było w plecaku, który matka Stefy odebrała ze starego paczkomatu? Tomyś jeszcze żył czy jego trup leżał już w kałuży krwi? – Zarzucił Leszka gradem pytań. – Gadaj!

– Nie wiem – wyjąkał Leszek i patrzył na Jakuba, kręcąc głową. – Boję się ciebie. Coś z tobą nie tak.

Sobieski sam czuł, że przegina, ale był zdesperowany. Nie potrafił przestać.

– Co tam było? – wychrypiał. – Czego policja nie miała prawa znaleźć?

– Pytaj się Chrobakowej. Czy ja zaglądam do cudzych toreb?

– Jestem pewien, że tak – uciął Jakub. – Więc?

– Nie mam pojęcia. Serio! – Leszek uderzył się w pierś. I zaraz zasłonił ramionami brzuch i przyrodzenie. – Tylko mnie już nie bij.

– Wyrwę ci tę resztkę włosów, gnido, jeśli nie zaczniesz gadać.

– Mówię ci, że nie mam pojęcia. Mam zgadywać?

– Co było tak cenne, że Pola Chrobak pofatygowała się aż tutaj mimo groźby ujęcia przez gliny, bo przecież wiedzieliście, że w hotelu jest ciało?! – wypalił na jednym oddechu.

– Nie wiedzieliśmy – szepnął Leszek i zaraz się poprawił: – Ja nie wiedziałem.

Kuba wpatrywał się w niego czujnie. Nic nie mówił.

– Kłamałem, że dałem Stefie klucz. Amelia była wtedy na zmianie.

– Znów ściemniasz?

– Nie, przysięgam! – Leszek skulił się, pochylił głowę. – Zostaw mnie w spokoju. Mam jeszcze kilka wywiadów i będę wyglądał jak luj.

– Tego nie unikniesz – mruknął Kuba, ale się odsunął.

Wyciągnął heetsy i włożył jednego z nich do urządzenia. Zaciągnął się chciwie. Leszek wysupłał z kieszeni swoje cieniasy. Ćmili krótką chwilę w milczeniu, a wreszcie hotelarz zaczął mówić.

– Miałem wtedy wolne i zostałem zawezwany następnego dnia z urlopu. Moja wnuczka miała urodziny. Zjechała się cała familia. Mam alibi osiemnastu osób i jak przyjdzie co do czego, skorzystam z niego, bądź pewien. Liczyłem, że pobalujemy jeszcze kilka dni, ale Kokosza dał mi znać, że sprawa jest pilna. Nie powiedział, co Amelia znalazła w pokoju Tomysia. – Zawahał się, ale kontynuował: – Tych dwóch znało się jeszcze sprzed lat. Ponoć prowadzili razem knajpę w Śródmieściu. Kokosza gotował, a Tomyś piekł ciasta. Dobrze to żarło. Słyszałem, że się poróżnili o stołek prezesa i każdy poszedł swoją drogą, ale prawda jest taka, że Tomyś był zbokiem. Kokosza nie chciał mieć z nim nic wspólnego, więc wycyckał go z biznesu. Zostawili sobie tylko tę spółkę, którą zresztą niedawno przepisali na mnie. Kokosza to załatwił, a Tomyś nie był zadowolony, ale ostatecznie się zgodził. W sieci chwalił się swoją cukiernią, a tutaj miał łatwy pieniądz i swój własny kąt, o którym nie wiedziała rodzina. Wszystkim to pasowało. Ja dostawałem swoją dolę i siedziałem cicho. W moim wieku nie szukają cię już łowcy głów. Cieszyłem się z tego, co miałem. Teraz rozumiesz, dlaczego nie legitymowałem Stefy? To była pasierbica mojego szefa. Przychodziła, kiedy chciała i z kim chciała. Czasami to była dzieciarnia, a innym razem jacyś faceci, ale sporadycznie. Na Tomysia mówiła wujku. I tak się do siebie odnosili. Nie przypuszczałem, że dochodzi do macanek. – Przerwał. – Jak mi nie wierzysz, idź do knajpy na chinkali. Wtedy chciałem ci podsunąć trop, ale mnie olałeś. Sam byś zauważył, bo w centralnym miejscu wisi dyplom i tableau z tamtych czasów. Obaj są na tym zdjęciu. Młodzi, gniewni i o wiele szczuplejsi, ale nawet ty z tym swoim rybim móżdżkiem byś się zorientował, że to byli kiedyś kumple. No to tak. Nie musisz dzisiaj płacić za informację. I tak pewnie niedługo Kokosza mnie posunie. Mam go w nosie. Swoje zarobiłem i jeszcze wezmę dobrą odprawę. – Zatrzymał się, zamknął się w sobie.

– Mam nadzieję. Bo jak bardziej to rozgrzebiesz, wszędzie będę miał wilczy bilet.

Odwrócił się. Zerknął, czy dziennikarze nie wdarli się do motelu.

– To dlatego wziąłem się do czyszczenia swojego piaru – zniżył głos do szeptu. – Udzielam wywiadów, gadam z psami, nawet ciebie znoszę, chociaż jesteś jak wrzód na tyłku... Muszę mieć dupokrytkę, jakby Kokosza mnie wyrzucił. Zrobi to. Znam gnoja nie od dziś. Załatwia sprawy z szerokim uśmiechem na ustach. W białych rękawiczkach. W jego dossier nie ma krwawych plam. Same białe karty. Te, które nie są śnieżnobiałe, zostały wyrwane.

Jakub poklepał Leszka po ramieniu.

– Sorry za to pranie. Wszystko przez twoje krętactwa.

– Wyboru nie miałem. – Hotelarz wzruszył ramionami. – Liczyłem, że to szefowanie trochę dłużej potrwa, chociaż zawracanie dupy z Ukraińcami, tirowcami i inną szarańczą, jak to przy trasie. Ale to nic, znajdę coś innego. Już teraz mam kilka luźnych propozycji. Jak tylko pojawi się pierwszy pewniak, biorę nogi za pas i zmykam z tej stajni Augiasza.

Spojrzał krzywo na Jakuba.

– Nagrałeś to?

Kuba pokręcił głową. Obaj się uśmiechnęli. Milczeli dłuższą chwilę, a wreszcie Sobieski wyjął swój niedopałek z urządzenia i odebrał peta od Leszka, co bardzo go zdziwiło. Podziękował za uprzejmość skinieniem.

– Gdzie znajdę Amelię? – zapytał Kuba, kiedy wrócił. – Wygląda na to, że ta dziewczyna była świadkiem wszystkiego. Mówiłeś prawdę, że krew wypłynęła na korytarz i dopiero wtedy otworzyła numer?

– Taką wersję mi sprzedała, kiedy przyszedłem na zmianę – odparł Leszek. – Co działo się przez całą noc i następny dzień, nie wiem. Nie pytałem. I nie chcę wiedzieć. Za Boga!

– Dasz mi jej adres czy czekasz na stówę?

– Mówiłem ci, że się zmyła. – Leszek wzruszył ramionami. – Szczerze? Wcale się jej nie dziwię. Po wszystkim zaraz poszła na zwolnienie, a tak między nami mówiąc, pewnie zaczęła ćpać. Już wcześniej miała epizody. Znikała, znajdowaliśmy ją na squatach, ale w końcu zawsze jakoś wydostawała się na powierzchnię. Ma małe dziecko. Chyba synka, który mieszka z jej facetem. Chociaż czy ja wiem, czy to jej facet, czy może raczej alfons? – Podyktował numer telefonu i adres. Kontynuował: – Ciężkie życie miała ta kobita. Heroina to tylko jeden z jej problemów. W każdym razie po odkryciu zwłok Tomysia całkiem odpłynęła. Kokosza wpierw się martwił, że złapią ją gdzieś na melinie i wypapla psom o trupie, a przecież załatwili wszystko z reżyserem, żeby kwasu nie było, i zdawało się, że będzie spokój. Nic bardziej mylnego. Ostatni raz widziałem Amelkę jakieś dwa miesiące temu. Przyszła do roboty, niby po pieczątki do ZUS-u, ale od razu widziałem, że jest na głodzie. Ukradła wszystko z kasy, włącznie z tipami z restauracji do podziału, i próbowała się włamać do tego paczkomatu, gdzie Stefa ukryła plecak, ale jej się nie udało. Tylko zamki pokrzywiła. Całe szczęście, bo Ukraińcy puściliby nas z torbami za zadośćuczynienia. Mają tam bezwartościowe szmaty, ale powiedzieliby, że kilogramy złota... Więc uznaliśmy, że krzyż Amelce na dróżkę. – Zawahał się. – Oficjalną wersję znasz. Zwolnienie na głowę i odejście z pracy. Nie znajdziesz jej. Zresztą, po co? Nikt za nią nie płacze, jej nie szuka... Ona od dawna jest stracona.

Jakub zaparkował przy Uniwersyteckiej naprzeciwko kamienicy, w której mieszkał Kokosza, i wpatrywał się w okna mieszkania Bartłomieja i Poli. Widział, jak kobieta krząta się w kuchni, a potem podaje partnerowi jedzenie. Zanim Kokosza usiadł, otworzył wino i zaproponował Poli kieliszek, ale ta pokręciła przecząco głową. Wreszcie zajęli swoje miejsca przy stole. On zabrał się do konsumpcji z apetytem, za to ona wpatrywała się w swój talerz i nawet nie sięgnęła po sztućce. Mężczyzna warknął coś do niej. Rzuciła serwetkę i wybiegła z kuchni, zasłaniając twarz dłońmi. Kokosza nawet się nie odwrócił. Spokojnie przystąpił do jedzenia, a potem zamienił talerze i dojadł po Poli.

Jakub przyjechał tutaj przekonany, że doprowadzi do ostatecznej konfrontacji. Bardzo chciał wyjaśnić wszystkie sporne kwestie i zarzucić zleceniodawcom zatajanie ważnych danych. Wpierw wysiadł z auta i żwawo ruszył do klatki, ale po namyśle zawrócił. Uznał, że powinien jeszcze raz to wszystko przemyśleć. Im dłużej jednak tutaj stał, tym mniej miał w sobie chęci, by się z nimi boksować. Choćby rzucił Kokoszy w twarz, że zlecając mu poszukiwanie pasierbicy, robi sobie dupochron w razie kłopotów z policją, facet się tego wyprze. Do komendy iść nie zamierzał. I tak podał Drabikowi na tacy wszystko, co dotąd w trudzie zdobył. Zresztą organy ścigania miały teraz pełne ręce roboty przy zabójstwie żony Tomysia i próbie zgładzenia jego dzieci. Gdyby Sobieski był w służbie, z pewnością sam tak ustawiłby priorytet działań. Jedyna droga, jaką widział dla siebie w tej chwili, to wyprzedzenie policji o kilka kroków. Nie wiedział jeszcze, jak wykorzystać impas w sprawie poszukiwań Stefy na swoją korzyść, ale że musi odnaleźć dziewczynkę żywą lub martwą, nie podlegało dyskusji.

Nagle posłyszał szmer i ciężki oddech. Zanim obejrzał się za siebie, za uchem poczuł zimną lufę pistoletu.

– Nie ruszaj się, bo odstrzelę ci łeb. Ta giwera ma cholernie czujny spust.

Kuba próbował nie okazywać paniki, chociaż wnętrzności skręciły mu się w jeden wielki supeł. Miał wrażenie, że jeszcze sekunda, a zwymiotuje. Starał się oddychać miarowo i szukał w głowie twarzy, którą mógłby połączyć z głosem.

– Pała z ciebie, nie detektyw – rzucił z satysfakcją facet. – Nawet nie zauważyłeś, kiedy do ciebie wsiadłem. Wóz się zamyka, chłopcze. Spocznij.

Lufa przestała dotykać szyi Jakuba, a niechciany pasażer wybuchnął gromkim śmiechem. Wtedy Sobieskiego olśniło.

– Porucznik Chrobak?

– We własnej osobie – potwierdził ojciec Stefy i umościł się wygodniej na tylnym siedzeniu.

Broń wciąż trzymał na kolanach. Był to wielki amerykański colt, jaki często noszą ze sobą bohaterowie filmów Tarantina. W warunkach polskich był wręcz wulgarnie ostentacyjny, chociaż w tej chwili Sobieski nie zamierzał tego uświadamiać Chrobakowi.

– Jak się miewa ojczulek? Nie nudzi się na emeryturze? – zagaił porucznik, jakby spotkali się na zlocie kombatantów. – Kopę lat nie widziałem Pawełka. Prawda to, że twojej mamie się zmarło?

Jakub powoli skinął głową. Pluł sobie w brodę, że nie rozpytał ojca o Chrobaka, jak zamierzał.

– Radzi sobie. Jest w formie. Nadal robi sto pompek przed śniadaniem i ćwiczy godzinę przy drążku.

– Pewnie, że tak – zaśmiał się Chrobak. – Słyszałem, że major często bywa na Miłobędzkiej, bo tam też mam kumpli.

Sobieski zmełł w ustach przekleństwo. Nic nie wiedział o współpracy ojca z Agencją Wywiadu.

– Przykro mi z powodu twojej mamy. Piękna z niej była kobieta. Takich już nie robią.

– Czemu zawdzięczam tę wizytę, poruczniku? Bo chyba nie chodzi o spóźnione kondolencje. – Zdecydował się schlebić emerytowanemu trepowi. Na ojca działała pokora, to i na jego kumpla powinna. – W prasie nie pisali, że już cię wypuścili.

– Ponoć to twoja sprawka, że przerwali mi manewry – mruknął rozbawiony Chrobak. – A gość, który dowodził akcją, to skończony idiota.

– Zgadzam się – potulnie przytaknął Jakub.

– Drabik czy Grabik. – Chrobak sobie nie przerywał. – Takiej hucpy nie było od lat. Chłopaki w żarówkach mają z niego niezłą bekę. Wiesz, że tam zaczynał? Ale na żandarma wcale się nie nadawał, chociaż cisnął, aż szły iskry. Miękisz z niego, jakich mało. No to poszedł do psiarni. Życiorys standard.

Kuba tym razem nic nie powiedział. Nie interesował go przebieg kariery Drabika.

– Pola cię wynajęła czy ten jej kochaś?

– Do biura przyjechali oboje – odparł Jakub. – Ale płaci on.

– Akurat tam płaci – żachnął się Chrobak. – Tę ostatnią forsę, którą dostałeś na hakera, Pola wyciągnęła z mojego konta. Wpierdoliła się ptaszyna w tę chujnię z Kokoszą i teraz ma. A najgorsze, że dziecko w drodze, więc przede wszystkim się boi. Młoda była, jak ją brałem, i nic nie zmądrzała. Jeszcze do mnie wróci, zobaczysz. Szkoda tylko, że z bękartem. Ale i tak ją przygarnę, a dzieci nigdy dosyć. Wychowamy – gadał.

Kuba szybko policzył różnicę wieku między Polą a porucznikiem. Siedemnaście lat.

– Dlaczego się rozwiedliście?

– Rozwiedliśmy? Kto ci takich bzdur naopowiadał, synu?! – obruszył się Chrobak. – Pola podpisała kwity rozwodowe, ale do tej pory nie wysłała ich do adwokata. Zgodnie z prawem ludzkim i boskim to nadal moja żona. Myślisz, że dlaczego córka uciekała na Gocław i nie chciała mieć nic wspólnego z tym gnojem? Bo to ja jestem prawowitym mężem Poli, a obie córki kochają mnie na zabój. No i dość tego pierdolenia. Jestem tutaj, bo trzeba skończyć z tym bajzlem.

Mościł się chwilę, sapał, a wreszcie wysiadł z auta i przeniósł się na przednie siedzenie. Kiedy zasiadał, Kuba widział colta za jego paskiem. Pierwsze, o czym pomyślał, to że jeśli broń jest odbezpieczona, facet za chwilę odstrzeli sobie genitalia, skoro colt ma lekki spust.

– Ziutek. – Porucznik wyciągnął do Jakuba wielką jak szuflada dłoń.

– Kuba.

Uścisnęli sobie ręce mocnym żołnierskim chwytem.

– Byłeś w wojsku, więc wiesz, że nie ma przegranych wojen – mądrzył się porucznik. – Są tylko bitwy, które należy strategicznie lepiej rozegrać. Tak?

Kuba wpatrywał się w faceta oniemiały. Gość był szpakowaty, żylasty i nieduży, za to gibki jak sprężyna. Na twarzy miał kilkudniowy zarost, a od aresztowania z pewnością się nie kąpał, bo śmierdział starym kozłem. Oczy podkrążone. Na policzku straszyła wielka szrama, która się babrała. Kuba domyślił się, że to pewnie draśnięcie od kuli, bo pod skórą widać było smugi zapieczonego prochu.

– Nie powinieneś jechać do szpitala? Opatrzyć to? – Wskazał ranę na twarzy byłego wojskowego, ale ten puścił uwagę mimo uszu, jakby nagle ogłuchł i oślepł.

– A do tego trzeba tylko mądrego dowódcy – kontynuował swój wywód jak gdyby nigdy nic. – Tak się składa, że nie jesteś już sam, synu. Rozjebiemy razem tę szajkę pedofilów i uwolnimy moją małą Stefkę. Pobłądziła, ale tatuś już jedzie na pomoc.

Jakub spojrzał przed siebie, a potem jeszcze raz rzucił okiem na Chrobaka. Zastanawiał się, czy facet jest pijany, naćpany, czy tylko wariuje z nerwów i tak gadając od rzeczy, przepracowuje stres.

– Przemyślałem to – ciągnął niestrudzenie Chrobak. – Nie ma co liczyć na tych lamusów z komendy. Zrobimy zasadzkę i złapiemy gnojów. Jak trzeba, odpalę ich wszystkich z jakiegoś dachu, a potem pójdę odsiedzieć swoje.

– Chyba nie jestem na bieżąco – bąknął Jakub. – Wiesz, gdzie ukrywa się Stefa?

– Dowiemy się tego. – Chrobak wzruszył ramionami, jakby to była łatwizna. – Skoro mnie znalazłeś, to i moje dziecko odszukasz. A ja wykonam resztę. Sam, jeśli się boisz. Nie w takich akcjach brałem udział. Bądź spokojny, żywego mnie nie wezmą.

– W to nie wątpię.

– Więc co to za pytania? Obudź w sobie ducha walki!

– Uderzył Jakuba z całej siły po ramieniu. – Ilu masz ludzi? Co umieją? W razie potrzeby chętnie ich przeszkolę.

– Wpierw przydałoby się, żebyś podzielił się tym, co wiesz – łagodnie wciął się Jakub. – Technologia to jedno, ale można też dojść do Stefy drogą dedukcji.

– Dedukcji, srukcji! Za kogo ty się uważasz? Że niby jesteś Sherlock Holmes? – Zaśmiał się pogardliwie.

– Ja mówię o realnym działaniu, a nie rozważaniach fizjologicznych.

– Filozoficznych – skorygował Jakub.

– Chuj z tobą! To był żart! – zdenerwował się nagle porucznik. – Przyjechałem tutaj, okazałem dobrą wolę i oferuję ci wsparcie. Chcesz, bierz. Nie, to wypierdalaj. Sam znajdę klienta i dojebię mu za to, co zrobił mojej małej.

– Rzecz w tym, że Stefa mogła pójść z porywaczem dobrowolnie.

– Co ty pierdolisz? – Chrobak się skrzywił. – Syndrom sztokholmski to jakiś durny wymysł psychiatrów, żeby usprawiedliwiać głupotę jeńców.

– Możliwe, że Stefa zakochała się w facecie, który dla niej zabił Tomysia – powtórzył Jakub. – W każdym razie tak twierdzą świadkowie.

– Czyli wiesz, kim jest ten gnój? – zainteresował się nagle Chrobak. Chwycił Jakuba za bluzę. – Gadaj! Nazwisko. Adres. Od razu tam jedźmy!

– Jest nieuchwytny. – Kuba strzepnął ręce porucznika ze swojej odzieży. – I nigdzie nie pojedziesz w tym stanie. Dostałeś leki? Zwiałeś ze szpitala? Jak to się stało, że cię wypuścili?

– Spierdoliłem z transportu. – Ojciec Stefy dumnie wypiął pierś. – Nie uważali jak ty, chłopcze. Czasem aż trudno uwierzyć, że ludzie są tacy łatwowierni... Myślą, że jak emeryt, to łajza. A tutaj, kurwa, niespodzianka – zaśmiał się jak pięciolatek uradowany z kradzieży kilku ciastek z piekarnika. – Teraz niech szukają. Amba fatima, a mnie ni ma.

– Uciekłeś z suki policyjnej? – upewnił się Jakub.

– W biały dzień, synu!

– A skąd wziąłeś colta? – Wskazał spluwę za paskiem porucznika.

– Mam swoje kryjówki awaryjne w tym mieście. – Zmrużył oczy. – Nie pytaj o nic więcej, bo nic ci nie powiem i nie musisz wcale znać szczegółów. Dość, że jestem gotowy przystąpić do boju. To wszystko. Wchodzisz?

– Szukają cię – zaczął Jakub. Obejrzał się odruchowo za siebie. – Jakby cię tu znaleźli, i ja miałbym przejebane.

– Znam twoją historię i nie struguj mi tutaj papieża – obsztorcował go Chrobak. – Jak będę chciał, żeby mnie znaleźli, ułatwię im to. Nie takie znikania robiło się w woju.

Kuba westchnął ciężko, a potem ukrył twarz w dłoniach. Roześmiał się głośno, a potem spojrzał z rozbawieniem na Chrobaka.

– Faktycznie jesteś ostro pojebany, Ziutku – rzucił. – Kiedy Pola mi o tym szeptała, nie wierzyłem.

Teraz i Chrobak wybuchnął oczyszczającym rechotem.

– Nie jest ze mną tak źle. Nie lubię tylko, jak mi głupek rozkazuje. Robię, co chcę, jak chcę i kiedy chcę.

Ale mocnemu przywódcy jestem w stanie zaufać i się podporządkować. Do czasu. A żeby twój cymbał Grabik mnie zdjął, zadecydowałem w trakcie. Uznałem, że coś tu jest na rzeczy. W przeciwnym razie pozabijałbym ich wszystkich.

– Słuszna decyzja – zgodził się z nim Jakub i nie korygował już przekręconego nazwiska policjanta. W sumie i jego to bawiło, a ojca Stefy z miejsca polubił. – Z więzienia nie przydałbyś się w poszukiwaniach córki.

Porucznik natychmiast się tego chwycił.

– Mów teraz szybko, na czym stoimy – zażądał. – Kim jest ten nieuchwytny gość, którego mamy przyskrzynić?

Jakub streścił mu, co dotychczas ustalili. Pokazał zdjęcia Sebastiana Czarneckiego i puścił kilka tiktoków jego wyznawców. A potem przeczytał dossier z Wikipedii i fragmenty innych artykułów z sieci.

– Rzecz w tym, że chociaż wiemy, kim jest ten facet, a nawet znamy jego historię, nikt nie wie, gdzie go szukać – zakończył.

– Przecież nagrywa te brednie na YouTubie i pokazuje twarz. Dał nawet nazwisko, choćby było lewe. Ma forsę, płaci gdzieś podatki... W dzisiejszych czasach nie ma ludzi nie do znalezienia. Nawet ja muszę się ostro nagimnastykować, a jestem zawodowcem.

– Może i on jest zawodowcem. Mówię ci, że cała policja go szuka – przekonywał Jakub.

– Oni nie wiedzą już, w co mają ręce włożyć. – Chrobak machnął bagatelizująco ręką. – Szukają tylu osób, że tak naprawdę nikogo nie szukają. To mnie upewnia jedynie, że trzeba to zrobić po mojemu.

– Czyli jak?

– Zasadzka.

– Aha – mruknął Jakub. – Jak tylko go namierzę, od razu wysyłam ci pinezkę – zadrwił.

– Jesteś pewien, że Stefa uciekła do niego?

– Nie.

– Więc po co go szukamy?

– Nawet jeśli nie uciekła do niego, gość jest w to zamieszany.

– A co z pedofilami z Zakamarka? Co z zabójstwem żony Tomysia? To wszystko miałby zrobić ten duch z TikToka?

Jakub westchnął. Sam zadawał sobie te pytania.

– Nie gniewaj się, ale wszyscy świadkowie mówią, że twoja córka od dawna współpracuje z tym Czarneckim. A po zbrodni w motelu najpewniej się do siebie zbliżyli.

– Niby co masz na myśli? – zmarszczył się porucznik. – Przecież to stary dziad!

Kuba kręcił głową zdołowany. Sam już nie wiedział, czy powinien objaśniać ojcu Stefy szczegóły jej traum. Ostatecznie zdecydował się przemilczeć odpowiedź.

Siedzieli dłuższy czas w milczeniu.

– Dzieciaki! – rzucił nagle Chrobak jakby odkrywał Amerykę. – Ten chłopak, Kamil, który dostarczał Czarneckiemu dziewczyny? Te laski, które przy tym chodziły? One przecież muszą znać jakiś numer, kontakt albo adres. Przyciśnij ich porządnie, a wydusimy dane!

– Widać, że nie używasz social mediów – mruknął Kuba. – Dziś młodzież nie rozmawia przez telefon. Nie umawia się w realnych miejscach. Nie wysiaduje w parkach, na ławkach ani nawet po knajpach. To wszystko dzieje się w sieci, na czatach. Jeśli osoba, o którą zabiegały, przestaje się odzywać, nie mogą nic zrobić. Nie ma jej. Amba fatima. Jak ty z transportu.

– Więc udajmy takiego dzieciaka – zapalił się Chrobak. – Dajmy rekinowi żarło! Niech chwyci przynętę. Byle tylko otworzył paszczę, a go złowimy.

Kuba rozważał chwilę.

– W sumie to niekiepski pomysł – rzekł. – Problem w tym, że my razem mamy z tysiąc lat i w życiu nie zdołamy zanęcić na nastolatkę.

– Zwerbujemy jakąś. Stefa miała pewnie mnóstwo koleżanek, które martwią się jej losem. Zadbamy o ich bezpieczeństwo. Jak będziemy czekali na to, co zrobią psy, tylko brody nam wyrosną jak u Dziadka Mroza.

Jakub nie czuł się na siłach wyjaśniać ojcu, że było wręcz przeciwnie i jego córka nie ma ani jednej przyjaciółki. Przypomniał sobie jednak, co Robert mówił o polowaniu na zwyrodnialców za pomocą ChatGPT.

– Zgoda – zwrócił się do Chrobaka. – Ale pod jednym warunkiem.

– Nie mów tylko, że ty tutaj rządzisz, bo to się nie uda, synku. Nie służę pod młokosami – zaperzył się. – Masz za słabe pagony! Tfu, wcale ich nie masz...

– Chodzi mi o coś innego. – Kuba nie dał się wkręcić w czcze pogaduszki o hierarchii. – Jaki masz stosunek do Kokoszy? Lubicie się, a może chciałbyś go zabić? Ale tak szczerze...

– Szczerze, to gdyby Pola mi zezwoliła, udusiłbym łajzę własnymi rękoma. Prosiła mnie, żebym głupot nie robił, więc się wycofałem, ale zapewniam cię, że córka nie bez powodu od nich uciekła. Kokosza to zjeb znacznie gorszy ode mnie.

– Co masz na myśli?

– Jest wyzuty z zasad. Dla swoich pieniędzy, biznesu jest zdolny do wszystkiego.

– Do wszystkiego? W sensie jest agresywny albo podzielał poglądy swojego kumpla Tomysia?

– Nie, no co ty! Gdyby ukrzywdził moje dzieci albo Polę, odpaliłbym go w trzy sekundy i nie pytałbym ślubnej o zdanie.

– Więc?

Chrobak długo się namyślał.

– Zawsze jest taki zadowolony – rzekł wreszcie.

– Cały czas, kurwa, szczerzy się, jakby go zęby bolały.

Słysząc te słowa, Jakub wybuchnął śmiechem.

– Uważasz, że to normalne? – bronił się całkiem serio porucznik. – Każdy czasem jest wkurwiony. A ten nie, nigdy. Uśmiech jak wieszak, a oczy ma czujne jak hiena. Chciałbym wiedzieć, czego się boi.

– Moi chłopcy by cię polubili – rzekł Jakub, kiedy już się uspokoił. – Pasowałbyś do nas.

Chrobak wyprostował się, z godnością skinął Sobieskiemu głową.

– Mogę wam zrobić szkolenie z obsługi broni albo jakieś bojowe manewry – rzucił od niechcenia. – W wolnej chwili i rzecz jasna za opłatą, ale dzięki za werbunek. Szanuję to! Natomiast pracuję sam. Zawsze tak było, nawet jak byłem w armii. Możesz podpytać ojca. Major Sobieski nie odważy się powiedzieć o mnie złego słowa. Były rzeczy, które na zawsze zostaną między nami.

– Dlaczego cię wywalili? – Kuba nie przemyślał pytania.

Na długą chwilę zapadła cisza. Sobieski już sądził, że spalił akcję i porucznik zamknie się w sobie, ale Chrobak nagle zaczął mówić:

– Właśnie dlatego. Niesubordynacja. Nie wykonałem rozkazu. Nie jednego, lecz wielu – dodał szybko.

– Stare dzieje. Może kiedyś przy wódce opowiem. Wiedz jednak, że nie żałuję. Pod głupkami takimi jak twój Grabik-Srabik nie ma sensu służyć. – Znów umilkł.

Jakub też się nie odzywał.

– Dlaczego pytałeś o Kokoszę? – wznowił wątek porucznik.

Kuba opowiedział o plecaku, na którym tak zależało jego żonie, że zaryzykowała przyjście na miejsce zdarzenia i zabranie go pod ostrzałem kamer.

– Więc podejrzewasz, że tam były prochy? – domyślił się Chrobak. – I że przyjaciel mojej żony trzymał tę spelunę, żeby mieć metę do bezpiecznej dilerki?

Kuba z ociąganiem pokiwał głową.

– Może? Sam powiedz, co mogło tam być innego, co warte byłoby takiego zachodu? A jeśli poza prowadzeniem knajp Kokosza diluje, wizyta policji nie była mu na rękę. Może wiedział, że w numerze jest ciało?

– Ma to sens. Zanim wezwał gliny, posprzątał teren – przytaknął Chrobak. – Więc co mam zrobić? Czego dokładnie ode mnie oczekujesz?

– Chciałbym wykorzystać twoje talenty i namówić cię, żebyś nim trochę potrząsnął. Musimy obaj wiedzieć, czego ten klaun się boi. A ja osobiście pragnąłbym znać odpowiedź na jeszcze jedno pytanie.

– Jakie?

– Dlaczego właściwie zlecili mi szukanie Stefy, skoro od początku wiedzieli, że ona uciekła.

– I uważasz, że Kokosza może wiedzieć, gdzie jest? – Chrobak zmarszczył czoło.

– To tylko hipoteza – wycofał się Jakub. – Podobnie jak z narkotykami. Nie wiemy, co było w plecaku, i na razie nie mam jak tego wiarygodnie sprawdzić. Ale sam powiedz, jakim sposobem Kokosza zachowuje taki spokój i jeszcze wciąga w intrygę twoją żonę? Wynajął mnie, zapłacił, racja. Ale czy po to, żeby odnaleźć Stefę, czy może mieć kontrolę nad sytuacją?

– Ty sugerujesz, że to Stefa ma na niego haka? – domyślił się porucznik i zaraz się rozpromienił. – Pasuje to do mojej dziewczynki. Ojcowska krew! W kaszę sobie dmuchać nie da!

– Nie wiem, czy Stefa coś na niego ma – schłodził go Sobieski. – Ale zastanawiam się, czy tak naprawdę miałem znaleźć nie ją, tylko tego całego Jukiego, Sebastiana Czarneckiego. Bo myślę, że to jego Kokosza się boi. Pytanie brzmi: dlaczego?

Krystyna wyjęła sernik z piekarnika i przykryła go ściereczką, żeby przestygł. Słodki aromat ciasta unosił się w mieszkaniu, a wzięta ze schroniska kundelka o imieniu Luna, bo miała biały półksiężyc zamiast krawacika, od godziny nie odstępowała jej na krok i wpatrywała się w starą sekretarkę z uwielbieniem.

Kobieta postawiła na podłodze miskę po ucieranym serze, a potem jeszcze kilka pojemników, w których mieszała wiktuały. Pies od razu zabrał się do wylizywania. Krystyna wyjęła z szuflady paczkę vogue'ów, z szafki zaś butelkę cherry i nalała sobie zwyczajową porcję do kryształowego kieliszka, po czym zasiadła w ulubionym fotelu, by nareszcie odpocząć.

Telewizor miał wyciszoną fonię, ale obrazki na ekranie znów przypomniały jej o zaginięciu uczennic ze szkoły, w której pracowała, więc zmieniła kanał. Turecki serial zdecydowanie lepiej na nią dzisiaj działał. Upiła łyk cherry i już miała zanurzyć się w bajce, a nawet pogłośniła odbiornik, gdy dobiegło ją szczekanie.

Luna darła się wniebogłosy, jakby ją obdzierali ze skóry.

Krystyna niechętnie zgasiła w połowie spalonego papierosa i podeszła do wizjera. Na klatce schodowej nikogo nie było. Widziała tylko drzwi sąsiadów i ich wielką jukę, która nie mieściła się w domu, więc trzymali ją na schodach. Odeszła uspokojona, utyskując, że na stare lata Luna staje się przeraźliwą jędzą. Siadała właśnie w fotelu i sięgała po kolejnego vogue'a, gdy suczka znów zaczęła się wiercić. A potem łasić się, piszczeć i wreszcie szczekać jak opętana.

– Kogo licho niesie? – zamruczała Krystyna, ale odsunęła się gwałtownie, kiedy ktoś szarpnął za klamkę, a potem uderzył pięścią w drzwi.

Zajrzała znów do judasza. Ciemno. Zrozumiała, że osoba stojąca po drugiej stronie zasłoniła wizjer.

– Kto tam? – spytała przelękniona.

– Otwórz, to ja – padło w odpowiedzi. Głos był męski, chrapliwy. – Musisz mi pomóc. Jest ze mną Szefowa.

Krystyna, niewiele myśląc, przekręciła klucz w zamku.

– Co się stało? – wyszeptała na widok swojej pryncypałki omdlewającej w ramionach Roberta Wolnego, byłego wuefisty ze szkoły, któremu Krystyna półtora roku temu osobiście wręczała wypowiedzenie. – Co jej zrobiłeś?

Wolny jedną ręką przytrzymywał Elizę Olędzką, żeby nie upadła, a drugą uderzał po twarzy, ale kobieta nie reagowała. Wyglądała jak martwa.

– O Boże! – Krystyna natychmiast zaczęła lamentować, a potem płynnie przeszła do modlitwy. – Matko Boska, zmiłuj się nad nami.

– Szybko, szkoda czasu! Pomóż mi ją wnieść – polecił nauczyciel.

Razem wtaszczyli Elizę do mieszkania i ułożyli płasko na podłodze. Wolny bez słowa zadarł bluzkę Olędzkiej. Krystyna zobaczyła, że ręce Roberta są zakrwawione, a brzuch dyrektorki siny, wręcz granatowy. Na jednym z boków widniał ogromny krwiak.

– Musimy jechać do szpitala! – zakrzyknęła i biegła już po płaszcz.

Jednocześnie gorączkowo szukała komórki. Wszystko to odbywało się wśród dramatycznych dialogów tureckich księżniczek, które kochały szejka.

– Nie, Krysiu. Tylko nie do szpitala... – Eliza otworzyła oczy. – Nic mi nie będzie. Daj mi coś przeciwbólowego, a Robert niech zrobi sobie opatrunek. Byliśmy tam. Wiemy, gdzie przetrzymywano nasze dziewczynki.

– Kogo?

– Stefę, Mugi i inne – wychrypiała Eliza. – Jest ich więcej! Dzwoń do Sobieskiego, tego detektywa. Niech natychmiast przyjedzie.

*
**

Mugi spojrzała na białą sukienkę, którą przyniósł jej Juki, a potem podniosła do góry błyszczące buty na nieprawdopodobnie wysokim obcasie i wskazała swoją obandażowaną stopę.

– Jak niby mam to włożyć?

Mężczyzna tylko wzruszył ramionami. Postukał w zegarek.

– Wyjeżdżamy za dziesięć minut. Lepiej się przygotuj.

Rzucił jej własną kosmetyczkę z malowidłami. Złapała ją w locie.

– Skąd to masz?

– Bądź gotowa za dziesięć minut – powtórzył, a potem obrócił się za siebie, jakby nie chciał być świadkiem jej rozbierania.

Przyjrzała mu się. Zupełnie nie poznawała tego agresora, który bez skrupułów ją okaleczył. Teraz facet zachowywał się całkiem inaczej. Był wręcz obojętny. Sprawiał wrażenie, jakby się nie znali. Była skołowana. Czyżby nagle zaczął obchodzić go jej los? Zrobiła krok w jego kierunku, a ponieważ nie reagował, podeszła tak blisko, aż poczuła kwaśny odór jego potu.

– Dokąd jedziemy? – wyszeptała.

– Dowiesz się wszystkiego w swoim czasie – mruknął i otworzył drzwi, ale zanim wyszedł, dorzucił chrapliwie: – Nie myśl nawet o ucieczce. Będziesz cały czas pod obserwacją.

– Co się stanie z dziewczynami z piwnicy?

– Zapomnij o nich – uciął. – Ciesz się, że jesteś na górze.

Podparła się pod boki, a potem wykrzywiła usta w pogardliwy grymas.

– Uważasz, że będę wykonywać twoje polecenia? Niby dlaczego mam dokądś jechać?

Patrzył na nią zniecierpliwiony, jakby byli już spóźnieni. A potem wyjął telefon i czegoś w nim szukał. Podsunął jej pod nos film, który zaczynał się od zbliżenia jej wykrzywionej bólem twarzy. Była naga i odbywała stosunek z wieloma mężczyznami. Nie była w stanie ich zliczyć. Patrzyła na siebie samą, jak płacze, błaga, a potem leży bezwładnie, pozwalając im na wszystko, i nie była w stanie wydusić słowa.

– Jeśli będziesz sprawiała kłopoty, natychmiast wrzucam to na twoje profile i roześlę znajomym. Do studia i tak pojedziesz. – Szarpnął ją, ale tym razem była szybsza. Uskoczyła i przyjęła pozycję obronną.

– Wydam cię – wychrypiała. – Dokądkolwiek mnie wieziesz, o wszystkim opowiem. Policja mnie znajdzie. Jestem niepełnoletnia. To przestępstwo.

– Próbuj. – Uśmiechnął się tym swoim złowieszczym grymasem, a potem klikał coś w komórce. Pokazał jej, że film, który prezentował przed chwilą, jest gotowy do publikacji. – Jesteś całkowicie pewna? – zapytał łagodniej. – Bo to nie wygląda, jakbyś się wzbraniała. Mama to zobaczy i wszyscy twoi wielbiciele. A jeśli zrobisz, co każę, wszystko zostanie między nami. I mała rada: jeśli nie chcesz wracać do lochu, bądź miła. Im mniej gadasz, tym jest lepiej.

– Wypuścisz mnie? – zapytała ledwie słyszalnie.

– Co mam zrobić, żebyś mnie puścił?

Wzruszył ramionami.

– To nie ode mnie zależy.

Podał jej lekarstwa i dołożył jeszcze miniaturową butelkę wódki oraz malutką torebkę z białym proszkiem zamkniętą strunowo.

– Żeby mniej bolało – mruknął niemalże z troską.

Mugi wpatrywała się w te dary i nie wiedziała, co myśleć.

– To koka?

Nie odpowiedział. Odwrócił się i wyszedł z pokoju.

Mugi w pierwszej chwili chciała krzyczeć, wołać ratunku, ale coś ją powstrzymało. Połknęła lekarstwa, popiła je wódką, a następnie sięgnęła po sukienkę. Rozłożyła ją i pomyślała, że z pewnością się w nią nie wciśnie, ale się udało. Gumowana tkanina przylgnęła do jej ciała niczym druga skóra. Ubranie sięgało jej ledwie za pośladki, a niewielki biust wydawał się pełniejszy.

Starała się nie myśleć, że nie ma na sobie bielizny. Pośpiesznie nałożyła puder i tusz do rzęs. Poprawiła usta mocną różową szminką. Przejrzała się w małym lusterku i na chwilę poczuła satysfakcję. Niewiele trzeba było, by znów wyglądała jak człowiek. Zaraz jednak z niechęcią spojrzała na swoją ranną stopę i zanim zaczęła odwijać opatrunek, wciągnęła do każdej z dziurek w nosie po działce białego proszku, który jej zostawił.

Przyszedł po nią dokładnie o czasie, jaki jej wyznaczył. Podał jej ramię, żeby zdołała dojść o własnych siłach do samochodu, który okazał się długą limuzyną wynajmowaną zwykle na wieczory panieńskie. Drzwi uchyliły się, a Mugi poczuła zapach skóry, wódki i perfum. Wewnątrz było kilka rozchichotanych kobiet. Zrobiły jej miejsce, ale Mugi zwlekała.

– Ty nie jedziesz? – Odwróciła się do niego.

Miał na twarzy wyraz zdziwienia, ale po chwili jakby lekko się uśmiechnął.

– Poradzisz sobie – rzucił cicho. – Zawsze to lepsze od... Wiesz od czego... Masz anioła stróża, który wstawił się za tobą, chociaż w szkole nie potraktowałaś jej najlepiej. Przemyśl to sobie.

– Stefa? – wyszeptała Mugi. – To ona mnie uratowała? A co z pozostałymi dziewczynami? Z Amelią...?

Nie odpowiedział. Poklepał się po kieszeni, gdzie trzymał komórkę. Usta zacisnął i spojrzał na nią, nisko pochylając podbródek.

– Pamiętaj, że ja cały czas mam twoje filmy w telefonie. Gdyby coś głupiego przyszło ci do głowy, nie zawaham się. Na razie jednak możemy o tym zapomnieć. Jedź i baw się dobrze.

Skinęła głową i wyszeptała słowa podziękowania, chociaż doprawdy nie rozumiała, dlaczego i za co mu dziękuje. Był przecież najgorszy z nich. Nie wiedziała, czy brał udział w nocnej orgii, kiedy była nieprzytomna, bo przecież kiedy tylko przegonił gwałcicieli, okaleczył ją, jakby szlachtował kurczaka na rosół. Bała się go i tego, co jeszcze trzyma w swoim telefonie. Z tamtej nocy kompletnie nic nie pamiętała. Wódka, prochy i leki znieczuliły trochę ból, za to przyjemnie kręciło się jej w głowie. Miała wrażenie, że to wszystko nie dzieje się naprawdę.

Dziewczyny w aucie były szczupłe, odstrojone i niewiele starsze od niej. Nie bardzo wiedziała, jak sama wygląda. Może i one zostały tak umalowane i ubrane, by sprawiać wrażenie pełnoletnich. Patrzyły na nią z sympatią, trajkotały między sobą rozweselone alkoholem i zaczęły zagadywać. Zmusiła się do uśmiechu, odpowiadała ogólnikowo na pytania. Kierowca milczał, prowadził pewnie i tylko co jakiś czas zerkał na nią w lusterku wstecznym.

– To twój pierwszy raz? – padło wreszcie to pytanie.

Mugi wymruczała coś niezrozumiałego w odpowiedzi.

– A więc tak – odgadła filigranowa blondynka upozowana na amerykańską cheerleaderkę. Miała kucyki przewiązane wstążkami, plisowaną spódniczkę i sportowe podkolanówki. Kiedy się odwróciła, Mugi na jej plecach zobaczyła wytatuowanego dużego smoka.

– Nie masz co się bać. To tylko robota. Wyobraź sobie, że jesteś na scenie, grasz rolę. Myśl o pieniądzach, które za to dostaniesz. Zwykle wszyscy są bardzo mili i pomocni. A może to ty będziesz wielką gwiazdą? – Zaśmiała się, a pozostałe pasażerki limuzyny jej zawtórowały.

– Robota? – powtórzyła Mugi jak automat, ale zaraz się zreflektowała. – No tak.

– Ja pracuję już dwa i pół tygodnia – pochwaliła się blondynka ze smokiem na plecach. – To nic strasznego. Jest ekipa filmowa, reżyser i oczywiście ktoś, kto będzie cię rżnął. Masz szczęście. Moja pierwsza sesja to był brutalny oral.

– Brutalny oral?

– No, udawaliśmy, że on mnie krzywdzi i zmusza do robienia laski. Robisz to tak długo, aż zwymiotujesz. Czasami stosują takie monstrualne dildo. – Rozłożyła ręce na pół metra. – Obok stoi psia miska, z której masz jeść swoje rzygi. Niektórych to podnieca. Ja serio się poryczałam.

– Boże... – stęknęła Mugi.

– To nie jest naprawdę. Pamiętaj, że to tylko scena. Grasz, wykonujesz swoją rolę, a potem dostajesz za to hajs. Za ile cię zakontraktowali?

– Nie wiem – wyszeptała Mugi.

Dziewczyny wybuchnęły śmiechem.

– Musisz to ustalić, zanim weźmiesz sesję, inaczej będą cię ruchać też na forsie. Oni zarabiają na tym kanale miliony. Myślisz, że skąd mają na te wszystkie zabawki i samochody? Jesteś nowa, a takich właśnie szukają. Ceń się.

Mugi była skołowana. Nic nie rozumiała. Poruszyła się na siedzeniu i z trudem przemieściła chorą stopę. Widziała, że spuchła już w kostce i zsiniała. Lakierowany but trzymał ją jak w imadle, praktycznie nie miała w niej czucia. Gdyby nie bała się tak bardzo, natychmiast by go zdjęła. Pochyliła się, żeby przynajmniej rozpiąć sprzączkę w kostce. Wtedy zobaczyła, że z buta wypływa strużka krwi.

– Wkurzyłaś go? – domyśliła się blondynka. – Znam tylko jedną dziewczynę, która posmakowała maczety

234

Jukiego. Słono jej za to zapłacił, bo takie filmiki chodzą po najwyższych cenach. Ile ty dostałaś?

Mugi nic nie odpowiedziała. Z nikim nie chciała o tym rozmawiać.

– Nic? – zdziwiła się blondynka. – Pewnie strugałaś świętoszkę albo nie chciałaś wykonać zadania? Więc po co się zgłosiłaś, skoro odmawiasz roboty?

– Nie zgłosiłam się – wysyczała Mugi. – Odczep się.

– Czego nie lubisz? Seksu czy forsy?

– Nie chce mi się z tobą gadać – wyburczała rozeźlona, ale tak naprawdę z trudem powstrzymywała napływające do oczu łzy.

Blondynka odsunęła się wreszcie i powiedziała coś półgłosem do pozostałych dziewcząt, na co tamte gromko się zaśmiały. Patrzyły teraz na Mugi inaczej. A jej w głowie pulsowało tylko jedno słowo, które dosłyszała: „Niewolnica".

$$\underset{\ast\ast}{\ast}$$

Mieszkanie Krystyny

– Znaleźliśmy ten dom na Targówku. – Eliza zaczęła opowiadać, kiedy tylko Sobieski przyjechał w asyście ojca Stefy, Ozia i Gniewka. – Przycisnęłam Kamila i zabrałam go na wycieczkę. Jeździliśmy dotąd, aż go wskazał. Kazałam chłopakowi się zmywać, a sama tam poszłam. Myślałam, że starczy pogadać. – Zwiesiła głowę. Położyła rękę na obolałym brzuchu. – Skopali mnie do nieprzytomności, a potem wywieźli i porzucili w jakimś opuszczonym gospodarstwie. Myślałam, że ducha wyzionę. Nie wiem, jak długo byłam nieprzytomna.

235

– Dlaczego nie zadzwoniłaś? – spytał z wyrzutem Jakub. – I nie powiadomiłaś policji?

– Nie przemyślałam tego – wymamrotała. – Przysięgam, że żałuję. Gdyby nie on, może już by mnie tutaj nie było.

Spojrzała na Roberta Wolnego, który siedział z założonymi na kolana rękoma i wpatrywał się w nią zatroskanym wzrokiem.

– Ostatkiem sił wystukałam w telefonie numer alarmowy – ciągnęła. – Jedyny, jaki cały czas miałam tam wpisany. Na szczęście Robert odebrał...

– Co się stało? – nie wytrzymał Oziu. – Jeśli tam jeszcze są, trzeba zawiadomić gliny. Działać.

– Ślepy zaułek – westchnęła Eliza. – Dom jest zdewastowany i z pewnością działo się tam sporo, ale nie jestem pewna, czy szukamy tych, którzy mnie skopali. To raczej nie byli uchodźcy. Prędzej bandyci, którzy przyszli po chłopakach Czarneckiego. Nie sądzę, żeby byli powiązani. Sprawiali wrażenie bardziej przestraszonych niż ja. Pytałam o Jukiego i nasze dziewczyny. Nic, zero. Z każdym słowem wiedziałam, że pogrążam się bardziej. Nie jestem pewna, czy w ogóle rozumieli po polsku. – Zawahała się. – Ale widziałam te pokoje. Widziałam ubrania i rzeczy różnych kobiet. Materace, porcje żywności i sterty zabawek seksualnych.

– Adres – zażądał Jakub. – Trzeba niezwłocznie powiadomić ekipę Drabika. Niech zrobią oględziny. To może być przełom w śledztwie.

Eliza podała ulicę, ale nie była pewna numeru. Opisała fasadę budynku dokładnie, a Oziu zadzwonił do Osy i przekazał jej te dane. Następnie odmeldował się i z Gniewkiem ruszyli pod ten adres. Porucznik Chrobak ochoczo zaoferował im swoje wsparcie i z wielkim trudem go od tego odwiedli, bo nie przyjmował do wiadomości, że za chwilę znów stanie oko w oko z Drabikiem. Odgrażał się, że dorwie młodego Niepłochę i osobiście wygarbuje mu skórę. Wiedzieli już, że Chrobaka nikt nie jest w stanie zdyscyplinować.

– Informujcie mnie na bieżąco – poprosił Kuba, a następnie zniżył głos do szeptu i zwrócił się do Elizy:

– Gdzie byłaś? Nie powiesz chyba, że spędziłaś w tym gospodarstwie więcej niż dwie doby i nie masz pojęcia, co w tym czasie zaszło?

Eliza otworzyła szerzej oczy.

– Znaleźliście je?

– Nie – zaprzeczył Jakub. – Zamordowano żonę Tomysia, a jego dzieci walczą o życie. Ktoś podał im środki usypiające w przemysłowych ilościach i kazał popić wódką. Przeżyły tylko dlatego, że się pochorowały i zaczęły wymiotować. Kobieta nie żyje. Zaszlachtowano ją w podobny sposób jak męża.

– O Jezu! – Eliza podniosła dłoń do ust. – Wendeta?

Kuba się skrzywił. Nie wiedział, co myśleć. Przyglądał się Elizie, ale nie był w stanie stwierdzić, czy udaje, czy faktycznie jest zaskoczona.

– To my z Krystyną zrobimy herbaty.

Robert Wolny wstał i ruszył za gospodynią do kuchni, a za nimi dreptała Luna.

– Odpowiesz na moje pytanie? – popędził ją Jakub.
– Na tę chwilę sam nie wiem, co ty kombinujesz. Ta akcja jest naciągana.

– Nie wierzysz mi? – obruszyła się dyrektorka, a potem nagle ją tknęło. – Ty chyba nie myślisz, że ja to zrobiłam?

Kuba nie zaprzeczył.

– To się stało, kiedy zniknęłaś – rzekł. – Sam nie wiem, co myśleć. Gdzie byłaś? Ale tak naprawdę...

Eliza podniosła ręce i przyłożyła sobie do uszu.

– Chyba nie sądzisz, że byłabym zdolna do czegoś tak potwornego?! Wytrzewiona kobieta i otrute dzieciaki! Przestań! Nie mogę tego słuchać!

Jakub nie zwracał na nią uwagi. Odszedł do okna i poczekał, aż się uspokoi.

– O wielu rzeczach dowiedziałem się za późno. Inne są po prostu kłamstwami – kontynuował, kiedy Eliza siedziała już prosto, milcząca i zgaszona. – Dlaczego ukryłaś przede mną, że byłaś w Zakamarku?

Eliza długo milczała.

– Wiesz już, co robiliśmy z Robertem poza pracą w szkole? – zapytała ledwie słyszalnie.

– Byliście jednymi z pierwszych łowców pedofilów w tym kraju – potwierdził Jakub. – Nie odkrywasz przede mną żadnej tajemnicy. Może ci umknęło, ale wszystkie media teraz to grzeją. Jesteście sławni. – Zawahał się. – Pytam cię o coś zgoła innego. Chcę znać prawdę, co wydarzyło się feralnego dnia w motelu i jaka jest twoja rola w tym wszystkim.

– Nie muszę ci niczego wyjaśniać – parsknęła.

– I nie traktuj mnie jak podejrzanej. Nie jesteśmy w komisariacie.

– Więc pomówmy o tym, co stało się ostatnio – przerwał jej. – Twierdzisz, że leżałaś dwa dni w tym gospodarstwie bez czucia? Z jakiej przyczyny? Nie powiesz mi, że szykowaliście zasadzkę na Czarneckiego? Sami? Bez niczyjej pomocy? Jesteś za mądra na samobója!

– Nie – zaprzeczyła. – Bo tego bandyty nie da się w ten sposób złapać.

– Słucham cię uważnie – wyburczał zeźlony Jakub.

– I powoli dochodzę do wniosku, że niczym nie różnisz się od Poli. Zamiatanie pod dywan idzie ci równie sprawnie. Kłamstwa też, że o lukach w pamięci nie wspomnę. Podajesz mi tylko te fakty, które są dla ciebie wygodne. Rzecz w tym, że jesteś od niej o niebo lepsza w kłamaniu.

– Jak śmiesz!

Spojrzał na nią w milczeniu. Trwało to długo, a ona wytrzymała jego świdrujący wzrok i nie puściła pary z ust. Wyglądało na to, że wcale nie chce niczego wyjaśniać.

– Przykro mi, że cierpisz, bo to nie jest udawane – rzekł wreszcie. – Chcę jednak wiedzieć, kto cię naprawdę tak urządził i o co chodzi.

– Mówiłam. Jacyś zbóje.

– Kazałaś Krystynie wezwać mnie tutaj niezwłocznie. Podałaś dane domu, w którym niby doszło do straszliwych orgii. Co to ma być? Gra na zwłokę? Czy może ma mnie nie być w tym czasie w innym miejscu?

– Mówiłam prawdę. – Spuściła wzrok. – Zapytaj Roberta. Potwierdzi moje słowa.

– Zdjął cię z gospodarstwa – podsumował Jakub. – Dlaczego więc jest cały pokrwawiony?

Eliza znów długo milczała.

– Robert! – krzyknął Sobieski. – Zostaw panią Krystynę w kuchni i pozwól do nas.

Przez jakiś czas w pomieszczeniu panowała cisza. Kiedy wreszcie Wolny pojawił się z imbrykiem i szklankami ustawionymi w piramidkę w drugiej dłoni, towarzyszyła mu stara sekretarka.

– Pani Krystyno, przepraszam na chwilę. Proszę sobie dokończyć serial o szejku. – Kuba odsunął ją bezceremonialnie i zamknął drzwi do stołowego.

Usiadł, nalał sobie herbaty, upił łyk wrzątku. Nie patrzył na Elizę ani na jej byłego partnera.

– Musisz mu wyjaśnić, Szefowo. – Pierwszy pękł Robert. – I tak się domyśli, a więcej wrogów nie potrzebujemy.

Jakub podziękował mu spojrzeniem, a Eliza westchnęła ciężko. Z trudem podniosła się na poduszkach.

– Wtedy w Zakamarku planowaliśmy zasadzkę – zaczęła cicho, cedząc każde słowo z osobna. – Na Heńka, czyli Tomysia, polowaliśmy od lat. Łapaliśmy go kilka razy i przekazywaliśmy dane z naszych akcji policji. Nigdy nie został aresztowany. Ostatnim razem śmiał się nam w twarz, więc zaparliśmy się, że doprowadzimy do jego skazania. Mijały miesiące, a nic się nie działo. Za to Heniek stał się ostrożny, jakby wiedział, że na niego czyhamy. Kiedy w szkole wybuchła bomba, że Nene, czyli Stefa Chrobak, puszcza się za pieniądze, zaczęłam się temu przyglądać. Odbyłam z nią kilka rozmów i zorientowałam się, że ona nie chce już tego robić, ale ktoś ją przymusza. Wtedy nie wiedziałam jeszcze o istnieniu tego całego Czarneckiego. Kamil podczas jednej z prób do spektaklu wygadał się, że Stefa ma starszego amanta. To był przyjaciel jej rodziców – Wojciech Tomyś. Nasz Heniek. Aż się zagotowałam z wściekłości. Zaczęłam przy tym chodzić. Mugi pokazała mi ogłoszenia Stefy na portalach towarzyskich i jej amatorskie filmy, które były dostępne w sieci. Trudno w to uwierzyć, ale wyglądało, jakby ona sama je umieszczała. Ci, którzy oglądają porno, ją znali, a nawet sobie nie wyobrażasz, ilu dzieciaków dotarło do tych treści. Jeszcze nie wypłynęło to do głównego obiegu, a ta dziewczynka była na dnie. Wpierw porozmawiałam z jej matką. Pola mi nie uwierzyła i oskarżyła, że jestem małostkowa. Niby mszczę się za faceta, opowiadając jakieś brednie. Do tego Stefa miała coraz gorsze wyniki w nauce i groziło jej, że zostanie na drugi rok w ósmej klasie. Pola odgrażała się, że ją przeniesie. Rozmowy z nią przypominały bicie grochem o ścianę. Ona swoje, ja swoje...

– I nie poszłaś z tym na policję? – zapytał Jakub zimno. – Teraz już rozumiem, dlaczego tak boisz się o stanowisko. To, co zrobiłaś, jest karygodne. A raczej czego zaniechałaś...

Eliza spojrzała Sobieskiemu w oczy i zaraz odwróciła wzrok zawstydzona.

– Pola zabroniła mi to zgłaszać – oświadczyła. – Mimo to spotkałam się nieoficjalnie z kumplem policjantem, z którym od lat współpracujemy. Okazało się, że większość kompromitujących treści została już z netu usunięta. Jestem pewna, że to była inicjatywa matki Stefy. W każdym razie mój znajomy gliniarz nie znalazł podstaw do przyjęcia zgłoszenia. – Zawahała się, zanim dokończyła. – Ale zaproponował, żebyśmy wykorzystali Stefę do przyskrzynienia Tomysia. Bardzo się do tego palił.

– Serio? – Jakub wstał. Zaczął chodzić po pokoju. – Nie wierzę... I to pewnie on zamienił płyty? – odgadł.

– To prawda – przyznała Eliza. – Ale posłuchaj dalej. Bo to nie wszystko...

– Jak się nazywa ten gliniarz?

– Nigdy go nie wydam – zaparła się. – Choćby mnie aresztowali. Zrobił to dla nas, ryzykując swoje stanowisko, i zawsze będę o tym pamiętać. Mówię ci o tym, żebyś rozumiał sytuację. Zrobisz, co chcesz, ale tego gliny nie wydam. Chcesz, żebym opowiadała dalej?

Kuba się zawahał. Wreszcie zacisnął mocniej szczęki i pokiwał w milczeniu głową.

– Ten gliniarz nas przekonywał, że powinniśmy to zrobić. Że gra jest warta świeczki i druga taka okazja się nie pojawi. Wszyscy wiedzieliśmy, że to może być kwestia większej grupy pedofilskiej. Wahałam się, uwierz. To jednak było użycie dziecka do akcji, ale przecież ona i tak była w tym głęboko zanurzona... Wreszcie schowałam honor do kieszeni i zadzwoniłam do Roberta. Szczerze wierzyłam, że dla Stefy to będzie jak uwolnienie.

– Ona wiedziała, że robicie z niej wabik?

Eliza pokręciła głową.

– Nic jej nie wyjaśniłam, ale odbyłyśmy wtedy jedną ze szczerych rozmów. Sądzę, że się domyślała, co kombinujemy. Bałam się nawet, że ostrzeże Heńka. Zrozum, liczyliśmy, że jak policja zgarnie Tomysia, dziewczynka się oczyści. Do zasadzki nie doszło, bo dzień później ktoś po prostu go zabił.

– Wiesz, kto to był?

– Nie mam pojęcia – zapewniła. – Ale Stefa wie. Może to i ten Czarnecki. A może nie. Nie wiemy.

– Dlaczego nie zabrałaś małej zaraz po zbrodni?

– Zadzwoniła do mnie dopiero następnego dnia. Spędziła u mnie noc, a potem przywiozłam ją na Uniwersytecką do matki. Dziś wiem, że w tym czasie sprzątali. Kiedy z Kamilem zabieraliśmy Stefę z Zakamarka, w środku była jej walizka i mnóstwo osobistych rzeczy. Jakby gdzieś wyjeżdżała albo pomieszkiwała u Tomysia miesiącami. A potem policja poinformowała, że nic nie znaleziono. Mój kolega z firmy był wściekły.

– Rozmawiałaś ze Stefą o tym, co się stało?

Eliza pokręciła głową.

– Powiem szczerze, że słaby był z nią kontakt. Wpatrywała się w jeden punkt, nic nie mówiła. Nie chciałam pogarszać jej stanu. Ale myślę, że to dlatego właśnie do mnie zadzwoniła pierwszej. Już i tak znałam jej tajemnicę. Matce nie ufała.

– Dlaczego wtedy nie zawiadomiłaś policji? Jak mogłaś z tym żyć?

– Bałam się – wyznała. – To przeze mnie Stefa musiała w tym uczestniczyć. Wmawiałam sobie, że narażam ją ostatni raz, a skończyło się zbrodnią... Bałam się też, że ona nas wyda. – Pochyliła głowę. – A potem, kiedy już ochłonęłam i chciałam to zgłosić, oni wszyscy mnie zakrzyczeli. Pola, jej nowy facet i nawet Robert byli przeciwni, żeby komukolwiek mówić.

– To cię nie usprawiedliwia – rzucił Jakub. – Nie jesteś godna stanowiska. Ktoś taki jak ty nie powinien pracować z dziećmi. To, co zrobiłaś, jest bezpośrednim narażeniem dziecka na niebezpieczeństwo. W najgorszym tego słowa znaczeniu!

– Ty nic nie rozumiesz! – Eliza podniosła głos. – Baliśmy się wszyscy, że jeśli to zgłosimy, sprawca nas znajdzie. Stefę, mnie, Kamila, Roberta i pewnie nasze rodziny. Milczenie uznaliśmy za jedyną słuszną drogę. Skąd mieliśmy wiedzieć, czy Stefa w jakimś stopniu w tym nie uczestniczyła? – Zawahała się. – Bałam się też jej.

Kuba z głośnym westchnieniem wypuścił powietrze z ust.

– Piętnastoletniej dziewczynki? – parsknął. – Patrz, bo ci uwierzę.

– Naprawdę zaczęłam myśleć, że może jednak ona to zrobiła. Zachowywała się jak psychopatka...

Jakub złapał się za głowę i kręcił nią z niedowierzaniem.

– Słaby ten twój bajer – mruknął.

– To wszystko prawda. Pogadaj z resztą, zrozumiesz, że my wszyscy się baliśmy. Ja teraz nawet bardziej niż na początku.

Kuba westchnął ciężko. Patrzył na kobietę z politowaniem.

– Gdzie dziewczynka spędziła poprzednią noc? – przerwał jej. – Bo Tomyś leżał w pokoju dwa dni. Drugą noc była u ciebie, a ta pierwsza?

– Nie wiem – wydusiła Eliza. – Ale Pola twierdzi, że w domu jej nie było. Myślała, że jest u ojca, ale nie mam pojęcia, czy to prawda.

Milczeli długi czas. Robert Wolny nalał Elizie herbaty, posłodził i dokładnie wymieszał.

– Teraz już musimy iść na policję, kochanie – rzekł, a ona pokiwała smętnie głową.

Patrzyli na siebie, porozumiewając się bez słów. Wreszcie Robert sięgnął po telefon.

– Zaczekaj – powstrzymała go. – Najpierw dokończymy z Kubą. Gdyby nas zatrzymali, musi wiedzieć wszystko.

Odchrząknęła i upiła łyk gorącego napoju.

– Pytaj, o co chcesz – rzekła ulegle. – Potrzebujemy cię. Chcemy, żebyś to rozwikłał. Inaczej będziemy w kompletnej dupie. Policja nam raczej nie pomoże, tylko dowali sankcji. – Uśmiechnęła się smutno.

– To dlatego ze mną wtedy gadałaś? – upewnił się Sobieski.

– Też. Wszystko, co ci powiedziałam, jest prawdą.

Kuba zaśmiał się gorzko.

– Szkoda, że najciekawsze zataiłaś. Reglamentujesz dane według swoich interesów. Cały czas patrzysz, na ile opłaca ci się ujawniać kolejne tajemnice. Nie myśl, że tego nie widzę.

Wzruszyła ramionami. Już nawet się nie oburzała. Robert Wolny usiadł obok i objął ją ramieniem. Wtuliła się w niego i potarła oczy, ale nie płakała.

– Wiedziałaś, że Zakamarek to lokal ojczyma Stefy? – zapytał Jakub. – I że Kokosza prowadził go razem z Tomysiem?

– Nie, przysięgam – zapewniła. – Oni się tym nie chwalili. I z tego, co wiem, do dziś informacja jest tajna. Policja nie zawiadamiała o tym mediów.

– Dlaczego?

– Chyba Kokosza jakoś to załatwił? Nie wiem... Może skontaktował się z ojcem Tomysia i razem wyciszyli sprawę? Zrozum, ja sama się bałam. Zginął zły człowiek, ale Stefie nic nie groziło. Nikt nie wiedział, że w ogóle tam była. Po co mieliśmy wyskakiwać z zeznaniami? Gdyby ktokolwiek złamał zmowę milczenia, wybuchłby straszny skandal! Żadnemu z nas się to nie opłacało!

– Więc dlaczego wystawiłaś mi ją na tacy, kiedy pierwszy raz przyszedłem? – Jakub rozłożył ręce w geście bezradności. – Wybacz, nie rozumiem twojej motywacji. Jest, delikatnie mówiąc, pokrętna.

– Zaczęłam dostawać pogróżki – wyznała. – Ktoś widział mnie i Roberta w Zakamarku. Ktoś widział, jak odbieram Stefę, a potem jeszcze wmawiał mi, że wzięłam ten plecak. Groził nam, że wrobią nas w tę zbrodnię. Byliśmy tam, Jakubie. Naprawdę tam byliśmy i widzieliśmy zwłoki. Żeby zabrać Stefę, musieliśmy wejść, więc zostawiliśmy ślady. Ona była w stanie katatonii. Robert wynosił ją jak teraz mnie, na rękach... To było całkiem realne, że nas zatrzymają, pobiorą nasze próbki i wyjdzie na to, że my go zamordowaliśmy. W każdym razie tak myśleliśmy – podkreśliła. – I dlatego przestaliśmy się ze sobą kontaktować. Względy osobiste oczywiście miały znaczenie, ale drugorzędne. Postanowiliśmy na jakiś czas zawiesić działalność. Dopóki wszystko się nie wyciszy... Żeby nie zwracać uwagi – dorzuciła na jednym oddechu i spojrzała na Kubę błagalnie. – Wierzysz mi?

– Jakie ślady zostawiliście?

– Stóp, palców, pewnie jakieś włosy. – Do dyskusji włączył się Robert. – Ja pomagałem też sprzątać.

– Co?

– Trzeba było zabrać rzeczy Stefy i wszystko przeszukać, czy nie ma niczego, co mogłoby naprowadzić na nasz trop. Ona miała sprzęt do nagrywania i swoją komórkę. Dlatego poprosiłem, żeby ukryła ją u ojca. Chrobak o niczym nie wiedział. Był zawsze skupiony na swojej wyimaginowanej wojnie, więc zdawało się to najprostsze. Ale teraz, kiedy policja ma już telefon Stefy, to i tak się wyda. – Mężczyzna zwiesił ramiona, jakby się poddał. – Tam jest wszystko. Nasze rozmowy i ustalenia... Prosiliśmy, żeby Stefa je kasowała, ale ponoć to można odzyskać. Kamil mówił, że jego już inwigilowałeś.

– To prawda – zgodził się Jakub. – I zostanie odzyskane. Na waszym miejscu w te pędy leciałbym do Drabika i błagał o ugodę. Inaczej pójdziecie siedzieć. Bankowo. – Wstał. Wyjrzał za okno. – A teraz? – zwrócił się do Elizy. – Dlaczego uciekłaś? Na co liczyłaś?

– Ten ktoś, kto wie, że byliśmy w Zakamarku, zażądał oddania plecaka. – Eliza nagle się zatrzymała. – Wyznaczył mi spotkanie.

– W domu na Tarchominie?

Skinęła głową zakłopotana.

– Nie było żadnych uchodźców?

– Nie. Ale to nie byli Polacy. Mówiłam prawdę, że słyszałam wschodni zaśpiew.

– I nie leżałaś bez czucia dwa dni w żadnym gospodarstwie? – upewnił się Jakub. Z trudem hamował gniew.

– To akurat prawda – szepnęła. – Skopali mnie i zostawili w starym siedlisku. Kiedyś tam była hodowla boczniaków, śmierdziało straszliwie. Ostatkiem sił zadzwoniłam do Roberta. Przyjechał i odbił mnie. Myślę, że tych dwóch wciąż tam leży.

– Adres – zażądał Jakub.

Szybko wysłał wiadomość do Ozia, by pojechał na miejsce z Gniewkiem i Chrobakiem, jeśli będzie zainteresowany. Nakazał też przytrzymać zbirów, dopóki nie dojedzie, a dopiero potem zawiadomić Drabika.

Kiedy wykonał te wszystkie czynności, odwrócił się do Elizy i Roberta, którzy mieli miny, jakby czekało ich ścięcie.

– Dlaczego dzwonili do ciebie w sprawie plecaka? – zaatakował. – Mówiłaś, że to Pola odebrała go ze skrytki.

– Bo tak było. Wyjęła go z tego starego paczkomatu.

– Oddała ci go, żebyś mogła pojechać na spotkanie?

Eliza pokręciła głową i spojrzała na Roberta.

– Stefa miała go ze sobą, kiedy zdjęłam ją z Zakamarka.

– Jakim cudem? – Sobieski się wzburzył. – To znaczy, że Stefa z matką się spotkały?

– Nie wiem, naprawdę nie mam pojęcia. Może były dwa plecaki? Ten ktoś, kto do mnie dzwonił... Jego interesowało tylko to.

– Co jest w tym plecaku?

Kręcenie głową, uciekanie wzrokiem.

– Zajrzałaś na pewno. Nie oddałaś go tylko dlatego, żeby mieć jakiś ląd. Co tam było? Narkotyki?

– Był wypchany świerszczykami, płytami CD i starymi kasetami wideo. Niektóre miały amatorskie okładki, to były filmy pornograficzne. Czy także z dziećmi, nie wiem... Nie miałam sił tego przeglądać.

Jakub przyjrzał się jej z niedowierzaniem, ale nie skomentował.

– I przez cały ten czas trzymałaś plecak Stefy u siebie?

– W szkolnym sejfie – szepnęła. – Myślę, że tylko dlatego ten ktoś siedział cicho i nas nie wydał. Zależało mu na zawartości.

– Świetna strategia. Gratulacje – zadrwił Jakub. – Jeśli jest tam pedofilskie porno, to cud, że pozostajecie nadal w całości. Nie mówiąc już o tym, co powiedziałby prokurator, gdyby znalazł te nagrania w gabinecie dyrektorki jednej z największych warszawskich szkół... Nie wywinęłabyś się od procesu.

Eliza nic nie odpowiedziała.

– Przerosło nas to – wytłumaczyła się po dłuższej pauzie. – Jest mi bardzo, bardzo przykro. Myślałam, że kiedy zwrócę plecak, wszystko się ułoży. Ale z czasem zrozumiałam, że poza tym łupem nie mam nic, żadnego dupochronu. Musiałam dowiedzieć się więcej. Kto za tym stoi.

– Niby jak?

– Rozmawiając ze Stefą – wyszeptała.

– I?

– I podejrzewam, że to ukradła. Może Tomysiowi albo komuś innemu.

– Dlaczego nie trzymała plecaka w pokoju hotelowym, tylko zamknęła go w skrytce?

Eliza wzruszyła ramionami.

– Podejrzewam, że wyczuła, co kombinujemy, i w razie draki, aresztowania Heńka, chciała go przejąć. Uwierz, to nie była grzeczna dziewczynka.

– Z kim umówiłaś się na odebranie plecaka?

– Nie wiem, kto do mnie dzwonił – odparła Eliza. – Za każdym razem miał komputerowo zmieniony głos. Nie jestem w stanie z niczym go porównać. Ale tych dwóch, którzy mnie skopali, pracuje w gruzińskiej restauracji obok Zakamarka. Jestem prawie pewna. Jak wiesz, to pracownicy partnera Poli. – Urwała. Spojrzała na Sobieskiego z przestrachem. – Nic więcej nie wiem, naprawdę...

– Gdzie jest teraz ten plecak?

– Zabrali go – odparła bez namysłu i zaraz urwała. – Ale wypełniliśmy go starymi filmami i płytami CD z muzyką, które Robert wypalał w liceum. To tylko kwestia czasu, że odkryją podstęp. Dlatego poprosiłam, żebyś natychmiast przyjechał.

Kuba przez dłuższą chwilę nie mógł wydobyć z gardła ani słowa.

– Co zrobiliście z pornosami?

Robert wstał. Spod drzwi przyniósł torbę sportową, którą bardzo zainteresował się piesek Krystyny. Spomiędzy ubrań, rękawic bokserskich i gum do ćwiczeń wydobył wypchaną reklamówkę. Położył ją na stole ostrożnie, jakby zawierała dynamit. Kuba natychmiast rozpoznał logotyp flagowej firmy cateringowej Bartłomieja Kokoszy. W identycznej siatce Pola ostatnio wręczyła mu gotówkę.

OJCIEC CHRZESTNY
25 kwietnia (wtorek)

Bartłomiej Kokosza przypiął Roksy do smyczy i ruszył wąską uliczką w kierunku skweru Wielkopolskiego. Przeciął go szybkim marszem, po czym skierował się do kładki nad ulicą Żwirki i Wigury wiodącej na Pole Mokotowskie. Kilka razy obejrzał się czujnie za siebie, a Sobieski struchlał, że restaurator zauważył ogon. Dał znać Oziowi, że zaczeka przy fontannie, i nakazał, by kapitan zameldował, kiedy Kokosza go minie. Gdyby go zgubili po drodze, na ławeczce miał czuwać Gniewko, udając zaczytanego Bukowskim. Na podorędziu była też Ada, która spacerowała po skwerze ze swoim pieskiem.

Tę trasę kucharz pokonywał wieczorami codziennie. Obserwowali go od trzech dni i wiedzieli już, że poza wizytami w restauracjach praktycznie nigdzie nie wychodzi. Merkawa włamał się do jego urządzeń, ale nie znalazł pornografii ani nic, co by wskazywało, że mężczyzna ma jakikolwiek związek z Sebastianem Czarneckim. Informatyk dostarczył jednak dowody na to, że cała zawartość mediów Kokoszy z czasu zabójstwa w Zakamarku została trwale usunięta. Merkawa zapewniał, że tego czyszczenia dokonał profesjonalista i słono musiało to Kokoszę kosztować, ponieważ haker Sobieskiego nie był w stanie niczego odtworzyć.

Eliza Olędzka złożyła zeznania i powtórzyła wszystko, co powiedziała pamiętnego dnia u swojej sekretarki Krystyny. Jej słowa w pełnej rozciągłości potwierdził Robert Wolny. Policja na razie nie zawiadamiała o tym mediów, ale dyrektorka praktycznie pożegnała się ze stanowiskiem i szykowała się na proces. Oddała paszport, miała zakaz opuszczania kraju, a jej adwokat wynegocjował z Drabikiem, by za współpracę zamienił jej areszt na dozór policyjny. Codziennie do godziny ósmej Eliza meldowała się w gabinecie Osy. Wiedziała, że gdyby choć jednego dnia nie przyszła, założą jej na kostkę nadajnik z lokalizatorem jak osobie skazanej w zawieszeniu. Dyrektorka zgodziła się na te sankcje dobrowolnie, licząc, że zanim ruszy jej proces, policja rozwiąże sprawę zabójstwa Tomysia, a przede wszystkim odnajdzie zaginione dziewczyny. Oficjalnie była na zwolnieniu ze względu na stan zdrowia i miała pełną świadomość, że mimo wyczerpujących wyjaśnień znajduje się na krótkiej liście podejrzanych w sprawie mordu na pedofilu, chociaż przysięgała, że nie ma z nią nic wspólnego. Jedynym dobrym aspektem tej sprawy było to, że wrócili do siebie z Robertem. Spędzali razem całe dnie, wspólnie gotowali i chodzili na spacery, a Wolny coraz częściej przebąkiwał o ślubie.

Sobieski ostatnio nie spał praktycznie wcale. Ze swoją ekipą obejrzał niemal wszystkie filmy z plecaka, który przejęła Eliza, bo Drabik im je przekazał z jakimś kąśliwym komentarzem. Nie było tam ani jednego nagrania z udziałem dzieci, żadnych scen, w których można by się dopatrzyć Sebastiana Jukiego

Czarneckiego lub pozostałych osób dotąd przewijających się w sprawie.

Wyglądało na to, że tak cenna dla napastników zawartość nie ma związku z prowadzonymi aktualnie dochodzeniami. Kuba zachodził w głowę, dlaczego te stare pornosy były tak cenne dla ludzi, którzy pobili Elizę. Filmy były wiekowe, tandetne i zapisane amatorsko na płytach CD, a przecież w dzisiejszych czasach użytkownicy tej branży korzystali zwykle z projekcji online. Tak było taniej i bezpieczniej. Po co ktoś ryzykował i dlaczego zostały ukryte? Nie mieli pojęcia.

Ostatecznie zdobycz Olędzkiej trafiła do jaskini Merkawy, który jako jedyny w agencji Sobieski Reks był jawnym miłośnikiem porno, a nawet miał własną kolekcję starożytnych filmów, które nazywał klasykami.

Tymczasem Jakub z Oziem i Gniewkiem zabrali się do tiktokera. Starali się znaleźć w materiałach dostępnych w sieci jakiekolwiek detale mogące zidentyfikować miejsce, skąd Juki nagrywa. Wpierw sądzili, że to niewielka miejscowość na Mazurach, później że Warszawa. Zarówno policyjni informatycy, jak i Merkawa dwoili się i troili, ale nie byli w stanie ustalić danych serwera, z którego nadawano transmisje, a te wciąż święciły triumfy popularności wyświetleń. Okazało się, że wrzucają je pojedyncze osoby, czasami dzieciaki zachwycone ideą mocnego samca alfa. Wśród starszych postów znaleziono i te, które w imieniu swojego idola publikował Kamil Niepłocha. Chłopaka przesłuchiwano wiele razy, ale nie wniosło to nic więcej ponad to, co Nuanda wyznał ostatnio Sobieskiemu. Nastolatek był również pod obserwacją, ale na razie żadnych zarzutów mu nie postawiono.

Zarówno Stefa, jak i Mugi wciąż były zaginione. Po wezwaniu na przesłuchanie partnera Amelii, sprzątaczki z Zakamarka, udało się osiągnąć tylko tyle, że wszczęto jej poszukiwania. Osa przeczesywała sprawy zaginięć młodych kobiet i szukała powiązań z Sebastianem Czarneckim, bo Drabik upierał się, że sprawa może być rozwojowa i takich zniknięć jest więcej.

W mediach przycichło. Impas zaczął męczyć już wszystkich. I tylko Pola Chrobak była poza podejrzeniem. Odmówiła skierowania do szpitala i czekała na termin swojej cesarki, motywując, że w każdej chwili Stefa może wrócić do domu. Nikt już nie wierzył, że poszukiwane dziewczyny odnajdą się żywe.

– Zszedł z kładki i idzie swoją trasą. Zatrzymał się po kawę i lody – zameldował Oziu.

Jakub ruszył biegiem, skrócił drogę przez dawny teren Skry i wyszedł Kokoszy naprzeciw. Zobaczył go, więc usiadł tyłem na ławce. Kucharz spuścił psa ze smyczy. Rozmawiał przez telefon i minął Jakuba, nawet nie spojrzawszy w jego stronę.

Kuba się podniósł i poszedł jego śladem. Nagle z bocznej alejki wyszedł na spotkanie Kokoszy rosły mężczyzna. Na ramieniu miał plecak. Sobieski natychmiast sięgnął po telefon, zrobił zdjęcie figurantom i wysłał wiadomość Drabikowi. Patrzył, jak mężczyźni rozmawiają, i modlił się, żeby nie okazało się za późno.

Nie minęło kilka minut, a w parku zaroiło się od mundurowych. Rzucono Kokoszę na ziemię, a jego kolegę zakuto w kajdanki i odprowadzono do radiowozu. Plecak, który przed chwilą zmienił właściciela, przejęli technicy. Restaurator awanturował się i groził pozwem, kiedy Drabik do niego podszedł, by poinformować go o jego prawach.

– Za co? – wyburczał przerażony Kokosza. Rozglądał się i szukał sojuszników.

Kuba obserwował to wszystko z daleka. Bardzo mu zależało, żeby nikt go nie ujawnił.

– Za jajco! – ryknął Drabik. – Bo to tym zabiłeś swojego kumpla zboczeńca. Nie maczetą, nie żadnym ostrym narzędziem. Wsadziłeś mu kawał chabaniny do gardła, aż chłop wykorkował. Aresztuję cię za zabójstwo Wojciecha Tomysia i nie puszczę, dopóki nie ujawnisz, gdzie są małolaty.

* *
*

Dziedziniec przed szkołą przy ulicy Kocura

Renata rozdała dzieciakom motyki i szpadle, a chociaż najchętniej usiadłaby na ławeczce i pogrzała się w słońcu, jako drużynowa musiała dawać zuchom dobry przykład, więc pierwsza zaczęła pielić klomb. Za jej przykładem do pracy ruszyły wszystkie dzieci.

Jakub przyglądał się chwilę, jak pracują, i czekał, aż Renata zarządzi przerwę, ale nie wyglądało na to, by miało to nastąpić szybko. Porozumiał się z Adą i jednocześnie wysiedli z samochodu.

– Ty jesteś Renata? – zagaiła Ada. – Możemy cię prosić na chwilę?

Dziewczyna otarła pot z czoła, rzuciła motykę i garść chwastów na sporą już kupkę, po czym podeszła do nich.

– O co chodzi?

– Słyszeliśmy, że jesteś najlepszą koleżanką Magdy Kani. Znaczy się Mugi...

– Przyjaciółką. – Nastolatka wyprostowała się, otrzepała dłonie, a potem krzyknęła do zaciekawionych zuchów: – Nie przerywajcie. Jak skończymy pielenie, wszyscy dostaniecie sprawności, a potem pójdziemy na lody. Szkoła funduje!

Rozległ się gremialny odgłos zadowolenia.

– Świetna robota – pochwalił ją Jakub i podbródkiem wskazał grupkę dzieci. – Widać, że cię lubią.

– No wiem – mruknęła Renata i nagle się rozgadała. – Gdyby nie harcerstwo, sama nie wiem, co by ze mną było. Kiedyś ktoś mnie w ten sposób pomógł. Moja drużynowa kończy teraz nauki polityczne, ale w dalszym ciągu jesteśmy w kontakcie. U mnie w domu bywa różnie, ale staram się nie słuchać narzekań matki. Do perfekcji doprowadziła podcinanie mi skrzydeł. U niej wszystko musi kończyć się źle. Ja robię swoje i się nie poddaję. To mojej drużynowej się radzę, kiedy muszę podjąć decyzję i tak dalej… – Zawahała się. – A dług, jaki u niej zaciągnęłam, oddaję tym maluchom. Wiecie, że sami zarobiliśmy na nasze mundurki? Strasznie dużo można zdziałać, jak się jest przedsiębiorczym. Jeździmy na obozy, chodzimy do kina. Umiem z nimi rozmawiać i z jakiegoś powodu mnie szanują. – Lekko się uśmiechnęła. – Czasami wystarczy pokazać, że może być fajnie, miło, a praca przynosi efekty. Choćby to było pielenie szkolnych klombów. – Zatrzymała się, przyjrzała się im czujniej. – Jesteście z policji czy z telewizji?

Jakub przedstawił się, a potem wskazał Adę.

– To moja koleżanka. Pracuje w prokuraturze.

– Ale nie jestem tu służbowo. Nie bój się – uspokoiła dziewczynę prawniczka.

Renata nic nie powiedziała. Zerkała nerwowo na swoją drużynę.

– Wiecie, gdzie jest Mugi? – Zniżyła głos do szeptu.

– Myśleliśmy, że ty nam powiesz.

Dziewczyna odchrząknęła i obejrzała się, czy nikt ich nie podsłuchuje. Zuchy zerkały na nich, ale były zbyt daleko, by dosłyszeć rozmowę, a nieliczne nastolatki, które przesiadywały na ławkach, nie zwracały na dorosłych uwagi.

– Ponoć Mugi zwiała z domu – szepnęła Renata.

– Nie wiem, o co chodzi i jaki to ma związek ze Stefą, bo wiecie, że one się pokłóciły?

Jakub z Adą potwierdzili, ale żadne się nie odzywało.

– W każdym razie się martwię, bo chłopaki mówią, że Mugi też występuje w filmach dla dorosłych. W sensie w pornosach. Jak Stefa...

– Skąd wiesz?

Renata wzruszyła ramionami.

– Wszyscy w szkole o tym gadają.

– Kto ci powiedział?

– Któryś z chłopaków. Już nie pamiętam – wyłgała się Renata. – Podobno trzeba zapłacić, jak chce się obejrzeć. Ja stronię od takich rzeczy.

– Kamil Niepłocha? – strzelił Jakub.

– Nie – zaprzeczyła natychmiast. – Nuanda zaszył się w domu i nie chodzi nawet do szkoły. Jak tak dalej pójdzie, znów zostanie w tej samej klasie. Mówią, że była u niego policja, i podejrzewają, że ma coś wspólnego z tym zabójstwem w motelu.

– Stefa powiedziała matce, że będzie się uczyła z tobą w dniu, kiedy zniknęła – zaczął Jakub.

– Wiem, ale to nieprawda. Od miesięcy nie mamy kontaktu. Stefa mnie unikała. Miała żal, że trzymam z Mugi.

– O co wam poszło?

257

– Nam? – zdziwiła się. – Nie pokłóciłyśmy się. Po prostu stała się dziwna. Nie miałyśmy o czym gadać.

– Znasz Sebastiana Czarneckiego? Juki. Mówi ci to coś?

– Tego obleśnego faceta z netu, który uważa, że miejsce kobiety jest w kuchni? – Renata się skrzywiła.

– Chłopaki się nim zachwycają, bo jest bogaty i ma stado adoratorek.

– Byłaś u niego na imprezie? – Jakub nie odpuszczał.

– Ja? Nieee. – Wydłużyła zaprzeczenie. – Nigdy bym tam nie poszła.

– Ale wiesz, gdzie je organizuje?

– Nie wiem – ucięła. – Nie znam go i nie chcę znać.

Sobieski przyglądał się dziewczynie podejrzliwie. Nie odwróciła wzroku. Poprawiła okulary na nosie i obejrzała się na swoje zuchy, które skorzystały z jej nieobecności i rozsiadły się na trawie.

– To wszystko? – zapytała drżącym głosem. – Muszę do nich wracać. Inaczej nici z lodów i sama będę musiała to wypielić. Obiecałam pani dyrektor, że jutro zasadzimy tutaj tulipany.

– Wiemy, że jesteś jedną z najlepszych uczennic w klasie. – Do rozmowy włączyła się Ada. – Doceniamy bardzo, jak pomagasz młodszym dzieciom. Chyba by ci zaszkodziło, gdyby pani dyrektor dowiedziała się, że z koleżankami naciągasz ludzi na forsę, co?

Renata aż otworzyła usta ze zdziwienia.

– To jakieś brednie – rzekła gniewnie. – Nic takiego nie robię!

– Doprawdy? A mnie się wydaje, że z Mugi i niejaką SuperStar sprzedajecie torebki, kosmetyki i nie wszystkim klientom je wysyłacie. Wiesz, że to jest oszustwo i podlega karze?

Dziewczyna zacisnęła usta i zrobiła gest, jakby chciała uciekać, ale się nie ruszyła. Milczała.

Ada sięgnęła do swojej aktówki i pomachała dziewczynie przed oczyma plikiem dokumentów.

– Używasz w sieci innego nazwiska. Marta Gajecka, ale numer konta należy do ciebie. A raczej do twojej mamy, bo to jest subkonto junior dorosłej osoby. Jeśli ktoś zgłosi to na policję, przyjdą do twojej matki i sprawa się wyda. Myślałaś, że ludzie machną ręką na drobne kwoty, które wyłudziłaś?

– Ja, ja... – Renata zaczęła się jąkać. – To Mugi wymyśliła. Mówiła, że do trzystu złotych to nie jest przestępstwo i grozi nam tylko grzywna.

– Mugi, która jest teraz zaginiona i niby gra w pornosach? – Ada zaśmiała się kpiąco. – Wszystko wina złej Mugi, a ty jesteś niewinna?

– Kiedy Mugi naprawdę to robi. Możecie spytać któregokolwiek chłopaka z liceum. Ostatni film jest ponoć hardkorowy. – Podała nazwę platformy, gdzie można go obejrzeć. – Nie mówcie mojej mamie! – poprosiła. – Odkąd Mugi zniknęła, żadna z nas już się w to nie bawi. Zresztą te wszystkie gifty należały do Mugi. Dostawała je za zasięgi i to nieprawda, że ich nie wysyłałyśmy. Tylko kilka razy nabrałyśmy jakąś wredniejszą babę. A Stefa proponowała nam, żebyśmy poszły na imprezę do Jukiego, ale się bałyśmy. Mogę wam podać ten adres. To chata nad Zegrzem. Trzeba jechać boltem, bo tam nic nie dojeżdża. Ponoć codziennie wali tam kupa ludzi i starczy mieć flaszkę albo jakieś prochy. Ja nie biorę, dlatego bałam się jechać, ale SuperStar była z dziewczynami kilka razy. Tylko mnie nie wystawcie rodzicom!

***

– Nie możemy tam pójść sami – przekonywała Ada, kiedy wieczorem jechali już w stronę Zegrza. – Średnia wieku wynosi dwadzieścia lat. Od razu nas zauważą!

– I fajnie – wymruczał Jakub, wyciągając zębami heetsa z pudełka. – Chcę, żeby ten kutas nas spostrzegł. Trzeba nim nareszcie potrząsnąć. Mam dosyć tych zabaw w kotka i myszkę.

– Może chociaż zadzwonisz do Osy i uprzedzisz ją, że się tam wybieramy?

– Boisz się? – Jakub przyjrzał się koleżance czujniej. – Tego się nie spodziewałem.

– No wiesz, słyszeliśmy chyba za dużo tych historii o molestowaniu i nienawiści do kobiet. Nie tyle się boję, ile mnie ten facet brzydzi. W głowie mi się nie mieści, dlaczego nastolatki tam jeżdżą. Co on ma takiego w sobie?

– Tym bardziej musimy się przekonać.

– A jeśli ma broń? Założę się, że na bramce stoi kilku osiłków i zaraz go ostrzegą. Jeśli zabił Tomysia, jest nieobliczalny! Nie lepiej zawiadomić Osę albo Drabika?

– Nie – uparł się Jakub. – Zawiadamiając kogokolwiek, spalimy ten kontakt. Policja, dostając takie dane, musi przygotować akcję, nie może tego zlekceważyć. Twierdzą, że szukają miejsca pobytu Czarneckiego, a całe liceum i pół podstawówki wie, gdzie jest imprezownia Jukiego. Mogłem się tego spodziewać... Super zagrałaś z tymi wyłudzeniami. Skąd to w ogóle wzięłaś?

– Merkawa znalazł to przypadkiem, jak inwigilował Mugi. Był krótki dialog, a raczej przekomarzanka między koleżankami, i się domyśliłam, bo raz sama tak zostałam oszukana. Wkurw miałam straszny i oczywiście tego nie zgłosiłam, bo suma była niewielka, a szanse na jej odzyskanie praktycznie zerowe. Nie chciało mi się z tym bawić. A poza tym wstydziłam się. Wyszłoby na to, że poluję na markowe rzeczy za grosze – dokończyła.

– To był kawał świetnej roboty – powtórzył. – Dlatego kujmy żelazo, póki gorące. Skoro się boisz, odstawiam cię do chaty. Spiszemy się.

– Co to, to nie! – zaoponowała. Założyła ręce na ramiona. – Ale co zrobimy, jak nas złapią?

– Nie dopuszczę do tego. – Poklepał się po kaburze. Skinął Adzie, by wyjęła ze schowka gaz pieprzowy.

– Włóż w razie czego do torebki.

Jechali jakiś czas w milczeniu.

– Co właściwie zamierzasz?

– Nie wiem – przyznał. – Wszystko zależy od tego, co tam zastaniemy. Może pójdę sam, a ty zostaniesz na czatach w aucie, na włączonym silniku? Wcale nie jest powiedziane, że ta mała nas nie wpuszcza. Nie jest taka święta, na jaką się kreuje.

– To naprawdę pikuś w porównaniu z tym, co mogłaby robić, pochodząc z takiej rodziny. Jej bracia siedzą, ojciec regularnie wczasuje się na Białołęce, a matka jest kompletnie nieporadna. Chociaż trzeba przyznać, że o dzieci dba. Nie mają niebieskiej karty, żadnego zgłoszenia o przemocy, ale ta więzienna kartoteka nie wróży nic dobrego. Renata jest jedyną osobą w tym klanie, która ma szansę wyrwać się z zaklętego kręgu. Nie spodziewałam się, że w stolicy są jeszcze takie enklawy patologii.

– Wszędzie są. To jak genetyka – mruknął Jakub.

– Ustalmy kilka rzeczy. Jeśli będzie niebezpiecznie albo ja bym nie wyszedł po trzech godzinach, dzwonisz po Drabika lub Osę. Gdyby nie odbierali, bierzesz mój wóz i jedziesz po nich. Mówisz im wszystko, co ustaliliśmy, i niech zarządzają tymi danymi.

– O domniemanej pornograficznej karierze Mugi też? – dopytała. – Chyba wypadałoby to najpierw sprawdzić.

– Nakaż Merkawie obejrzeć ten film – polecił.

– Zrobi to z ochotą. To przecież nasz zakładowy zbok.

Ada natychmiast napisała informatykowi wiadomość. Korespondowała z nim chwilę, a potem znów spojrzała na Kubę.

– Załatwione – zameldowała. – Gdyby coś znalazł, da znać.

Zjechali z szosy w szutrową drogę. W oddali majaczył już zalew i rząd łódek przycumowanych do pomostu. Detektyw widział w nawigacji, że do celu zostało im siedem minut. Strzałka stała jednak wciąż w tym samym miejscu.

– No pięknie. Internet siadł – przeklął Jakub.

Zatrzymał wóz. Rozejrzeli się. Okoliczności przyrody były przeurocze. Wokół jednak żadnych zabudowań. Żadnej wypasionej chaty, o której mówiła Renata, czy choćby hangaru na łódki. Sobieski wysiadł z auta, przyłożył dłoń do czoła, by ochronić oczy przed słońcem, i wytężył wzrok.

– Słyszysz? – krzyknął do Ady, która wyszła już z samochodu i zmierzała w jego kierunku.

– Chodzi ci o ćwierkanie ptaków? – Zmarszczyła czoło. – Cicho tu jak na wczasach pod gruszą. Renata chyba zrobiła nas w bambuko.

– Ciii. – Jakub przyłożył palec do ust, a potem wskazał drugi kraniec wybrzeża. – Stamtąd dochodzi muzyka. Słyszę bity. To hip-hop.

– Ale to jest chyba po drugiej stronie? – wyszeptała Ada. – Mówiłam, żeby zabrać tę dziewczynkę ze sobą. I tę SuperStar, skoro już tu była... Wracajmy. Opowiemy o wszystkim Osie i zobaczymy, co policja zdecyduje.

– Nie będę narażał dzieci – fuknął Kuba. – Szefowa się nimi wysługiwała i jest skończona.

– Kto?

– Eliza Olędzka. Tak na nią mówią – wyjaśnił pośpiesznie. Ruszył do pomostu i przyjrzał się jednej z przycumowanych omeg. – Wydaje mi się, że one są tutaj właśnie po to. Jakby mój ojciec zobaczył te cumy, chybaby się przekręcił. Tych łajb nie parkował żeglarz.

Pochylił się, wyciągnął połamane wiosło. Przeklął, odłożył je w to samo miejsce. A potem wszedł na pokład i zaczął stawiać żagiel.

Ada przyglądała mu się w milczeniu, a wreszcie podbiegła do niego, wskoczyła na łódkę i szarpnęła go za bluzę.

– Nie rób tego – poprosiła. – Mam złe przeczucia.

Spojrzał na nią i uśmiechnął się, a potem przyciągnął ją do siebie, pocałował. Nie odsunęła się jak zwykle, nie zaprotestowała. W pierwszej chwili znieruchomiała, a potem wtuliła się w niego i oddała pocałunek. Stali tak na kołyszącej się łajbie spleceni jakiś czas, aż nagle Jakub odwrócił głowę.

– Teraz słyszę muzykę znacznie wyraźniej. To Taco Hemingway. Woda dobrze niesie. Popłynę tam – pokazał.

Zarumieniona i wciąż oszołomiona Ada nie od razu pojęła, co Kuba do niej mówi.

– Dokładnie to chciałam usłyszeć po naszym pierwszym pocałunku – mruknęła, mrugając niczym bohaterka starożytnego romansu. – Że słuch ci się wyostrzył.

Jakub roześmiał się i pogładził ją po policzku, a potem znów pocałował. Głaskał ją po włosach, plecach, a potem przycisnął mocno do bioder.

– Jak wrócę, zaproszę cię na randkę. Pomyśl, dokąd chciałabyś pójść, co zjeść – wyszeptał jej do ucha.

– Może jakieś kino? Spełnię każde życzenie.

– Chyba nie sądzisz, że po jednym całusie od razu wskoczę ci do łóżka? – zaprotestowała i wzięła się pod boki, jakby pierwsze odurzenie minęło.

– Poczekam. – Uśmiechnął się. – Tyle, ile będziesz potrzebowała. Chociaż wydaje mi się, że teraz to już nie będzie trudne.

Pacnęła go po ramieniu i odwróciła głowę, a potem spojrzała w kierunku, w którym on patrzył.

– Naprawdę chcesz tam płynąć sam?

– Uwielbiam, jak się o mnie boisz. – Objął ją ramieniem. Powąchał włosy. Jak zwykle wyczuł kokos, ale też coś jeszcze, jakieś kwiaty. – Boże, jak ty pachniesz! Co to jest?

Uśmiechnęła się zadowolona.

– Tuberoza – szepnęła i cmoknęła go w policzek.

– Nie zmieniaj tematu.

Nabrał powietrza, uderzył się żartobliwie po twarzy.

– Teraz tym bardziej muszę się tam dostać. Z tchórzem się przecież nie umówisz.

– Wolałabym, żebyś się nie bił, bo nasza randka odsunie się w czasie.

– Postaram się tego uniknąć – rzekł z powagą, ale oczy błyszczały mu szelmowsko. – A gdyby nawet, spróbuję ocalić gębę.

Tym razem to ona się uśmiechnęła. Pojęła, że dalsze przekonywanie go nie ma sensu.

– Czekaj na mnie do trzech godzin – powtórzył.
– Potem jedź prosto do Drabika. I miej włączony telefon.

– Skoro tu nie ma sieci, na wyspie tym bardziej nie będzie – zauważyła.

– Odezwę się, jak tylko będę mógł gadać. Może to ślepy trop i naszą pierwszą randkę zaczniemy już dziś? – Mrugnął do niej. – Cudownie wskakujesz na łódki. Kiedyś popłyniemy razem w rejs. Nie mówiłem ci, ale jestem genialnym sternikiem.

– Ja też – odparowała. – Więc nie wymądrzaj się, bo posadzę cię przy szotach. – Umilkła, widząc jego roześmianą gębę. – Uważaj na siebie. – Wspięła się na palce i pocałowała go, a potem sięgnęła do torebki i wcisnęła mu gaz, który kazał jej zabrać. – I nie rób głupot.

Jakub dobijał do brzegu i w trzech miejscach wychodził na ląd, ale za każdym razem słyszał dźwięki tylko w oddali. Dwukrotnie ruszył lasem w tamtą stronę, gąszcz jednak gęstniał i Kuba orientował się, że się oddala. Telefon wyłączył, żeby oszczędzać baterię, bo internetu w tej głuszy nie było wcale. Myślał gorączkowo, czy informacje Renaty nie są fałszywe, ale pocieszał się, że Ada na niego czeka, i to dodawało mu animuszu. Był już cały zlany potem, kiedy wrócił kolejny raz na starą omegę i próbował zidentyfikować miejsce, skąd dobiega muzyka. Zaczynało się ściemniać. Martwiło go to, bo wiedział, że jeśli w ciągu pół godziny nie znajdzie drogi do domu Jukiego, akcję będzie musiał uznać za przegraną. Nagle w szuwarach spostrzegł stertę plastikowych butelek, worków foliowych i resztek żywności. Zrobił zwrot, popłynął w tamtym kierunku. Wbił się dziobem w tataraki, rozebrał od pasa w dół, a rzeczy zapakował do plecaka. Przeciągnął łódź aż do brzegu. Mógł sobie pogratulować. Tym razem wyraźnie słyszał szlagiery z lat osiemdziesiątych. Rozpoznał Wandę i Bandę, a potem The Cars. Czuł, że jest blisko. Osuszył się bluzą i ubrał. Łódź dobrze przywiązał do drzewa i włączył telefon, żeby zrobić zdjęcie. Gdy tylko ruszył, gąszcz się przerzedził i po chwili był już na ścieżce. Widział teraz, że z boku do domu prowadzi szutrowa droga. A więc błądził po omacku niepotrzebnie. Do domu Czarneckiego można było dojechać samochodem. Dlaczego Renata podała mu błędną lokalizację, nie chciał się teraz zastanawiać. Uznał, że policzy się z nastolatką później. Cieszył się z tego, że jest blisko celu.

Obejście było zabałaganione, a na huśtawkach, w kokonach i na hamakach wypoczywali młodzi ludzie. Przyglądali mu się apatycznie, kiedy ich mijał, ale nikt go nie zatrzymywał ani nie zagadywał. Imprezowicze byli młodzi, lecz raczej pełnoletni. Nie legitymował ich, ale im bliżej był domu, dostrzegał coraz więcej starszych osób: facetów w swoim wieku i ryczące czterdziestki ubrane skąpo jak na tę pogodę. Ich stroje pasowały jednak do okolicy. Dżinsy, krótkie topy albo bikini zamiast bluzek. Kiedy dotarł do bramki na posesję, drogę zastąpił mu jakiś napakowany młodziak.

– Hasło?

– Spierdalaj. – Sięgnął po kaburę. Pokazał blachę.

– Starczy?

Chłopak natychmiast odskoczył i pobiegł do grupki kolorowo ubranych mężczyzn zgromadzonych wokół kobiety na huśtawce.

Kuba przyśpieszył, bo czuł, że za chwilę mogą próbować go powstrzymać. Nic takiego się nie stało. Bez przeszkód przekroczył próg nowocześnie wyposażonego budynku w stylu marynistycznym. Wewnątrz aż kapało od forsy: rzeźby, kolekcje figurek i porcelany w serwantkach, wzorzyste dywany, stół długi na trzy metry. A wszystko to obsypane śmieciami, jakimiś szmatami wyglądającymi na damskie ubrania. Wszędzie pełno niedopałków i walających się pustych butelek.

Muzyka dudniła z wielkiej szafy grającej, którą gospodarze ulokowali w końcu wielkiego holu. Z niego promieniście odchodziły pokoje z przeważnie otwartymi drzwiami. Jakub nie musiał zaglądać, by wiedzieć, że tam też panuje nieopisany bałagan.

– Zmywać się. Gliny! – ryknął ktoś i natychmiast obecni w domu zaczęli uciekać.

W jednej chwili zapanowała panika. Uciekali oknami, przeskakiwali balustrady. Jakub usłyszał hałas, jakby spadło coś szklanego i się potłukło, a potem zobaczył półnagą dziewczynę usiłującą biec mimo wielkiego koca, w który była owinięta. Sobieski próbował jej pomóc, ale ugryzła go i opluła, a potem rzuciła pled na ziemię i wybiegła na dwór, goła jak ją Pan Bóg stworzył.

Już po kilku minutach dom był pusty i tylko jeden łysiejący facet zmykał chyłkiem na górę. W dłoni trzymał aparat na statywie. Kuba ruszył za nim. Chwycił go za ramię w ostatniej chwili, zanim ten przymknął drzwi iście królewskiej sypialni z zawieszonym nad łożem monstrualnym żyrandolem z żeliwa.

– Puść. Zostaw! – wił się fotograf.

Był dużo starszy od pozostałych, a co za tym idzie, mniej zwinny. Starczyło, że Jakub przytrzymał go mocniej, a gość usiadł bez ruchu i zwiesił ramiona.

– Co tutaj masz? – zainteresował się detektyw.

– Porno?

– Nie, no co ty? – obruszył się fotograf. – To tylko sesja foto. Akty. Modelkę mi wystraszyłeś! Masz w ogóle nakaz?

– Akty? – Jakub podniósł brew. – Gdzie jest Juki?

– Kto?

– Sebastian Czarnecki. Zaprowadź mnie do niego. To jego dom?

Facet wzruszył ramionami.

– Ja tylko dostałem zlecenie. Nic nie wiem.

Kuba szarpnął fotografa za kołnierz, aż ten sapnął i zapluł się. Wtedy detektyw dostrzegł dwa ciała leżące pod kołdrą. Kobieta była ostro upalona, z trudem podniosła głowę. Pacnęła swojego towarzysza, dużo młodszego od niej efeba z burzą loków jak u dziewczyny.

– Co jest? – wyburczał. – Wypad z baru! Nie widzicie, że się ruchamy?!

– Gdzie jest właściciel tego domu? – ryknął Sobieski i dopadł łóżka.

Wyciągnął z niego kobietę, która ledwo stała na nogach, tak była nietrzeźwa.

– Ratunku! To jakiś świr! – wrzasnęła.

– Cicho, Monia, bębenki mi pękną. – Młody zatkał uszy. A potem spojrzał na Jakuba. – Czego chcesz?

– Gdzie jest Juki?

– A co ja, jego niańka?

Jakub spojrzał na całą trójkę. Fotograf już nabrał pewności siebie, bo uśmiechał się kpiąco i podchodził do Sobieskiego nabuzowany.

– Oddawaj mój sprzęt.

Kuba przytrzymał aparat przy sobie.

– Najpierw zaprowadź mnie do gospodarza.

Na te słowa facet wybuchnął głośnym rechotem.

– Gospodarze wyjechali i nieprędko wrócą. Ten dom jest na sprzedaż. A co, chcesz kupić? Jak przyjadą, zdziwią się, co tu się działo. Oddawaj moją lustrzankę. Kosztowała dwadzieścia koła. To profesjonalna kamera. Inaczej cię oskarżę – nawijał.

Sobieski ważył w myślach odpowiedź.

– Prowadź mnie do Czarneckiego.

– Wiesz, o co mu chodzi? – Fotograf zwrócił się do Loczka, który już wstał i zaczął się ubierać.

Jego towarzyszka igraszek – wręcz przeciwnie. Rozsiadła się w fotelu i zupełnie nie czując skrępowania z powodu swojej nagości, zajęła się skręcaniem papierosa. Była przerażająco chuda, ale monstrualny biust trzymał się w miejscu, nawet gdy się pochylała.

– Jukiego trudno zastać – wymamrotała. – To święto, kiedy zaszczyca nas swoją obecnością. A dobrze by było, żeby przyjechał, bo żarcie się skończyło. No i ćpanie.

Kuba sięgnął po swój telefon. Włączył dźwięk i sprawdził sieć. Dopiero teraz spostrzegł, że ma mnóstwo nieodebranych wiadomości od Ady. Znalazł swoją lokalizację na mapie i wysłał jej pinezkę. „Daj znać Drabikowi" – wystukał.

– Zaraz będzie tutaj policja. Nigdzie się nie ruszacie – zarządził, po czym zamknął pokój i zszedł po schodach na dół.

Tak jak się spodziewał, na parterze nie było już żywego ducha.

– Ktoś go ostrzegł – oświadczył Drabik, kiedy technicy skończyli oględziny terenu, a Osa odprowadziła do radiowozu parkę z królewskiego łóżka i specjalistę od damskich aktów.

– Wiadomo kto. Renata – mruknął Kuba. – Na twoim miejscu wziąłbym nastolatkę na dołek i porządnie przetrzepał.

– To niepełnoletnia uczennica. Wzorowy pasek. Drużynowa. Eliza Olędzka za nią ręczy. Musiało ci się coś pomylić – uciął policjant.

– Nic mi się nie pomyliło – pieklił się Jakub. – Tylko ona wiedziała, że się tutaj wybieram.

– Osa już z nią gadała – poinformował policjant. – Nic nie wie, a adres podała orientacyjnie. Ta druga koleżanka Sylwia SuperStar też złożyła zeznania. Przyznaj się lepiej, że położyłeś akcję. Zbłaźniłeś się. Masz szczęście, że dopadłeś tego amatora fotografii, to może jakoś cię wybronię. Ale jak na razie w tym aparacie są gołe foty i żadnego porno. Twoja teoria jest z dupy. Nikt z nich nie zna Czarneckiego.

– Nie wierzę – wychrypiał Jakub. – Myślę, że był tutaj i zwiał.

– Sprawdzimy każde pomieszczenie. Pobraliśmy próbki. Jeśli gość mieszkał tu i są jego rzeczy, natrafimy na to. Cierpliwości.

Drabik przemawiał spokojnie, niemal czule, jak do swojego ucznia, co tym bardziej drażniło Jakuba. Czuł, że policjant nie bierze jego słów poważnie, i nie miał wcale pewności, że te obietnice spełni.

– Co możemy tej trójce przyklepać? – Drabik wzruszył ramionami. – Wtargnięcie do cudzego lokalu i dewastację majątku, jeśli rzecz jasna właściciele, którzy mieszkają na stałe na Mauritiusie, zgłoszą wniosek o ściganie. Wtedy oczywiście przymkniemy twoich przyjaciół. Jeśli nie, trzeba ich będzie puścić wolno. On i ona są pełnoletni. Mieli jakieś śladowe ilości marychy, ale to wszystko. O fotopstryku już mówiłem. Nic ponadto nie mamy. – Skrzywił się. – Ale gratuluję sprytu, Reksiu. Nie byłoby łatwo znaleźć tę luksusową melinę, gdyby nie twoje umiejętności żeglarza. Tylko powiedz mi, po chuj? Po co ty tu przyjechałeś, mnie nie obchodzi, ale jakim prawem zawracasz dupę mnie! Wiesz, ile roboty mamy przy Kokoszy? – zakończył z ciężkim westchnieniem, jakby zmęczony ochrzanianiem niesubordynowanego syna.

– Ada jest bezpieczna? – spytał złamany Jakub.

– Nic jej nie jest. Przyjechała cała rozogniona i zmusiła mnie, żebym cię ratował. Wysłałem ją do domu. Niech odpoczywa.

Kuba pochylił głowę. Czuł się jak idiota i nie mógł znieść, że dowie się o tym cała komenda.

– No to jesteśmy jeden – jeden – zaśmiał się Drabik.

– Więcej twoich durnych pomysłów słuchał nie będę.

– Może to była porażka – zaczął Jakub.

– Owszem – wszedł mu w słowo Drabik. – Na dodatek zawracanie dupy. Coś dla dzielnicowego, ewentualnie patrolu, a nie dla kryminalnych. Dodam, że nie ma związku z prowadzonym przeze mnie śledztwem. Marnujesz mój czas.

– Wiesz, że to nieprawda – przerwał mu Jakub.

– Czarnecki korzysta z opuszczonych domów i robi z nich imprezownie. Adresy się zmieniają, ale ci ludzie, którzy tutaj byli, jakoś dowiadują się o tych bibkach. Nie wiem, jak i po co, dlaczego się to odbywa, bo tego jeszcze nie rozkminiłem, ale to się musi jakoś łączyć. On tutaj był. Jestem pewien. Uciekł, bo przyszedłem sam. No i ktoś go ostrzegł.

– Więc jak to rozkminisz, daj znać dziennikarzom.

– Drabik machnął ręką. – Do mnie nie dzwońcie. Mam w chuj roboty z prawdziwymi przestępstwami. A z tobą

271

dochodzenia prowadzić nie zamierzam. Ostatnio dostałeś ostrzeżenie.

– Daj mi pogadać z tą trójką – poprosił Sobieski. – Jeśli nie ze wszystkimi, to chociaż z kobietą. Ona zna Jukiego.

– A gadaj sobie – żachnął się Drabik. – Przesłuchamy ich i puszczamy luzem. Jeśli zaczaisz się pod komendą tak, żebym cię za bardzo nie widział, możesz próbować. Chociaż uwierz mi, to nie są i nigdy nie będą twoi przyjaciele. Ta pani szczególnie jest na ciebie cięta. Nie była zadowolona, kiedy wjechała policja, i zapamięta twoją gębę do śmierci. Tak mi powiedziała.

– Kim ona jest?

– A bo ja wiem? Chyba kurwą. W każdym razie jako zawód podała gospodyni domowa. Widziałeś jej balony? A z takimi szponami to tylko do Eurowizji, nie do gotowania.

– O Boże, jak strasznie się bałam! – Ada rzuciła się Jakubowi na szyję, kiedy przyjechał po swojego hiluxa. Trochę krzywo patrzyła, że Sobieski wysiada z auta Drabika, ale gdy tylko zastukał do jej drzwi, od razu złość jej przeszła. – Myślałam, że cię porwali. Tak długo to trwało...

Bał się na nią spojrzeć, chociaż widok roześmianej, szczęśliwej i tak rozkosznie mu przyjaznej Ady koił jego nerwy. Najprawdopodobniej liczyła, że to właśnie dziś zabierze ją na tę wyczekaną kolację, a musiał jej powiedzieć, że będą z tego nici. Przedłużał więc ten moment jej szczęścia, milcząc.

– Co ci jest? – zaniepokoiła się. – Jesteś jakiś przygnębiony. Nie martw się. Drabik tak gada, ale wpisze sobie tę akcję do statystyk. Nie odwoziłby cię, gdybyś mu nie przysporzył chwały. Jakoś to połączy.

Kuba odwrócił głowę. Oddychał miarowo, by się uspokoić.

– Może chcesz coś do picia? Wina, piwa, wódki? Herbaty?

Przekrzywiła głowę i podeszła do niego. Pogładziła po twarzy. Spojrzał na nią, ale nie śmiał pocałować. Zrobiła to za niego. Przez długą chwilę napawał się przyjemnością i coraz mniej miał woli, by jej powiedzieć, że muszą przełożyć spotkanie.

– Dziś nigdzie nie idziemy – zadecydowała. – Nie zamierzam siedzieć na randce z takim smutasem. Nie wiem, co ci jest ani co powiedział Drabik, ale musisz wypocząć.

– Nie o to chodzi – wydusił.

Klapnął na pierwsze z brzegu krzesło. Rozejrzał się po jej mieszkaniu. Było wysprzątane.

– Poszłam po rozum do głowy i zatrudniam specjalistkę – odczytała jego myśli. – To ekonomiczne i wszystko mogę teraz znaleźć.

– Nie gniewasz się? – spytał.

– Widzę przecież, że jesteś nie w sosie. Chcesz pogadać?

Pokręcił głową.

– Muszę iść – rzekł. – Nie wiem, czy to ma sens, ale to może być jedyna okazja. Drabik zatrzymał kobietę, która jako jedyna napomknęła coś o Jukim. Poza nią wszyscy nabierają wody w usta. Znają go z YouTube'a, oglądają jego tiktoki, ale na żywo nikt nie ma z nim niby kontaktu. Jakby był duchem.

– I? – Zawiesiła głos. – Co to za kobieta?

– Chyba nie jesteś zazdrosna? – przestraszył się.

– Co ty, durniu! – Pacnęła go żartobliwie po ramieniu.

– Drabik pojechał do komendy. Twierdzi, że dzisiaj ją puszczają.

– O której? – spytała.

– Nie mam pojęcia. Jak go znam, zrobi mi na złość i każe czekać do rana. Jeśli mnie tam wtedy nie będzie, kobieta się ulotni i po moim tropie.

– Jak się nazywa ta zacna pani? – Ada już chwyciła telefon. Zaczęła wstukiwać wiadomość. – Zaraz się dowiemy, jakie ma zarzuty i ile posiedzi na dołku. Mój kumpel ma dzisiaj dyżur, a nie cierpi Drabika tak samo jak my, dlatego wyzna wszystko jak księdzu. Niech cię o to głowa nie boli.

– Nie mam pojęcia. Nie podała danych.

– Jak to nie podała?

– Podejrzewają, że to prostytutka. Może gwiazdka porno, gdyby sądzić po wyglądzie? Biust ma znacznie większy niż ty i oczywiście o wiele brzydszy – zapewnił pośpiesznie. – Usta rybie, a paznokciami mogłaby orać pola.

Ada zaśmiała się głośno.

– Jesteś wariat.

Uśmiechnął się smutno. Wstał.

– Wybacz. Będę leciał.

Odwrócił się i zdziwił, że Ada wkłada buty, sięga po torebkę.

– A ty co?

– Idę z tobą – oświadczyła. – Skoro nie mamy randki, możemy chociaż pogadać. Co będziesz tam tak sam siedział?

**

Czekali bite cztery godziny i Jakub kilka razy ska-
kał do pobliskiej stacji po hot dogi, kawę i dodatkowe
paczki heetsów. Wreszcie w drzwiach komendy pojawiła się bywalczyni domu nad Zegrzem, chociaż trudno ją było poznać w ubraniu. Na sobie miała grzeczną
spódnicę w kwiatki, elegancki różowy żakiet i płaskie
baleriny. Jej obrzmiałą twarz przysłaniały okulary
przeciwsłoneczne. Drabik musiał jakoś wybrnąć z kolejnej akcji, żeby nie została publicznie uznana za wto-
pę, więc wezwał sztab dziennikarzy, którzy obstąpili
kobietę, gdy tylko pojawiła się w drzwiach komendy.
Jakub przeklął, bo wiedział, że tym trudniej będzie
mu namówić kobietę na rozmowę. Wtedy z jednego
z zaparkowanych w oddali samochodów wysiadł mężczyzna w mundurze moro. Marszowym krokiem podszedł do świadka, siłą odsunął dziennikarzy i fotogra-
fów, a potem otoczył kobietę ramieniem i odprowadził
do gazika.

– Porucznik Chrobot – wyszeptał Jakub. – A to
ciekawe.

– Co on ma wspólnego z tą lalą? – zdziwiła się
Ada i znów zaczęła pisać do swojego kumpla z prokuratury.

Trwało to dłuższą chwilę, a w tym czasie Jakub dyskretnie włączył się do ruchu.

– On jest czujny. Zaraz mnie zauważy – gadał do
siebie, starając się nie spuszczać gazika ojca Stefy
z oczu. – To cwany trep. Będzie chciał mnie zgubić.

Trzymał się w bezpiecznej odległości, ale wyglądało
na to, że porucznik zmierza po prostu do domu na
Gocław.

– Wszystko jasne – oświadczyła nagle Ada z szerokim uśmiechem. Nadstawiła policzek. – Należy się

całus. Twoja znajoma z hacjendy nad Zegrzem to jego starsza córka, Monika.

**

Blok przy Kocura

Tym razem Kuba pokonał trasę do mieszkania porucznika Chrobota błyskawicznie. Prowadził Adę jak po sznurku. Odczekali chwilę, zanim były wojskowy z córką wejdą do klatki, a zaraz potem ruszyli ich śladem.

– Co będzie, jak ci nie otworzy?

– Tym razem nie zamierzam biegać jak matoł po pokojach – oświadczył Kuba i wyciągnął z kieszeni kółko z kluczami, które dała mu Pola. – Poradzimy sobie.

– Zamierzasz wedrzeć się do niego siłą?

– Chcę tylko porozmawiać – podkreślił. – Ale zrobię wszystko, żeby to umożliwić.

Zastukał kilka razy do jednego i drugiego mieszkania, ale jak wyrokowała Ada, odpowiedziała im cisza. Kuba zadzwonił do porucznika. Chrobak nie odebrał, chociaż słyszeli dzwonek komórki dobiegający ze środka. Napisał mu więc wiadomość, że sprawa jest pilna, a potem włożył klucz do zamka. Zaskoczenie, jakie malowało się na twarzy starego wojaka, zrekompensowało mu wszystkie dzisiejsze potknięcia.

– Dzień dobry. – Skinął głową skacowanej Monice. – Nie wiem jak pani, ale ja wielce się cieszę z kolejnego spotkania.

– Tato, wywal go – warknęła do ojca, lecz Chrobak ku zdziwieniu wszystkich podszedł i zamknął drzwi za gośćmi.

– Nie, córko – rzekł władczo. – Może wreszcie się dowiem, w co się wpakowałaś? I co gorsza, umoczyłaś też Stefkę.

– Nie wspominaj przy mnie imienia tej wywłoki! – żachnęła się kobieta i podeszła szybkim krokiem do barku w poszukiwaniu alkoholu.

– Nic nie ma. Wszystko wypiłyście! – Chrobak siłą odsunął córkę od szafki. – Zrobię ci herbaty. Siadaj i ochłoń. Dużo mnie kosztowało, żeby cię wyciągnąć z tego komisariatu. Jesteś mi winna przynajmniej wyjaśnienie!

– Nic ci nie jestem winna! – rozkrzyczała się. – To moje życie i będę je spędzała, jak chcę! Nie mieszaj się do niego.

– Córeczko! – Porucznik rzucił się do Moniki, żeby ją przytulić, ale go odepchnęła.

Jakub w milczeniu obserwował tę scenę i nie mógł wyjść z podziwu, jaki porucznik jest czuły wobec córki. Wyglądało na to, że Pola mówiła prawdę. Był troskliwym, opiekuńczym ojcem, do tego zdecydowanie za miękkim. Niewykluczone, że Monika stoczyła się, bo na wszystko jej pozwalał. Nawet w tej sytuacji to ona miała władzę nad ojcem.

– Opowiedz nam o Jukim – zażądał Jakub. – Co to za balangi w opuszczonych domach?

Kobieta spojrzała na niego rozzłoszczona. Zacisnęła usta. Wydawało się, że zmilczy odpowiedź, ale prychnęła pogardliwie:

– Co się tak nim interesujesz? Jesteś gejem?

– Próbuję tylko znaleźć twoją siostrę.

– Ja nie mam siostry! – wypaliła. – Po tym, co odstawiła, już nie. I tobie, tato, też radzę, odpuść sobie. Stefa nie wróci.

Opadła na fotel. Ukryła twarz w dłoniach. Słyszeli, jak głośno łka. Chrobak podbiegł do Moniki i objął ją ramieniem.

– Chodź, położę cię do łóżka. Odpoczniesz.

A potem machnął kilka razy na Kubę i Adę.

– Idźcie. To nie jest najlepszy moment. Wrócimy do tego, jak Monia poczuje się lepiej.

– Mam tego dosyć! – Monika wyrwała się z objęć taty. – Chcecie wiedzieć? Dobrze. Opowiem wam o Jukim. W Anglii był sublokatorem mojego chłopaka. Mieszkaliśmy we troje siedem i pół roku z przerwami, więc wiem o nim całkiem sporo. To zwyrol.

– Mareczek? – wyszeptał zdruzgotany Chrobak. – Twój Marek jest przyjacielem tego Jukiego?

– Tato, nie przerywaj mi, tylko słuchaj… – Monika spojrzała na ojca groźnie. – Marek poznał Sebastiana, kiedy wszedł w środowisko nielegalnych fajterów, zdominowane przez Polaków, Rosjan i ludzi z Europy Wschodniej. Walczyli w klatkach, zwykle na lewo, chociaż Sebastian jako jedyny z tej ekipy przedostał się do oficjalnego obiegu. To wtedy nadał sobie ksywę Juki. Brał sterydy i faszerował się anabolikami, co ryło mu beret, ale wtedy nikt się tym nie przejmował. Mimo niewielkiego wzrostu rozpuchł się w ramionach i nabrał masy. Trzeba przyznać, że na ringu dobrze sobie radził. Wtedy też zaczął nagrywać te swoje mentoringi samca alfa. Na początku się z nich z Markiem śmieliśmy, a potem zauważyłam, że mój chłopak jest nim prawdziwie zafascynowany i zmienił się, żył według porad Jukiego. To było jak infekcja. Z czasem fanów Jukiego przybywało. Pojawiła się też kolejka dziewczyn. Juki dobrze zarabiał, osiągał sukcesy, za to mój Marek wypadł z branży. Wtedy Juki załatwił mu pracę w biznesie porno. Miał łowić młode dziewczyny, które szybko chciały zarobić górę forsy. Mnie Marek mówił, że będę gwiazdą. Zachwycał się moim ciałem. Powtarzał, że kręci go, jakie miliony facetów mnie pragną. To podbijało moje poczucie własnej wartości, chociaż wiedziałam, że gada tak pod wpływem wątpliwych mądrości Jukiego. Z nim z kolei było coraz gorzej. Aresztowanie za aresztowaniem. Mówiono, że krzywdzi dziewczyny. Zaczęłam się go bać. Prosiłam, żeby Marek przestał się z nim spotykać, ale osiągnęłam tylko tyle, że ze mną zerwał. Sebastian nakręcił mu w głowie, że powinien mnie wziąć pod but, chociaż wtedy to ja zarabiałam na dom. O ekscesach, grzywnach i aferach Jukiego poczytacie sobie w sieci. Juki zachłysnął się swoją własną legendą. Dziewczyny dosłownie właziły mu do łóżka. Kiedy sponsorzy się wycofali i nikt normalny nie chciał go kontraktować, Juki ogłosił emeryturę i zaczął żyć z tych nagrań. W sieci od dawna był znany. Znajomi mówili, że porywał dziewczyny i więził je jak niewolnice. Wcale mnie te plotki nie zdziwiły. Od początku czułam, że drzemie w nim coś złego. Kochał przemoc, karmił się nią. Chociaż miał armię wyznawców w necie, bo inaczej tych wielbicieli nie można nazwać, żył sam, praktycznie z nikim się nie kontaktował. My z Markiem wracaliśmy do siebie i zrywaliśmy. Było burzliwie. A potem, no cóż, Mareczek odstawił mnie na boczny tor, bo przyjaciel tego zażądał. Co robili we dwóch, kiedy się wyprowadziłam, nie wiem i tylko dochodziły mnie słuchy, że jedyną osobą, którą Juki szanuje, jest mój chłopak. Tylko jemu ufał. Jego jednego dopuszczał do swoich tajemnic. Z czasem role się odwróciły. Marek w Polsce założył własną wytwórnię, a Jukiego ściągnął do kraju i zatrudnił jako wykidajłę. To wtedy zaczęłam być gwiazdą w tych filmach, ale też robiłam obrzydliwsze rzeczy w życiu, jak sprzątanie hoteli albo zmywak u Chińczyka. Wolę już rozbierać się przed kamerą, niż tyrać za grosze.

– W jakich filmach? – wyszeptał Chrobak. – O czym ty mówisz, córeczko?

– Mówiłam, że lepiej, żebyś tego nie słuchał, tato – odparła ciszej. – Rozbieranych. Chodzi o porno. W ciągu roku zarabiałam dwadzieścia pięć tysięcy funtów, ale z tego wszystkiego zostawało mi niecałe dwa. Koszty takiego życia są bardzo duże. Kosmetyczka, manikiurzystka, szmaty, rzęsy, lekarze, operacje, przymusowe badania na hiv i inne choroby zakaźne, szczepionki, fryzjer... Za to wszystko każda dziewczyna musi płacić sama.

– Ty, ty, ty zajmujesz się porno? – jąkał się oniemiały ojciec.

– Przecież wiedziałeś – żachnęła się. – Pytałeś mnie o to i przyznaję, że wtedy kłamałam.

– Znalazłem jej notes i tam były takie skróty: BGB, GBG – wyjaśnił ojciec. – Myślałem, że się prostytuuje... Wtedy zaprzeczyłaś! Przysięgałaś, że nie uprawiasz nierządu!

– Bo to nie jest prostytucja, tatusiu.

– To jest jeszcze gorsze! Tak jakbyś spała z tymi wszystkimi facetami, którzy oglądają to gówno!

– Raczej odgrywanie ról. – Wyprostowała się. Spojrzała na gości. – A jeśli już o tym rozmawiamy, to właściwie jestem gwiazdą w tej branży. Pierwsza liga mimo lat. Poszukajcie sobie w sieci zdjęć Floretty.

– Mimo lat? – obruszył się Chrobak. – Ty nie masz trzydziestki!

– Po trzydziestce planowałam już emeryturę. – Machnęła ręką. – Nawet sobie nie zdajesz sprawy,

jaką konkurencję zawodowcom robią osiemnastolet-
nie amatorki. Zjeżdżają z całego kraju do Warszawy
i pracują miesiąc, maksymalnie trzy, dopóki się nie
opatrzą. Ich młodość i niedoświadczenie są najbardziej atrakcyjne. Czasami odgrywają role nieletnich,
innym razem to są sceny kontrolowanego gwałtu,
bywa, że i zbiorowego. To, co widziałeś w moim note-
sie: *„boy-girl-boy"*, *„girl-boy-girl"*, dawno odeszło już
do lamusa. W każdym razie teraz najbardziej podoba
się przemoc wobec młodziutkich naturszczyków...
Nie mam szans z osiemnastolatkami. Muszę się wy-
cofać.

– Czy Stefa też trafiła do tej branży? – Jakub zdecydował się włączyć. – Masz z nią kontakt? Wiesz,
gdzie jest?

– Znów ona! Tylko ona wszystkich interesuje! – na-
rzekała Monika. – Choćbyście mnie cięli na pasy, nie
wezmę udziału w jej poszukiwaniach. To wredny ba-
chor, cwany i egoistyczny! A jeśli chodzi o mnie, to
powiem ci, że nie wstydzę się. Jestem wolna. Robię ze
swoim ciałem, co chcę.

Jej ojciec w tym momencie złapał się za głowę. Zdawało się, że zaraz ją sobie oderwie, ale nie wydusił ani
słowa.

– Dlaczego tak jej nie lubisz? – zapytała Ada. – To
przecież twoja siostra. Wprawdzie przyrodnia, a jednak wychowywałyście się razem. Nie zrozum mnie
źle, sama mam siostrę z innej matki. Nie mamy kontaktu. Nie cierpię jej – dorzuciła.

– Nienawiść jest lepszym określeniem – sprostowała Monika. – Kiedy wróciliśmy z Markiem do kraju,
holowałam ją i Stefa nieustannie do nas przyłaziła.
Nie rozumiałam wtedy, co się święci. Sądziłam, że mój

chłopak stara się pomagać mojej młodszej siostrze, bo mnie kocha. A oni już wtedy spiskowali! Zwierzała mu się, prosiła o różne przysługi, schlebiała. Dużo czasu spędzali razem, bo ja miałam kupę zleceń. Robiłam to też dla niego. Cieszył się jak dziecko z każdej mojej nowej roli. Kiedy się poróżniliśmy, a poszło o to, że chciałam z tym skończyć, wyjść za mąż i mieć dzieci, Stefa praktycznie przesiadywała u nas. To wtedy wróciłam na Gocław. Pamiętasz, tatusiu?

Chrobak powoli skinął głową.

– Naprawdę zamierzałam z tym skończyć. Stefa wygadała swojej matce i Pola groziła, że powie tacie. Szantażowały mnie. Obraziłam się na nią dokumentnie.

– I co się wtedy stało? – wszedł jej w słowo Jakub.

– Zginął ten pedofil, który niby dobierał się do Stefy – odparła. – Pamiętam, zadzwoniła do mnie z prośbą, żebym odebrała ją z jakiegoś motelu, ale ja nie mogłam. Miałam ważną sesję…

– Więc skontaktowała się z twoim chłopakiem? – odgadł Jakub.

Monika skinęła głową.

– Tak myślę.

– Przyjechał po nią?

– Nie wiem. Nie chce nic na ten temat powiedzieć, ale sądzę, że tam pojechał. Od tamtego czasu tych dwoje zbliżyło się do siebie na tyle, że ja poszłam w odstawkę. Mam jeszcze podpisane kontrakty i muszę je wypełnić. Poza tym trochę wpadłam w ćpanie i narobiłam długów. Ale z tym skończę, tatusiu, obiecuję. Nie będziesz się za mnie wstydził. – Rzuciła się do ojca i przytuliła do niego z całych sił.

Były wojskowy pozostał sztywny jak słup soli. Nie objął jej, nie wypowiedział słowa. Monika chwilę wisiała tak na nim, a potem odsunęła się i przyjrzała mu się z przestrachem.

– Masz żal?

– Sądziłaś, że się ucieszę? – ryknął. – Kocham cię. Wiem, że zbłądziłaś... Ale się o ciebie teraz boję. Każdy może cię zobaczyć na tych taśmach! Czy oni ci grozili?

– Nikt mi nie groził i robiłam to dla pieniędzy, z własnej woli. A żadnych taśm nie ma, tato. Dziś wszystko ogląda się w necie. Zresztą zwykle mam perukę, czasami maskę albo jestem przesadnie umalowana. Jest minimalna szansa, że ktoś z rodziny albo naszych znajomych domyśli się, że to ja. Przecież wiesz, że na co dzień nie ubieram się tak wyzywająco. To tylko wizerunek sceniczny.

– Czy twój chłopak wciągnął w to bagno także Stefę? – powtórzył z naciskiem Chrobak.

Monika w odpowiedzi kręciła głową.

– Stefa się zgłaszała i oferowała swój udział, ale Marek tak się wkurzył, że prawie ją przy mnie uderzył. On zachowuje się wobec niej jak jakiś pieprzony ojciec. Opiekuje się nią. Może dlatego porwał ją i ukrywa przed wszystkimi?

– Stefa była w tym domu nad Zegrzem? – wtrącił się Jakub. – Na imprezie Jukiego? Widziałaś ich razem?

– Jak już ci tłumaczyłam, Juki rzadko bywa na swoich imprezach – odparła Monika wyniośle. – A nawet gdybyś chciał go znaleźć, nie zdołasz. Korzysta z domów, których właściciele wyjechali, albo po prostu od dawna nikt tam nie przebywa.

– Gdzieś mieszka. Ma jakichś rodziców, znajomych, ludzi, z którymi kontaktuje się na gruncie prywatnym.

– Raczej nie. Ale tak się składa, że wiem, gdzie może być teraz, bo trwa bicie rekordu, które odbywa się online, i Marek z pewnością wezwał wszystkich swoich ludzi na pokład. Podam wam adres studia i załatwię wejściówki wyłącznie po to, żebyście znaleźli z nim tę małolatę. Mam nadzieję, że Stefa ani ten pieprzony Juki nie wyjdą z pierdla bardzo długo.

⁎⁎

Tym razem Jakub nie trudził się zawiadamianiem Drabika. Starczyło mu, że jeden raz dziennie zachowuje się jak błazen. Zebrał wszystkich swoich ludzi, włącznie z Merkawą, a porucznik Chrobak mimo groźby zatrzymania zdecydował się dołączyć do nich. Naszpikował Monikę środkami nasennymi i położył spać niczym kilkulatkę.

– Nie będziemy tam raczej strzelać – skwitował Jakub, widząc arsenał Chrobaka w walizce, którą zabrał ze sobą. Gdyby sądzić po liczbie jednostek broni, sejf w szafie musiał zostać doszczętnie opróżniony.

– Nigdy nic nie wiadomo – rzucił Chrobak.

– Więcej kłopotów nie potrzebujemy, Ziutku – przystopował go Oziu, a Chrobak o dziwo podporządkował się bez gadania. Zezwolił nawet, by broń zostawić w bagażniku Gniewka.

Kuba z niedowierzaniem patrzył, jak tych trzech z historią w armii w mig się dogadało. Zajęli miejsca w samochodach i milczeli całą drogę do studia.

Jeśli Jakub spodziewał się zardzewiałego hangaru, lochów, piwnic i rozpadających się budynków starej pieczarkarni, bo taki adres na Bródnie podała mu Monika, srodze się pomylił. Hala była odnowiona, a wewnątrz urządzono nowoczesne studio z przebieralniami dla gwiazd, których plakaty widniały na różowych drzwiach, i dużą przygotowalnią ze stoiskami do makijażu wyłożonymi w całości lustrami. Wzdłuż ścian stały przenośne wieszaki pełne fikuśnej bielizny i pudła z akcesoriami erotycznymi. Kubików, w których najprawdopodobniej kręcono filmy, było kilkanaście. Wszystkie okazały się puste, ponieważ event odbywał się na scenie głównej i to tam zgromadziła się grupa mężczyzn z kamerami oraz mikrofonami na tyczkach. Gdyby nie jęki i sapanie dobiegające ze wszystkich głośników, można by przypuszczać, że to jedno z wielkich studiów telewizyjnych.

Nikt nie zatrzymywał ekipy Jakuba, kiedy przedostali się do środka, a kilku wyrostków wręcz zachęcało ich, żeby zobaczyli występ, nie kryjąc ekscytacji. Oziu z Merkawą pierwsi zaczęli się przepychać przez tłum i zaraz zniknęli w gąszczu techników oraz obserwatorów. Jakub z ojcem Stefy zostali z tyłu, a Gniewko zawrócił do auta pod pretekstem, że ktoś musi stać na czatach. Sobieski nie protestował. Wiedział, że jego największy gabarytowo człowiek ma najłagodniejsze serce i jest najwrażliwszy. Spojrzał na Chrobaka i nie chciał być teraz w jego skórze. Porucznik zdawał sobie sprawę, że na scenie może zobaczyć swoją młodszą córkę. Znaleźli miejsce przy telebimie z brzegu i nie od razu dostrzegli twarz kobiety. Leżała w dziwacznej pozycji, a ochotnicy, którzy w dalszej części byli „przygotowywani" do występu przez rząd kobiet widocznych za przezroczystą kotarą, podchodzili kolejno. Całość robiła szokujące wrażenie.

– To nie jest Stefa – wyszeptał z ulgą porucznik. – Nie ma jej na scenie ani tam, gdzie liniowo kobiety zajmują się fiutami tych dewiantów. Dzięki Bogu! – Wzniósł oczy do sufitu.

– Zauważyłeś swojego niedoszłego zięcia? – rzucił Jakub. – Przyjrzyj się dobrze. Tylko ty wiesz, jak on wygląda.

Były wojskowy zeskanował pomieszczenie i wskazał mężczyznę siedzącego na krześle z napisem „Reżyser".

– To on? Jesteś pewien?

Chrobak splunął pod własne nogi.

– Jak go zdejmiemy, pierwszy chcę mieć jego ryja w garści – zażądał.

– Nie wolno ci go tknąć – zakazał Jakub. – Jeśli jesteś w zupełności pewien, że to Marek Mazur, bierzemy go siłą i wieziemy na psiarnię. Rozpierducha nie jest nam teraz potrzebna. Chyba zależy ci na odzyskaniu córki?

Chrobak stał chwilę bez słowa, wpatrując się z zaciśniętymi ustami w faceta, którego kochała jego córka.

– Ruszaj, zanim zmienię zdanie – mruknął i postąpił do przodu.

W tym samym momencie z tłumu wynurzył się Oziu. Merkawa stał jak zahipnotyzowany w pierwszym rzędzie pod sceną i nie dało się go odciągnąć.

– Czekaj – zatrzymał ich Jakub.

Wskazał rząd dziewcząt przygotowujących uczestników bicia rekordu. Jedna z nich, w białej obcisłej sukience i z obandażowaną nogą, patrzyła na nich przerażona.

– Kto to jest? – zapytał Chrobak. – Ona gapi się na mnie, jakby mnie znała.

– Daj jej znak, żeby tutaj przyszła – polecił podekscytowany Jakub.

– Ucieknie – ostrzegł Oziu. – Trzeba to załatwić inaczej.

Kuba wysunął się z tłumu i przyglądał się dziewczynie z innej perspektywy.

– Nie ruszaj się – polecił Chrobakowi. – Staraj się utrzymać jej spojrzenie.

– Kto to jest? – powtórzył porucznik.

– Główna dręczycielka twojej córki – wychrypiał Sobieski. – Niejaka Mugi. Od tygodnia jest poszukiwana tak samo jak Stefa.

Pacnął Ozia w pierś.

– Wołaj Gniewka i zdejmijcie naszego klienta. Tylko dyskretnie. Gdyby coś poszło nie tak, widzimy się przy aucie.

– A ty? – Chrobak odwrócił się, ale Jakuba nie było już w pobliżu.

Porucznik rozejrzał się i spostrzegł, że młody detektyw przedostał się za kurtyny i docierał na zaplecze sceny głównej. Chwilę później w rzędzie preparatorek nie było już dziewczyny w białej obcisłej sukience.

DZIEŃ ÓSMY

OCALONA
26 kwietnia (środa)

Komenda policji na Gocławiu

Drabik zarządził ciszę, bo po oświadczeniu, jakie wygłosił w sali konferencyjnej, zapanował rwetes jak na wiecu wyborczym. Dziennikarze przekrzykiwali się, podsuwali siedzącym za stołem funkcjonariuszom mikrofony, a fotografowie przepychali się, żeby zdobyć zdjęcie nastolatki ocalałej ze szponów szajki producenta porno Marka Mazura z Gocławia.

Mugi miała na sobie obszerną bluzę z kapturem, w którym niemal całkowicie chowała twarz, a dodatkowo rozpuściła z przodu włosy, które spływały w długich kolorowych pasmach niczym zasłona. Jej rodzice nie chcieli, by dziewczyna brała udział w konferencji prasowej, ale ona się uparła. Przekonywała, że chce wystąpić przed dziennikarzami ku przestrodze.

Złożyła wyczerpujące zeznania i czekała na okazanie. Wiadomo było, że jeśli rozpozna porywacza, jego dni na wolności są policzone. Reporterzy nie mieli zgody na publikację jej wizerunku i wiedzieli, że jeśli złamią prawo, słono za to zapłacą, zarówno oni osobiście, jak i redakcje, które reprezentowali, a mimo to tłoczyli się niczym przekupki na targu i uparcie cykali ocalałej nastolatce tysiące zdjęć.

Druga runda tej rozgrywki miała odbyć się bez udziału mediów i niektóre redakcje wystawiły rezerwową pulę ludzi, aby czekali przed wejściem do komendy na transport podejrzanego z aresztu. W tym rejonie od dawna nie było takiego zamieszania.

– Widziałaś tam swoją koleżankę Stefę? – krzyczeli. – Jakiej wysokości zadośćuczynienia będziesz się domagała?

Zgodnie z ustaleniami z prowadzącymi dochodzenie, Mugi uparcie milczała i nie odpowiadała na pytania, ale jej obecność do tego stopnia elektryzowała publiczność, że dziewczyna była coraz bledsza i ewidentnie miała ochotę wiać.

Sobieski obserwował wydarzenie z bezpiecznego rogu sali. Nie spuszczał wzroku z Magdaleny Kani, a jedyne, na co liczył w ramach nagrody za pomoc w jej znalezieniu, to możliwość rozmowy z nią, co mu obiecano.

– To sukces wielomiesięcznej pracy naszych wywiadowców – kontynuował z pompą Drabik. – Udało się nie tylko ocalić życie tej dziewczyny, ale również zatrzymać prowodyra bandy i dwudziestu sześciu jego kompanów. Prowadzimy dalsze działania w tej sprawie, bo wygląda na to, że śledztwo jest rozwojowe. Będziemy informowali państwa na bieżąco.

Wstał. Dał znak Mugi, by się podniosła. Reporterzy nieomal ją stratowali, kiedy zmierzała do korytarza, którym strażnicy za chwilę mieli wprowadzić podejrzanego. To, jaki skutek przyniesie okazanie, będzie rzutować na dalszy przebieg dochodzenia, a potem także i procesu.

Kuba zapiął bluzę, wyszedł z komendy. Zapalił i poczekał przy bocznym wejściu, aż dołączy do niego Drabik. Palili chwilę, nie odzywając się do siebie. Wreszcie Kuba zaczął:

– Jak ona się czuje?

– Całkiem nieźle jak na okoliczności, w jakich się znalazła. To silna dziewucha.

– A jej stopa?

– No cóż, szczątek, który zabezpieczyliśmy, pasuje – odparł oględnie Drabik. Zakiepował peta w starej popielniczce za winklem. – Idziemy?

Jakub pokiwał głową, schował zużytego heetsa do kieszeni.

– Nie spodziewałem się, że to kiedykolwiek powiem, ale dobrze się spisaliście – mruknął Drabik. – Nie masz żalu, że o was nie wspominałem?

Kuba się zawahał. Pomogłoby to agencji, gdyby policja oficjalnie uznała ich zasługi, ale znał Drabika nie od dziś i nie liczył, że scenariusz będzie inny.

– Spoko – rzekł. – Jeśli znajdziemy Stefę, będziesz mógł się zrewanżować. Jak rozumiem, Mazur odmówił składania wyjaśnień?

Drabik niechętnie potwierdził.

– Pracujemy nad tym – mruknął. – To tylko kwestia czasu.

– On nic nie powie – westchnął zniechęcony Jakub. – Co tylko potwierdza, że jest umoczony.

– Za to mała Kaniów twierdzi, że widziała Stefę u Czarneckiego – rzucił nagle Drabik. – Nie jest pewna, ale wygląda na to, że córka Chrobaków ma się świetnie. Nic jej nie dolega.

– Dopiero teraz mówisz?

– Wcale nie powinienem się tym z tobą dzielić.

– Doceniam – wymamrotał Kuba. – Choć, jak rozumiem, mówisz mi to nie bez przyczyny.

– Chodzi wyłącznie o to, żebyś się nie wpierdalał, kiedy zaczniemy akcję. To nasza robota.

– Jasne – zgodził się niechętnie Sobieski.

– Podczas okazania możesz być za lustrem fenickim. Umowa to umowa – podkreślił policjant. – Żadnych pogaduszek, zmiękczania i wyciągania małej na spytki. Wystarczająco ją przeczołgali. Daj jej ochłonąć, zanim do niej uderzysz. Okay?

Kuba skwapliwie pokiwał głową. Sam to wiedział. Nie potrzebował pouczeń starszego kolegi z firmy. Nic jednak nie skomentował.

– Jeśli okazanie pójdzie po mojej myśli, przymierzamy się do konfrontacji. Gdyby Mugi go dzisiaj rozpoznała, mamy go na widelcu. Dostajemy kwity, nakazy i wchodzimy do nieruchomości Mazura, zatrzymujemy wszystkich jego ludzi, jak leci. W tym, jak mam nadzieję, Jukiego.

– Niepoprawny optymista – mruknął Jakub kąśliwie, co Drabik zignorował.

– Rozumiesz, że wtedy nie będziesz mógł już zostać? W przeprowadzeniu dowodu musi uczestniczyć prokurator. To konieczne.

– Nie boisz się, że Mugi tego nie wytrzyma? – zapytał Kuba. – Jej rodzice wyrazili na to zgodę? Trochę szybko, jeśli wziąć pod uwagę, co przeżyła. Nie lepiej najpierw popracować nad Mazurem operacyjnie?

– Nie ma na co czekać. Od jej zeznania zależy, czy odbijemy Stefę – żachnął się Drabik. – Wprawdzie matka Kani była przeciwna, ale ojczym uznał, że pasierbica wie, co robi. Między nami mówiąc, ten facet liczy, że jak ruszy proces, będą mogli zawalczyć o grubą kapuchę z odszkodowania.

– To prawda – zgodził się Jakub. – A jednak to wszystko jest gorące. Nie chcesz chyba, żeby dziewczyna pękła? To położyłoby sprawę.

– Nie pęknie – zacietrzewił się Drabik. – Osobiście z nią gadałem. Przeżyć coś takiego to nie przelewki. Dla niej też lepiej zostać bohaterką wiadomości niż zapaść się w depresję.

– Obawiam się, że PTSD jest nieunikniony.

Drabik go nie słuchał.

– Starzy Mugi będą za lustrem razem z tobą, tak że uważaj na każde słowo. Nie trzeba dokładać im cierpienia. Oni nie bardzo mają świadomość, co przeżyła ich córka – pouczył Jakuba. – I też nie o wszystkim będziemy informować media. Prokurator dla dobra śledztwa utajnił jej zeznanie.

– Wydawało mi się, że komfort poszkodowanej przedkładamy nad dobre samopoczucie jej rodziców.

– Bez ich zgody Mugi mogłaby wcale nie współpracować. Widać, że długo nie ma cię w firmie.

Sobieski nie dopytał, czy pozwolą mu zajrzeć do utajnionego zeznania Mugi, bo Drabik oficjalnie nie miał prawa mu go pokazać, ale jeśli po wszystkim dziewczyna zostanie odwieziona do domu, odczeka chwilę i spróbuje nawiązać z nią kontakt. Paradoksalnie czy to się uda, zależało od jej rodziców. Wyglądało na to, że i on, i Drabik byli w identycznej sytuacji.

– Cała ta sprawa jest nad wyraz obrzydliwa – kontynuował Drabik. – Wolę już zwykłych zwyrodnialców, normalnych morderców niż te gnidy, które kupczą młodymi dziewczynami. Z tego, co mówiła mała Kaniów, pozostałe dziewczyny były tam dla forsy.

– Jakim cudem Mazur dopuścił do pokazu małolatę? – zastanowił się na głos Jakub. – Nie dziwi cię to? Przecież to wystawianie się pod pręgierz. Nie wierzę, że jest taki głupi. Pozostałe kobiety były pełnoletnie.

– Nie zamierzam się nad tym zastanawiać. Zróbmy, co mamy do zrobienia, i zapomnijmy.

– Czy o czymś takim da się zapomnieć?

– Nie filozofuj, tylko właź. – Drabik otworzył kartą drzwi komendy, a potem pchnął lekko Sobieskiego. – A jak tylko skończymy, masz opuścić mój plac zabaw. Pamiętaj, co obiecałeś. Jeśli storpedujesz akcję, nie daruję ci tego.

– Wystarczyło powiedzieć: dziękuję – mruknął Jakub.

Mugi weszła do salki i zaraz podbiegła do niej matka z niemowlęciem przywiązanym do pleców kolorową chustą. Bobas spał smacznie, wydając dźwięki przypominające chrumkanie. Dziewczyna wtuliła się w obfite piersi mamy i cicho zapłakała. Stały tak jakiś czas, a wreszcie podszedł ojczym. Był to grubawy, niewysoki mężczyzna z pieczołowicie ułożoną grzywką, która miała odciągać uwagę od łysego placka na czubku jego głowy. Na nosie miał złote, bardzo pokrzywione okulary, jakby samodzielnie zginał je z drutu.

– Dobrze, że tak się to skończyło. – Niezdarnie poklepał pasierbicę po ramieniu. – Masz nauczkę, mała.

Mugi nawet nie spojrzała w jego stronę.

– Długo to potrwa? – Matka zwróciła się do Sobieskiego, zupełnie ignorując stojącą obok Osę. – Nie wie pan?

– Wszystko zależy od tego, jak sprawnie przeprowadzimy dowód – wyjaśniła spokojnie Dorota Osińska. – Ja zrobię z tego protokół, podpiszecie i będziecie mogli iść. To będzie koniec na dzisiaj.

Kania pogładziła córkę po głowie, jakby była kilkulatką.

– Pewnie jesteś głodna.

Mugi uśmiechnęła się przez łzy, po czym wolno skinęła głową.

Kuba uznał, że to najlepszy moment, by się przedstawić. Słuchali go w milczeniu.

– Pan nie jest policjantem? – upewniła się rozczarowana matka.

– Tak jak powiedziałem, jestem prywatnym detektywem.

– Mamo, on mnie uwolnił – szepnęła Mugi, ale żadne z rodziców jej nie słuchało.

– Władziu, może on chce, żebyśmy mu zapłacili? – oburzyła się Kania. – A kto pana wynajął? Pewnie ta jędza Chrobakowa! Mają forsy jak lodu!

– Co pan tutaj robi? – Przed szereg wyszedł ojczym Mugi. – To w ogóle dozwolone, żeby postronna osoba brała udział w tak ważnym eksperymencie? – wymądrzał się.

– Pracuję przy tej sprawie – wykpił się od odpowiedzi Jakub.

Chciał dodać coś jeszcze, ale rozbłysła czerwona lampka w ścianie i usłyszeli głos Drabika.

– Będziemy zaczynać. Magdaleno, czy jesteś gotowa?

– Tak – wyszeptała Mugi i rozejrzała się, jakby szukając twarzy osoby, do której powinna się zwracać. – Co mam robić?

- Kiedy kolejno wyjdą w szeregu mężczyźni, wskażesz, który z nich porwał cię i zrobił krzywdę – padło w odpowiedzi. – Nie jesteś widoczna. Nie musisz się obawiać. Po prostu podaj numer, który ten facet będzie trzymał w dłoni na tabliczce. Zrozumiałaś?

- Tak.

- Masz czas. Nie śpiesz się – dorzucił Drabik.

- Przyjrzyj się im dokładnie.

- Dobrze – szepnęła Mugi. – A potem będziemy mogli iść do domu?

- Dokładnie. Zaczynamy?

Rozbrzmiał dzwonek i w pomieszczeniu, w którym się znajdowali, zgasło światło, za to rozbłysło po drugiej stronie. Jakub przyglądał się błękitnej w tym cieniu twarzy Mugi. Była skupiona, chociaż nerwowo przełykała ślinę i zaciskała dłonie w rękach matki. Przez długi czas nic się nie działo i wydawało się wszystkim, że trwa to całe wieki. Wreszcie na podest zaczęli wchodzić figuranci. Jakub rozpoznał dwóch policjantów z ekipy Drabika. Jako trzeciego w rzędzie ustawiono niemal sobowtóra Czarneckiego. Umięśniony łysol o spojrzeniu wilka pracował w tutejszym archiwum dowodów. Sam Mazur wkroczył na podest ostatni. Trudno go było poznać bez kwadratowych okularów, ale Drabik tłumaczył prokuratorowi, że podczas zatrzymania szkła się potłukły. Mężczyźni ustawili się w równych odstępach i zamarli na chwilę z numerami w dłoniach.

- Mugi? – padł dźwięk z głośnika.

- Jestem.

- Przyjrzyj się im dobrze.

- Już się przyjrzałam.

- I?

Nastolatka długo się wahała.

– To żaden z nich.

– Co? – ryknął Drabik, aż urządzenie zatrzeszczało i rozległ się gwizd. Odchrząknął. Poprawił parametry, bo dalej jego głos wybrzmiał ciszej, już bez spięć. – Rozpoznajesz któregoś z okazanych mężczyzn? Skup się. To ważne, Mugi.

– Tak, rozpoznaję – odparła dziewczyna. – Miał w studiu metalowe okulary, ale i tak go poznałam. Nagrywał te ohydne filmy, ale to nie on porwał mnie i więził. To nie on mnie okaleczył, nie groził mi też śmiercią. Nie zrobił tego żaden z nich. Facet z czwórką był w sumie najsympatyczniejszy z całej zgrai zboczeńców w studiu.

Mieszkanie Kokoszy, Uniwersytecka

– Co teraz będzie? – zapytała Pola Chrobak, spoglądając na Jakuba i swojego byłego aktualnego męża, który siedział na taborecie w kącie, milcząc niczym sfinks.

Próbowała wcześniej się podnieść, ale jej wielki ciążowy brzuch to uniemożliwiał, więc się poddała i odbywała tę rozmowę na leżąco.

– Powinnaś natychmiast zgłosić się do szpitala – zauważył detektyw. – Nie wyglądasz najlepiej.

– Komplemenciarz.

– Mówię to z troski. – Sobieski obejrzał się na porucznika. – Gdybyś potrzebowała, zawieziemy cię na porodówkę.

– Mam czas – ucięła. – Lekarz mówi, że z dzieckiem wszystko jest w porządku. Powiedzcie mi jeszcze raz, co to oznacza – poprosiła.

Jakub nabrał powietrza i westchnął ciężko.

– Mówiłem już dwa razy. Wróciliśmy do punktu wyjścia. Mugi, znajoma twojej córki z dawnej szkoły, nie rozpoznała Mazura jako agresora. Facet jest niewinny albo ona kłamie. Sęk w tym, że widziała waszą córkę w kryjówce Jukiego, a wiemy na pewno, że on jest w jakiś sposób powiązany z Mazurem, chociaż ten z kolei zaprzecza. Niewiele można mu przybić. Będzie oczywiście odpowiadał za zatrudnienie nieletniej do filmu, ale to właściwie wszystko. Jego adwokat złożył już wniosek o wypuszczenie za kaucją. Sędzia ustalił zaporową kwotę na trzy miliony złociszy, a Mazur twierdzi, że taki przelew może zrobić od ręki. W ciągu kilku godzin przywiozą mu notariusza, bo przecież kogoś musi do tej operacji upoważnić – dokończył.

– Tą osobą najprawdopodobniej będzie nasza Monika – dodał załamany Chrobak. – Przykro mi. – Rozejrzał się. – A gdzie jest Roksy?

Kuba dopiero w tej chwili spostrzegł brak rottweilera w mieszkaniu.

– No właśnie, co zrobiliście z psem? – przyłączył się do pytania.

– Kokosza gdzieś go wywiózł – odparła znudzona Pola. – Ja nie bardzo mogę się z nią siłować na spacerach, a Bartłomiej przecież w kółko siedział w pracy.

– Nie mogłaś zadzwonić? – narzekał Chrobak. – Przecież bym zabrał Roksy. Miałaby u mnie jak pączek w maśle. Na razie nie będę nigdzie wyjeżdżał. A jak chcesz, to i na czas połogu się nią zajmę.

Pola podziękowała mężowi ciepłym spojrzeniem.

– Zapytam adwokata, dokąd Bartłomiej ją podrzucił – obiecała. – Gdybyś wziął psa do siebie, byłabym spokojniejsza.

Kuba widział, jak tych dwoje patrzy na siebie, i czuł, że to nie koniec ich małżeństwa. Odchrząknął, ale nie zwracali na niego uwagi. Wreszcie Pola podniosła się na łokciu. Zobaczyli, że plecy ma całkiem mokre od potu.

– Ale ja wciąż nie rozumiem – ciągnęła. – Naprawdę go wypuszczą? Mimo tego wszystkiego, co zrobił?

– Wygląda na to, że tak – potwierdził Chrobak. – Marek będzie miał zakaz opuszczania kraju i ma się zgłaszać do komendy, ale to wszystko. Już wydał oświadczenie w swoich kanałach, że zamierza wrócić do biznesu. Internet eksplodował. Ludzie życzą mu, żeby zgnił w więzieniu, a inni się cieszą. Jakby był jakimś przywódcą politycznym.

– A co z Bartłomiejem? – szepnęła Pola.

– Twój chłoptaś posiedzi przynajmniej trzy miesiące – odparł z satysfakcją porucznik. – Nie wygląda na to, żeby wypuścili go na narodziny potomka. Drabik zajął się tym, żeby odciągnąć uwagę od sprawy uprowadzenia Mugi i klęski z tym związanej… Nie martw się zbytnio, chociaż wiemy, że Kokoszę maglują teraz jak złoto.

Pola nie skomentowała, ale na jej twarz wypłynął wyraz ulgi. Sobieski musiał przyznać, że odkąd Kokosza został zatrzymany, ona sama zdawała się spokojniejsza. I konkretna.

– Co zamierzacie?

– Niewiele możemy. – Jakub wzruszył ramionami. – Drabik jeździ z Mugi po różnych lokacjach i stara się ustalić kryjówkę jej oprawcy. Ponoć w piwnicy, do której ją wrzucił, były też inne kobiety. Jedna z nich jest martwa. Kazał im ją pogrzebać pod podłogą.

– Boże! – Pola przysłoniła usta dłonią. – A co z naszą córką?

– Mugi twierdzi, że jest z nim w zmowie.

– To niemożliwe! – Zerwała się i zaraz skrzywiła. – Nie wierzę!

– Nie denerwuj się, Apolonio! – Chrobak natychmiast podbiegł do żony. Poprawił jej poduszki, podał wody, a na czoło położył wilgotny ręcznik. – No, dosyć już. Leż, odpoczywaj. Ja się wszystkim zajmę. Wygląda na to, że za dotychczasowe zasługi Drabik zawiesił mi tymczasowy areszt. Masz przynajmniej jednego chłopa przy sobie. – Zaśmiał się nerwowo.

– Jak się czuje Monika? – wyszeptała Pola bojaźliwie, oglądając się na Sobieskiego, czy ten słucha ich rozmowy.

Jakub zrobił krok w tył, ale nie wyszedł. Nie zamierzał też udawać głuchego. Stał, wpatrując się w parę, i chłonął każdy dialog.

– Nie jest źle – odparł Chrobak. – Obiecywała, że wróci na odwyk, i mam nadzieję, że teraz ma motywację. Marek obdarzył ją zaufaniem, a ona znów mu wierzy. Sam nie wiem, czy to manipulacja, czy oni się naprawdę kochają.

– Jaki ty jesteś głupi, Ziutku! Ten człowiek wykorzystuje twoją córkę! Zniszczył jej życie, a teraz przekabacił tę małą Mugi, żeby tak zeznała. Tym sposobem wyjdzie i dalej będzie krzywdził kobiety! Ja nie wierzę, że on nie wie, gdzie jest Juki. To było ustawione! – piekliła się. – Przecież Monia powiedziała ci, że oni są kamratami!

– Jeśli go wypuszczą, nie spuścimy go z oka – zapewnił Chrobak i spojrzał na Sobieskiego, a ten skwapliwie przytaknął. – Drabik też nie odpuści. Wcześniej

300

czy później Mazur będzie chciał odwiedzić wspólnika. Doprowadzi nas do Stefy.

– A jeśli będzie sprytniejszy od was i nigdzie się nie ruszy? – Pola się rozpłakała. – To miejsce jest pewnie oddalone od cywilizacji. Może w jakiejś głuszy?

– Gdzie ty masz jakąkolwiek głuszę pod Warszawą? – parsknął Chrobak.

– Wszystko jedno, Ziutku! Przyciśnij tę Mugi, zapłać jej, zagroź, jeśli trzeba! Ona wie, skąd ją zabierali. To nie Arabia Saudyjska, tylko jakiś dom w okolicach Warszawy! Inaczej nasze dziecko zginie z głodu i wyczerpania. Zrób coś!

Jakub słuchał jej pokrzykiwań i lamentów, a potem przysiadł się bliżej między porucznika a jego małżonkę.

– Polu – rzekł łagodnie. – Monika twierdzi, że Stefa zabiegała o uwagę jej chłopaka.

– Chyba w to nie wierzysz? – burknęła zeźlona. – Ja widziałam go ledwie raz. No i kilka razy mówiliśmy na Skypie, jak byli w Anglii. Gdybym przypuszczała, że z niego taki łachudra, nie poświęciłabym ani minuty na kontakt z nim. To gnój, zasraniec. Daj mi, Ziutku, papierosa! – zażądała nagle.

– Nie ma mowy!

– Popalałam, jak byłam w ciąży ze Stefką, i patrz, jaka zdrowa się urodziła. Nic nie będzie. Ja dłużej tego nie wytrzymam!

– Mogę co najwyżej nagrzać ci rosołku.

– Spieprzaj z tym swoim rosołkiem! – wkurzyła się. Stękała chwilę, a potem podniosła się, usiadła z rozkraczonymi nogami. – Boże, dobrze, że to się wkrótce skończy, bo jestem u kresu sił. A tego akurat aresztowali. Niech lepiej nie wraca, bo urwę mu łeb, a jajca każę zjeść na surowo – gadała.

– Pomogę ci. – Chrobak uśmiechnął się z satysfakcją. – Możesz na mnie liczyć.

– Z nami koniec. Nie licz, że do ciebie wrócę. Potrzebuję cię tylko, żeby znaleźć małą.

– Pamiętasz, jak Stefa wymykała się z domu? – wrócił do przerwanego wątku Jakub. – Dokąd chodziła? Mówiła ci coś? Gdzie bywała? Może coś opowiadała?

– Nie. Nic – Pola zapamiętale kręciła głową. – Kiedy bywała tutaj, siedziała z Kamilem grzecznie w swoim pokoju. A u Ziutka, no cóż, byłam pewna, że jest pod opieką siostry! Skąd miałam wiedzieć, że Monia jest aktorką porno? Nikt by nie zgadł, skoro nawet rodzony ojciec się tego nie domyślił.

Chrobak nie wiedział, gdzie ma podziać oczy.

– Opowiedz mi jeszcze raz, jak to było z Zakamarkiem – poprosił Jakub. – Według mojej wiedzy to wtedy Stefa tak naprawdę nawiązała unię z porywaczem.

– Przecież ten porywacz to Marek Moni. Niedoszły zięć Ziutka!

– Niekoniecznie. – Sobieski wznosił się już na wyżyny cierpliwości. – Monia miała swoje powody, by przypuszczać, że Marek i Stefa mają się ku sobie. Mazur tego nie potwierdził. Zeznał, że nie widzieli się ani razu bez siostry.

– I ty mu wierzysz?

– Opowiedz mu – włączył się Chrobak. Wstał. – Jeśli chcesz, pójdę w tym czasie po rosół. Kubeczek wypijesz, to ci dobrze zrobi.

Pola wywróciła oczyma, a potem zaczęła mówić.

– O wszystkim dowiedziałam się od Leszka. Powiedział, że Szefowa zabrała Stefę i obiecała, że ją przenocuje, a mnie kazał natychmiast jechać do Zakamarka. Zadzwoniłam z drogi do Bartłomieja i obiecał, że ruszy prosto z pracy, ale to ja dotarłam na miejsce pierwsza. Wpierw pobiegłam do Leszka. Nic mi nie chciał powiedzieć, dał tylko klucz do skrytki i wykręcił się policją. Jechały do niego ponoć dwie ekipy. Poszłam, otworzyłam skrytkę, ale tam nie było plecaka mojej córki, tylko stary wyświechtany bagaż z decathlonu wypchany po brzegi folią bąbelkową. Nic z tego nie rozumiałam.

Kuba wyszukał w telefonie zdjęcie bagażu, z którym zatrzymano jej partnera.

– Coś takiego?

Pola długo przyglądała się zdjęciu, wreszcie powoli pokręciła głową.

– Co było dalej?

– Wróciłam do domu. Resztą zajął się Bartłomiej.

– Resztą, czyli czym?

– Skontaktował się z ojcem Tomysia – odparła natychmiast. – Co uradzili, nie pytałam. Bartłomiej ostrzegł mnie, żebym zapomniała o sprawie. Im mniej wiem, tym lepiej dla nas. Miałam zająć się małą, żeby nikt się nie domyślił, że Stefa w ogóle tam była. To wszystko, co mam do dodania w tej sprawie, wysoki sądzie – zakończyła stanowczo.

– Polu, czy ty jesteś pewna, że Stefa tam była? – dopytał Jakub.

– W sensie w motelu? Tam, gdzie znaleziono zwłoki?

Potwierdził skinieniem.

– No przecież, że tak. Inaczej dlaczego dzwoniłaby z płaczem do Kamila, Szefowej i tego jej fagasa...

– Roberta Wolnego – podpowiedział Jakub. – Twojego kochanka.

Nie podjęła tematu, ale czujnie spoglądała, czy Chrobak nie wraca z kuchni z zupą.

– Mówili, że wyciągali ją z tego zakrwawionego pokoju – przekonywała. – Że są tam ich ślady. Że są tam ślady Stefy... Przecież tylko dlatego Bartłomiej dogadywał się z reżyserem, żeby wynająć jakichś ludzi, którzy potrafią to posprzątać. Tak, żeby jak policja wejdzie, wyglądało to w określony sposób. Po co byśmy się w to angażowali? Zrobiliśmy to tylko po to, żeby ratować dziecko.

– Kto to robił?

– Co?

– Kto pomagał zacierać ślady?

– Nie wiem. Bartłomiej nic mi nie mówił. Dlaczego pytasz?

– Od kiedy dokładnie Leszek jest właścicielem Zakamarka?

– Oficjalnie dopiero od tygodnia. Wiesz przecież, bo widziałeś dokumenty.

– Ale de facto szefuje motelowi już od sprawy zabójstwa, mam rację? – wszedł jej w słowo Jakub. – Twój mąż praktycznie się tam nie pojawia.

Pola niechętnie skinęła głową.

– Bartłomiej mówił, że po tym wszystkim nie ma już serca do tej speluny – wymruczała i odwróciła wzrok. – Leszek dał dobrą ofertę, a Bartłomiej sprzedał... Chyba się dogadali.

– Czy to przypadkiem nie była cena za jego milczenie? – zapytał Jakub. – Oddanie Leszkowi całego tego podrzędnego biznesu w zamian za jego pomoc na miejscu zbrodni?

*
**

Motel Zakamarek

– To znowu ty? – Leszek zdjął nogi z biurka i wstał, jakby miał kończyny na sprężynach. – Dziś nie mam ochoty na żadne szarpaniny, więc się zachowuj.

Jakub rozejrzał się po nowiutkim gabinecie, który aktualnie był remontowany. Pod ścianami stały wiadra z farbą, klejami, a połowa wykładziny była już rozciągnięta w części, gdzie stało duże antyczne biurko. Wzór nasuwał skojarzenie z wnętrzami kasyn w Las Vegas. Wyglądało na to, że Leszek ma wielkie ambicje wobec tego przybytku.

– Widzę, że nareszcie zaczynasz się czuć jak u siebie?

– O co ci chodzi?

– Tak tylko przyszedłem pogratulować – mruknął Jakub. – Kariera jak z amerykańskiego filmu. Wczoraj na dnie, a dziś wielki pan boss. Winszuję.

– Nie lubię tych twoich rebusów. Gadaj, o co tym razem biega, albo wzywam ochronę.

– Jednego z tych panów z Ukrainy, którego zatrzymaliśmy w parku razem z Kokoszą? – Jakub przekrzywił głowę. – Tak bardzo lubisz chinkali, że w rozliczeniu zażądałeś również knajpy? Gratuluję dobrych kart negocjacyjnych. Musiały być mocne.

Leszek poprawił pożyczkę i Jakub spostrzegł, że tym razem hotelarz jest ogolony, a jego paznokcie błyszczą, jakby przed chwilą zszedł z fotela u manikiurzystki. Na biurku obok laptopa leżał nowiutki skórzany portfel, a na podłodze stała równie nowa błyszcząca teczka ze złotymi okuciami.

– Liczysz pewnie, że Kokosza będzie ci płacił do śmierci? Zamierzasz puścić go z torbami?

– W dalszym ciągu nie wiem, o czym mówisz.

– Czym rozgrywałeś? Obietnicą milczenia za sprzątanie Zakamarka czy miejscem pobytu Nene?

– Nie wiem, gdzie jest dziewczynka – obruszył się Leszek. – W to mnie nie wrobisz.

– Ale resztę potwierdzasz?

– Nic nie potwierdzam. Prowadź swoje dedukcje dalej. I możesz nagrywać, ile dusza zapragnie, nasyłać na mnie gliny, urząd skarbowy, a i tak nic nie znajdziesz. Jedyne, co ci mogę potwierdzić, to to, że jestem teraz prawowitym właścicielem tej budy, więc jak zauważyłeś, wprowadzam zmiany. Chyba najwyższy czas na remont? Sam mi to ostatnim razem sugerowałeś.

– Pokaż mi ten pokój – zażądał Jakub. – Ten, w którym znaleziono Tomysia.

– Masz nakaz?

– A ty masz ochotę na wezwanie Drabika?

– Czemu nie? – Leszek uśmiechnął się lisio.

Kuba wyjął komórkę i udał, że coś pisze. Tak naprawdę wysłał Adzie serduszko i wiadomość, że nie może się doczekać, aż się spotkają. Odesłała mu buźkę z wystawionym językiem i zdjęcie zza biurka, którego tematem był głównie jej biust w opiętej bluzce. Sobieski szybko schował telefon do kieszeni, nim Leszek spostrzeże rumieniec na jego policzku.

– Dlaczego miałbym to zrobić? – nie wytrzymał hotelarz. – Podaj mi chociaż jeden dobry powód.

– Bo ten plecak, który Stefa kazała matce zabrać, należał do ciebie.

– W życiu! – oburzył się Leszek, ale w jednej chwili stracił pewność siebie.

– Ale wiesz, co zawierał, prawda? – Jakub zmusił się do uśmiechu. – Wcale nie było tam narkotyków, jak sugerowałeś. Ktoś wypełnił je starymi pornosami na kasetach wideo. Tak się składa, że mam je u siebie w biurze.

– To szykuje się wspaniały wieczór – zadrwił Leszek, ale minę miał markotną.

Wstał, sięgnął po pęk kluczy na biurku.

– Pokażę ci ten numer. I tak zamierzałem go otworzyć i wyremontować.

Ruszyli korytarzem, a Sobieski spostrzegł, że remont trwa także w innych skrzydłach motelu. Kilku mówiących po ukraińsku mężczyzn malujących ściany karnie poderwało się na widok szefa.

– Nie przerywaj sobie, Taras – władczo zwrócił się Leszek do jednego z nich. – Jak skończycie, przyjdźcie do mnie, będzie jeszcze kilka rzeczy do poprawienia. Kupony na jedzenie dam wam po robocie, ale dzieci możesz już puścić do restauracji. Nikt tutaj nie będzie chodził głodny.

– A więc tak to załatwiłeś? – mruknął Kuba, kiedy się oddalili. – Przyjemne z pożytecznym. Tak na nich narzekałeś, a jak widać, masz kupę taniej siły roboczej.

– Wyrzucić ich nie mogę, a płacić nie mają z czego. Uważam, że to uczciwa wymiana.

Sobieski nie odpowiedział. Wspinał się po schodach za Leszkiem i już pisał do Nika, żeby jak najszybciej przyjeżdżał do Zakamarka.

Dotarli wreszcie do najdalszego skrzydła. Kuba wyjrzał przez okno i zorientował się, że z tego miejsca doskonale widać stary paczkomat. W oddali zaś majaczyła gruzińska restauracja. Obejrzał się po ścianach. Wszystkie kamery zdjęto. Zostały tylko stelaże dawnych urządzeń.

– Mówiłem, że szykujemy się do remontu – pośpieszył z wyjaśnieniem hotelarz, jakby czytał Jakubowi w myślach. – Zresztą od zbrodni nikt tutaj nie wchodzi.

Otworzył drzwi kluczem, a ze środka buchnął zapach spalenizny. Całe wnętrze wypalono do szczętu. Nie było praktycznie jednego niezwęglonego miejsca.

– Och – westchnął Leszek, udając zdziwienie. – Co tutaj się stało?

– A więc za takie sprzątanie płaci ci Kokosza? – Kuba spojrzał na niego z politowaniem. – Uważasz, że to kupię? Kiedy to zrobiłeś? – Pociągnął nosem. – Raczej niedawno. Pewnie zaraz po tym, jak policja zdjęła swoje plomby, ale przed zatrzymaniem twojego cichego wspólnika, co? Tym sposobem uniknąłeś ponownych oględzin. Sprytne.

Leszek wzruszył ramionami.

– Dzięki, że mnie zmobilizowałeś, coby tutaj wejść – mruknął wcale nie zmartwiony. – Chyba trzeba to zgłosić do ubezpieczalni, jak uważasz? No i zadzwonię zaraz do komendy, bo jestem w szoku. Dzięki Bogu budynek jest z żelbetonu, więc sąsiednie pokoje nie ucierpiały. Spaliło się tylko to, co było w środku. Jaka szkoda…

Niko Romocki jak zwykle ugościł siostrzeńca domowym obiadem przygotowanym przez ciotkę Atenę, która nadzwyczaj ciepło przywitała się z Adą. Chwaliła jej wygląd, sukienkę i nie mogła napatrzeć się na jej buty. Zjedli na tarasie, okrywszy się kocami, a potem kobiety zaczęły zbierać zastawę i wnosić ją do domu. Ada mrugnęła do Jakuba, kiedy zabierała szklanki.

– Nie myśl, że zostanę w kuchni. Jak tylko wstawię to do zmywarki, przyjdę, żeby posłuchać, co twój wuj odkrył podczas oględzin w Zakamarku – zastrzegła.

Niko pykał fajkę i uśmiechał się, widząc tych dwoje.

– Coś chyba się zmieniło – rzekł. – Nastąpił progres?

Jakub odwrócił wzrok, a potem wykonał nieokreślony ruch głową.

– Najlepsze jeszcze przed nami – uciął.

– Nocna Furia się odzywała?

Sobieski momentalnie spoważniał i pokręcił gwałtownie głową.

– Ojciec uruchomił wszystkie kontakty, ale na razie nic. Zabawa w zimno-zimno. Nie odzywa się, nikt jej nie widział. Do komendy nie przyjechała. O tyle dobrze, że jest poszukiwana. Przez tę sprawę trochę zeszło to na drugi plan, ale nie zapomniałem. Po prostu nie wiem, co jeszcze mógłbym zrobić.

– Znajdzie się. Będzie chciała forsy albo pokłóci się z Cykorem i znów zacznie cię nachodzić.

– Byleby dzieciak nie urósł do tego czasu na tyle, że będę dla niego jakimś obcym facetem.

– Słyszałem, że Iwona starała się o pracę w naszych żarówkach – rzekł nagle Niko. – To niepotwierdzona informacja, ale kumpel chlapnął mi przy okazji. Do tego stopnia jest zdesperowana, że nie musi nawet latać. Uwierzysz?

– Szkoda – mruknął Jakub. – Bo w tym akurat jest dobra.

– Odchowa dzieciaka i się zaczepi. Jak czegoś nie możesz zmienić, zaakceptuj to – poradził wuj. Spojrzał na krzątające się w domu kobiety. – Cieszę się, że z Adą wam się układa.

– Jeszcze nic pewnego.

– Twój ojciec uważa, że to arcypoważna sprawa.

– Co on tam wie – prychnął Kuba.

– Lubi Adę, co zrobisz? Zresztą kto jej nie lubi? – Wuj uśmiechnął się szeroko. – I my też wam kibicujemy.

– Dzięki – mruknął Jakub. – Zaczniesz wreszcie czy czekamy na panie?

Niko sięgnął pod ławę i wydobył stertę dokumentów. Pyknął jeszcze raz z fajki, a potem ją odłożył.

– Niektórzy myślą, że ogień niszczy wszystkie ślady – zaczął. – W tym przypadku zrobiono to jednak profesjonalnie.

– Niedobrze, skoro od tego zaczynasz. Czekam na „ale". Musi być jakieś „ale", inaczej nie miałbyś tak wesoło podkręconych wąsów.

Niko uśmiechnął się tajemniczo.

– Wszystko, cokolwiek mogłoby identyfikować tę dziewczynkę, zostało zniszczone. Jak się domyślasz, wszelkie włókna, włosy, ślady krwi są nie do pobrania. Z całą pewnością doszło do podpalenia. Cokolwiek będzie ci mówił ten szachraj Leszek, to było działanie z rozmysłem, metodyczne. Oblano teren rozpuszczalnikiem, wypalono jak starą trawę, a na to poszła pianka i koce strażackie.

– Nadal nie rozumiem, dlaczego się uśmiechasz.

– Bo ten, kto to robił, miał rozkaz zakrycia mebli. Widać zleceniodawca bał się, że pożar się rozniesie.

– Albo jest sknerą. Chciał je odszorować i wstawić do innych numerów.

– Możliwe. To były antyczne szafy i serwantka. Zabezpieczyliśmy w niej kolejną partię kaset.

– Znów pornosy?

Niko wstał, podszedł do miejsca, gdzie Romoccy trzymali worki z węglem drzewnym do grilla, i przytargał jeden z nich. Postawił przed Jakubem. Detektyw zajrzał do środka. Wszystkie były w kolorze srebrnym.

– Są w argentoracie – wyjaśnił Niko. – Pobrałem odciski i ewentualne włókna. Na jednym z nich był nawet ślad czerwieni wargowej. Jakim sposobem, nie wiem. Mam to skatalogowane, gdybyś potrzebował.

– Drabik wie?

– Nie potrzebuje tego, bo Leszek zeznaje, że trzymał tam swoje płyty. Nie ma pedofilii. Sprawdzałem pobieżnie. Większość nie działa. Są trefne.

Jakub się zamyślił. Nic nie powiedział. A potem nagle poczuł kwiatowy zapach i obejrzał się. W drzwiach tarasu stały Ada z Ateną.

– Siadaj, kochana – zachęciła prawniczkę ciotka.

– Posłuchamy, co ustalili.

Niko streścił im szybko, co je ominęło.

– Pytanie, czy te płyty faktycznie pozostawiono tam długo po zdarzeniu – zaczęła Ada, jak tylko Niko skończył wątek. – Wątpię, żeby ekipa techników przeoczyła coś takiego.

– To kasety VHS – sprostował Niko. – Większość ludzi nie ma tego na czym odtwarzać.

– Ja mam – stwierdził Kuba. – A dokładniej Merkawa. I każę mu to dokładnie przepatrzeć. Ucieszy się ze zlecenia. Tamte zna chyba już na pamięć. To prawdziwy, urodzony zbok. Serio, nie wiem jak to się stało, że u mnie pracuje.

– Dla ciebie – podkreśliła Ada. – I z tego, co mi się chwalił, najlepiej zarabia.

– Taki świat. Wszystko jest dzisiaj w sieci. Prędzej i łatwiej jest się włamać do czyjegoś urządzenia, niż chodzić po ludziach i ich przesłuchiwać.

– Uważaj z tym – włączył się Niko. – Merkawa jest dobry, ale jak się umocni, jeszcze zrobi ci taki numer jak Leszek Kokoszy.

– Moje dziecko jest na tyle małe, że nie muszę po nim jeszcze sprzątać miejsca zbrodni – zażartował kwaśno Jakub. – Nadal jednak nie rozumiem, o co chodzi z tymi kasetami. Elizę Olędzką pobili do nieprzytomności. Kokosza ryzykował kilka kursów do parku, żeby je przejąć. Co tam jest takiego? Przecież to tylko wątpliwa rozrywka dla napaleńców. Na dodatek trąci myszką...

– Może nie co tam jest, tylko kto? – podsunęła Atena. Wszyscy spojrzeli w jej stronę. Ciotka zarumieniła się i sięgnęła do kieszeni po papierosy.

– Ciocia pali? – zdziwił się Jakub.

– Rzadko pozwalam sobie na tę przyjemność. – Zaciągnęła się. – Wygląda na to, że cała sprawa zaczyna i kończy się w Zakamarku. Wiemy, że zamordowany i Kokosza byli wspólnikami. Była to tak zażyła znajomość, że Kokosza pozwolił koledze zrobić sobie gniazdko w ich motelu, bo skoro Tomyś przywiózł meble z domu ojca, nie była to przypadkowa meta.

– Skąd wiesz, że meble pochodzą z domu jego ojca? – podchwycił Jakub.

– Widziałam program w telewizji, jak Jędrzej Tomyś pokazywał swoje mieszkanie – wyjaśniła. – Dziś Niko układał w folderach zdjęcia dla ciebie. Nie mógł poradzić sobie z klasyfikacją, więc mu pomogłam. To ten sam gust, ta sama wrażliwość na piękno.

– Teraz już wiesz, jaka jest moja najtajniejsza broń. – Niko spojrzał na żonę z czułością, a Ada się roześmiała.

– Cokolwiek by o Tomysiach mówić, należą do elity – ciągnęła poważnie Atena. – Powiedz, czy gdyby to był tylko lokal wynajęty na dwa miesiące, opłacałoby mu się wnosić gdańskie szafy do Zakamarka?

– To, że Tomyś wynajmował pokój jak przeciętny gość, upadło w momencie, kiedy na jaw wyszedł deal

Kokoszy i Leszka – przyznał Kuba. – Ale co meble mają wspólnego ze zbrodnią?

Atena wzruszyła ramionami.

– On tam mieszkał. To tam uciekał od rodziny. Zakamarek to był jego azyl. I wygląda na to, że dla Stefy ten motel był tym samym.

Wstała, bo słychać było jednostajny gwizd.

– Kawa dla wszystkich? – upewniła się. – Ekspres nam padł. Może być tylko rozpuszczalna albo plujka.

– Ja zamawiam plujkę – zawołała Ada. – A dla niego ta sztuczna. – Wskazała Jakuba.

Potwierdził z lekkim uśmiechem, ale czoło wciąż miał zmarszczone.

– Świetny moment na suspens – rzekł. – Do czego zmierzasz, ciociu?

Atena stanęła w drzwiach tarasowych i podparła się pod boki.

– Nie srasz tam, gdzie mieszkasz. – Wyszła.

Niko, Ada i Jakub spojrzeli po sobie.

– Chodzi jej o to, że jakimś cudem Tomyś nie molestował Stefy? – wydukała Ada. – No nie wiem... Szczerze wątpię. Dlaczego aktywny pedofil miałby się powstrzymywać przez dobraniem się do nastolatki, która włazi mu w ręce? Że niby nie była w jego typie?

– Chyba wiem, co Atena miała na myśli – z powagą oświadczył Niko. – Znane są przypadki więzi nieletnich z pedofilami. Choćby Humbert Humbert jest tego przykładem. Nie to, że jakoś uwielbiam twórczość Nabokova, ale jednak w *Lolicie* opisał to genialnie, a książka inspirowana jest prawdziwymi listami przestępcy z więzienia do Lolity. – Zawiesił głos.

– Macocha Tomysia podkreślała, że Stefa była dziwna, a on sam traktował ją szczególnie – przyznała

Ada. Zwróciła się do Jakuba: – Jeśli byli tak blisko jak Lolita z Humbertem, mogli mieć wspólne tajemnice.

Sobieski wzruszył ramionami.

– Co z tego? Facet już nie żyje.

– O to chodzi – zapaliła się Ada. – Może Stefa nie została uprowadzona, tylko uciekła, schowała się, bo zna mordercę. I boi się, że on ją znajdzie.

– Ćwiczyliśmy już ten wątek – westchnął Jakub. – Nigdy nie został wykluczony. Tylko że nadal nie zbliża nas do odpowiedzi, kto zabił Tomysia.

– Ktoś z rodziny. – Weszła Atena z tacą, na której stały termos, słoiczki z kawą i cztery filiżanki. Pod pachą niosła wielkie pudełko czekoladek Merci. – Zdecydowałam, że każdy sam sobie zrobi taką, jaką lubi. Tutaj macie wrzątek… Przepraszam, ale nie spodziewałam się was i nie mamy żadnego ciasta.

– Z rodziny? – Jakub powtórzył jak echo. – Możesz się rozwinąć?

– Ktoś z jej albo jego rodziny – powtórzyła ciotka, kładąc na stole prowizoryczny deser. – Ktoś, komu nie na rękę byłoby, gdyby tych dwoje spiskowców ujawniło jego sekret. Wiem, że to brzmi głupio, ale może Stefa miała unię z Tomysiem, nie zaś z jego mordercą. A kluczem do wszystkiego są te stare taśmy.

– Pornosy na VHS-ach? – Jakub podniósł brew.

– Kto wie, może reżyserował je jego ojciec? Albo jest na nich coś, co rzuca cień na nieposzlakowaną opinię którejś z tych osób. Jak mawiają starzy górale: nikt tego nie ogląda, a wszyscy znają.

– Marilyn Monroe ujmowała to inaczej – wtrąciła Ada. – Byłam młoda, potrzebowałam pieniędzy.

Monika była już umalowana i ubrana w swój naj-
droższy kombinezon z jedwabiu, a do spotkania z ad-
wokatem Jukiego zostało jej jakieś dwadzieścia minut,
więc postanowiła wciągnąć małą kreskę dla kurażu.
Sięgnęła po torebkę i spod podszewki wyjęła folijkę
z białym proszkiem. Sprawnie przetasowała narkotyk
na lusterku, zwinęła banknot w rurkę i wciągnęła kokę
do obu dziurek w nosie. Odrzuciła głowę do tyłu, opadła na poduszki, czekając, aż miłe mrowienie w ciele
pobudzi ją i poczuje się lepiej. Jak na złość ojciec w tym
momencie zapukał do jej drzwi.

– Monisiu! Zjesz schabowego z ziemniaczkami czy
wolisz curry?

– Nie jestem głodna, tato.

Pośpiesznie sprzątała dowody swojej małej zbrodni,
bo wiedziała, że na wołaniach się nie skończy. Chwilę
potem klamka się poruszyła. W drzwiach stanął porucznik Chrobak w fartuszku z talerzem w jednej dłoni i domowym kompotem w drugiej. Monice od razu stopniało
serce i zamiast spodziewanego haju poczuła się podle.

– Tatusiu, nie trzeba było – wyszeptała, po czym
wstała i podbiegła, żeby mu pomóc. – Mówiłam ci, że
się śpieszę.

– Ty chyba nie idziesz ratować tego padalca?

– Nie mów tak. To mój narzeczony – obruszyła się.

– Wiesz, czym on się zajmuje? – Chrobak zmarszczył
swoje krzaczaste brwi i przyjrzał się córce. – Dobrze
wyglądasz. Naprawdę świetnie. Umalowałaś się?

– No pewnie, że tak – zaśmiała się. – Adwokat mówił,
że jest szansa, że go zobaczę. Nikła, ale jednak to możliwe. Nie mów, że przeszkadza ci to, że Marek jest bogaty. Nie musisz się już o mnie martwić. Zadba o mnie.

– Na razie tak dba, że musisz wyciągać go z więzienia.

– Przecież robi mnie pełnomocnikiem swojego konta!

– Tylko po to, żebyś mogła z niego wypłacić forsę na kaucję – odparował oburzony. Wskazał jedzenie. – Nie wyjdziesz, póki to nie zniknie z talerza.

– Tato, mam dwadzieścia siedem lat. Nie traktuj mnie jak dziecko. Już wolę, kiedy wyjeżdżasz.

– Wiem już dlaczego – wyburczał i umilkł spłoszony. Usiadł półdupkiem na oparciu jednego z foteli. – Chcę, żebyś mi powiedziała, dlaczego właściwie to robiłaś. Źle cię wychowałem?

– Tato!

– No co? Mam prawo wiedzieć. Skoro cały świat widzi cię w tych filmach, możesz mi odpowiedzieć na jedno pytanie.

– Niby jakie?

– On cię zmuszał?

– Mówiłam ci, że robiłam to z własnej woli. To nie takie straszne, jak ci się wydaje. Nie mów, że nie oglądałeś żadnego pornosa. Widziałam, że w biurze miałeś dziesiątki świerszczyków!

Chrobak zatkał uszy.

– Nie z własną córką w roli głównej – burczał.

Monika pokręciła głową i zaczęła dziobać schabowego. Ugryzła kęs, przeżuwała powoli.

– Dobre – pochwaliła. – Na końcu świata poznam twojego schaboszczaka.

Tym jednym zdaniem kupiła ojca. Uśmiechnął się smutno, a potem podszedł, by ją przytulić.

– Może to dlatego, że mama odeszła i nie poświęcałem ci wystarczająco dużo uwagi?

– To nie twoja wina – żachnęła się. – A zresztą to żadna tragedia. Jestem pełnoletnia i mogę robić ze swoim ciałem, co chcę.

– Nie mów do mnie takich rzeczy, bo nie zmogę.

– Hipokryta.

– Może. – Chrobak przewrócił oczyma. – Powiedz, kiedy ostatni raz widziałaś się ze Stefką?

– Wolałabym już zapomnieć jej imienia – prychnęła.

– Na walentynki. Przyszła do nas na imprezę i strasznie się nawaliła. Musieliśmy ją odwieźć do Poli, a ile się natłumaczyłam, że Stefkę boli brzuch...

– Ty wiedziałaś, że ona przyjaźni się z tym pedofilem?

– A oni się przyjaźnili?

– Ponoć spędzali razem mnóstwo czasu.

– Mówiła, że ma przyjaciela – zastanowiła się Monika. – Nie sądziłam jednak, że chodzi o niego. Kiedy tylko wpadałam do Poli, siedziała z tym Kamilem przed komputerem i z czegoś się zaśmiewali.

– Bardzo za nią tęsknię – wyznał nagle Chrobak. – I martwię się. Sam już nie wiem, gdzie jej szukać.

Monika dyskretnie spojrzała na zegarek. Powinna już zejść do taksówki, w której czekał notariusz.

– Chcesz, to podpytam ludzi z branży, czy nie znają kogoś, kto dowozi dziewczyny do studia. W telewizji mówili, że ten, kto porwał koleżankę Stefy, współpracował z Markiem.

– Jak będziesz się z nim widziała, rozkaż mu, żeby wydał tego zboka, Jukiego. To przecież małe środowisko. On pewnie chce się wyratować z pudła.

– Zrobię to. – Monika poprawiła włosy i stała już przy drzwiach. – Ale nic nie obiecuję. Koledzy Marka to w większości zboki. Inaczej filmy by się nie sprzedawały. Ale mało kto z nich jest prawdziwym zwyrodnialcem.

Czuła na plecach wzrok milczącego ojca, a kiedy docierała do windy, myślała tylko o jego zbolałym spojrzeniu i o tym, że wyglądał, jakby postarzał się o dziesięć lat. Wahała się chwilę, wreszcie wyjęła komórkę i wystukała esemes, a potem wyszukała odbiorcę w kontaktach. Stefa priv pojawiło się na pierwszym miejscu.

„Nie wygłupiaj się i wracaj do domu jak najszybciej. Ojciec miał zawał".

A potem zadowolona nacisnęła guzik windy i poczekała na dźwig.

⁎

Agencja Sobieski Reks

Jakub bez pukania wszedł do zatęchłego pokoju, gdzie urzędował Merkawa, i rzucił pod ścianę worek po węglu drzewnym.

– Co to, przechowalnia? – wyburczał haker, plując na boki koreańską zupką z paczki. – Poza tym puka się, zanim wejdzie. A jakbym był goły?

– W robocie? – Zza pleców Kuby wychyliła się Ada.

– Mam wolny zawód i mogę nosić w pracy taki kostium, jak chcę – odparł całkiem serio informatyk. – Często siedzę przy kompie bez gaci. Gorąco od tych serwerów.

– Chyba wiem, dlaczego siedzisz bez gaci. – Kuba wskazał jeden z monitorów, na których zatrzymano kadr filmu *Potrząśnij szczeniaczkami*. – Łatwiej zwalić konia bez nich.

– Rozgryzłeś mnie.

– Skoro już przy tym jesteśmy, ile z tego, co ci ostatnio przyniosłem, obejrzałeś?

– Wszystkie! A te z MILF-ami po kilka razy. Lubię takie retro produkcje.

– Tam masz tego więcej. – Sobieski wskazał na worek po węglu drzewnym. – Znalazłeś coś czy tylko się brandzlowałeś?

Merkawa wcale się nie obraził. Rozciągnął usta z satysfakcją i ruszył, by sprawdzić, co nowego Kuba mu dostarczył. Wyjmował kolejne usmarowane argentoratem kasety i czytał na głos tytuły.

– *W kleszczach pożądania*, *Impreza na wsi*, *Kobieta o trzech piersiach*. O, tego nie widziałem. Jest też dwójka! – szczerze się uradował. – Mam nadzieję, że nie popsuta.

– Wiesz, czego szukamy? – przerwał mu Jakub. – To nie są wczasy.

– Rajska robota, Reksiu – ekscytował się informatyk. – Same MILF-y. I powiem ci, że lubię akurat tę aktorkę. Anais nie była nigdy sławna, ale miała klasę. Jak byłem mały, wszyscy jak jeden się w niej bujaliśmy.

– Oglądasz porno od dzieciństwa? – wzburzyła się Ada.

– A niby na czym miałem się kształcić? – Merkawa nie widział w tym nic zdrożnego. Kontynuował: – Ten twój martwy kolekcjoner zbierał chyba wszystkie jej produkcje. Słuchaj, czy on na pewno był pedofilem? Ta babka już wtedy była ryczącą czterdziestką.

To Sobieskiego zainteresowało, ale nie dał nic po sobie poznać. Obserwował, jak Merkawa podchodzi do laptopa i budzi go z uśpienia. Film ruszył. Natychmiast rozległy się jęki, sapanie oraz pomrukiwania. Dialogi były tak tandetne, że Ada co drugie słowo wybuchała śmiechem.

– Jest akcja, nie? – Merkawa cieszył się jak dziecko. – Te z małolatami zupełnie nie są w moim guście, ale to, co teraz przynosisz: klasa! W sumie, znaj moje dobre serce, wcale ci za to oglądanie nie policzę.

319

– Na razie nic nie znalazłeś. – Załamany Kuba kręcił głową.

Chwilę przyglądali się kobiecie, która wiła się na kuchennym stole w ziołowej maseczce na twarzy i wielkim turbanie z ręcznika. Niskim, wibrującym szeptem z francuskim akcentem przekonywała mężczyznę, który mógłby być jej synem, że małżonek policjant w każdej chwili może wrócić z pracy.

„Masz mało czasu, skarbie – rzuciła, rozchylając uda, a dzięki zbliżeniu wszyscy obecni w tym pokoju poznali szczegóły jej anatomii. – Więc ruszaj do boju, *mon petit chouchou*, bo mój ślubny giwerę ma nie mniejszą niż ty”.

„Za to moja porządnie jest nabita” – odparł mężczyzna, wykonując jednocześnie popis ruchów frykcyjnych.

– Boże, kto pisze im te dialogi? – Ada skrzywiła się i spojrzała na Jakuba, który zamarł i wpatrywał się w scenę, jakby nigdy nie widział spółkującej pary.

– Znam jednego pornodialogistę, ale cienko przędzie – gadał tymczasem Merkawa. – Teraz sprzedają się same live'y. Nie to, co w tamtych czasach. To jest majstersztyk! Rzecz dla koneserów z lat dziewięćdziesiątych. Hossa maks w branży.

– Przewiń na inny dialog z tą babką – zażądał nagle Kuba. Merkawa długo trzymał suwak. – Dalej, niech coś jeszcze powie.

„Może i model colta macie ten sam, ale musisz się jeszcze wiele nauczyć, skarbie” – usłyszeli.

– Cofnij – rozkazał Jakub. – Chcę to usłyszeć jeszcze raz.

Ada przyglądała mu się zaniepokojona.

– Patrzcie, jaki smakosz – mruczał Merkawa, ale wykonał polecenie.

– Możesz zrobić jakieś zbliżenie jej twarzy?

– Ma przecież maskę, człowieku! W tamtych czasach tak się robiło. Aktorki nosiły maski albo pikslowało się twarze, jak dziś przestępcom w tefałenie. Pewnie się bała się, że rodzina ją wyklnie.

– Ile lat temu to zrealizowali?

– Sądząc po technologii, dwadzieścia lat minęło na bank. Może trochę więcej.

Kuba wyszukał coś w komórce.

– To by się zgadzało – oświadczył. – Anais miała wtedy trzydzieści sześć lat. – Rzucił się do torby po węglu drzewnym. Wysypał zawartość na podłogę i szukał okładek z tą konkretną aktorką. – Jest nawet film *Madame Chouchou*! – ucieszył się. – To chyba jakiś jej bestseller.

– Znamy ją? – zainteresował się Merkawa. O dziwo był teraz całkiem poważny i skupiony.

– Znamy? – powtórzyła Ada.

– Pewnie, że tak, skarbie – odparł Jakub, zniżając i rozwlekając głos, a jednocześnie udając kokieteryjne potrząsanie włosami. A potem usiadł na brudnym krześle zakładając nogi tak, by wydawały się niebotycznie długie. – Trzeba przyznać, że Zula figurę zachowała.

– Zuzanna Tomyś? – wyszeptała zdziwiona Ada. – Jak ty ją poznałeś? Przyznaj się, oglądałeś to!

– Nie, skarbie, nie widziałem żadnego z jej dzieł. – Jakub zaśmiał się z jej oburzenia. – Ale w zaświatach poznam ten tembr głosu, wyniosłość i łańcuszek na kostce. – Po czym wcisnął kasety w dłonie Merkawy. – Znajdź mi taką produkcję, gdzie madame Chouchou nie ma maski, i zdejmij jej piksele. Wiem, że to dla ciebie betka. Potem masz polecenie służbowe obejrzeć wszystko, gdzie gra pani Anais, i skatalogować to według roczników. Coś czuję, że nie ma tu przypadkowych kaset.

Restauracja gruzińska, okolice Zakamarka

– Kojarzysz tę panią? – Kuba podsunął fotografię aż pod sam talerz chinkali, które Leszek pałaszował z takim zapałem, że nawet nie zauważył, kiedy Sobieski wszedł.

– Już myślałem, że więcej nie przyjdziesz – jęknął hotelarz.

Odłożył sztućce i poprawił swoje nowe sztuczne włosy. Jakub musiał przyznać, że wolał już tę pożyczkę, ale nie miał czasu na przekomarzania.

– To znana aktorka. – Leszek otarł usta chustką wielkości obrusu. – Każdy, kto ma więcej niż trzydzieści lat, ją zna. Nasza eksportowa Grace Kelly, która rzuciła karierę dla starego reżysera.

– Czyżby rzuciła? – mruknął Sobieski, ale głośniej dodał coś innego: – Kiedy ostatnio widziałeś ją na swoich włościach?

– Nie masz innych informatorów? – Leszek się skrzywił. – Zamiast mnie nachodzić, pogłówkowałbyś trochę.

– Właśnie to zrobiłem. I przyszedłem się upewnić. Taki test dla ciebie, zanim wpadnie tu jak burza Drabik. Nie skończyłbyś swoich pierożków.

– Takie paniusie nie bywają w mojej budzie. Zapomnij.

Kuba wyszukał coś w telefonie. Pokazał Leszkowi.

– A to niby kto?

Hotelarz pochylił się i Kuba dokładnie widział przypinki między jego włosami.

– Hmm... – wymamrotał. – Widać coś mi umknęło. Jakub powiększył. Obok Zuzanny Tomyś stała Stefa.

– Chyba tak – zgodził się detektyw. – Wygląda na to, że dzieje się u ciebie jak w ulu. A ty nic nie wiesz.

– Co się mnie czepiasz! – wzburzył się Leszek. – Już wszystko ci powiedziałem.

– Patrz na datę. – Kuba wskazał numerki na dole zdjęcia. – To nie było w dniu zabójstwa Tomysia, tylko kilka dni przed nim. Stefa wysiada z jej samochodu. Czy Zuzanna Tomyś często odwiedzała pasierba?

– Chcesz, żebym zgadywał? – prychnął Leszek.

– Nie byłeś jeszcze na swojej rodzinnej imprezie. Amelia miała wolne, a ty siedziałeś zamiast niej w recepcji. Żeby wejść do motelu, ta kobieta musiała cię minąć.

– I może minęła. Nie wiem. – Leszek wzruszył ramionami. – O co ci właściwie chodzi?

– A może sprawdzisz, czy nie kupiła pokoju?

– Jeśli Amelia zarejestrowała ją pod własnym nazwiskiem, będzie w systemie. – Odsunął talerz. – Czekaj, zadzwonię do asystenta.

– Masz asystenta?

Leszek spojrzał na Sobieskiego oburzony.

– Jestem tutaj szefem. To takie dziwne, że zatrudniam ludzi?

– Kokosza wie?

– Nic mu do tego – wyburczał Leszek i zaraz zmienił tembr głosu na władczy: – Słuchaj, mój drogi, sprawdziłbyś mi jedną gościnię. To będzie stary wpis. Może płaciła kartą albo brała fakturę? – Podał nazwisko żony reżysera.

– Sprawdź Anais Potocki – wtrącił się Jakub. – To jej pseudonim.

Leszek wymruczał pod nosem jakieś przekleństwo, ale podał dane swojemu człowiekowi. Czekali jakiś czas. W tym czasie Leszek połykał swoje pierożki, a Jakub rozglądał się po sali.

– Gdzie były zdjęcia Kokoszy i Tomysia, o których mówiłeś?

– Pozdejmowałem je. Są już nieaktualne. Jak chcesz je zobaczyć, musisz poczekać. Trzymamy je w magazynie.

– Dlaczego spaliłeś pokój Wojtka Tomysia, ale nie usunąłeś kaset? – Jakub przyjrzał się hotelarzowi bacznie. – To miała być podpowiedź dla mnie? Czy raczej dupochron dla ciebie?

– Po pierwsze, nie mam pojęcia, jak i kiedy doszło do pożaru – zaczął flegmatycznie Leszek. – A po drugie, nie wiem zupełnie, o czym mówisz.

– Trele-morele – fuknął Jakub. – Chciałeś, żeby to zostało znalezione. Wiedziałeś, co na nich jest.

– Nie zwykłem grzebać w cudzych rzeczach.

– A plecak? Wybrałeś te najlepsze i ukryłeś w schowku.

– Mówiłem ci już, że nic takiego nie miało miejsca! To Stefa schowała plecak w starym paczkomacie.

– Należał do Tomysia, prawda?

Leszek się wzdrygnął.

– Więc powiem ci, jak było – zaczął Kuba. – Tomyś nie lubił macochy. Zresztą z wzajemnością. Zuzanna jako jedyna go rozszyfrowała. Nie godziła się na krycie jego bezeceństw i robiła mu wbrew, jak tylko się dało.

Buntowała przeciwko niemu ojca, namawiała, żeby przestał go chronić. Wojtek szukał sposobu, jak skutecznie się jej pozbyć. W tym momencie do akcji wkraczasz ty ze swoją kolekcją starych pornosów. Wiedziałeś, że Kokosza chce Tomysia wycyckać. Podałeś Wojtkowi na tacy filmy i podkręciłeś go, żeby zaszantażował macochę. To się udało pewnie już za pierwszym razem. Kobieta nie miała żadnego ruchu. Małżeństwo z oscarowym reżyserem było dla niej jedynym pewnym lądem. Od lat nigdzie nie zagrała i nie mogła pozwolić, żeby mąż się dowiedział, a przede wszystkim by dowiedzieli się jego fani. To mogłoby go zniszczyć równie szybko jak to, że jego syn to pedofil. Jej krótka, ale błyskotliwa kariera była jedyną jej kartą atutową. Umówiliście się na zapłatę, ale do niej nie doszło. Doszło do zbrodni. Nie mówię, że byłeś wtedy w Zakamarku, bo w recepcji siedziała Amelia, która zaginęła. Ale wiedziałeś. Od początku wiedziałeś, kto za tym stoi. I Stefa też. Ta dziewczynka była powiernicą Wojtka. Ponieważ mogła wydać Zuzannę, zniknęła. Z tej samej przyczyny zginęła żona Tomysia. Kobieta wiedziała, że mąż zajmuje się szantażem. Kiedy go zamordowano, uciekła z dziećmi na działkę. Niestety to było najgorsze, co mogła zrobić. Zuzanna bez trudu ich znalazła.

Przerwał i trzymał spojrzenie na twarzy Leszka. Facet nawet nie mrugnął.

– Bajka fajna, ale kupy się nie trzyma – skomentował. – Masz na to jakieś dowody?

– Jeszcze nie, ale może ty?

Leszek zrobił zdziwioną minę.

– W końcu dwukrotnie podmieniłeś zawartość plecaka Stefy. Raz, kiedy wezwałeś do motelu Polę Chrobak, żeby odebrała ze skrytki zwój folii bąbelkowej, i drugi raz po pożarze, żeby pomóc mi to rozwiązać. To ty podrzuciłeś do szafy filmy z Madame Chouchou. O szantażu Kokoszy już nie wspomnę. Głupio zrobiłeś, wysyłając na spotkanie do parku swojego człowieka z restauracji. To będzie łatwo udowodnić.

Leszek rozparł się na swoim dyrektorskim fotelu i uśmiechał się głupkowato.

– I co jeszcze? – Skrzywił się kpiąco. – Może mnie znów pobijesz?

Kuba się nie zrażał.

– Żeby dostać tę schedę, musiałeś przekabacić nie tylko Kokoszę, ale i Tomysiów, a po śmierci Wojtka Zakamarek dziedziczy ojciec. Jemu zaś zależało tylko na dyskrecji. Wiedział, co zrobiła Zuzanna i w czym jej pomagałeś?

– Teraz już przesadziłeś – wkurzył się hotelarz. – W niczym nie pomagałem i nie zamierzam z tobą dłużej rozmawiać.

Zapisał coś na kartce i przesunął ją w kierunku Sobieskiego, ale treść notatki przysłaniał wypielęgnowaną dłonią.

– Kobieta o podanym przez ciebie nazwisku u nas nie mieszkała – oświadczył stanowczo.

Odsłonił wiadomość. Zanotowano na niej: SPIERDALAJ.

– To wszystko, co masz do dodania? – zeźlił się Jakub.

– Raczej tak. Więcej bez obstawy policji nie chcę cię widzieć.

Jakub wstał, odwrócił się i chciał dorzucić coś jeszcze, ale zrezygnował. Spoglądał chwilę na zajętego już jedzeniem i internetem Leszka, a potem wszedł do motelu i zażądał od recepcjonisty, by przyniósł mu pudło ze zdjęciami z restauracji. Kiedy je dostarczono, wcale się nie zdziwił. Nagle jakby wszystko ułożyło się na swoich miejscach.

Na zdjęciu z nazwą restauracji Zakamarek stało trzech kumpli. Kokoszę i Tomysia detektyw rozpoznał natychmiast, chociaż od tamtej pory minęło wiele lat. Trzeci facet nie był rosły, ale muskularny i miał na sobie mundur polowy. Obejmował dziewczynkę, która miała pewnie tyle lat, ile obecnie Stefa Chrobak. Gdyby Jakub zobaczył to zdjęcie wcześniej, nigdy nie rozpoznałby porucznika Chrobaka, bo facet tak źle się zestarzał. Pola za to nie zmieniła się praktycznie wcale. Wydoroślała, ale nie nabrała kobiecych kształtów i nawet w ciąży wyglądała dziewczęco, wręcz była wychudzona. Wojciech Tomyś, który stał z brzegu, nie spuszczał z dziewczynki zachłannego spojrzenia.

Jeden z bloków na Gocławiu, Kocura

– Trudno było panią znaleźć – rzekł Jakub, kiedy pierwsza żona Chrobaka otworzyła mu łuszczące się brązowe drzwi.

– Zmieniłam tylko nazwisko – oświadczyła. – Nie ukrywam się. Pracuję, żyję normalnie. Choć niełatwo w to uwierzyć, mimo że mieszkamy dwa bloki od siebie, nigdy się z Ziutkiem nie mijamy.

Kobieta była otyła, pod oczyma widniały sine cienie, a jej porowata cera miała konsystencję skisłego sera. Uśmiechała się jednak szeroko, a z oczu biła szczerość. Może to przez ten uśmiech, a może dzięki fioletowej tunice z mnóstwem koralików właścicielka sprawiała przyjemne wrażenie.

– Proszę wejść – zaprosiła Jakuba do środka. – Jeśli mamy rozmawiać o Ziutku, wolałabym, żebyśmy byli sami.

Mieszkanko było malutkie, wysprzątane i pełne książek.

– Co chciałby pan wiedzieć?

– Dlaczego porzuciła pani rodzinę?

– To jest trudne pytanie. – Zawahała się. – Musiałam. Nie dało się tego zaakceptować.

– Czego dokładnie?

– Zdrad, kłamstw i poniżania. Ziutek był uzależniony od porno, regularnie chodził na dziwki, a pewnego dnia jedną z nich przyprowadził do domu i kazał mi to zaakceptować. Pojęłam, że to jest ten moment. Albo go zabiję, albo sama umrę. Odeszłam.

– Miała pani córkę, Monikę.

Kobieta wolno pokiwała głową.

– No cóż, córka nosi imię po mnie. Co za ironia. Tak, zostawiłam ją – przyznała. – Bo Monia nie chciała ze mną odejść. Wolała być z tatą. Zna pan przypowieść o Salomonie, jak kazał podzielić dziecko między kłócące się matki? Ta, która była prawdziwa, wolała je oddać, niż patrzeć na jego śmierć. Zostawiłam Monię z Ziutkiem i każdego dnia tego żałuję. To będzie już dwadzieścia jeden lat, odkąd się nie widziałyśmy... Chociaż to jest nieprawda, bo ja widuję ją często. Wiem o niej bardzo wiele i też dlatego się stąd nie wyprowadziłam.

Kuba pokazał zdjęcie trzech mężczyzn na tle restauracji Zakamarek.

– Co ich łączyło?

Pierwsza żona Chrobaka długo się w nie wpatrywała.

– Z nią? – Wskazała Polę i drwiąco się uśmiechnęła. – Chyba nie muszę panu wyjaśniać.

Kuba przełknął ślinę.

– Na tym zdjęciu ma kilkanaście lat.

– Siedemnaście – doprecyzowała kobieta. – I naprawdę nie chcę znać szczegółów tej relacji. Ale ona była zażyła. Może nawet intymna... Przekazywali ją sobie nawzajem z rąk do rąk czy robili to razem? Nie wiem. Może ona sama nie wie, który z nich jest ojcem Stefy. Owszem, słyszałam, że jej córka zaginęła i że jest zamieszana w aferę pedofilską oraz zbrodnię. Wcale mnie to nie dziwi. Nie chodzi o geny, tylko o wzorce.

– Nie owija pani w bawełnę.

– Rzecz w tym, że ci panowie nie uważali się za pedofilów. Gdybyś im to rzucił w twarz, obiliby ci pysk. Szukali młodych chętnych dziewcząt i je znajdowali. Tylko Tomyś zasmakował w tym i schodził coraz niżej z wiekiem. Potem nie miałam już z nim kontaktu, ale bywało, że interesował się trzynastolatkami. To było obrzydliwe. I trudne do obserwowania – westchnęła. – Ale czasy były takie, że nikt o tym nie mówił. Pola pochodziła z nieciekawej rodziny. Szybko zaszła w ciążę i nie musiała już tam wracać. Dlaczego akurat Ziutek ją wziął, nie mam pojęcia, bo od zawsze była zakochana w Kokoszy.

– Ostatnio do niego odeszła. I znów jest w ciąży. Niebawem rodzi. – Jakub uznał, że ta wiedza należy się pierwszej Chrobakowej.

– Mam nadzieję, że będzie szczęśliwa – skwitowała zimno matka Moniki. – Ale czy przyszedł pan tutaj po to, żeby mnie rozpytywać o stare dzieje?

– Dokładnie po to przyszedłem – potwierdził Sobieski. – Chciałbym wiedzieć, czy tych trzech kumpli poza podrywaniem dziewcząt i prowadzeniem restauracji miało jeszcze jakieś wspólne interesy.

– Z tego, co wiem, to nie. – Zawahała się. – Ziutek pierwszy się wykruszył, bo miał dobre pieniądze w armii i zawsze kochał swój mundur bardziej niż cokolwiek. Kokosza i Tomyś zostali przy knajpie. Całkiem dobrze im szło. Do czasu, aż się pokłócili. Szczegółów nie znam. No a potem Tomyś zginął tragicznie. Widziałam w telewizji i domyśliłam się, że chodzi o Wojtka.

– A porno?

Kobieta łypnęła na Sobieskiego zadziwiona.

– O co panu chodzi?

– Kojarzy pani taką gwiazdkę z tej branży, madame Chouchou?

– Nie oglądam takich rzeczy! Co pan?

– Proszę się nie gniewać. – Jakub zniżył głos. – Rzecz w tym, że mam w agencji kupę VHS-ów z lat dziewięćdziesiątych nagranych raczej amatorsko. Okładki drukowane na kserokopiarce, same kopie naprawdę kiepskiej jakości. Z jakiejś przyczyny zmarły Tomyś je zachował. Trzymał je ukryte i nawet po jego śmierci Kokosza i pani były mąż się o nie biją. – Jakub uznał, że to uogólnienie musi kobiecie wystarczyć. Nie chciał wchodzić w szczegóły. Blef też czasem pełni swoją funkcję w wyciąganiu informacji od świadków. – Zastanawiam się, dlaczego ta gwiazdka była dla nich tak cenna.

Kobieta wierciła się na sofie i długo nie odpowiadała.

– Nie wiem nic o takiej działalności byłego męża, jeśli ona istniała. Oglądał porno w tajemnicy przede mną, ale mówię panu, że to był jeden z powodów, dla którego go porzuciłam. Był uzależniony.

– A powodem odejścia nie była młodziutka Pola, praktycznie jeszcze dziecko, która miała panią zastąpić?

– Ziutek ogólnie jest zwichrowany. Naprawdę nie chcę już do tego wracać.

– Czy ci trzej panowie ze zdjęcia mogli prowadzić amatorskie studio nagrań tego typu? – Postukał w swój telefon, w którym wyświetlał teraz fotografię Tomysia, Kokoszę i Chrobaka.

– Być może. Głowy jednak za to nie daję. Może po prostu lubili tę konkretną aktorkę? A może... – Uśmiechnęła się złowieszczo.

– Tak?

– Może nie na rękę jej było, żeby ktoś się dowiedział. Zwłaszcza kiedy miała ułożone życie i szkoda byłoby je stracić, prawda?

⁎⁎

Komenda policji, gabinet Drabika

Drabik wysłuchał tego, co Kuba miał do powiedzenia, a kiedy skończył, w pokoju na długo zapanowała cisza.

– Dalej sam nie pójdę – wyjaśnił Sobieski. – Tu potrzebne jest twoje wsparcie.

– Niby w czym mam cię wesprzeć? Wszystko to spekulacje i domysły – odezwał się nareszcie policjant. Odsunął od siebie zdjęcia i dokumenty, które Kuba przyniósł, by się uwiarygodnić. – Nie masz narzędzia zbrodni, nie wiesz, jaką wersję wydarzeń przedstawia Zuzanna Tomyś, i jak dotąd nie podałeś ani jednego, nawet hipotetycznego, miejsca pobytu poszukiwanej nastolatki. A to przecież ją miałeś znaleźć, a nie zajmować się zbrodnią na Tomysiu. Poza tym co to za motyw? Miałaby zabić pedofila za to, że ujawniłby jej gołe cycki, kiedy była młoda? Starczyłoby, żeby macocha uknuła intrygę i zdeprecjonowała pasierba. Nie trzeba go zabijać maczetą, wykrawać mu genitaliów i pisać błazeństw na ścianie. Do tego jeszcze jest niewyjaśnione zabójstwo jego żony.

– Dzieci oszczędziła – zauważył Jakub. – Nie bez przyczyny uśpiła je lekami i wódką. Tankuje równo, sam widziałem. Pewnie i prochów ma pod dostatkiem.

– To znów tylko twoje przypuszczenia – odbił piłeczkę Drabik. – A może wyobraźnia znów cię ponosi?

– Kokosza, Tomyś i Chrobak to byli kumple. Łączyła ich skłonność do młodych dziewcząt. Nie łapali dzieci w przedszkolach. Łowili rozbudzone nastolatki, którym brakowało figury ojca. Najlepszym przykładem jest Pola Chrobak, która wiekowo mogłaby być ich córką, a rodzi im dzieci. Za jej sprawą Chrobak rozwiódł się z żoną i wiem, że zrobi wszystko, żeby ją odzyskać. Czego nie rozumiesz? Co budzi twoje wątpliwości?

– Wszystko, człowieku! – zagrzmiał Drabik. – Zuzanna Tomyś to znana osoba. Jej mąż jest postacią ikoniczną w tym kraju. Muszę mieć twardy dowód, coś jak przyznanie się do winy albo i narzędzie zbrodni, żeby do niej wejść i zrobić rozpierduchę.

– Przecież wiemy od początku, że stary Tomyś czyścił grzechy syna. Załatwił, żeby tamtejsza policja nie znalazła niczego, a po pobieżnych oględzinach lokal spalił. Ktoś się tym zainteresował? Ktoś się temu przyjrzał? Nie. Zamierzasz to tak zostawić?

– Jaki związek z tym wszystkim ma Stefa? Niby dlaczego została uprowadzona? Sugerujesz, że zła królowa Anais Chouchou, czyli Zula Tomyś, skasowała to dziecko, bo mogło ją wydać?

– Niewykluczone. – Jakub wzruszył ramionami. – Chociaż osobiście skłaniam się do hipotezy, że Stefa odkryła prawdę o ojcu, wuju i nowym partnerze mamy, i po prostu uciekła. Do kogoś, kto jest równie zły albo jeszcze gorszy niż oni. Znane są takie przypadki, że kobiety zakochują się w zbójach.

– Pewnie – przytaknął Drabik. – Ale nie piętnastoletnie. To jeszcze nie jest kobieta. To jest dziecko chronione prawem i ten, kto ją krzywdzi, winien zapłacić.

– Mugi widziała ją u tego faceta.

– Nie wiem, czy był jakikolwiek facet – żachnął się Drabik. – Bierzemy pod uwagę, że Mugi ściemnia. Wymyśliła to wszystko, całe uwięzienie i te różne bezeceństwa, żeby przykryć swój udział w branży porno. Jakim cudem przedostała się na plan? Myślisz, że oprawca tak szybko by się jej pozbył?

– Człowieku! Dziewczyna ma okaleczoną stopę! Ten zwyrol próbował uciąć jej palec maczetą! – walczył Sobieski. – A reszty rzeczy nie da się wymyślić. Choćbyś miał najbujniejszą wyobraźnię. Słuchałem jej, widziałem jej łzy i wiem, że ona mówi prawdę.

Drabik rozłożył dłonie w geście bezradności.

– Nie wskazała żadnego miejsca, które okazałoby się jego kryjówką, chociaż jeździliśmy z nią kilka dni z rzędu. Nie potrafiła podać szczegółów twarzy napastnika. Rysopis jest do dupy. Pomówiła za to swoją koleżankę, z którą miała konflikt, że z nim współpracuje. Dlaczego, nie potrafiła powiedzieć.

– Amelia, sprzątaczka z Zakamarka, zaginęła. To jest fakt.

– Tak samo jak Mugi, która się znalazła. I Monika, córka Chrobaka, której jakoś nikt nie szukał, a włóczyła się, ćpała i grała w najobrzydliwszych pornolach. Teraz struga świętą madonnę i walczy o swojego niby--chłopaka, któremu, do kurwy nędzy, nic nie mogę zrobić za jego działalność rozpowszechniania porno!

– Więc rusz dupę i pójdź do Zuzanny. Przynajmniej ją przesłuchaj! – poprosił Jakub.

– Sam idź, jak jesteś taki pewny swego. Może zadziała twój urok osobisty i kobita opowie ci, jak zabijała i dlaczego, bo ten twój motyw grubymi nićmi jest szyty! – Zaśmiał się. – Nie zapomnij zapytać, gdzie ukryła narzędzia, którymi szlachtowała swoje ofiary.

– Więc nie pomożesz?

Drabik podniósł się, pozbierał wydruki, które Jakub mu przyniósł.

– Dziękuję za wizytę. Znasz drogę do wyjścia. I pamiętaj na przyszłość, jakbyś znów narobił sobie koło dupy, tej rozmowy nie było. Ja o niczym nie wiem. Nie próbuj też przekabacać na swoją stronę Osy. Wiem o waszym układzie!

*

Mieszkanie Kokoszy

– Rezygnuję – oświadczył Sobieski, nie patrząc na Polę. – Nie jestem w stanie znaleźć twojej córki. Poddaję się. Odpadam.

Rzucił na stół reklamówkę z pieniędzmi, które wypłacił przed chwilą ze swojego prywatnego konta. Przyjrzała mu się uważnie, a potem sztucznie się roześmiała.

– Ten żart jest nie na miejscu – rzekła z powagą i zmarszczonym czołem. – Ani to dobry moment, ani forma nie ta. Nie przyjmuję twojej rezygnacji do wiadomości.

Była dziś w doskonałym nastroju i widać było, że czuje się znacznie lepiej. Biegała po mieszkaniu ze ściereczką i czyściła kwiaty z kurzu.

– Szkoda, że nie wolno mi pracować z chemikaliami. Mam dzisiaj wenę. Stworzyłabym piękny obraz na szkle – rozmarzyła się.

Sobieski nie mógł w to uwierzyć. Jej córka wciąż jest zaginiona, partner w dalszym ciągu przebywa w areszcie, a aktualny, chociaż były mąż pomaga jej pasierbicy wydostać z więzienia domniemanego wspólnika oprawcy jej córki. Ona zaś biega po domu, podśpiewując do francuskich piosenek, i myśli o robieniu witraży.

– Nie muszę się tłumaczyć, ale powiem ci, że ta sprawa mnie przerosła. Jesteście obrzydliwi.

– My? – zdziwiła się. – Czyli kto?

Wahał się, czy ujawniać jej, co ustalił, ale ostatecznie nic nie powiedział. Poklepał reklamówkę z pieniędzmi i ruszył do wyjścia.

– Kuba! – zawołała go.

Obejrzał się i spostrzegł, że Pola stoi w kałuży.

– Zawieziesz mnie do szpitala? – wyszeptała. – Torba z rzeczami jest w bagażniku Bartłomieja. Kluczyki do auta znajdziesz w którejś z szuflad biurka. W gabinecie.

Pobiegł we wskazanym kierunku. Wszedł do biura Kokoszy i oniemiał na widok wielkiego mebla, które składało się wyłącznie z szuflad. Zaczął od pierwszej z brzegu – tam kluczy nie było. Otwierał kolejne, przerzucał sterty dokumentów. Kilka z nich spadło na podłogę, ale na to nie zważał. Wreszcie natrafił na jedną zamkniętą.

– Tu ich nie ma! – krzyknął. – Może pojedziemy moim? Poproszę Adę. Skoczy do supermarketu i przywiezie ci jakieś ciuchy.

– Nie – upierała się Pola. – Dziewięć miesięcy gromadziłam tę wyprawkę. Każdą rzecz mam przemyślaną. Muszę mieć tę torbę! Nie śpiesz się. Dzieci tak szybko i tak łatwo się nie rodzą. Zdążymy.

Kuba zastanawiał się chwilę, wreszcie z kieszeni wyjął scyzoryk. Podważył zamek i siłą wysunął szufladę, a tekturowa teczka, która musiała być na wierzchu, spadła na podłogę. Zawartość się rozsypała.

Kuba pochylił się, by pozbierać dokumenty. Zobaczył spis kwot z datami. Każde okno tabeli było parafowane. Przyjrzał się odręcznemu podpisowi osoby, która kwitowała odbiór pieniędzy, i nie miał wątpliwości, że widzi nazwisko Tomyś. Stał chwilę w bezruchu, wpatrując się w ten dziwny spis, i próbował zrozumieć, co właściwie znalazł. Nagle usłyszał kroki. Zbliżała się Pola.

Szybko wrzucił teczkę do szuflady, ale zaczepiła się i nie był w stanie jej zamknąć. Zgniótł karton i spróbował jeszcze raz, trzymając go na płasko. Wtedy poczuł ukłucie i podniósł palec. Na czubku wykwitła kropelka krwi. Odsunął szufladę, nie bacząc, że Pola nakryje go na szperaniu w rzeczach jej partnera, i podniósł plik papierów z góry.

Na samym dnie szuflady w foliowej torebce na dowody leżał ubrudzony brunatną substancją japoński nóż Samura. Obok, w eleganckim pudełeczku, spoczywało jeszcze kilka wymyślnych, zdobionych i wyglądających jak dzieła sztuki kling. Sobieski przez chusteczkę podniósł pudełko i obejrzał je dokładnie. Formy noży wyrysowano na wieczku. Jednego brakowało. Miał kształt maczety, ale był mniejszy i dziwnie zakrzywiony. Kuba pomyślał, że nadawałby się do wytrzewiania ryb, cięcia kurczaka albo do rozcięcia brzucha i wyjęcia wnętrzności człowieka...

– Znalazłam! – Pola weszła z kluczykami w dłoni. – Bartłomiej przed zatrzymaniem zostawił mi je na toaletce. Kochany człowiek.

– Polu? – Jakub podniósł torebkę z największym z noży. – Powiedz mi, dlaczego twój facet trzyma kuchenny sprzęt w gabinecie? Na dodatek perfekcyjnie zabezpieczony, niczym dowód zbrodni...

Pola długo milczała, wpatrując się oniemiała w znalezisko Kuby. Wreszcie w furii zaczęła wysypywać zawartość szuflady na biurko. Nie był w stanie jej powstrzymać. Nie słuchała, że niszczy potencjalne ślady kryminalistyczne. Wreszcie wśród papierzysk i różnych drobiazgów spostrzegli starą nokię z lat dziewięćdziesiątych oklejoną taśmą w maskujący wojskowy wzór.

– To telefon Ziutka na czas apokalipsy – wyszeptała, przykładając dłoń do ust, jakby w tej chwili pożałowała swoich słów. – Mąż dał go Stefie tego ranka, kiedy zaginęła. Żeby mieli kontakt, zanim zrobi szybkę w jej iPhonie. Co ta komórka tutaj robi? Kuba, powiedz, że to nieprawda! Powiedz, że Bartłomiej nie ma z tym nic wspólnego!

DZIEŃ JEDENASTY

SUKCESJA
29 kwietnia (sobota)

Ada wjechała na szpitalny parking pod prąd, ale zupełnie się tym nie przejmowała. Wysiadła z wozu, cmoknęła Jakuba w policzek i wręczyła mu pudełka z tajskim żarciem. A potem położyła na nie kluczyki do swojego nowiutkiego, choć już poobtłukiwanego mini.

– Zaparkujesz mnie? Jestem wykończona.

Spełnił jej prośbę, a potem wskazał ławeczkę na słońcu pod drzewem. Jakiś litościwy człowiek wpadł na pomysł, by ustawić tam prowizoryczny stolik. Był brudny, klejący się od soku kwitnących kasztanów, pod którymi stał, ale ogólnie poczuli się jak w namiastce parku. Usiedli i rozłożyli pudełka z jedzeniem. Ada wyjęła ze swojej wielkiej jak walizka torebki termos z kawą, dwie cole, trzy paczki prażynek i opakowanie dwudziestu plastikowych kubeczków.

– Organizujesz piknik?

– Kto wie, kto wie? – Mrugnęła figlarnie. – Na imprezę trzeba być zawsze przygotowanym.

Kuba skrzywił się, zamiast odpowiedzieć jej uśmiechem. Najwyraźniej zapas tychże dawno mu się skończył.

– Dziwię się, że spieniacz do mleka nie zmieścił ci się w tym bagażu. – Wskazał jej wypchaną torbę i nie czekając na odpowiedź, rzucił się do jedzenia.

– Spieniacz nie – odparła. – Ale dwa wina i owszem. Z wiadomych przyczyn ich nie wyjmuję. Oboje jesteśmy za kółkiem i jakoś powinniśmy dowieźć swoje tyłki do domów.

– Nie marzę o niczym innym. – Pochylił się, by ją pocałować.

Wpierw siedziała sztywno, a potem objęła go ramionami i trwali tak połączeni, jakby zatrzymał się świat.

– Ho, ho, ho! – usłyszeli zza pleców. – Zakochana para. James i Adrianna.

Obejrzeli się za siebie i spostrzegli idących w ich kierunku Elizę z Robertem. Ona niosła opakowanie pieluch, a on wielki bukiet kwiatów i torebkę prezentową. Za nimi, wciąż w mundurze, maszerowała Osa. Na skroni miała opatrunek, a w rękach obleśnie wyglądający brunatny słoik.

– Konfitura śliwkowa – wyjaśniła zebranym. – Żeby matka nie miała zatwardzenia i mleko szybciej pojawiło się w piersiach. Mnie to uratowało, a byłam o wiele grubsza niż nasza słodka Pola. Co tu robicie, gołąbki?

– Czekamy, aż lekarze powiedzą, że z Polą i jej drugą córką wszystko okay – odparł Jakub, prostując się i witając z nimi. – Podobno były komplikacje.

– To ironiczne, że żaden z jej facetów nie mógł być przy tym porodzie – zauważyła z satysfakcją Eliza. – Wiecie już, że porucznika Chrobaka wreszcie zatrzymali?

Wszyscy wyjęli swoje urządzenia do palenia, a Ada podała im po kubeczku kawy.

– Też stamtąd wracamy – wyjaśniła dyrektorka.

– Ponoć Drabik wzywa zainteresowanych sprawą i czesze równo, jak leci. Areszt jest przepełniony.

– To prawda – potwierdziła Osa. – Ale najlepsze komnaty czekają na zwycięzców tej gry. Tym razem konferencja prasowa Drabika będzie hitem.

– Was nie zatrzymał – zauważyła Ada i spojrzała przeciągle na Elizę. – Jak tego dokonaliście?

Robert podrapał się po brodzie, zacisnął usta, a dyrektorka zaczęła mówić:

– Dzięki tobie. – Wskazała Sobieskiego. – A raczej dzięki Poli, która rodząc, wyznała Kubie to, co było trzeba, żeby ukruszyć mur milczenia.

– Właściwie nic mi nie powiedziała. – Sobieski wzruszył ramionami. – Klęła tylko na czym świat stoi i żądała, żebym zabił tego, który jej to zrobił.

– Co zrobił? – Ada nie zrozumiała.

– No dziecko. Obiecałem, że zgładzę Kokoszę, jak tylko go spotkam. Inaczej chciała uciec z porodówki. Na cesarkę było za późno. Praktycznie ten poród odebrałem w aucie. No i od wczoraj tak tutaj koczuję. – Wywrócił oczyma, a Ada się roześmiała.

– To, co znalazłeś w biurku Kokoszy, okazało się bezcenne – podjęła wątek Osa i wszyscy natychmiast spoważnieli. – Gdy tylko Drabik pokazał Kokoszy listę płac i noże, facet przyznał się, że szantażowali z Tomysiem jego macochę. Tę aktorkę. Sprawa była błaha, bo ze dwadzieścia lat temu Zuzanna grała w jakichś tandetnych erotykach. Nie trwało to długo, ale ślad na taśmach pozostał, a Zula nosiła już nazwisko Tomyś i prowadziła chwalebne życie żony słynnego reżysera – współczesnego wieszcza. Jędrzej Tomyś obsadził ją w kilku wielkich jak na tamte czasy produkcjach i tym samym uczynił gwiazdą. Chodziły nawet żarty, że otarłaby się o Oscara, gdyby nie była tak kiepską aktorką.

– Za to jak wyglądała! – wziął ją w obronę Robert.

– Ja tam się w niej kochałem jako dzieciak. A ty?

– Nie przypominam sobie – wykpił się od odpowiedzi Jakub.

– W każdym razie ta nominacja do Oscara dla Jędrzeja była trampoliną, a dla niej gwoździem do trumny – kontynuowała Osa. – Nikt poza jej mężem nie chciał jej zatrudnić. Może to nepotyzm, zazdrość i nietolerancja, ale raczej względy praktyczne. Zula spóźniała się albo wcale nie przychodziła na castingi, miała za duże stawki i ogólnie słynęła ze sporych much w nosie. Jedną z nich było to, że odmawiała rozbierania się. Śmiano się, że wiara nie pozwala jej pokazać kawałka cycka.

– Bała się, że ktoś ją zobaczy i połączy jedno z drugim? – Jakub się skrzywił.

– To, czego się boisz, zawsze się spełni. Prawo przyciągania – podsumowała Osa. – Fakt faktem, że Zuzanna Tomyś wycofała się z branży i co ważniejsze, zrobiła to na czas. Od tej chwili brała udział jedynie w programach telewizyjnych, udzielała wywiadów i ogólnie mówiąc, odcinała kupony od swojej nieskazitelnej chwały. Aż tu nagle jej drobny cień na honorze odkryła Stefa, córka Apolonii, która myszkując w rzeczach Leszka, natrafiła na kolekcję starych pornoli. Oglądali te filmy z Kamilem w jej pokoju, a kiedy matka ich nakryła, przenieśli się do Zakamarka.

– Serio? – Ada przyjrzała się wpierw Osie, a potem przeniosła spojrzenie na byłą dyrektorkę szkoły. – To przecież jeszcze dzieci.

– Nie wiem, co ci odpowiedzieć. Pokolenie TikToka czasem mnie przeraża – mruknęła Eliza. – Ale pocieszam się, że my tak samo przerażaliśmy naszych dziadków. Dla mnie straszniejsze jest to, że Pola od początku wiedziała o zamiłowaniach córki do porno. To dlatego Stefa tak interesowała się Jukim i jego nagraniami.

– Mówiłaś, że to Kokosza szantażował Zulę z Tomysiem. – Jakub spróbował przywrócić przerwany wątek. – Co ma do tego Stefa?

– Kokosza zeznaje, że dowiedział się ostatni – wtrącił się Robert. – Dołączył do kumpla, ponieważ bał się o pasierbicę. Była agresywna, nabuzowana, chciała coraz więcej forsy i nawet Tomyś nie był w stanie jej przystopować. Po prostu przeginała. To dlatego pojawiała się z nim w domu jego ojca. Tam dochodziło do szeptanych gróźb, a biżuteria, którą Zula jej podarowała, warta była kilkadziesiąt tysięcy złotych. Jak się już domyślacie, nie była dobrowolnym prezentem.

– Co ta mała robiła z taką forsą? – zdziwiła się Ada. – Kiedy ja miałam piętnaście lat, w pokoju trzymałam jeszcze misie i lalki.

– Miała tajnego chłopaka, o którym nic nikomu nie powiedziała – wtrącił Jakub i w tym momencie wszyscy na niego spojrzeli. – To Juki, słynny nienawistnik kobiet. Stefa poznała go przez Marka Mazura, chłopaka swojej siostry. Przy nim producent porno i przyszły zięć porucznika Chrobaka to łagodna owieczka, a w gruncie rzeczy jedynie bezduszny biznesmen. Miał w młodości etap fascynacji pogadankami Jukiego i faktycznie mężczyźni się przyjaźnili, ale Marek z tego wyrósł. Wiedział doskonale, że Juki jest niebezpieczny, ale początkowo wspierał kontrowersyjne wykłady kumpla i wrzucał je do netu, bo wpisywały się w ton jego odbiorców pornoli i sfrustrowanych nieudaczników. To robiło im obydwóm publikę. Na prywatnych forach ci ludzie wymieniali się linkami do płatnych platform, na których zarabiał Marek Mazur, a Juki napawał się wątpliwą sławą. Można powiedzieć, że przez jakiś czas żyli w symbiozie.

– Byli popularni także wśród młodzieży – podkreśliła Eliza. – To jest najstraszniejsze.

– Nie – zaprzeczył Jakub. – Najstraszniejsze jest to, że chociaż Marek doskonale wiedział, jak bardzo Juki lubi przemoc, a zwłaszcza upokarzanie kobiet, to właśnie jemu pod opiekę oddał nieletnią siostrę swojej narzeczonej, kiedy Stefa zadzwoniła do Moni, żeby zabrała ją z motelu po zbrodni. Dziewczynka była w kiepskim stanie, przerażona i zaniedbana emocjonalnie. To u Jukiego spędziła pierwszą noc po zabójstwie Tomysia.

– Dlaczego Marek Mazur to zrobił? – zapytała Ada. – Z premedytacją czy z głupoty?

– Może chronił swój tyłek i nie chciał się mieszać w sprawy Chrobaków, bo wyczuł, że sprawa jest śmierdząca? – podsunęła Eliza.

– Kokosza mu zapłacił. – Jakub wzruszył ramionami. – Potrzebowali sfingować porwanie Stefy i Marek zaproponował kogoś, kto i tak się ukrywa. Chodziło o to, żeby dziewczynka była bezpieczna.

– Bezpieczna? Przecież Sebastian Czarnecki jest podłym zwyrodnialcem! – zaoponowała Ada.

– Owszem – zgodził się Kuba. – Karany od szesnastego roku życia, a ponieważ ma dwa razy tyle, większość przesiedział w zakładach. Już w UK był zatrzymywany za gwałty i przemoc wobec kobiet. Więził prostytutki, organizował orgie, a swoje komunały głosił początkowo wybranej grupie kompanów. Był ponoć tak przerażający, że nieustannie zamykali mu media. Nasz Mareczek złagodził Jukiemu personę publiczną i udostępnił kanał. Dodał trochę żartów i kazał założyć kwadratowe okulary, żeby Juki wyglądał inteligentniej. To przynosiło hajs i pompowało ego obydwóch.

– Jak na razie Drabik nie ma dowodów na to, że Marek Mazur nad kimkolwiek się znęcał – zauważyła Ada.

– Przeciwnie, trząsł się nad Stefą i jej ojcował, o czym opowiadała przyrodnia siostra Monika. A Stefa to wykorzystywała.

– Wychodzi na to, że córka Poli i Chrobaka to jednak diablę wcielone – mruknęła Osa. – Trudno w to uwierzyć.

– Nie diablę, tylko zakochane naiwne dziecko pozostawione samo sobie. – Eliza wzruszyła ramionami, ale zaraz dodała: – Nie mówię, że nie jest egocentryczna. To narcyzka jak się patrzy, ale pod tą osłoną pewności siebie u każdego narcyza kryje się wielki przerażony dzieciak. Powtarzam wam raz jeszcze: Stefa zadurzyła się w Jukim. Imponował jej. Była przekonana, że oswoi tego potwora i w razie kłopotów facet wybroni ją z każdej opresji.

– Ta mała wie, jak ten facet poniża kobiety? Wiedziała o jego niewolnicach w piwnicy? – Ada zarzuciła Olędzką pytaniami.

– Pewnie sądzi, że dla niego jest wyjątkowa – skwitowała dyrektorka. – Dopóki nie zrobi jej krzywdy, będzie w to wierzyła.

Na długą chwilę zapadła cisza. Dopili swoją kawę, a Ada rozlała do kubeczków resztkę coli. Proponowała wino, ale Osa syknęła, że jest na służbie. Musielibyśmy się rozejść, a nikt nie chciał opuszczać spotkania w takiej chwili.

– Jak się domyślam, ten cały Juki zabił Tomysia? – zapytała po męczącej pauzie Ada. – Stefa nabuntowała go pewnie, że ją molestuje...

– Dopóki Stefa nie złoży zeznań, nie da się tego udowodnić – ucięła Osa.

– Więc kto? – powtórzyła Ada.

– Chyba nie wolno mi o tym mówić – wykpiła się policjantka. – Nie na tym etapie.

Robert Wolny praktycznie wcale się nie odzywał. Słuchał wszystkiego z uwagą, jednocześnie surfując po sieci.

– To nie jest już tajemnicą. – Pokazał zebranym pierwszy z brzegu artykuł. – Mąż wydał żonę.

Ada rzuciła się do swojego telefonu i zaczęła czytać.

– Nic więcej nie wiadomo – mruknęła zniechęcona.

– To prawda? Zuzanna sama to zrobiła? Jak?

– Jest aktorką – mruknęła Osa. – Może i niezbyt utalentowaną, ale jednak w kluczowej chwili wystarczyło. Weszła do hotelu przebrana za śmieciarza. Była szósta rano. Tomyś jeszcze spał. Niestety, nie przewidziała, że w tym pokoju koczuje Stefa. Zaszlachtowała Tomysia i upozorowała zbrodnię w zemście, a kiedy odkryła dziewczynkę, próbowała ją powiesić na żyrandolu. Stefa nigdy nie zamierzała popełnić samobójstwa. Ten ślad, o którym mówiła Pola, pochodził z ich walki, bo Stefa ostatecznie ją spłoszyła. Zuzanna wyszła tą samą drogą, a potem kilka dni i nocy piła. Stała się ponoć nie do wytrzymania. Tak w każdym razie twierdzi jej mąż.

– Dlatego rozmówił się z Kokoszą, żeby wyczyścić miejsce zbrodni? – upewnił się Jakub. – Nie poszedł na policję, bo musiałby ujawnić nie tylko ją, ale i skłonności syna. To byłby jego koniec. A kiedy znów zaczęło być gorąco, kazał spalić apartament. Od początku ją podejrzewał. I krył.

– Zula się nie przyznaje – dokończyła Osa. – I są marne szanse, żeby jej to na twardo udowodnić. Drabik dwoi się i troi, żeby pozbierać te małe kawałki układanki. Każde zeznanie może mieć znaczenie. Miejsce zbrodni zniszczono, świadkowie kłamią, a jedynym właściwie dowodem winy Zuzanny Tomyś jest pomówienie męża. Rzecz w tym, że ona nigdy mu tego nie wyznała. To wyłącznie jego domysły.

– Niekoniecznie – odezwał się Jakub. – Jeśli na nożu, który znalazłem u partnera Poli, są jej ślady, jest ugotowana. Prokuratura obstawia, że właśnie na taką okoliczność Bartłomiej zachował narzędzie zbrodni. Uczestniczył w zacieraniu śladów, ale nie ufał wspólnikom i dlatego starał się to samodzielnie zabezpieczyć. Wbrew pozorom to nietrudne. Instrukcje są w internecie.

– Mimo wszystko dowodowo słabo to widzę. Jeśli Stefa nie będzie zeznawać, Bartłomiej dostanie zarzuty współudziału – podkreśliła Ada. – A tak właściwie to gdzie jest dziewczynka? Czy Madame Chouchou ją porwała? Znaleźliście ją?

– Jego pytaj. – Osa spojrzała na Jakuba, a za jej wzrokiem podążyli pozostali. – Jeśli nic się nie zmieni, a wygląda na to, że Kuba będzie koronnym świadkiem w sprawie, Drabik nie uniknie już wymienienia nazwy agencji Sobieski Reks. Będziesz miał swoją sławę, Jakubie.

– O co chodzi, Kubuś? – zapytała śpiewnie Ada, a w jej głosie detektyw wyczuł znajome rozdrażnienie. – O czym mi nie mówisz?

– Od trzech dni mam Stefę u siebie na pokładzie – powiedział cicho. – Kiedy ludzie Drabika dopadli

347

Kokoszę w parku, nikt nie zwracał uwagi na Roksy. Poszedłem za psem i doprowadził mnie do kryjówki Jukiego. Dwa dni przygotowywaliśmy akcję z Gniewkiem, Oziem i porucznikiem Chrobakiem, żeby odbić dziewczynkę. A przy okazji Amelię i jeszcze jedną kobietę o pseudo Bella. Jest w stanie ciężkim. Nie wiadomo, czy z tego wyjdzie. Jak wszystko się uspokoi, Drabik rozpocznie poszukiwania ciał i to będzie zupełnie nowa sprawa. O tym nie możemy więcej gadać. – Urwał. – Skłamałbym, gdybym przyznał, że Stefa poszła z nami dobrowolnie. Na szczęście był z nami jej ojciec, więc nie dostaniemy zarzutów.

– I co się dzieje z nią teraz?

– Jest u mnie na Wierzbnie. Zamknąłem ją na cztery spusty i uwięziłem. – Jakub się uśmiechnął. – Gniewko z Roksy jej pilnują.

Osa wstała.

– To co, wiecie już wszystko? Mogę się brać do roboty? – Spojrzała na zegarek. – Umówiłam się z Drabikiem, że dostarczę małą na szesnastą. Szykujcie dziś szampana. Jakkolwiek to pójdzie, sprawa się zamknie, a chłopaki Poli wrócą do domu na pępkowe. Lepiej nie odbierajcie telefonów. – Podała Jakubowi słoik ze smażonymi śliwkami. – Przekaż jej i życz zdrowia dla dziecka. A tak przy okazji, twoja małżonka się z nami skontaktowała. Prosi o wycofanie zawiadomienia o przestępstwie i obiecuje ustalenie widzeń. Wraca ponoć na stałe do kraju. To co robimy z tym listem gończym za nią? Wycofujemy?

Jakuba zatkało. Długą chwilę nie wiedział, co odpowiedzieć. Kiedy w końcu się odezwał, głos miał zachrypły, a dłonie same zaciskały mu się w pięść.

– Tak po prostu? Po tym wszystkim, co nawywijała, mam jej odpuścić?

– Kubuś, ona ma twojego synka – wtrąciła się Ada i położyła mu dłoń na ramieniu. – Odpuść.

– Sprawa jest dogadana? – Kuba nie słuchał. – Kto tak po cichu to załatwił? Mój ojciec czy ty?

Spojrzał gniewnie na Adę, ale prawniczka nerwowo kręciła głową.

– Drabik – oświadczyła Osa. – Ma ponoć kontakty w żandarmerii, a Nocna Furia stara się tam o pracę. Dał jej ultimatum. To miał być ukłon w twoją stronę. Pewnie myślał, że oddaje ci przysługę...

Spojrzała nierozumiejącym wzrokiem na pozostałych. Odwrócili głowy. Nikt się nie odezwał. Tylko Jakub wściekał się dalej:

– Czyli dzięki mnie ta wariatka dostanie jeszcze niekiepską robotę?

– No cóż, dla ciebie lepiej, chłopie, że będzie ją miała – odważył się włączyć Robert. – Dzieci kosztują. A jeśli twoja była tutaj zjeżdża, będziesz miał na głowie nie tylko swojego bobasa, ale i jego mamę. I tak przynajmniej do osiemnastego roku życia. Ćwicz się lepiej w cierpliwości.

Gdy tylko odeszli, Kuba nie wytrzymał i odwrócił się do Ady. Chwycił ją za ramiona i wychrypiał, jakby uciekali przed sztormem:

– Masz czas dziś wieczorem?

– Bo co? – nadęła się. – To nie piekarnia! Nie pali się, a poza tym ja nie jestem jeszcze gotowa.

– Za to ja pilnie chcę porwać cię na randkę.

– Przecież masz na pokładzie podejrzaną! – parsknęła. – Jak znam życie, w domu jest taki bajzel, że bez profesjonalnej gosposi się nie obędzie. Nie myśl, że przyjdę do tego chlewu! No i nigdy ci nie wybaczę, że zataiłeś odbicie Stefy!

– No cóż. – Uśmiechnął się krzywo. – Znam jedno miejsce. I powiem ci, że akurat trwa remont, więc wygląda znacznie lepiej niż moja twierdza. A obok dają ponoć smakowite gruzińskie pierożki. Tak? Zgoda? Już dzwonię do mojego przyjaciela Leszka. Nie mogę się doczekać, kiedy zobaczę jego minę. Pewnie się dziwi, że od rana jeszcze u niego nie byłem.

– Do tego zapchlonego Zakamarka idź sam, idioto – fuknęła, ale zaraz wzięła go za rękę. – Ale mam wino w torebce.

– I prażynki – dodał, spoglądając na ich piknikowy stolik. – Trzy paczki. Przyniosę komputer i skończymy *Sukcesję*.

– Szykuje się nadzwyczajny wieczór – rozpromieniła się.

W tym momencie z impetem na parking wyjechał wielki suv Range Rovera. Stolik się zachybotał, a wszystkie kubeczki i pojemniki znalazły się pod kołami auta, z którego wyskoczyli Oziu z Merkawą. Za nimi niczym zbity pies wędrował porucznik Chrobak. Wyglądał, jakby wszedł do rozdrabniarki i cudem go z niej wyjęto. Twarz miał nabrzmiałą, a w dłoni trzymał flaszkę.

– Reksiu! Łobuzie! – ryknął. – Masz moją dozgonną wierność. Będę ci służył jak pies, hiena i tygrys w jednym. Dziecko mi uratowałeś!

– On oszalał. – Oziu wywrócił oczyma. – Chce do nas dołączyć.

– I oferuje cały swój skład amunicji – zapalił się Gniewko. – A jednostek broni w całym mieście ma ze trzydzieści, jeśli nie więcej. Plus kontakty w armii, generalskie kwity i dostęp do budynków wojskowych. Miodzio!

– Przede wszystkim jednak doświadczenie, dzieciaki – oświadczył, czkając, Chrobak.

– Jest pijany. – Ada pochyliła się i ledwie słyszalnie szepnęła do Jakuba: – Obawiam się, że wszyscy są ululani jak meserszmity. Pilnuj ich, żeby żaden nie wlazł za kółko. Ty weźmiesz dwóch i ja dwóch. Mają wytrzeźwieć do konferencji prasowej, bo musicie być na niej wszyscy. W czystych koszulach i pod krawatami!

Odwróciła się do znieruchomiałego Sobieskiego, który walczył ze sobą i wciąż nie mógł się zdecydować, czy cieszyć się, czy obić im twarze za zmarnowanie wieczoru.

– No już! Co się tak gapisz, Reksiu? – pośpieszyła go i chwyciła pod ramię pierwszego z brzegu, a jakimś trafem wpasował się tam Gniewko. – Bierzemy prażynki i zabieramy ich na *Sukcesję*.

Warszawa, 14 czerwca 2023

Książkę wydrukowano na papierze
Creamy HiBulk 2.4 53 g/m²
wyprodukowanym przez Stora Enso

storaenso

www.storaenso.com

Warszawskie Wydawnictwo Literackie
MUZA SA
ul. Sienna 73, 00-833 Warszawa
tel. +4822 6211775
e-mail: info@muza.com.pl

Księgarnia internetowa: www.muza.com.pl

Skład i łamanie: Magraf sp.j., Bydgoszcz
Druk i oprawa: Drukarnia Tinta, Działdowo